东北师范大学青年学者出版基金资助
中央高校基本科研业务费专项资金资助

阐释学视野下的 《楚辞补注》 研究

东北师范大学文学院
文昌论丛

Northeast Normal University

刘洪波 著

中国社会科学出版社

图书在版编目（CIP）数据

阐释学视野下的《楚辞补注》研究／刘洪波著．—北京：中国
社会科学出版社，2016.10
ISBN 978 - 7 - 5161 - 9140 - 8

Ⅰ.①阐…　Ⅱ.①刘…　Ⅲ.①古典诗歌 – 诗集 – 中国 – 战国时代
②楚辞 – 注释　Ⅳ.①I222.3

中国版本图书馆 CIP 数据核字（2016）第 252538 号

出 版 人	赵剑英
责任编辑	任　明
责任校对	李　莉
责任印制	李寡寡

出　　版	中国社会科学出版社
社　　址	北京鼓楼西大街甲 158 号
邮　　编	100720
网　　址	http：//www. csspw. cn
发 行 部	010 - 84083685
门 市 部	010 - 84029450
经　　销	新华书店及其他书店

印刷装订	北京市兴怀印刷厂
版　　次	2016 年 10 月第 1 版
印　　次	2016 年 10 月第 1 次印刷

开　　本	710 × 1000　1/16
印　　张	19
插　　页	2
字　　数	274 千字
定　　价	75.00 元

凡购买中国社会科学出版社图书，如有质量问题请与本社营销中心联系调换
电话：010 - 84083683

序　言

　　《楚辞》，一直是学术研究的热点，也是学界的显学之一。无论当前与今后研究的走向如何，都要直面屈原的作品及其产生的背景，这是研究的基点。屈原名平，字原，屈是春秋初期其祖先的封地。屈原约生于楚威王元年（前339），死于楚襄王二十一年（前278）。楚怀王五十六年，楚、秦之间发生了一次大规模的战争。大战是在次年（前312）进行的，这一年的战争分春秋两次进行。春天的战争，是在丹淅，楚国惨败，死者八万，将领七十余人被俘，汉中郡被占领。楚怀王大怒，又发兵战于蓝田，又大败，这是秋天进行的。在蓝田大战之前楚怀王要遍祀天地、山川、鬼神以求福佑，命屈原作祭神歌——《九歌》，这就是《九歌》的来历，也正因为《九歌》与这次重要的战争有关，才得以流传下来。这次大战以后的第十三年，秦昭王诱骗楚怀王会于武关，将其劫持到咸阳，强迫割地，怀王不从，被扣留在秦国，后死于秦。屈原在怀王欲赴武关之时，曾经加以劝阻，作《离骚》以明志。怀王被扣留后，楚国亲秦势力把屈原驱逐出国都，不许参与国事。屈原作《离骚》后，又写了《惜诵》以重申此意，但仍然不能改变处境，便于此年秋天离开郢都，沿长江东行，入汉水，溯汉水北上，最后来到楚国前线——汉北（汉水以北）。在舟行经春秋末年楚故都、楚昭王所迁的鄀都时，参拜了楚先王宗庙，看到庙中的壁画，有感而作《天问》，这就是《天问》的写作背景。到汉北后，作《抽思》。秦襄王三年，秦国归还了楚怀王的灵柩，屈原为此作招魂曲——《大招》，以招楚怀王之魂。楚襄王二十一年旧历二月初，秦将白起攻占郢都。屈原在这个时候往江南流浪，因此他在二月初离开郢都，作《哀郢》。后渡江，到湘西，上沅水，入溆浦，作《涉江》。四月间由湖南南部北返至湘阴，临汨罗江，在极度悲愤的心情下投水而死，投水之前作《怀沙》，这是他的绝命词。

先秦的古籍，遭秦火而散亡。屈原的作品重见于世，是经过汉初人的努力搜求而再获出现的。我们今天读到的最早《楚辞》本子，是东汉王逸的《楚辞章句》，王逸于《楚辞章句》中标明"汉护左都水使者光禄大夫臣刘向集"，说明王逸作《楚辞章句》是以刘向所集《楚辞》为底本的。后来《四库全书提要》谓"裒屈、宋诸赋，定名《楚辞》，自刘向始也。初向裒集屈原《离骚》《九歌》《天问》《九章》《远游》《卜居》《渔父》，宋玉《九辩》《招魂》，景差《大招》，而以贾谊《惜誓》，淮南小山《招隐士》，东方朔《七谏》，严忌《哀时命》，王褒《九怀》，及向所作《九叹》，共楚辞十六篇，是为总集之祖"。从现存资料来看，楚辞的收集与整理，在汉初就开始了。近年在安徽阜阳发掘了汉汝阴侯夏侯灶的墓葬，其中有一部楚辞书的残简，一为《离骚》残句，二为《涉江》残句。夏侯灶是西汉第二代汝阴侯，卒于汉文帝十五年，以此知楚辞的成书是较早的。东汉王逸在《楚辞章句·离骚后序》中说"屈原辞凡二十五篇……逮至刘向典校经书，分为十六卷"，十六卷中包括屈原辞七卷二十五篇，另外的九卷即《四库全书提要》所谓宋玉等人的作品，王逸在为上述作品作章句的同时，又加进了自己所作的一篇《九思》，于是全书就成为今传的十七卷本。

王逸的《楚辞章句》传到宋代，有洪兴祖为之《补注》，"《楚辞补注》先列王逸原注，而后补注于下。一般都逐条疏通，特别对名物训诂作详尽的考证和诠释。对旧注常有驳正，并广征博引，因而保存了他那时见到可后世已经失传的从汉代到宋朝的一些相关说解资料"（白化文、李鼎霞：《楚辞补注·重印出版说明》，中华书局1983年版），按后出转精的规律，后代洪氏之书通行而王逸之书废，故而从专书研究的层面，对《楚辞补注》展开探讨，具有十分重要的意义。

　　刘洪波博士的《阐释学视野下的〈楚辞补注〉研究》一书，就是在上述的学术氛围下开展的研究。该书的特点有以下几个方面。第一，清楚地疏解了洪兴祖"补注"的阐释体例，指出"补注"重"补"的特点，归纳出"补注"正文下有王逸注者又有洪氏所补者 13 种，正文下无王注但有洪补者 5 种，正文下无王注亦无洪补者 3 种。对于洪氏《补注》中后来体式窜乱的问题进行辨析，考证了体式窜乱时间、《考异》散附《补注》问题、《释文》散附"补曰"问题、五臣注与李善注问题。第二，作者较系统地论证了洪氏阐释《楚辞》的历史性。梳理了洪氏的治学思想、趋于多元化的哲学思想、屈骚评论的文学倾向等几个方面的问题。第三，作者从对经典文本地位的不同态度、对文本阐释方法的不同选择、对文本阐释尺度的不同把握、对文本阐释理据的不同依托四个层面，比较分析了王逸《楚辞章句》、洪兴祖《楚辞补注》、朱熹《楚辞集注》三家的异同，总结出王逸尊《骚》为经，依经立义，重视训诂，朱熹重视义理，偏离文本，以义裁之；洪氏倾向兼重，尊中有破，疏可破注的特点。分析了王逸《楚辞章句》阐释不足、朱熹《楚辞集注》阐释过度、洪氏《楚辞补注》阐释适度的一些内在问题，突出了《楚辞补注》的学术价值。因此，这部《阐释学视野下的〈楚辞补注〉研究》书稿，是刘洪波博士在"楚辞学"研究领域中从阐释学的角度对《楚辞补注》进行探讨的结晶之作，意义自不必待言，期望她将来更有大作问世。

傅亚庶

丙申仲夏之月于东北师范大学

"文昌论丛"序言

论丛以"文昌"为名，有以说也。

其一，文昌路是目前东北师范大学文学院的坐落之所。2009 年，应学校整体规划的调整要求，文学院奉命从据守二十年（1988—2009）的"红楼"搬迁至文昌路这座小院的三栋旧楼。学院里年长一点的先生们都记得，这里本是中文系的旧地，中文系历史上最辉煌的时候就是这里缔造的。故以"文昌"为名，为了纪念文学院的沧桑历史，纪念曾在这里创造不息、为我们留下宝贵遗产的前贤们。

其二，常有同仁说文昌路是文学院的"福地"。此番搬迁，当时只道是"暂厝"，不意倏忽又六年。纵观文学院的历史，重回文昌路这个时期，学院在全院教师的共同努力下，学科发展走上了复兴。而"文丛"中的作者，多数是这个时期入职学院的。从学校规划来看，文学院迟早要离开文昌路。取"文昌"之名，也有意铭记这个时期里新老学人团结进取、急起直追的历程。

其三，从字面意义上，"文昌"寄寓着文化昌明、文学昌盛、文章昌茂、文运昌隆等意涵，故以"文昌"命名丛书，代表我们对文学院、对东北师范大学、对中华文明的祈愿。

东北师范大学文学院的前身，是中国共产党在东北建立的第一所高校——东北大学的国文系，从 1946 年至今，她已走过了 70 年。70 年中，历代学人在这片沃土上耕耘奋斗，把文学院建成了人文学术与教育的关外重镇，在国内有着较高的影响力。

十年前，在建院（系）六十周年之际，学院组织出版了《东北师范大学文学院语言文学论集（1946—2005）》，这部煌煌一百四十万言的大书，为院史上最重要的成果进行了文献总结。去年，王确教授开始主持编选"东北师范大学文学院学术史文库"，把学院历代学人的学术代表作重新编订，统一装帧出版，首批出版著作十种近三百万字，这些都展示了这座古老学院的丰腴成就。近年来，文学院有了许多新的气象和变化，"文昌论丛"必然是这一页历史的见证之一。这套书首批推出八部著作，与历史巡礼式的文献编纂和学术史文库式的代表作展示的思路不同，"文昌论丛"着力助推新生代学者。丛书的诸位作者，年龄最大的四十岁，最小的三十二岁，半数以上属于"80后"学人，而且其中绝大多数是在最近三年才加盟文学院，他们的才思与文笔代表着文学院的未来。近年来，文学院形成了一种共识：前贤们深厚的积淀是我们事业发展的土壤，但未来的持续发展，要依靠源源不断的新生力量。这个共识正在逐渐升华为一种"尚少"的文化：无论从观念上，还是从管理上（比如科研奖励向青年教师"倒挂"的激励机制），学院都有意向年轻人倾斜，以期更快更好地促进青年教师成长，以承担起文学院的未来。这一文化已在文学院近年的发展实践中产生了积极效应，在校内外产生了良好反响。当然，我们知道，若没有文学院这些前辈和中年学者们的理解与支持，就不可能培育和形成这种文化。"文昌论丛"的推出，既受惠于这一文化，反过来也验证这一文化，并丰富它的内涵、为它积累经验。集中推出三十多岁青年教师的著作，这在东师文学院历史上还是首次。正是在这一意义上，我们希望这套论丛能兼具"导夫先路"的作用：随着目前新生代的持续成长，以及未来新生力量的不断融入，论丛会不断增加品种、扩大规模，最终形成我们的学术品牌。

"文昌论丛"是文学院青年一代学人的检阅。从作者的学缘结构来说，他们分别在法国戴高乐大学、中国社会科学院、清华大学、南开大学、吉林大学、东北师范大学等学校和科研机构取得博士学位，这反映了学院目前的师资学缘构成更趋向于多元化，人才结构上的新变及其背后蕴含的开放和包容精神，必定对文学院的发展产生积极的促进作用。从学科角度看，"论丛"涵盖古典文献、语言学、古典文学、近现代文学和文艺美学，基本囊括了文学院的主干学科。从研究水准来说，由于多数是以博士论文为基础形成的专著，经过了严格遴选，并非一般性概论或入门式作品，所以都聚焦学科的前沿问题，形成许多独具个性的观点。

东北师范大学社科处为丛书的出版提供了有力支持，学科建设办公室提出了指导建议，王确、刘雨两位教授对丛书的出版非常关心，徐强、陶国立为丛书的策划出版做了许多实际的工作，这套丛书在不同出版社统一装帧出版，各家出版社的责任编辑对丛书给予了极大的理解和支持，在此一同表示谢意。

必须指出，丛书中的多数著作是作者的第一部书。起步之作，难免稚嫩，深愿学界高明之士能够有以教诲。你们对这些著作及作者的批评与指教，就是对东师文学院的莫大支持。我在东师文学院求学七年，回国后又在这里工作七年，人生中许多重要经历都与这里难解难分，我从中受益良多，也承担了师友们的许多期待，实乃人生中之幸运。借此机会我想向这座学院和老师们表达由衷的敬意，也想以"戒骄戒躁"四字，与各位青年学者共勉。生有涯，学无涯，学问之路正长，这只是一个起点，我们还要日进、日进、日日进，方能不负时代，不负前贤。

李洋

二〇一五年四月十日

摘　要

　　阐释学是一门对意义的理解和阐释的理论，它既是一种哲学，也是一种方法。鉴于"准确的经典注疏可以拿来当作解释的一种特殊的具体化"①，对经典注疏纳入阐释学的视角成为可能的和必要的。从《楚辞》的文本阐释来看，洪兴祖的《楚辞补注》是代表性的《楚辞》阐释性文献。因此，本书主要以中华书局2002年印刷的1983年版白化文等人的点校本《楚辞补注》为依据，在传统文献学的基础上，拓宽研究思路，从阐释学的角度对洪兴祖的《楚辞补注》进行研究，本书主要分为五章。

　　第一章的内容是洪兴祖阐释《楚辞》的动因。就文本阐释而言，任何阐释都依赖于阐释者的"先入之见"，这其中就包括阐释者个体的阐释动因。就洪兴祖阐释《楚辞》而言，他少时即得《楚辞》一书，浸润此书数十年，绝非偶然。探寻他阐释《楚辞》的动因，有四个方面：企慕屈原，欲优入圣域；感于时政，借古以讽今；壮志难伸，寄悲愤之情；不满旧注，补前贤不足。正因洪兴祖企慕屈原，才对以往"褒贬任声"的评价加以评析，并把屈原当作自己人格修炼和履行实践的目标，体现出"企贤入圣"之意，并将其内化于心，

---

　　① ［德］海德格尔：《存在与时间》，陈嘉映、王庆节合译，生活·读书·新知三联书店1987年版，第184页。

外化于行。且他耳濡目染了宋代的诸多乱象，受时代情势的激励，借补注《楚辞》阐发屈原来感发时人斗志。他还有感于自身与屈原相似的遭际，发愤以抒情，于作品中寄寓自己的悲愤之情。并鉴于王逸《楚辞章句》在流传过程中的疏漏与致误，才撰作了《楚辞补注》。

　　第二章的内容是洪兴祖"补注"的阐释体式。洪兴祖所作《楚辞补注》是现存最早的以"补注"形式出现的古籍阐释文献，"补注"一体的创设在阐释体式中属于发凡起例。洪兴祖创建并选定"补注"体式来阐释《楚辞》，绝非偶然，而是针对《楚辞》及《楚辞章句》的性质和特征，依据自己"补不足，发己意"的解释目的，凭借着解释学的传统，在"笺"体启示下创制和选择的结果。而分析他在阐释《楚辞》时列《释文》篇次、列逸注于前、增加序与注、附《考异》《释文》等具体的体例安排，及其今所见的散附后的具体训解补释体例，都可以发现"补注"重"补"的取向。

　　第三章的内容是洪氏《楚辞》阐释的"历史性"。任何阐释者都是带着其自身历史情境中的"历史性"来进行文本阐释的。洪兴祖的《楚辞》阐释也是蕴含着他个人思想倾向的创造性行为。此章主要通过对《楚辞补注》的文本分析，结合洪兴祖所处的历史情境，挖掘他在《楚辞》阐释中体现出的主体意识，管窥他以校雠为本的治学思想、趋多元化的哲学思想及其屈骚评论时的文学倾向。具体而言，发现他一生著述中，多部涉及校勘，且校勘时，广搜众本，态度极为严谨认真。且其哲学思想呈现多元化，以儒为主，涉及道家，受理学影响，也有对其他思想的接受，可谓兼收并蓄。而分析他阐释《楚辞》的具体文字，可以发现他对传统的楚辞比兴观多有突破，对楚辞的文体特征有一定认识，且在对《楚辞》中的神话进行阐释时，力图还原一些神话传说的历史原貌，其文艺思想虽仍隶属儒家，但体现出了屈骚评论的文学视角。

　　第四章的内容是《楚辞》三家注的阐释对比。王逸《楚辞章句》、洪兴祖《楚辞补注》与朱熹《楚辞集注》是《楚辞》阐释史上最重要的三个《楚辞》阐释文献，他们在阐释《楚辞》时，在文本

态度、阐释方法、阐释尺度、阐释理据等方面都所有不同。其中王逸
《楚辞章句》"依经立义"、重视考据、征引理据以经书为主，存在着
汉学的阐释不足；朱熹《楚辞集注》则"以义裁之"、重视义理、依
托的材料以经子为主，存在着宋学的阐释过度。而洪兴祖的《楚辞补
注》既有对文本地位的尊重又有所突破，既重视训诂又兼及义理，在
援引文献时广引四部，态度开明，洪兴祖的这种《楚辞》阐释，既
未忽略文本客体对阐释行为的制约，又能适当融入自身的主体性，主
客观融合使他对《楚辞》的阐释更为适中更为适度。

第五章的内容是屈洪同轨，视域相互融合。此章首先对屈原从
"边缘情境"的视角加以解读，介绍了"边缘情境"及其与文学创作
的关系，言明楚国的屈原因时代环境和个人际遇而遭受到现实困境，
其困境带有强烈的"边缘情境"意味，而这种"边缘情境"与屈赋
的创作和屈原之死有着密不可分的联系。然后阐明宋代洪兴祖与屈原
有着类似的历史境遇，有着相同的人生轨迹，屈洪两人同轨，境域相
融合，因两人境域融合，洪兴祖才对《楚辞》倍加关注并进行了阐
发。而且正因为境域之融合，洪兴祖在阐释《楚辞》时，能使阐释
者的视域与《楚辞》文本的视域之间达到有效融合，且这种视域融
合的"视域融合度"较高，体现出其阐释《楚辞》时的真知灼见。

总体而言，洪兴祖的《楚辞补注》是再创造性的《楚辞》阐释
性文本，洪兴祖在其明确的阐释动机的驱使下，以发凡起例的"补
注"体对《楚辞》进行了有意识有目的的阐释，并在具体的阐释当
中体现出他个人的"历史性"，他的《楚辞补注》相较于王逸的《楚
辞章句》和朱熹的《楚辞集注》，阐释更为适中，且他与屈原的"同
轨"使他作为阐释者的视域与《楚辞》文本的视域达到融合时，"视
域融合度"较高，使其阐释不失为一种合理和有效的阐释。

目　录

第一章　洪兴祖阐释《楚辞》的动因

海德格尔说："把某某东西作为某某东西加以解释，这在本质上是通过先行具有、先行见到与先行掌握来起作用的。解释从来不是对先行给定的东西所作的无前提的把握。……任何解释工作之初都必须有这种先入之见，它作为随着解释就已经'设定了的'东西是先行给定了的，这就是说，是在先行具有、先行见到和先行掌握中先行给定了的。"① 也就是说，他认为任何理解和阐释都依赖于理解者和阐释者的"先入之见"。而所谓的"先入之见"是由阐释个体所具有的文化、经验、记忆、动机和情感等因素构成的，并且受其所处的时代背景、社会环境、个体生存状态的影响和制约。

洪兴祖作为《楚辞》文本的阐释者，他对《楚辞》的具体阐释也是建立在他的"先入之见"基础上的。这种"先入之见"就包括他的阐释动因。洪兴祖少时即得《楚辞》一书，浸润此书数十年，最终创作出《楚辞补注》这一宋代具有代表性的《楚辞》阐释文本，绝非偶然，他阐释《楚辞》的动因可以概括为以下四个方面。

---

① ［德］海德格尔：《存在与时间》，陈嘉映、王庆节合译，生活·读书·新知三联书店 1987 年版，第 184 页。

第一节　企慕屈原，欲优入圣域

屈原生活在战国时期秦国与楚国争霸之时，他所承担的正是为国革新图强的事业，但无奈国内有奸佞之臣当道掣肘，国外有欺君说客横加阻拦，使得国君几次背信放逐屈原，使得本志于佐君理政、治国安民的屈原英雄无用武之地。他时而疾呼："怨灵脩之浩荡兮，终不察夫民心。"① 时而悲叹："忠不必用兮，贤不必以。"② 时而低吟："羌灵魂之欲归兮，何须臾而忘反。"③ 时而感慨："仆夫怀余心悲兮，边马顾而不行。"④ 可见，屈原无论是在朝辅佐君主，还是被放逐于外，无论是受君信用，还是遭君所弃，其忠君爱国之心始终未变。但历史上对屈原的品评却褒贬不一，有人将其分为尊屈派和抑屈派。洪兴祖之所以阐释《楚辞》，也受这些品评的影响，他想对以往褒贬不一的品评加以评析，抒发自己对屈原的推崇，且以屈原的人格和理想为自己的人生追求，将"企贤入圣"内化于心，外化于行。

一　企慕屈原，评析其褒贬

古代楚辞学史，肇始于汉初的贾谊和刘安，奠基于司马迁。从汉代以来，在屈原研究领域，存在着尊屈与抑屈两大派别。关于屈原人格精神及其作品的评价主要存在着褒贬两种不同的认识，肯定者主要有贾谊、刘安、司马迁、王逸、韩愈、司马光等。否定者有班固、扬雄、颜之推、吕祖谦等。

就尊屈派而言，在贾谊看来，屈原是个生活在黑白不分、是非颠倒时代里的悲剧形象，他是鸾凤，他是贤圣，但在"鸱枭翱翔""谗

① （宋）洪兴祖：《楚辞补注》，白化文等点校，中华书局1983年版，第14页。
② 同上书，第131页。
③ 同上书，第134页。
④ 同上书，第172页。

诔得志"的环境中只能"独离此咎!"①刘安既对屈赋兼有风雅之质加以肯定，又对屈原"皭然泥而不滓""虽与日月争光可也"的人格精神予以褒扬②。司马迁则赞叹"其文约，其辞微，其志絜，其行廉"③，并说屈原"虽放流，睠顾楚国，系心怀王，不忘欲反，冀幸君之一悟，俗之一改也。其存君兴国而欲反复之，一篇之中三致志焉。"④他把"睠顾楚国"和"系心怀王"并论，把屈原精神的投射焦点概括为"存君兴国"。而在王逸看来，屈原是那种"危言以存国，杀身以成仁""进不隐其谋，退不顾其命"的"俊彦之英"。⑤

到南朝，刘勰在《辨骚》中给出了"然其文辞丽雅，为词赋之宗，虽非明哲，可谓妙才"⑥"乃雅颂之博徒，而词赋之英杰也"⑦的评价。在唐代，魏征等的《隋书·经籍志》说屈作"气质高丽，雅致清远，后之文人，咸不能逮。"⑧令狐德棻在其主持修撰的《周书·王褒庾信列传》中言"逐臣屈平，作《离骚》以叙志，宏才艳发，有恻隐之美"⑨。韩愈将发愤以抒哀愁的屈原与孟子、司马迁等人并列，统称其为"豪杰之士"⑩。柳宗元不仅深知屈赋之幽妙，也甚懂屈原"夫唯服道以守义"⑪。此外，李白言"屈平词赋悬日月，楚王台榭空山邱"⑫，蒋防言屈原"以大忠而揭大文"⑬，萧振言屈原

---

① （汉）司马迁：《史记》（八），中华书局 1982 年标点本，第 2493 页。

② 同上书，第 2482 页。

③ 同上。

④ 同上书，第 2485 页。

⑤ （宋）洪兴祖：《楚辞补注》，白化文等点校，中华书局 1983 年版，第 59 页。

⑥ 黄叔琳注，李详补注，杨明照校注拾遗：《增订文心雕龙校注》（上），中华书局 2000 年版，第 50 页。

⑦ 同上书，第 51 页。

⑧ （唐）魏征等：《隋书》（四），中华书局 1973 年标点本，第 1055 页。

⑨ （唐）令狐德棻：《周书》（三），中华书局 1971 年标点本，第 743 页。

⑩ （唐）韩愈：《韩愈集》，中国戏剧出版社 2002 年版，第 205 页。

⑪ （唐）柳宗元：《柳宗元集》，易新鼎点校，中国书店 2000 年版，第 282 页。

⑫ 苏仲翔选注：《李杜诗选》，上海古典文学出版社 1957 年版，第 86 页。

⑬ 郑福田主编：《永乐大典》（第 2 卷），内蒙古大学出版社 1998 年版，第 1180 页。

"怀忠履洁，忧国爱君"①，罗隐言"原忠臣也，楚存与存，楚亡与亡"②，杜甫曰"窃攀屈宋宜方驾，恐与齐梁作后尘"③。可见，当时仰慕屈原的文采风流和人格精神，已成为文人雅士发自内心的歌咏。

逮至宋代，于洪兴祖之前，尊屈派亦不乏人。司马光的"白玉徒为洁，幽兰未谓芳。穷羞事令尹，疏不忘怀王。冤骨销寒渚，忠魂失旧乡。空余《楚辞》在，犹与日争光"④，就强调了屈原的高贵品质和对君主的忠诚。林希逸以"出处进退既律以圣贤之规矩，而言语文辞又不免后人之指摘"感慨"原之不遇"⑤。罗璧认为"《离骚》怨而实忠"⑥。苏轼也对屈原其人其文予以肯定，他说："吾文终其身企慕而不能及万一者，惟屈子一人耳"⑦，并说"屈原古壮士，就死意甚烈""古人谁不死，何必较考折？"⑧ 认为屈原之作是空前绝后的，屈原之死是舍生报国的壮烈行为。晁补之则最早以"《小弁》之情"来解读《离骚》，指出屈原的怨君实际上是"原诚不忘以义劘上"⑨"有古诗恻隐之意"，并说："独推原与孟子先后，以贵重原于礼义欲绝之时。"⑩ 认为《离骚》具有讽谏教化的功用，屈原的人格与作用和孟子相当，等等。都可见当时文人学者对《楚辞》的喜爱、对屈

---

① 周绍良主编：《全唐文新编》（第 4 部第 4 册），吉林文史出版社 2000 年版，第 10953 页。

② （唐）褚遂良编；倪文杰主编：《全唐文精华》，大连出版社 1999 年版，第 4143 页。

③ （唐）杜甫：《杜甫集》，三晋出版社 2008 年版，第 153 页。

④ （宋）吕祖谦编：《宋文鉴》（上），齐治平点校，中华书局 1992 年版，第 334 页。

⑤ 曾枣庄、刘琳：《全宋文》（第 335 册），上海辞书出版社、安徽教育出版社 2006 年版，第 384 页。

⑥ （宋）罗璧：《罗氏识遗》（第 2 卷），中华书局 1991 年版，第 45 页。

⑦ （明）蒋之翘评校：《七十二家评楚辞》，载吴平、回达强主编《楚辞文献集成》（二二），广陵书社 2008 年版，第 15959 页。

⑧ （宋）苏东坡：《苏东坡全集》，北京燕山出版社 2009 年版，第 83 页。

⑨ （宋）晁补之：《鸡肋集》，台湾商务印书馆 1986 年影印文渊阁《四库全书》本，第 1118 册，第 684 页下栏。

⑩ 同上书，分别见第 685 页上栏，第 688 页上栏。

原的认同。

就抑屈派而言，对屈原及其作品的不解和误解也产生于汉代。可以说，当时刘安和司马迁的观点代表了西汉屈原评价高度肯定的普遍倾向。但随着汉武帝"罢黜百家，独尊儒术"，儒家经学便上升成为汉代的主流意识形态，并迅速建立起自己的话语霸权。此后，对于《楚辞》中所表现出的屈原人格，便出现了贬责的意向与负面的批评。

扬雄虽在《反离骚》中将屈原比为"凤凰""骅骝"，对其遭遇充满同情和愤慨，但《汉书·扬雄传》中又载："又怪屈原文过相如，至不容，作《离骚》，自投江而死，悲其文，读之未尝不流涕也。以为君子得时则大行，不得时则龙蛇，遇不遇命也。何必湛身哉！"① 认为人生应当随遇而安，进退与否，都应视"时"与"命"而定。从这种人生态度出发，他对屈原沉江予以否定，以与世沉浮、全身远祸来要求屈原，是对屈原人格的曲解。

而班固，他对屈原、屈赋的评价有自相矛盾之处。在《后汉书》中他或称屈原为失志之贤人；或称其为被谗放流之贤臣；或称其赴湘乃因谗邪交乱贞良被害。在《汉书·艺文志》中又认为屈赋是"贤人失志之赋""咸有恻隐古诗之义"②。而在《离骚序》中，他却一反自己对屈原的推崇与赞许，直接针对刘安的观点进行反驳，说刘安的评论"斯论似过其真"③。认为屈原应如"潜龙勿用"，即使遁世隐居也不苦闷。亦应学习宁武子效仿蘧伯玉，持可怀之智保如愚之性，全命避害而不受世患。他还批评屈原"露才扬己""责数怀王，怨恶椒兰"，由此将其定位于"贬絜狂狷景行之士"④，且言屈作："多称崐

---

① （汉）班固：《汉书》（一一），（唐）颜师古注，中华书局 1962 年标点本，第3515 页。

② （汉）班固：《汉书》（六），（唐）颜师古注，中华书局 1962 年标点本，第1756 页。

③ （宋）洪兴祖：《楚辞补注》，白化文等点校，中华书局 1983 年版，第 49 页。

④ 同上。

岑、冥婚宓妃虚无之语，皆非法度之政，经义所载"①，对屈原的人品及作品都有所否定。

北齐颜之推沿袭了班固的论调。他在《颜氏家训·文章》中说："屈原露才扬己，显暴君过"②。将屈原并入"自古文人多陷轻薄"之列。到唐代，一些人对屈骚风格加以指摘，贾至说："三代文章，炳然可观。泪骚人怨靡，扬马诡丽，班张崔蔡，曹王潘陆，推波扇飙，大变风雅。"③ 卢照邻说："屈平、宋玉，弄词人之柔翰。"④ 他们认为屈原以后词风每况愈下，将唐前绮靡淫放的诗风上溯到屈原，这一指责过于偏执而有失公允。

宋代也有人对屈原及屈作不太认同。王之望说屈原"其扬己露才，忿疾当世，视变风为犹甚。尝窃陋之。孔子曰：'邦无道，富且贵焉，耻也。'夫生周楚之间，废弃不用，君子固无憾焉，何怨诽之深也"⑤。尽管他认为屈原不遇而怨在于国君无道，但从中可看出班固论调对他深深的影响。吕祖谦则既误解了屈原作品，又否定了屈原其人。他说："虽然，屈原有爱君之心，固是善，惜乎其发之不以正，自愤怨激切中来，其言神仙、富贵、游观，已是为此三件动也，故托辞以自解，本是怨怒，却反归爱君上来。"⑥ 他认为屈原怨怒，发之不正，并将《离骚》篇旨解为神仙、富贵、游观三件事，说屈原"己是为此三件动也，故托辞以自解"，实在是曲解了屈原和《离骚》的本意。

苏轼对屈原也略有不解。他在《屈原庙赋》中云："呜呼！君子

① （宋）洪兴祖：《楚辞补注》，白化文等点校，中华书局1983年版，第49—50页。

② 王利器：《颜氏家训集解》，中华书局1993年增补本，第237页。

③ 周绍良主编：《全唐文新编》（第2部第3册），吉林文史出版社2000年版，第4255页。

④ （唐）卢照邻著，祝尚书笺注：《卢照邻集笺》，上海古籍出版社1994年版，第312页。

⑤ 吴文治主编：《宋诗话全编》（4），江苏古籍出版社1998年版，第4319页。

⑥ 吕祖谦：《吕东莱文集》，中华书局1985年版，第413页。

之道，岂必全兮？全身远害，亦或然兮。嗟子区区，独为其难兮！虽不适中，要以为贤兮"①。指出屈原可以选择全身远害，但屈原却选择了更为艰难的殉国。苏轼认为这种行为"不适中"。他在《屈原塔》中还说："声名实无穷，富贵亦暂热。大夫知此理，所以持死节。"② 认为屈原虽死不朽，千古流芳。但他在某种程度上将屈原投江看作为了追求名节，这无形中削弱了屈原投江的深刻意义。

还有一些人对屈原投江之死的意义予以否定或曲解。葛立方在《韵语阳秋》中云："使屈原能听其说，安时处顺，置得丧于度外，安知不在圣贤之域！而仕不得志，狷急褊躁，甘葬江鱼之腹，知命者肯如是乎！"③ 费衮的"屈原沉渊，盖非圣人之中道。区区缔章绘句之工，亦何足算也！"④ 更是将屈原自沉及其作品一并抹杀。史尧弼也说："若屈原者，可谓浅中浮外而不知大体者也。盖为臣之道，莫善于全节，而次之以全身……若屈原者，其亦知此乎？奈何不知出此而乃蔽于待人以必能，倚事之必集，而卒于不遇遂丧气挫心以发其怨愤之言？为《离骚》之文以葬于江鱼之腹？呜呼！使屈原而稍知全其身以没于世，则必不忍为此。"⑤ 知他也不赞成屈原的沉江及怨愤，认为屈原应知全身以没于世的道理，以此来明哲保身。

总体而言，洪兴祖之前，对屈原及其作品的评价，争论焦点主要在于屈原是忠君还是怨君、其作品是可以"发愤抒情"还是应"温柔敦厚"，以及对屈原沉江而死的意义的肯定与否定，和对屈赋文学价值的认同与否。尊屈派，即肯定者，基本全面肯定其忠君爱国思想。认为屈原身为与楚同姓的臣子，一直以国君以国家为念，虽屡遭排挤流放，仍执着不悔，一心想辅佐国君实施其"美政"，以达到富

---

① （宋）苏东坡：《苏东坡全集》（第1卷），北京燕山出版社2009年版，第6页。

② 同上书，第83页。

③ （宋）葛立方：《韵语阳秋》，台湾商务印书馆1986年影印文渊阁《四库全书》本，第1479册，第132页下栏。

④ （宋）费衮：《梁谿漫志》，三秦出版社2004年版，第162页。

⑤ 吴文治主编：《宋诗话全编》（4），江苏古籍出版社1998年版，第4374页。

强楚国统一天下的目的。即便他有对国君之怨，也是因君王不悟，他的怨有合理性。而对屈原之死，亦多持肯定态度，或认为这是他作为与君共祖的忠臣义士与楚国共存亡的表现，或认为这是他忧国忧民不忍与世沉浮的一种价值选择。一些肯定者还盛赞屈赋的文学经典地位，甚至将其列为辞赋之宗。抑屈派，亦即否定者，则多对屈原其人及其作品所体现出的思想意义，特别是对其君臣关系持完全批判的态度，批评他作为臣子的责君怨君，认为他"伤灵脩之数化"①"怨灵脩之浩荡"②"惜壅君之不昭"③，指责国君"弗参验以考实兮，远迁臣而弗思。信谗谀之溷浊兮，盛气志而过之"④"弗省察而按实兮，听谗人之虚辞"⑤，这些思想行为有违儒家传统，评论其作品不符"温柔敦厚""怨而不怒"的标准，一些否定者还认为屈原应该选择全身避害、明哲保身的出路，对屈原自沉的价值予以否定或表示不解。

而洪兴祖在《楚辞补注》中，尤其是《离骚后序》下，对贾谊、司马迁等人对屈原的认识及评价予以肯定，对扬雄、班固、颜之推等人对屈原的批评性否定性评论予以反驳，并对屈原的人格与思想给予了新的阐发。他在《离骚后序》下，言"后之读其文，知其人，如贾生者亦鲜矣"⑥，认为为赋以吊屈原、哀屈原不遇的贾谊深知屈原之为人。并言："太史公作传，以为其文约，其辞微，其志絜，其行廉，其称文小而其指极大，举类迩而见义远。其志絜，故其称物芳。其行廉，故死而不容自疏。濯淖污泥之中，以浮游尘埃之外，推此志也，虽与日月争光可也。斯可谓深知己者"⑦。他将推崇屈原之文辞

<hr />

① （宋）洪兴祖：《楚辞补注》，白化文等点校，中华书局1983年版，第10页。
② 同上书，第14页。
③ 同上书，第150页。
④ 同上。
⑤ 同上书，第152页。
⑥ 同上书，第50页。
⑦ 同上书，第51页。

微旨大、推崇屈原之志可与日月争光的司马迁引为屈原隔空之知己，这是对其评价的高度认同。

　　与此同时，洪兴祖针对班固所言"且君子道穷，命矣。故潜龙不见是而无闷。《关雎》哀周道而不伤。蘧瑗持可怀之智，宁武保如愚之性，咸以全命避害，不受世患。故《大雅》曰：既明且哲，以保其身。斯为贵矣"① 这种明哲保身论，予以反驳。他说："忠臣之用心，自尽其爱君之诚耳。死生、毁誉，所不顾也。故比干以谏见戮，屈原以放自沉。比干，纣诸父也。屈原，楚同姓也。为人臣者，三谏不从则去之。同姓无可去之义，有死而已。《离骚》曰：阽余身而危死兮，览余初其犹未悔。则原之自处审矣。或曰：原用智于无道之邦，亏明哲保身之义，可乎？曰：愚如武子，全身远害可也。有官守言责，斯用智矣。山甫明哲，固保身之道。然不曰夙夜匪解，以事一人乎！士见危致命，况同姓，兼恩与义，而可以不死乎！且比干之死，微子之去，皆是也。屈原其不可去乎？有比干以任责，微子去之可也。楚无人焉，原去则国从而亡。故虽身被放逐，犹徘徊而不忍去。生不得力争而强谏，死犹冀其感发而改行，使百世之下，闻其风者，虽流放废斥，犹知爱其君，眷眷而不忘，臣子之义尽矣。非死为难，处死为难。屈原虽死，犹不死也"② 。他分析了屈原不能全命避害明哲保身的原因，认为屈原之死是屈原身为忠臣及楚之同姓的不二选择，此举昭示了"兼恩与义"不可不死的同姓事君之忠，是屈原"生不得力争而强谏，死犹冀其感发而改行"的体现，并以"非死为难，处死为难。屈原虽死，犹不死也"对屈原之死予以极高的评价。他还讽刺班固"今若屈原，露才扬己，竞乎危国群小之间，以离谗贼。然责数怀王，怨恶椒、兰，愁神苦思，强非其人，忿怼不容，沉江而死，亦贬絜狂狷景行之士"③ 的评价及颜之推"自古文人常陷轻

---

　　① （宋）洪兴祖：《楚辞补注》，白化文等点校，中华书局1983年版，第49页。

　　② 同上书，第50页。

　　③ 同上书，第49页。

薄。屈原露才扬己，显暴君过"①的断言"无异妾妇儿童之见"②。并针对"杨子云作《反离骚》，以为君子得时则大行，不得时则龙蛇。遇不遇，命也，何必沉身哉"③的观点，给出"屈子之事，盖圣贤之变者。使遇孔子，当与三仁同称雄，未足以与此"④的评价。扬雄认为屈原应该安时顺命，得其时则横行于世，不得其时则如龙蛇蜷身，沉身无益，保身为妥。洪兴祖认为扬雄此言未能领略屈心，扬雄不足以参与其中，并将屈原提到与三仁并列的高度。

　　洪兴祖在《楚辞》阐释中，还从楚国当时的历史环境、社会背景出发，探究了屈原思想及其精神品格，提升了其形象。他提出"屈原之忧，忧国也"⑤。认为屈原之忧是超越了个人层面的更高层次的"忧国""忧世"。而且肯定了屈原的怨君思想，认为屈原之怨乃是从国家的安危角度出发的"小弁之怨"，虽怨实爱。并誉其为"当是时，守死而不变者，楚国一人而已，屈子是也"⑥。还对屈原特立独行独立不迁的气节操守表示尊崇，在屈原"慨然发愤，不顾其死"的自愿赴死的行为中，洪注凸显了屈原的"特立独行""自信不回"的"英烈之气"⑦。并言"屈原独立不迁，自与伯夷无异。"⑧而针对王逸"屈原建志清白，贪流名于后世也"⑨的说法，洪兴祖则以"善名"加之屈原，且明确以不食周粟饿于首阳的伯夷、叔齐为典范，更为凸显屈原的气节操守。又"兰芷变而不芳兮，荃蕙化而为茅"句下，洪补曰："上云'谓幽兰其不可佩'，以幽兰之别于艾也。谓'申椒其不芳'，以申椒之别于粪壤也。今曰兰芷不芳，荃蕙为茅，

---

① （宋）洪兴祖：《楚辞补注》，白化文等点校，中华书局 1983 年版，第 50 页。
② 同上书，第 51 页。
③ 同上。
④ 同上。
⑤ 同上书，第 50 页。
⑥ 同上书，第 40 页。
⑦ 同上书，第 50 页。
⑧ 同上书，第 155 页。
⑨ 同上书，第 12 页。

则更与之俱化矣。当是时，守死而不变者，楚国一人而已，屈子是也"①。从中可见洪兴祖对屈原的理解与仰慕。洪兴祖推崇屈原的忠君爱国、不同流合污，仰慕屈原的高洁亢行，而誉其为"楚国一人而已"。

洪兴祖对抑屈派言论的批评，及其赞颂屈原的种种阐释，足见其对屈原的仰慕，他对屈原形象的阐发，为后人探寻屈原的生命意识起步，也为屈原的崇高形象张本。同时，他对屈原形象的这种认识，也是他立足于对人生境界的道德设计和理想追求而进行的，其中体现出了他本人的道德价值与人格追求，洪兴祖赞扬屈原，其思想深处的潜在因素，有企贤入圣之意。

二　企贤入圣，内化与践行

就经典诠释而言，中国的经典诠释学是一种实践诠释学，是以经世为本的实践活动。"所谓'实践活动'兼摄内外二义：（一）作为'内在范畴'的'实践活动'是指经典解释者在企慕圣贤优入圣域的过程中，个人困勉挣扎的修为工夫。经典解释者常常在注释事业中透露他个人的精神体验，于是经典注疏就成为回向并落实到个人身心之上的一种'为己之学'……（二）作为'外在范畴'的'实践活动'，则是指经典解释者努力于将他们精神或思想的体验或信念，落实于外在的文化世界或政治世界之中"②。洪兴祖浸沉《楚辞》数十年，清廉为官数十载，这其中自然包括作为"外在范畴"的落实于外在世界的"实践活动"，而从经典诠释作为"内在范畴"的实践活动来看，洪兴祖在诠释《楚辞》时也透露出他诸多的现实关怀和"企贤入圣"之意。

我们知道，儒家内圣外王，以在政治领域里实现王道为最高目

---

①　（宋）洪兴祖：《楚辞补注》，白化文等点校，中华书局1983年版，第40页。

②　黄俊杰：《东亚儒学：经典与诠释的辩证》，华东师范大学出版社2011年版，第95—96页。

标，同时儒者也在这个追求过程中浸入了自我修养的要求，所以，心系天下、忧国忧民、以天下为己任的士大夫是具有"圣贤气象"的，他们不仅在现实生活中积极参与治国平天下的经世济民活动，在心理层面，还企慕推崇圣贤，"以圣贤的人格理想作为自己毕生追求、实践的人生目标"①。而"中国的经典诠释传统所展现的是一个'生命的学问'的世界。经典诠释者经由注疏经典而企慕圣贤优入圣域，将学问的追求回向自己的身心"②。在这样的诠释传统中，诠释者常常将其诠释行为的目标指向人，将其所评介的某一历史形象，作为自己人格修炼和履行实践的目标。

　　在这样的思想文化影响下，屈原及其《楚辞》自然是一个绝佳的选择。其实，"宋儒在追求和标榜'圣贤气象'时，所倡导的就是这种能够'以天下为己任''以名节相高'的人格精神"③。洪兴祖诠释《楚辞》，对屈原形象加以提升，并在现实生活中追求如屈原般的政治理想和人格理想，在政治仕途中践行着屈原般的政治实践，都体现出他阐释《楚辞》企贤入圣的心理取向。而且洪兴祖不仅仅是推崇屈原，企慕屈原对国之忠心，对君之深爱、对气节之固持，他也从未忘记"优入圣域"这一儒学教育和儒者自身的终极理想，这是他一贯的目标。张载曾言："求为贤人而不求为圣人，此秦、汉以来学者大蔽也。"④洪兴祖不仅要"求为贤人"还要"求为圣人"，他以屈原之志励己之志，以屈原之行勉己之行，将其人格操守、精神诉求内化为自身的追求，并外化到政治实践及为《楚辞》作注上，希冀自己在政治仕途及其人格操守等方面都能如屈原般进入圣域。

---

① 朱汉民：《圣贤气象与宋儒的价值关怀》，《湖南大学学报》（社会科学版）2009年第6期。

② 黄俊杰：《中国经典诠释传统（一）：通论篇》，华东师范大学出版社2008年版，第6页。

③ 朱汉民：《圣贤气象与宋儒的价值关怀》，《湖南大学学报》（社会科学版）2009年第6期。

④ （元）脱脱：《宋史》（三六），中华书局1977年版，第12724页。

　　从人格气节上来看，洪兴祖为人刚正不阿，与秦桧等素来不合，他曾与秦桧论乾坤二卦。"至'坤上六，阴疑于阳，必战'，兴祖谓：'阴终不可胜阳，犹臣终不可胜君，嫌于无阳，恶夫干正者'。桧以为讥己，大怒，谓兴祖曰：'前辈自有成说，今后不须著书'。"① 可见，他与秦桧论辩时被认为含沙射影讥讽秦桧，因此激怒秦桧，被秦桧及其同党排挤诬陷，屡遭贬谪，甚至获罪，但尽管如此，他仍然不畏强权，不随波逐流，不与世浮沉，而是一直坚持自己的气节操守。他悖逆奸佞，结交耿介之士。与"在朝无诡随"②"忠信可以备献纳，正直可以司风宪"③ 的程瑀过往甚密，于知真州期间还曾为仗义执言、敢于和权奸作对的葛胜仲《丹阳集》为序，他结交"才德甚美"的苏轼外甥柳展如。且汪藻《浮溪集·范文正公祠堂记》云："公卒二十年，而高邮孙觉莘老为广德军，始以诗志公之事而刻之亭中。又六十九年丹阳洪兴祖庆善来守，请莘老之诗而慕之。"④ 而《宋会要辑稿》记有广德军洪兴祖奏表表彰广德县左迪功郎李彭年之事，《建炎以来系年要录》卷一百三十七也载："戊寅，诏左迪功郎李彭年旌表门闾。彭年，广德人，父母皆死于盗，彭年蔬食饮水，终身不御酒肉。郡上其事于朝，故有是命。"⑤ 诚是："柔亦不茹，刚亦不吐，文正公有焉；好贤如《缁衣》，庆善有焉。"⑥ 洪兴祖不仅自己固持气节，而且好贤，喜好和他一样的贤能之士，与贤者为伍，他不仅对已逝的屈原企慕有加，对同时代的节士范仲淹、程瑀、葛胜仲、李彭年

---

　　① （宋）不著撰人：《京口耆旧传》，台湾商务印书馆1986年影印文渊阁《四库全书》本，第451册，第162页下栏。

　　② （元）脱脱：《宋史》（三四），中华书局1977年版，第11744页。

　　③ 同上书，第11743页。

　　④ （宋）汪藻：《浮溪集》，台湾商务印书馆1986年影印文渊阁《四库全书》本，第1128册，第159页上栏。

　　⑤ （宋）李心传编撰：《建炎以来系年要录》（七），胡坤点校，中华书局2013年版，第2582页。

　　⑥ （宋）汪藻：《浮溪集》，台湾商务印书馆1986年影印文渊阁《四库全书》本，第1128册，第159页下栏。

等都有推崇之意。

从政治实践来看，他虽曾因言朝政得失、触怒秦桧、为友人作书序等多次被贬，但无论仕途是升是降，他都关心时政，并尽心尽力为民为政。他曾"上疏乞收人心，纳谋策，安民情，壮国威。又论国家再造，一宜以艺祖为法。"①"兴祖时为驾部郎官，应诏上疏，具言朝廷纪纲之失"。②他为政期间，体恤民情，重视教育，每至一地，皆以治民生为急务。知广德军时，"视水原为陂塘六百余所，民无旱忧。一新学舍，因定从祀：自十哲曾子而下七十有一人，又列先儒左丘明而下二十有六人。"③"知真州。州当兵冲，疮痍未瘳。兴祖始至，请复一年租，从之。明年再请，又从之。自是流民复业，垦辟荒田至七万余亩。"④知饶州时，"旧例民有婚葬，官抑使市酒吏缘为奸小，不慊，有破家者；民不堪，则宁因循不举。兴祖知之，下车即弛其禁，于是同日婚葬者至数百家。其他政多可纪，丐祠得请。"⑤件件桩桩，皆是实事实干，为民造福，因此政绩卓然，为民所爱戴。

可见，洪兴祖乃秉性忠直耿介之士，从仕宦以来历任数职，其为政，仕途几番起伏，其为官，屡遭排挤陷害。尽管如此，他一直忧国忧民，为国为民，虽遭贬谪，仍不变节。他为人如此，岂能不思国家前途，岂能不图救国之道？洪兴祖年少时，宋王朝已积弱很久，且西夏、契丹等威胁常在，国家受辱之余，百姓生灵涂炭，令有志之士痛心不已。当他目睹国力日伤、社稷倾危、民生凋敝，屈原忠君爱国之意焉能不深触其心？屈原耿介忠贞之形象焉能不历历在目？如此相近之灵魂，屈原焉能不成为洪兴祖书生报国的典范？凝聚着屈原拳拳爱国之心赤忱报国之志的《楚辞》焉能不被洪兴祖奉为研读之经典？

---

① （元）脱脱：《宋史》（三七），中华书局 1977 年版，第 12856 页。
② 同上。
③ 同上。
④ 同上。
⑤ （宋）不著撰人：《京口耆旧传》，台湾商务印书馆 1986 年影印文渊阁《四库全书》本，第 451 册，第 162 页下栏。

正因如此，洪兴祖才自年少即研读《楚辞》，以屈原为自己的人生榜样，将屈原作为自己人格修炼和履行实践的目标，并通过阐释《楚辞》经典的方式，在渗透他个人精神体验的同时，也将自己的思想信念，落实到外在的政治世界之外的文化世界。从《楚辞补注》的撰述过程来看，洪兴祖浸沉《楚辞》长达数十年之久。对此，晁公武《郡斋读书志》、陈振孙《直斋书录解题》都有比较翔实的记录。据《直斋书录解题》载："兴祖少时从柳展如得东坡手校《楚辞》十卷，凡诸本异同，皆两出之；后又得洪玉父而下本十四五家参校，遂为定本。始补王逸《章句》之未备者；书成，又得姚廷辉本，作《考异》，附古本《释文》之后；其末，又得欧阳永叔、孙莘老、苏子容本于关子东、叶少协，校正以补《考异》之遗。"① 洪迈《容斋续笔》又载："即镂板，置于坟庵，一蜀客过而见之，曰：'一本箫作擤，《广韵》训为击也。盖是击钟，正与缞瑟为对耳。'庆善谢而亟改之。"② 由此可知，洪兴祖年少时辗转从柳展如处得到苏轼所校的《楚辞》，并致力于广搜众本勤加研究，书稿初成后，又以他本参校作了《楚辞考异》，后来又得几种版本来对《考异》加以校补。而于书成定帙之后尚听取一蜀客之言而对《补注》进行改动。而《楚辞补注》的成书时间是在洪兴祖知饶州期间，即在绍兴十九年九月至二十四年七月，当时他已年过花甲。他对《楚辞》浸沉几十年，如此用力至勤地阐释，足见他对屈原的高洁品行早已景仰，他对《楚辞》的喜爱已根深蒂固，屈原的思想精神已深入其心。

由此，我们说，中国的经典诠释活动的确是一种实践诠释学，这点在洪兴祖身上有明显的体现。如前文所言，洪兴祖对屈原及《楚辞》的种种诠释是立足于自己对人生境界的道德设计和理想追求而进行的，其中体现出了他本人的道德价值与人格追求。洪兴祖在媚语受

---

① （宋）陈振孙：《直斋书录解题》，徐小蛮、顾美华点校，上海古籍出版社1987年版，第434页。

② （宋）洪迈：《容斋随笔》，穆公校点，上海古籍出版社2015年版，第218页。

宠、忠贤遭忌的政治环境中，以拳拳爱国之心，爱民救世，好贤下士，虽多次遭贬，仍不变初心，这是洪兴祖本人企贤入圣意识在实践中的昭然体现，这一心理成了他诠释《楚辞》的动因之一，并且他还将对屈原的企慕外化到自己的政治实践及其对《楚辞》阐释的文化实践之中，使他浸沉《楚辞》数十年之久，并以"补注"的形式把屈原当作自己的楷模来加以颂扬。且在《楚辞》诠释的过程中，体现出自己除"企慕屈原，欲优入圣域"之外的，"感于时政，欲以古讽今""壮志难伸，寓悲愤之情""不满旧注，补前贤不足"等方面的心理取向，这点在下文中将详细阐述，此不赘言。

第二节　感于时政，借古以讽今

对任何文本的阐释，都是在某一特定的历史条件下，在某些阐释动因的驱使下进行的，因此，对文本的理解和阐释一开始就受到现实政治、文化思潮、学术思想、主体意识等诸方面的制约。洪兴祖阐释《楚辞》，就与其所处的时代环境有着密不可分的关系。

一　宋代局势，内忧兼外患

据《宋史·洪兴祖传》载："洪兴祖字庆善，镇江丹阳人。……卒，年六十有六"①，卒年未载。而据《建炎以来系年要录》卷一六九载：绍兴二十五年八月"癸巳，左朝散大夫昭州编管洪兴祖卒"②，《宋会要辑稿》载绍兴二十五年十月十六日同意其子洪蔵之请允许归葬，可知洪兴祖卒于绍兴二十五年（1155）八月。由此推知，其当生于哲宗元祐五年（1090）。所以洪兴祖生活在两宋之交，经历了靖康之变、北宋灭亡，身仕徽宗、高宗之朝，目睹亲历了宋代的内忧外

---

① （元）脱脱：《宋史》（三七），中华书局1977年版，第12855—12856页。
② （宋）李心传编撰：《建炎以来系年要录》（七），胡坤点校，中华书局2013年版，第3208页。

患，见证了北宋的衰变过程。

宋代时，朋党之患一度颇为严重，可谓党争迭起。近人刘伯骥曾言宋代"朝政最大之隐患，一为朋党，一为奸臣。宋代元气在台谏，言路颇盛，可以论朝政，言妇寺，攻女谒，排戚畹，非议土木符瑞。然宋之言官，大部份在弹击群臣，故好议论。夫议论异则门户分；门户分则朋党立；朋党立则恩怨结；恩怨结则排挤于朝廷。"① 在神宗变法之时，意见不同者虽壁垒分明，尚能就时政论事。而到哲宗时期，朋党之间则是势如水火，攻诘聚讼，朝政渐趋紊乱。元祐时期，首先是司马光等旧党得势，罢黜蔡确、章淳等新党大臣，废弃一些新党的政令，而旧党内部政见不合的现象也很严重，其政局诚如刘挚所言："元祐政事，更首尾者零落无几，独吾与微仲在，余者后至，远者才一年尔。虽不见其大异，然不得谓之趣向同也。……故政论不一，阴相向背为朋，而吕相亦自都司吏额事后于吾有疑心。夫共政者六人而有异志，同利害者才二人而有疑心，则岂独孤立之不易，实惧国事之有病也！"② 至哲宗亲政的绍圣时期，意欲兴衰起弊，采取了很多措施致力制裁旧党，罢黜了苏轼、刘奉世等元祐诸臣，起用了章淳、蔡京等人。元符时期，又兴同文馆之狱，罗织司马光等密谋废立之罪，欲剪除旧党而后快，还建了元祐党人碑。而徽宗继立后，新旧党之争也并未停止，初期旧党人士李清臣、韩忠彦等因得太后之力而位尊势盛，章淳、蔡京等人均被罢免。后来徽宗改元崇宁后，想以新法治国，重用蔡京、童贯等新党，排贬旧党，禁用元祐之法，还更立了元祐党人碑，等等。可见宋代时局时时充斥着党争，国家蒙受不少灾难。综观赵宋王朝一步步由盛转衰的关键，其一就是与宋祚相始终的朋党之争，以致宋时朝政较为混乱，国家危急，民生疾苦，时贤罹难。

宋代还一度财用困乏，民生日蹙。宋初时宋太祖集权中央，州府

---

① 刘伯骥：《宋代政教史·导言》，台湾中华书局1971年版，第4页。
② （宋）刘挚：《忠肃集》，中华书局2002年版，第617页。

财赋多缴纳京师，加之国家支出尚可，府库还算充盈。而至仁宗庆历年间，因军用开销增加、朝廷俸给沉重等原因，财用开始趋紧。余靖曾奏言："当今天下金谷之数，诸路州军年支之外，悉充上供及别路经费，见在仓库更无余羡。"①神宗时实行新法，曾致力于广开源路，充实财用，多少有些现实效用。但哲宗之后，因党争激烈，政令不一，生产情况不佳。而徽宗崇宁后，重视享乐，大兴土木，聚敛益多，愈发使府库空虚，入不敷出，征敛于民，使得民生更为凋敝。加之臣子专权盗柄，营私聚敛，如蔡京"务兴事功，穷极奢侈，以蠹国之财赋，屡改盐法，以困民力，阴为蠹国害民之政……专贡声色，起土木，运花石，以媚惑人主之心，而威福大权尽归于京矣。"②又"贯已贵而骄，不恤将士，赏罚不明，纪律尤乱。仆役皆为显官，胥吏李宗振、门客范讷皆节度使，尤不用人材。陕西河北因数用兵，军民皆不能恤。其家园林池沼甲于京师，金玉数十万计，服食无异御府，故天下怨之"③，等等，当时国势正如宇文粹中所奏："近岁南伐蛮獠，北赡幽燕，关陕、绵、茂边事日起，山东、河北寇盗窃发。赋敛岁入有限，支梧繁夥，一切取足于民。陕西上户多弃产而居京师，河东富人多弃产而入川蜀。河北衣被天下，而蚕织皆废；山东频遭大水，而耕稼失时。他路取办目前，不务存恤。谷麦未登，已先俵籴；岁赋已纳，复理欠负。讬应奉而买珍异奇宝，欠民积者一路至数十万计；假上供而织文绣锦绮，役工女者一郡至百余人。"④高宗南渡之后，政局并未稳定，建炎时期，金人几度南下，破坏掳掠，百姓无暇生产，民生困乏，朝政败乱。后来绍兴前期军事稍振，局势趋稳，朝廷采取了垦田减供等措施，经济略好，但因军需耗大、官员繁冗等因素，人民的赋税压力很大，民生依旧疾苦。张绚曾奏："臣伏见朝廷

---

① （宋）赵汝愚编：《宋朝诸臣奏议》（下），上海古籍出版社1999年版，第1154页。
② （宋）徐梦莘：《三朝北盟会编（附索引）》（上），上海古籍出版社2008年版，第372页。
③ 同上书，第390页。
④ （元）脱脱：《宋史》（一三），中华书局1977年版，第4362页。

数年以来，财赋寖虚，用度滋广。庙堂责之户部，户部责之漕臣，漕臣责之州，州责之县，县责之民而止。民力既困，膏血将竭，则如之何？"① 绍兴十一年，宋金和议后，秦桧专权，不恤民情，未减赋税，还巧立名目搜刮民脂民膏。故此至绍兴末年，人民困于繁重的赋税，生活水平未见长足改善，国家也耗损巨大以致常使府库空虚。

再者，宋太祖杯酒释兵权后，实施了"惟稍夺其权，制其钱谷，收其精兵，则天下自安矣"② 的中央集权政策，虽然消除了藩镇割据的弊端，却是"强干弱枝""守内虚外"，在防御外患上积弱不振，致使周边的契丹、西夏等不断地扰乱边境，威胁着北宋，故土地收复更是没有希望。仁宗时，军队轮番戍守，与西夏几番对峙。徽宗时，曾连年对湟州、西夏、契丹用兵，以致在靖康二年酿成了亡国之恨。高宗南渡后，政局并未稳定，但有李纲、宗泽等谋略之才，且保有半壁江山，君臣最初颇有振作之意，本欲凭此与金人相互抗衡。但后来高宗心怀畏惧，只思苟且偏安，正如李纲所谓"大概近年，闲暇则以和议为得计，而以治兵为失策；仓卒则以退避为爱君，而以进御为误国。上下偷安，不为长久之计。天步艰难，国势益弱。"③ 李纲、宗泽等忠直之士也受梗于谗害忠良的黄潜善、汪伯彦等，相继去职，对此，《宋史》卷四七三载："潜善拜右仆射兼中书侍郎，纲遂罢。御史张所言潜善奸邪，恐害新政，左迁所尚书郎，寻谪江州。太学生陈东论李纲不可去，潜善、伯彦不可任，潜善恚。会欧阳澈上书诋时事，语侵宫掖，帝谓其言不实，潜善乘间杀澈并东诛之。识与不识皆为之垂涕，帝悔焉。"④ 李纲、张所、欧阳澈、陈东等忠直之士先后遭难。建炎时期，金人几度南下，破坏掳掠。绍兴前期，军事稍振，韩世忠、岳飞、刘光世等人屡次挫败金人吞宋的气焰，后来朝内秦桧

---

① （宋）李心传编撰：《建炎以来系年要录》（四），胡坤点校，中华书局2013年版，第1635页。

② （宋）李焘：《续资治通鉴长编》，中华书局1979年版，第49页。

③ （元）脱脱：《宋史》（三二），中华书局1977年版，第11265页。

④ （元）脱脱：《宋史》（三九），中华书局1977年版，第13743—13744页。

专权，"屏塞人言，蔽上耳目，凡一时献言者，非诵桧功德，则讦人语言以中伤善类"①，秦桧谗陷忠良，为求媾和，一再妥协，为了一己之私，宁负天下公议，对不附和和议者则予排挤削职，使很多清流之士遭到排挤打击。《宋史》载："司勋员外郎朱松、馆职胡珵张扩凌景夏常明范如奎同上一疏言：'金人以和之一字得志于我者十有二年，以覆我王室，以弛我边备，以竭我国力，以懈缓我不共戴天之仇，以绝望我中国讴吟思汉之赤子，以诏谕江南为名，要陛下以稽首之礼。自公卿大夫至六军万姓，莫不扼腕愤怒，岂肯听陛下北面为仇敌之臣哉！天下将有仗大义，问相公之罪者。'……中书舍人勾龙如渊抗言于桧曰：'邪说横起，胡不择台官击去之。'桧遂奏如渊为御史中丞，首劾铨。"② 而宋高宗又猜忌武将恋栈权位，曾言"贤将与才将不同，贤将识君臣之义，知遵朝廷，不专于战胜攻取，惟以安社稷为事。至于才将，一意功名爵赏，专以战胜攻取为能，而未必识朝廷大体，及社稷久远利害，要须驾驭用之。"③ 使得忠臣名将有的惨遭罢废，有的甚至冤死，中兴之望彻底成为泡影，国家最后被蒙古所灭。朱熹曾论绍兴国势："绍兴之初，贤才并用，纲纪复长，诸将之兵，屡以捷告，恢复之势，盖已什八九成矣。虏人于是始露和亲之议以沮吾计，而宰相秦桧归自虏庭，力主其事。当此之时，人伦尚明，人心尚正，天下之人，无贤愚，无贵贱，交口合辞，以为不可，独士大夫之顽钝嗜利无耻者数辈，起而和之。……而桧乃独以梓宫长乐为借口，攘却众谋，荧惑主听，然后所谓和议者，翕然已定而不可破。自是以来，二十余年，国家忘仇敌之虏，而怀宴安之乐，桧亦因是藉权以专宠利，窃主柄以遂奸谋，而向者冒犯清议，希意迎合之人，无不寅缘骤至通显，或乃踵桧用事，而君臣父子之大伦，天之经，地之

---

① （元）脱脱：《宋史》（三九），中华书局 1977 年版，第 13763 页。

② 同上书，第 13754—13755 页。

③ （宋）熊克：《中兴小纪》，顾吉辰、郭群一点校，福建人民出版社 1985 年版，第 330 页。

义，所谓民彝者，不复闻于缙绅之间矣"①。当时政治状况可见一斑。

可见，赵宋王朝一步步由盛转衰，其间充斥着朋党之争，民生疾苦，边事频发，时贤罹难等内忧外患，以致朝政混乱，国家危急。

二　有感而发，借古以讽今

选择某一经典文本进行阐释，或在经典阐释中阐发何种思想，依赖于阐释者的主观先见，也就是说阐释者总是带着自己的理论负荷和价值负荷来选择和进行文本阐释的。洪兴祖选择《楚辞》这一文本进行阐释也是如此，他进行《楚辞》阐释的主观动因，其一就是受到了时代情势的激励，他的撰述行为是两宋时代环境的产物、宋代时代精神的体现，也是洪兴祖个人思想情感与主观诉求的融合。

两宋重用文士的国策和内忧外患的国势，大大强化了宋代士大夫自任以天下为重的忧患意识，这种表现为对国家、民族、人民的命运和前途深深关注的忧患意识，既是对历史的反思，更是对现实的感受，宋代动荡剧变的社会现实使得忧患意识成为当时士大夫个体必备的修养，并转化为个体人格内在的社会责任感和历史使命感，进而忠君、爱国也成了他们人生价值的基本内核。而宋人这种忧国忧民、忠君爱国、渴望建功立业、企贤入圣的情怀，往往借追慕、赞誉屈原的形式表现出来。宋代统治者出于巩固统治的需要，为屈原封爵建祠，宣扬其忠君爱国的精神。据《宋史·神宗本纪》载："（元丰）六年春正月……丙午，封楚三闾大夫屈平为忠洁侯。"② 后因各地屈原庙封爵不同，在归州封"清烈公"，在潭州封"忠洁侯"等，所以秘书监何志同建议"宜加稽考，取一高爵为定，悉改正之"③。在这样的背景下，文人墨客、爱国志士对屈原的怀念和仰慕也层出不穷。

在宋王朝所面临的政治局势下，有志之士想报效国家，却权奸当

---

① （宋）朱熹：《朱熹集》，郭齐、尹波点校，四川教育出版社 1996 年版，第 3930 页。

② （元）脱脱：《宋史》（二），中华书局 1977 年版，第 309 页。

③ （元）脱脱：《宋史》（八），中华书局 1977 年版，第 2562 页。

道，有志难伸。他们正"因为宋王朝与屈原当时的楚国面对强秦、怀王被囚、日益削弱的历史局面有了惊人的相似之处，而面对民族危机、人生危机产生了与屈原相似的人生处境的共鸣与同"①，屈原所处的历史形势与赵宋王朝有相似之处，屈原所面临的历史命运与宋代士大夫也有类似的境遇。所以在宋代奸臣当道、忠直遭弃、国事日非的情况下，在深重的忧国忧民意识下，两宋士人与屈原进行了精神上的交流，"屈原"成了活生生的"在场"，屈原忧国忧民的情操和他抒一己情怀所作的《楚辞》成为关注的对象，两宋士人从屈骚中读出了屈原的精神大义，正如梁启超所云："彼之自杀实其个性最猛烈最纯洁之全部表现。非有此奇特之个性不能产此文学，亦惟以最后一死能使其人格与文学永不死也。"② 在这样的社会文化思想背景下，屈原虽逢乱遭弃屡被疏放而仍徘徊眷顾不忍去国的忠诚之心，实使两宋士人感动于心，因此他们对《楚辞》倍加青睐，常以此来表达自己的抱负和情怀，甚至借屈原之酒浇自己之愁。可以说，是两宋内部的严重危机、外部异族的巨大威胁使得"两宋士人也正因为屈原式的处境在历史时空中又复'重演'，向屈原敞开了理解的大门"。③

　　宋代的欧阳修、梅饶臣、王安石、苏轼、晁补之、黄伯思、杨万里、钱杲之、吴仁杰、朱熹等都曾关注过《楚辞》，洪兴祖亦是其一。洪兴祖自徽宗时入仕以来，正值宋祚危急之秋，在内忧外患的国势下，社会的诸般乱象尽皆睹于其目、闻于其耳。洪兴祖深知国君无能、权奸当国、忠臣遭谗、民族危难，耳闻目睹皆属倾毁社稷之事，故以拳拳爱国爱民之心，欲匡时济世，也故而对历史上的屈原及《楚辞》投注了更多的关注。也正因为如此，他才在《楚辞补注》中，

　　① 熊良智：《屈原身世命运的关注与宋代士大夫的人生关怀》，《四川师范大学学报》2004 年第 5 期。

　　② （清）梁启超：《梁启超全集》（第 8 册），北京出版社 1999 年版，第 4662—4663 页。

　　③ 程世和：《"屈原困境"与中国士人的精神难题》，《中国文学研究》2005 年第 1 期。

反复强调屈原的"忧国""忧世""忧君"及屈原同姓事君之"忠"。洪兴祖从楚国当时的历史环境、社会背景来看，认为屈原之忧乃在因君而"忧国""忧世"。他在王逸《离骚后序》的补注中说："仲尼曰：乐天知命，故不忧。又曰：乐天知命，有忧之大者。屈原之忧，忧国也；其乐，乐天也。《离骚》二十五篇，多忧世之语。"① 而在《远游》"哀人生之长勤"下，王逸注："伤己命禄，多忧患也。"洪补曰："此原忧世之词。"② 对《九歌·云中君》又补曰"此章以云神喻君，言君德与日月同明，故能周览天下，横被六合，而怀王不能如此，故心忧也。"③《离骚》"长顑颔亦何伤"句，王逸注："众人苟欲饱于财力，己独欲饱于仁义也。"洪补曰："当是时，国削而君辱，原独得不忧乎？"④ 在这些地方，洪兴祖认为屈原并不是悲叹自己的命运和经历，屈原之"忧"牵系的主要是楚国的命运。洪兴祖处处从忧君、忧世、忧国的角度来评说屈原的思想。把当时的时代情况与屈原的爱国思想联系在一起，透过《楚辞》的语言，看到了屈原的忠君爱国、忧国忧民，这既是对屈原认识的卓识，也是感发自己之心的体现。

洪兴祖对《楚辞》的关注及其阐发，也是儒家"三不朽"中"立言"思想的体现。《左传·襄公二十四年》载叔孙豹说："豹闻之：'大上有立德，其次有立功，其次有立言'。虽久不废，此之谓不朽。"⑤ 中国历代的文人士大夫都将"立德，立功，立言"依次作为自己所追求的精神境界。"在复兴儒学和重整伦常的时代氛围中，宋代士大夫的人生价值取向亦从整体上发生了转变，即由汉唐时代士大夫对功名的追求，转向对道德主体精神的弘扬，立德已超越一切而上升为人生价值的首位。王安石的'功名如梦幻，气节之士，岂肯攟

① （宋）洪兴祖：《楚辞补注》，白化文等点校，中华书局1983年版，第50页。
② 同上书，第163页。
③ 同上书，第59页。
④ 同上书，第12页。
⑤ 杨伯峻：《春秋左传注》（三），中华书局1990年版，第1088页。

气节以就功名'（《续资治通鉴长编》卷 234）之论，正是宋代士大夫对人生价值观的普遍态度"①。而纵观洪兴祖的一生，他也以自己的实际行动在实践着儒家的"三不朽"。洪兴祖以经学得名，结交程瑀、葛胜仲等忠直不阿之士，并为其书作序，阐发深意，因之被黜而不悔，其说经论道，多触及社会现实，有所影射，故此，常因文字而触忤桧党。他在为政期间，一直勤政爱民，敢于上言，颇有政绩。其立德立言之行可见一斑。据《宋史》本传所载，洪兴祖"著《老庄本旨》、《周易通义》、《系辞要旨》、《古文孝经序赞》、《离骚楚词考异》行于世"，②综观宋、元时人的记载，洪兴祖勤于著述，成果颇丰，涉猎经史子集，有近 20 部之多，可惜这些论著多已亡佚。据此，其立言之迹亦为昭然。

古代所谓"立言"，指的是著书立说，在某一领域创立一种学说。"立言"虽是"三不朽"中"不得已而求其次"的追求，"但它使中国古代的文学家与思想家、政治家、道德家们有了一个共同的文化心理的基础——因对'不朽'的追求而具有沉重的历史责任感。同时，又因为'立言'毕竟有别于行动性很强的'立德'、'立功'，所以其中所含的历史责任感更多的只是一种意绪"③。屈原便是将基于对楚国君民沉重的历史责任感的意绪外化成了《楚辞》中所谓"恐皇舆之败绩""哀民生之多艰"，等等。而洪兴祖阐释《楚辞》，就是基于自己有感于现实的忧患意识，想通过这种阐释表达自己的思想、情感，想通过这样一种形式变相地去走实际变化外部世界之路，他的创作活动其实是为了干预现实生活，而这种活动本身也有改变外部世界的效果。

韩经太在谈中国文人的精神特质时说"中国文人的现实思考，是

---

① 郭学信：《时代迁易与宋代士大夫的观念改变》，《文史哲》2000 年第 3 期。

② （元）脱脱：《宋史》（三七），中华书局 1977 年版，第 12856 页。

③ 林继中：《沉郁：士大夫文化心理的积淀》，《文艺心理研究》1994 年第 6 期。

藉历史反思来实现的，而他们的自我观照，又是藉反观他人来实现的"①，"他们自觉到自己作为一个儒士的价值，是在致仕济世，从而也就自觉到自己的著述写作，也在于济世致用。著作的门类很多，特点也各不相同，但总的旨归却是一致的。"② 洪兴祖就是一个借反观他人来自我观照并冀以著作济世致用的突出代表。

在宋时反对和议的声浪中，有"不信亦信，其然岂然？虽虞舜之十二州，皆归王化；然商于之六百里，当念尔欺！"③之语，这是举战国时期秦楚两国争雄，楚国被秦利诱蒙骗终致亡国之事，言明金人不足为信，也"可以想象彼等乃欲效法屈原之爱国精神，以致宁鸣而死，不默而生"④，正如李温良所言："整体言之，哲宗至高宗年间为宋祚存亡绝续之关键，尽管文化高度发展，政经情势却日益恶化，终至失去半壁江山，所幸有识之士力挽狂澜，复因社会基础尚在，故勉强能维持对峙之局。然而病根未除，加以君臣苟安，国势实欲振乏力，诚足令忠贞之辈扼腕长叹！而洪兴祖自幼至长，所见厥为政治、经济、社会诸方面之乱象，以其志切救国之心（见《宋史》本传），焉能无感于宋室之危亡？是以其作《楚辞补注》，当系受有时代之刺激，思藉赞诵屈原之大义以唤国人也。"⑤ 黄中模也说："南宋偏安之后，君臣贪恋欢乐，屈膝求和。特别是当时秦桧执政，残害忠良，廉耻丧尽。洪兴祖补注《楚辞》，多为此而发。"⑥ 这正是说，洪兴祖注《楚辞》、论屈原都是在当时现实的社会背景下，有其现实感慨的。故而在阐释《楚辞》时，表面上他是言"古"，实际上其着眼点在

---

①　韩经太：《心灵现实的艺术透视——中国文人心态与古典诗歌艺术》，现代出版社1990年版，第1页。

②　同上书，第16页。

③　（元）脱脱：《宋史》（三九），中华书局1977年版，第13756页。

④　李温良：《洪兴祖〈楚辞补注〉研究》，硕士学位论文，台湾成功大学，1994年，第88页。

⑤　同上书，第16页。

⑥　黄中模：《屈原问题论争史稿》，十月文艺出版社1987年版，第116页。

"今"。他是要把对社会现实的思考、对人生价值的评判、对国家民族的关切，通过阐释《楚辞》表现出来。洪兴祖对《楚辞》长达数十年的浸润，"窥其所抱持之志，厥为正己而后治人，治人而后兴邦，故当其目睹社稷倾危，屈子忠君爱国之耿介形象便油然而生，且成为兴祖书生报国之典范。换言之，兴祖深受屈子'知死不可让，愿勿爱兮。明告君子，吾将以为类兮。'（《九章·怀沙》）之伟大精神所感召，遂以发扬此爱国情操为职志，冀能激起宋室臣民奋起之心，戮力于恢复之壮举，"① 确实如此。

由于上述的原因，他在对屈原的认识和对《楚辞》的阐发上表现出很多既发屈子之意，又明己心之志的卓识。洪兴祖在《离骚后序》的补注中说："屈原，楚同姓也。为人臣者，三谏不从则去之。同姓无可去之义，有死而已。《离骚》曰：阽余身而危死兮，览余初其犹未悔。则原之自处审矣。或曰：原用智于无道之邦，亏明哲保身之义，可乎？曰：愚如武子，全身远害可也。有官守言责，斯用智矣。山甫明哲，固保身之道。然不曰夙夜匪解，以事一人乎！士见危致命，况同姓，兼恩与义，而可以不死乎！"② 可见，洪兴祖认为别人可以"谏不从则去"，可以明哲保身，可以全身远害，但屈原不能，因为他是楚之同姓，他与君国之间，"兼恩与义"，即兼有亲亲之恩和君臣之义双重关系，所以在现实的处境下，屈原不能离开楚国，洪兴祖认为"沉江而死"的思想根源乃是同姓事君之忠。③

而对篇旨进行阐释时，洪兴祖言《九章·惜诵》"此章言己以忠信事君，可质于明神，而为谗邪所蔽，进退不可，惟博采众善以自处而已。"④ 言《九章·怀沙》"此章言己虽放逐，不以穷困易其行。小人蔽贤，群起而攻之。举世之人，无知我者。思古人而不得见，仗节

---

① 李温良：《洪兴祖〈楚辞补注〉研究》，硕士学位论文，台湾成功大学，1994年，第84页。

② （宋）洪兴祖：《楚辞补注》，白化文等点校，中华书局1983年版，第50页。

③ 马建智：《洪兴祖评价屈原思想的卓识》，《西南民族学院学报》1991年第6期。

④ （宋）洪兴祖：《楚辞补注》，白化文等点校，中华书局1983年版，第128页。

死义而已。"①，他还认为《九怀》之"怀"是"言屈原虽见放逐，犹思念其君，忧国倾危而不能忘也"②，这都是看到了屈原人虽被放，而心不放，进退两难，却一直固持着自己的操守，始终保有忠君爱国之心。

洪兴祖将班固、颜之推的言论讥讽为"无异妾妇儿童之见"③，指出贾谊"为赋以吊之，不过哀其不遇而已"④，对《远遊》言："至其妙处，相如莫能识也"⑤。认为扬雄的"遇不遇，命也，何必沉身哉！"⑥ 是不理解屈原的说法。洪兴祖处处从忧世、爱国、同姓事君之忠等角度评说屈原，正如马建智所说，洪兴祖是"把屈原当作忠臣楷模加以赞扬，对屈子之死从两方面予以肯定。其一，屈子之死是为了感发君王。以死的震撼使君王重新回到正道，改变过去的政策，使楚国能够富强称雄，这就是历史上所谓置个人生死于不顾的忠死之臣。其二，屈原在生与死的抉择上，大义凛然舍生而取义，表现了'义士'的高尚品质……总之，《楚辞补注》之所以成为研究屈原及作品的重要文献，从思想上说，其主要原因就在于它深刻地揭示了屈原的忧患意识和忠君怨君思想的实质，反映了进步的政治观点。"⑦可见，洪兴祖对屈原忧患意识和忠君怨君思想的卓识性阐发，既是发屈子之意，又明己心之志。

第三节　壮志难伸，寄悲愤之情

宋文化是积极的入世型文化，强调经世致用，讲究履施践行，体

---

① （宋）洪兴祖：《楚辞补注》，白化文等点校，中华书局 1983 年版，第 146 页。
② 同上书，第 268—269 页。
③ 同上书，第 51 页。
④ 同上书，第 50 页。
⑤ 同上书，第 51 页。
⑥ 同上。
⑦ 马建智：《洪兴祖评价屈原思想的卓识》，《西南民族学院学报》1991 年第 6 期。

现出一种淑世情怀。正如余英时所指出："政与学兼收并蓄不仅朱熹为然，两宋士大夫几无不如此"。① 身处宋代的洪兴祖也是如此，《丹阳集》说他"尤邃于春秋、二礼，皆著为义说。推其素学而施有政宜，不紊于次第也"②，就是说他推其所学及于政治的意思，他"以天下为己任"，并将这种责任感与使命感倾注于经世济时的实践当中，以此来实现自我的生命价值。宋王朝为了确保中央集权，采取了执政分权、台谏言事、厉行贬谪等措施，使仕宦者总似如履薄冰、浮沉不定。因此，宋代很多士大夫虽身负绝学，却无法实现自己的政治抱负。不平则鸣，屈原于是便成了宋代士人释放内心深处悲愤之情的"假借物"，洪兴祖亦是其中之一。

一　仕途坎坷，曾几番起伏

洪兴祖在仕途上，自宋徽宗政和之后至高宗绍兴年间，一直为官，他渊博的学识、卓著的政绩、秉直不阿的性格及其指摘时弊的勇气使得其治绩卓著、为百姓爱戴，也因此屡次遭受秦桧等当势者的打击和排挤，为官多次起伏升降，一生仕途坎坷。也正是洪兴祖在仕途上有着与屈原类似的人生境遇，使得他更为关注《楚辞》。

洪兴祖的仕宦过程大致是：从政和八年登上舍士第以后，曾历湖州士曹、州学教授、宣教郎、太常博士、秘书省正字、著作佐郎、驾部郎官、主管太平观、知广德军、提点江东刑狱、知真州、知饶州、编管昭州等职。洪兴祖的生平事迹集中记载于《宋史·儒林传》，据《宋史》本传载："登政和上舍第，为湖州士曹，改宣教郎……召试，授祕书省正字，后为太常博士。……绍兴四年，苏、湖地震。兴祖时为驾部郎官。……主管太平观。起知广德军……擢提点江东刑狱。知真州……徙知饶州……编管昭州，卒，年六十有六。明年，诏复其

---

① 余英时：《朱熹的历史世界——宋代士大夫政治文化的研究》，生活·读书·新知三联书店 2004 年版，第 7 页。

② （宋）葛胜仲：《丹阳集》，台湾商务印书馆 1986 年影印文渊阁《四库全书》本，第 1127 册，第 486 页下栏。

官，直敷文阁。"①但是《宋史》本传所记，颇为疏略。且《四库全书总目》言"及证以他书，则宋史诸传多不足凭"②，所以，在《宋史》本传的基础上，再旁及他书，稽之典籍传记，索考参证，对其仕途经历会有更好的认识。

参证《京口耆旧传》所载：（洪兴祖）"政和八年擢进士第，赐上舍出身，主陈州商水簿，试中教官，除汾州教授，改越州，未赴。摄太学博士丐便亲除湖州司士曹，用荐者改秩，就除州学教授，俄拜太常博士。丁父忧。服除，召试馆职，除祕书省正字。迁著作郎、尚书驾部员外郎。"③《南宋馆阁录》卷七、卷八所载洪兴祖曾先后任秘书省正字、著作佐郎、驾部员外郎，洪兴祖任职时间先后依次为绍兴二年十二月、三年正月、三年五月。④《建炎以来系年要录》卷一百六十七载《日历》于去年十一月二十二日丁未，书："左朝散大夫、知饶州洪兴祖依所乞差主管台州崇道观"⑤。绍兴二十四年（1154）十二月"丙戌，左朝散郎魏安行送钦州编管，左朝散大夫、主管台州崇道观洪兴祖送昭州编管"⑥。《建炎以来系年要录》卷一百六十九又载，绍兴二十五年八月"癸巳，左朝散大夫、昭州编管洪兴祖卒。"⑦等等，可知，洪兴祖于政和八年春试之际，成为"中选入上等者，升差遣两等，赐上舍出身"⑧的新科进士，后为湖州士曹，其后，任该州州学教授，后以治学有功而改任宣教郎，为文职散官。不久，拜为

① （元）脱脱：《宋史》（三七），中华书局1977年版，第12855—12856页。
② （清）永瑢等：《四库全书总目》，中华书局1965年版，第412页。
③ （宋）不著撰人：《京口耆旧传》，台湾商务印书馆1986年影印文渊阁《四库全书》本，第451册，第162页上栏。
④ （宋）陈骙、佚名：《南宋馆阁录 续录》，张富祥点校，中华书局1998年版，第117页，第95页。
⑤ （宋）李心传编撰：《建炎以来系年要录》（七），胡坤点校，中华书局2013年版，第3179页。
⑥ 同上书，第3178页。
⑦ 同上书，第3208页。
⑧ （元）脱脱：《宋史》（一一），中华书局1977年版，第3665页。

太常博士，"掌讲定五礼仪式，有改革则据经审议。凡于法应谥者，考其行状，撰定谥文。有祠事，则监视仪物，掌凡赞导之事"①。在绍兴二年十二月被授秘书省正字一职，负责采求阙文、补缀漏逸之事。②后迁著作佐郎一职，乃掌日历所，"以宰执时政记、左右史起居注所书会集修撰，为一代之典。"③后为驾部员外郎官，掌管舆辇、车马、驿置、厩牧之事。后因批评朝政之失，触怒时宰，被贬为主管太平观这一安置疲老和异己的闲职。后来起知广德军，因治理期间政绩卓著，被提升为提点刑狱公事，"掌察所部之诉讼而平其曲直，所至审问囚徒，详覆案牍，凡禁系淹延而不决，盗窃逋窜而不获，皆劾以闻及举刺官吏之事。"④即主持江东路司法刑狱、监察地方官吏诸事，后来知真州，徙知饶州，后因王珉上疏进谗云："兴祖今为饶州，人皆怨嗟，日望其去。乃敢共怀异议，肆为不靖，如不痛惩，恐为乱阶！伏望圣断，将兴祖、安行编置远方，以御魑魅"，⑤洪兴祖以知饶州之职自乞祠命主管台州崇道观之职，再后来被送昭州编管，卒于此，享年六十六岁。绍兴二十六年，洪兴祖死后最终含冤得雪，诏复其官而兼敷文阁职。

洪兴祖为政，很有政见，颇有政绩。在任湖州士曹时，于"主到罢批书"事外，又行"士之婚田斗讼"诸事⑥。拜太常博士后，因关

---

① （元）脱脱：《宋史》（一二），中华书局 1977 年版，第 3884 页。
② 关于洪兴祖授秘书省正字与为太常博士之事，《京口耆旧传》卷四载"就除州学教授。俄拜太常博士，丁父忧，服除召试馆职，除秘书省正字。"与《宋史》本传所载有异。《宋史》言洪兴祖是先任秘书省正字，后为太常博士的。《京口耆旧传》是说洪兴祖先任太常博士，后丁父忧而去职，在服丧之后被召试，任秘书省正字。按《南宋馆阁录》卷七、卷八载有洪兴祖曾先后任秘书省正字、著作佐郎、驾部员外郎，洪兴祖任职时间先后依次为绍兴二年十二月、三年正月、三年五月。此记载符合《京口耆旧传》所言"半岁三迁，人以为荣。"所以洪兴祖当是先任太常博士，后除秘书省正字。《南宋馆阁录》卷七则明确记载有洪兴祖任秘书省正字为绍兴二年十二月。
③ （元）脱脱：《宋史》（一二），中华书局 1977 年版，第 3877 页。
④ 同上书，第 3967 页。
⑤ （宋）李心传编撰：《建炎以来系年要录》（七），胡坤点校，中华书局 2013 年版，第 3179 页。
⑥ （元）脱脱：《宋史》（一二），中华书局 1977 年版，第 3943 页。

心时政，而"上疏乞收人心，纳谋策，安民情，壮国威。又论国家再造，一宜以艺祖为法"①，为驾部郎官时，"应诏上疏，具言朝廷纪纲之失"②，起知广德军后，"视水原为陂塘六百余所，民无旱忧"③，"所隶二邑，田多高印，常以旱告，兴祖既至，即相原隰，量远近，兴陂塘六百三十有四，岁以屡丰"④，并"一新学舍，因定从祀：自十哲曾子而下七十有一人，又列先儒左丘明而下二十有六人"⑤。又曾"以经术行义训导诸生，掌其课试之事，而纠正不如规者"⑥，又葛胜仲《丹阳集·军学记》，成文于绍兴十年三月，其言："岁在戊午，丹阳洪侯自台郎出守，始用币先圣，视荆棘瓦砾之墟，愀然弗怡。慷慨自念：古之学凡莅礼、阅乐、习射、考艺、养老、受成、献囚、告馘无不即焉，政治不可以一日弛，则学宜如之。岂当计时之险夷而为缓急崇替哉？故鲁颂修泮宫，而郑刺废学校，吾其可讳劳爱费以毁墉倾屋，累后人邪？……凡樽爵豆登筐洗之属，传经考古更制而簿正者，无虑数百器，斥闲田之在官者为永业，以食来学者，聚古今坟籍且万卷，以迪多闻之益。"⑦ 由此可知，洪兴祖为政首重教育，看见学校荒废，愀然慨叹，并奋然兴学立校，以不事因之的为政态度，勉力教化人民，且亲自考论学子，以求为国举才。

而据汪藻《浮溪集·范文正公祠堂记》云："庆善乃求公遗像，绘而置之学宫，使学者世祀之。而属余记其事，呜呼公之盛德"⑧

① （元）脱脱：《宋史》（三七），中华书局 1977 年版，第 12856 页。
② 同上。
③ 同上。
④ （宋）不著撰人：《京口耆旧传》，台湾商务印书馆 1986 年影印文渊阁《四库全书》本，第 451 册，第 162 页上栏。
⑤ （元）脱脱：《宋史》（三七），中华书局 1977 年版，第 12856 页。
⑥ （元）脱脱：《宋史》（一二），中华书局 1977 年版，第 3976 页。
⑦ （宋）葛胜仲：《丹阳集》，台湾商务印书馆 1986 年影印文渊阁《四库全书》本，第 1127 册，第 486 页上下栏。
⑧ （宋）汪藻：《浮溪集》，台湾商务印书馆 1986 年影印文渊阁《四库全书》本，第 1128 册，第 159 页上栏。

"庆善为政而首及公，可谓知所本矣。"① 又《宋会要辑稿·礼六一·旌表》载有绍兴十年八月七日广德军洪兴祖奏表表彰广德县左迪功郎李彭年之事，言"本军广德县左迪功郎李彭年言行有常，乡里称孝。昔者贼兵入境，彭年二亲相继被害，冒犯白刃，收敛营葬，追慕哀恸，人不忍闻。除丧累年，蔬食饮水，誓终此身，语及其亲，悽怆泣下。出于至诚，委有显迹，可以激励风俗。"② 可见，洪兴祖企慕范文正，又奏请表彰贤士李彭年，诸此种种，其为国为民重教举才之意昭然可见。

其知真州时，"州当兵冲，疮痍未瘳。兴祖始至，请复一年租，从之。明年再请，又从之。自是流民复业，垦辟荒田至七万余亩"③，真州乃兵家要地，屡受战祸，民多转徙，而经洪兴祖的治理，绍兴十八年"浙东、西旱，绍兴府大旱"④ 时，有赖于真州之粮，浙右的饥民才得以相携就食。可见，洪兴祖深谙"民贵君轻""水能载舟亦能覆舟"之道，重视民心所向，体恤民苦，所以上疏请求安民情，除田租，并且注意整治自然灾害，兴修水利，招民励耕，振兴农业，恢复和发展农业生产。他曾写过一首清新淡然的劝农诗，即《拂云亭——在真州东园》："黄云收尽绿针齐，江北江南水拍堤。野老扶携相告语，儿童今始识锄犁。"⑤ 且出于劝农兴业、富农强本的目的，主持刻印刊行了农学家陈旉《农书》三卷⑥。镂梓此书，使广为流传，以

---

① （宋）汪藻：《浮溪集》，台湾商务印书馆 1986 年影印文渊阁《四库全书》本，第1128 册，第 159 页下栏。

② （清）徐松：《宋会要辑稿》（4），刘琳、刁忠民、舒大刚、尹波等校点，上海古籍出版社 2014 年版，第 2108 页。

③ （元）脱脱：《宋史》（三七），中华书局 1977 年版，第 12856 页。

④ （元）脱脱：《宋史》（五），中华书局 1977 年版，第 1442 页。

⑤ （清）厉鹗：《宋诗纪事》（上），上海古籍出版社 1983 年版，第 983 页。

⑥ 《四库全书》本《农书》附兴祖《序》有云："（西山陈居士——陈旉）绍兴己巳自西山来，访予手仪真（案真州郡治），时年七十四，出所著《农书》三卷，曰：'此吾闾中事业，不足拈出，然使沮溺、耦耕之徒见之，必有欣然相契处。……'仆喜其言，取其书读之三复，曰：'如居士者，可谓士矣！'因以《仪真劝农文》附其后，俾属邑刻而传之。"

使诸民皆致力于耕稼，以兴国势。知饶州时始至此地即铲除恶习。按《京口耆旧传》载："旧例民有婚葬，官抑使市酒吏缘为奸小，不慊，有破家者；民不堪，则宁因循不举。兴祖知之，下车即弛其禁，于是同日婚葬者数百家"①。

　　然而，其为人刚正不阿，不畏权势，敢于直言，结交耿介之士，故而触动权奸，使其仕途几番升降，颇为不平。按《宋史》载："始，拟兄子驾部郎官兴祖与拟上封事侵在位者，故父子俱罢"②，又载因言朝政得失而"触怒时宰，主管太平观"③。可见洪兴祖曾和其叔洪拟一同应诏犯颜上疏，慷慨批评朝政之失，欲起沉疴而振国邦，岂料触怒时相，被贬为闲职，主管太平观。按《宋史·职官志十》："时朝廷方经理时政，患疲老不任事者废职，欲悉罢之，乃使任宫观以食其禄，王安石亦欲以此处异议者"④，由此可知，主管太平观乃是安置疲老和异己的闲职。

　　且洪兴祖素与柄权当国的秦桧言事不谐，曾因与秦桧论乾坤二卦而惹怒他。"至'坤上六，阴疑于阳，必战'，兴祖谓：'阴终不可胜阳，犹臣终不可胜君，嫌于无阳，恶夫干正者。'桧以为讥己，大怒，谓兴祖曰：'前辈自有成说，今后不须著书。'闻者知其必重得罪。"⑤洪兴祖不畏强权，激怒秦桧，使得秦桧对其恨之入骨，几次三番欲置其于死地。据《宋会要辑稿·职官七十·黜降七》，绍兴四年二月十一日，"驾部员外郎洪兴祖、比部员外郎范振、枢密院编修官许世厚被并放罢。以臣僚言皆席益所私厚故也。"⑥ 知当时任驾部员外郎的

---

① （宋）不著撰人：《京口耆旧传》，台湾商务书馆 1986 年影印文渊阁《四库全书》本，第 451 册，第 162 页下栏。

② （元）脱脱：《宋史》（三四），中华书局 1977 年版，第 11750 页。

③ （元）脱脱：《宋史》（三七），中华书局 1977 年版，第 12856 页。

④ （元）脱脱：《宋史》（一二），中华书局 1977 年版，第 4080 页。

⑤ （宋）不著撰人：《京口耆旧传》，台湾商务书馆 1986 年影印文渊阁《四库全书》本，第 451 册，第 162 页下栏。

⑥ （清）徐松：《宋会要辑稿》（8），刘琳、刁忠民、舒大刚、尹波等校点，上海古籍出版社 2014 年版，第 4922 页。

洪兴祖被"放罢",是因被臣僚诬以"席益所私厚故也",此当是诬言。且当时"秦桧当国,谏官多桧门下,争弹劾以媚桧。兴祖坐尝作故龙图阁学士程瑀《论语解·序》,语涉怨望,编管昭州"①。

对程瑀一事,王梓材等《宋元学案补遗》卷一《洪氏家学》条则记载:"云濠谨案。胡澹庵为程愚翁尚书墓志云。公酷嗜论语。研精殚思。随所见疏于册。练塘洪先生兴祖早以是书从公难疑辨惑者二十年。晚得公所说。即为序。冠其首。"②《宋史·程瑀传》载,对秦桧不满且性格秉直不阿的程瑀"尝为《论语说》,至'弋不射宿',言孔子不欲阴中人。至'周公谓鲁公',则曰可为流涕。洪兴祖序述其意,桧以为讥己,逐兴祖"③。《宋史·高宗本纪》则言:"十二月丙戌,以故龙图阁学士程瑀有《论语讲解》,秦桧疑其讥己,知饶州洪兴祖尝为序,京西转运副使魏安行镂版,至是命毁之。兴祖昭州、安行钦州编管,瑀子孙亦论罪。"④ 对此,熊克《中兴小纪》卷三六据《兴祖墓志》记载:知饶州洪兴祖"以经学得名。龙图阁学士程瑀尝注《论语》,而兴祖为之《序》,摘取瑀发明圣人忠厚之言,所谓'不使大臣怨乎不以'者,表而称之。兴祖尝忤秦桧,故因此诬谮得人。桧疑兴祖托经以讥己,遂责昭州安置"⑤。又《宋元学案补遗》卷一"练塘讲友"条下云:"洪练塘序《论语说》曰。养孝弟之本原。明忠孝之不二。感发于孔子之一射。流涕于周公之四言。"⑥由上可知,程瑀曾以《论语讲解》示洪兴祖,当时洪兴祖在真州,因程瑀书中发明圣人之意且有补时政,故乐于为之作序,《序》述其

---

① (元)脱脱:《宋史》(三七),中华书局1977年版,第12856页。

② (清)王梓材、冯云濠编撰:《宋元学案补遗》(一),沈芝盈、梁运华点校,中华书局2012年版,第84页。

③ (元)脱脱:《宋史》(三四),中华书局1977年版,第11744页。

④ (元)脱脱:《宋史》(二),中华书局1977年版,第581页。

⑤ (宋)熊克:《中兴小纪》,顾吉辰、郭群一点校,福建人民出版社1985年版,第930页。

⑥ (清)王梓材、冯云濠编撰:《宋元学案补遗》(一),沈芝盈、梁运华点校,中华书局2012年版,第85页。

意，认为程瑀发明了圣人忠厚之言，故此十分称赏，以此触忤了桧党。

在绍兴二十四年（1154），秦桧与王珉见到京西运判副使魏安行所镂程书，勃然大怒。于是王珉对他们进行了弹劾。《建炎以来系年要录》卷一百六十七所载王珉上疏之谤言云："故龙图阁学士程瑀本实妄庸，见识凡下。昨在闲废，辄取先圣问答之书，肆为臆说，至引王质《断狱》以释'弋不射宿'，全失解经之体。于周公谓鲁公之语而流涕，不无怨望之意。此等乖谬，不可概举。其子弟又私结父之党与，以窃世之誉。如洪兴祖者，则为文以冠其首。魏安行者，则镂板以广其传。朋比之恶，盖极于此，不可不虑也。"① 又"伏望特降睿旨，将见今镂版，速行毁弃……仍将兴祖、安行及瑀之子弟重赐施行，以为朋附鼓唱异说之戒。"② 因秦桧与洪兴祖向来不和，所以后来又令王珉上疏进谗云："兴祖天姿阴险，趋向不正。如程瑀妄人之雄者，兴祖倾心附之，结为死党。瑀既死，又与其子弟复相结托，将瑀书为之序引，谬加称赏，以欺后世。如所谓'感发于孔子之一射，流涕于周公之四言'，此何语也哉？……兴祖今为饶州，人皆怨嗟，日望其去。乃敢共怀异议，肆为不靖，如不痛惩，恐为乱阶！伏望圣断，将兴祖、安行编置远方，以御魑魅。"③ 于是洪兴祖遂被送到昭州管制。

编管昭州不久后，洪兴祖含冤而死。据《宋会要辑稿·选举三二·悯恤旧族》载，绍兴二十五年十月十六日，"诏：'左朝散大夫洪兴祖，昨缘罪犯，编管昭州，卒，许归葬。'从其子葳请也"，④ 可知，洪兴祖含冤莫白，绍兴二十五年十月丙申秦桧死后，洪兴祖之子

---

① （宋）李心传编撰：《建炎以来系年要录》（七），胡坤点校，中华书局2013年版，第3178—3179页。

② 同上。

③ 同上。

④ （清）徐松：《宋会要辑稿》（10），刘琳、刁忠民、舒大刚、尹波等校点，上海古籍出版社2014年版，第5875页。

才得以上告，使其昭雪，允许归葬，后来又"诏复其官，直敷文阁"①。

二　秉持气节，发愤以抒情

发愤抒情是文学创作的心理动因之一，其肇始于屈原《九章·惜诵》之"惜诵以致愍兮，发愤以杼情。"② 屈原意有郁结，不得其通，借著书立说以发挥疏通。对此，司马迁说："屈原放逐，著《离骚》"③，此后，将创作者的自身遭际与文史著作的产生归为因果关系的论断层出不穷。正如白居易所总结之"故愤忧怨伤之作，通计今古，什八九焉。"④ 这多是说"以道自任"的士大夫在自己所秉守的"道"与君主所持有的"势"在历史环境中发生矛盾出现失衡的时候，创作者因精神情感之"愤"激发了创作的动力，进而撰作立说，这样，撰作立说成为创作者情感宣泄的一个有效途径，能对创作主体的情感失衡起到抚慰作用。其实，不仅文史著作可为发愤抒情之作，经典诠释之作亦可为发愤抒情之作。亦即古人不仅因发愤而创作文学作品，而且也可以因发愤而注疏经典。洪兴祖因秉持气节不能同流合污，因而壮志难伸，他诠释《楚辞》的心理动因之一，即同屈原一样发愤以抒情，于作品中寄寓自己的悲愤之情。

《宋史》本传曾载："（洪兴祖）少读《礼》至《中庸》，顿悟性命之理"⑤。《中庸》第十章《明道》载孔子言："宽柔以教，不报无道，南方之强也，君子居之。衽金革，死而不厌，北方之强也，而强者居之。故君子和而不流，强哉矫！中立而不倚，强哉矫！国有道，不变塞焉，强哉矫！国无道，至死不变，强哉矫！"⑥ 其中"和而不

---

① （元）脱脱：《宋史》（三七），中华书局 1977 年版，第 12856 页。
② （宋）洪兴祖：《楚辞补注》，白化文等点校，中华书局 1983 年版，第 121 页。
③ （汉）司马迁：《史记》（一〇），中华书局 1982 年版，第 3300 页。
④ （唐）白居易：《居易集》，中华书局 1979 年版，第 1474 页。
⑤ （元）脱脱：《宋史》（三七），中华书局 1977 年版，第 12855 页。
⑥ （宋）朱熹：《四书章句集注》，中华书局 1983 年版，第 21 页。

流"，即谓和气待人而不同流合污；"中立而不倚"，即谓守中庸之道而不偏不倚；"不变塞"，即谓坚持初衷；"至死不变"，即谓坚守节操①。洪兴祖本人乃忠君爱国的耿介之士，有拳拳爱国之心、救国之志，还顿悟性命之理，所以能在权臣当道、贤臣遭弃的政治环境中，倾于慕道，持诚守志，敢于上疏直言时事，批评时政，不畏权贵，忤逆奸臣，结交程瑀、葛胜仲等忠直不阿之士，并为其书作序，阐发深意，且因之被黜，他一直坚守着自己的理想和操守，虽遭贬谪，仍不变节。

且前文已言，洪兴祖一生学行兼备、治绩彰明，他目睹国祚多变、民生疾苦，志于报国而横遭贬斥，仕途起伏而其心未改，且通过其与秦桧论难、为程瑀《论语解》作序等事，可见其刚正不阿的人格气节。而且他还曾为葛胜仲《丹阳集》作序。《直斋书录解题》卷一八著录："《丹阳集》四十二卷……洪庆善序其文，有所谓'绝郭天信、拒朱勔、惭盛章而怒李彦'者，盖其平生出处之略也。"② 而葛胜仲生性直傲、敢于和权臣阉竖作对，《宋史·葛胜仲传》记载：葛胜仲曾议郭天信不当提举议历所，知汝州时反对"炙手可热"的李彦括田害民，被李彦劾奏；后又拒"声焰熏灼"的朱勔的索求，"至是媒蘖其短，罢归"③，此由《丹阳集》所附其婿章倧所作《行状》亦可见其事。而洪兴祖曾为其刻书，又作序称赞他不阿权贵、敢于和权臣阉竖作对的行为。推崇葛胜仲等这样的人，洪兴祖本人的人格和气节，更可见一斑。

在污浊的政治环境中秉持气节，并不能说明他内心之中没有愤懑。观前文所言的洪兴祖的一生经历，体味洪兴祖的悲愤之情，其中当包括怨君之不明、怒奸臣握柄、悲己之不遇之意。作为宋代的士大夫，精通经学的名儒，洪兴祖在心理层面上企慕圣贤忧国忧民，政治

---

① （宋）朱熹：《四书章句集注》，中华书局 1983 年版，第 21 页。
② （宋）陈振孙：《直斋书录解题》，徐小蛮、顾美华点校，上海古籍出版社 1987 年版，第 528 页。
③ （元）脱脱：《宋史》（三七），中华书局 1977 年版，第 13142—13143 页。

实践中公正廉明为国为民，学术生涯中著书立说阐幽明微。他直言进谏，虽遭贬谪而不改初心；他忠正不阿，备受谄媚之人弹劾陷害；他秉持气节，结交贤良而屡受牵连；他热衷学术，却因言获罪颇受限制。这与屈原的境遇非常相似，悲愤之情也相类似。司马迁在《屈原贾生列传》中说："屈平疾王听之不聪也，谗谄之蔽明也，邪曲之害公也，方正之不容也，故忧愁幽思而作《离骚》……屈平正道直行，竭忠尽智以事其君，谗人间之，可谓穷矣。信而见疑，忠而被谤，能无怨乎？"① 可见，屈原之诗赋为不平则鸣、发愤抒情之作，屈原之悲愤有"王听之不聪""谗谄之蔽明""方正之不容"，等等。正因为奸佞当道，忠臣无立足之地，屈原在《九章·涉江》中才感慨"忠不必用兮，贤不必以"②，而洪兴祖一生仕途几番起伏，壮志难酬，积极入世的精神和仕宦沉浮的际遇相互交织，人生失意的悲愤在所难免，故此，洪兴祖言屈原之忧、屈原之怨、屈原之悲，都是以阐发屈意的方式发己之愤、抒己之情。

　　洪兴祖明确提出"屈原之忧，忧国也……《离骚》二十五篇，多忧世之语。"③ "屈原于怀王，其犹《小弁》之怨乎？"④ 他把屈原之怨和"《小弁》之怨"联系起来，认为屈原之怨如"《小弁》之怨"一样，表现了"何辜于天，我罪伊何"的怨愤情怀。又在《离骚》"闺中既以邃远兮，哲王又不寤"句下，阐释屈原"怀王不明而曰哲王者，以明望之也"。⑤ 认为屈原谓怀王为"哲王"的旨意是希望他能成为圣明的君主。洪兴祖阐发《抽思》章旨时说："此章言己所多忧者，以君信谀而自圣，眩于名实，昧于施报，己虽忠直，无所赴愬，故反复其词，以泄忧思也"。⑥ 阐释《哀郢》章旨时还说："此

① （汉）司马迁：《史记》（八），中华书局1982年版，第2482页。
② （宋）洪兴祖：《楚辞补注》，白化文等点校，中华书局1983年版，第131页。
③ 同上书，第50页。
④ 同上书，第14页。
⑤ 同上书，第35页。
⑥ 同上书，第141页。

章言己虽被放，心在楚国，徘徊而不忍去，蔽于谗谄，思见君而不得。故太史公读《哀郢》而悲其志也。"①洪兴祖阐发屈原因国君的不明而多有忧思，解说国君"眩于名实，昧于施报"，以及屈原"蔽于谗谄，思见君而不得"等，这种对屈骚精神的阐释亦是他自身情感的体现，与他忠君爱国而壮志难伸的自身遭际相关。因洪兴祖的自身的遭遇与屈原相似，他常常借屈原之事来表明自己的现实情感。

或许正是因为洪兴祖在《楚辞》诠释时，赋予了太多的现实关怀，寄托了太多的个人情感，在阐释《楚辞》中寄寓了自己的现实影射和悲愤之情，所以《楚辞补注》一书最初的传播比较曲折和混乱。具体体现在以下三个方面：1. 关于书名，《宋史》《郡斋读书志》皆题作"《补注楚辞》十七卷"②，《遂初堂书目·总集类》言："洪氏《补注楚词》"③，此三家著录基本一致。而陈振孙《直斋书录解题》、焦竑《国史经籍志》题作"《楚辞》十七卷"④，郑樵《通志·艺文略》题作"《离骚章句》十七卷"⑤，洪兴祖在注韩愈《衢州徐偃王庙碑》时则曰："徐偃王事，见《史记》、《后汉书》、《博物志》、《元和姓纂》。然《后汉书》云：'楚文王灭之。'《楚辞》亦云：'荆文寤而徐亡。'按周穆王时，无楚文王；春秋时，无徐偃王。辨见于《楚辞补注》中"⑥。可见，此书在最初传播时，书名并不统一，有称《楚辞》的，有称《离骚章句》的，有称《补注楚辞》的，

---

① （宋）洪兴祖：《楚辞补注》，白化文等点校，中华书局1983年版，第137页。

② 分别见（元）脱脱：《宋史》（一六），中华书局1977年版，第5327页；（宋）晁公武：《衢本郡斋读书志》（二），（清）阮元辑编宛委别藏本，江苏古籍出版社1988年版，第523页。

③ （宋）尤袤：《遂初堂书目》，台湾商务印书馆1986年影印文渊阁《四库全书》本，第674册，第486页上栏。

④ 分别见（宋）陈振孙：《直斋书录解题》，徐小蛮、顾美华点校，上海古籍出版社1987年版，第433页；（明）焦竑辑：《国史经籍志·附录》（四），中华书局1985年版，第246页。

⑤ （宋）郑樵：《通志》，见王云五《万有文库第一集一千种》，商务印书馆1930年版，第66页。

⑥ 陈克明：《韩愈年谱及诗文系年》，巴蜀书社1999年版，第440—441页。

有称《楚辞补注》的。2. 关于作者，《宋史》明言为洪兴祖所作，但宋晁公武《郡斋读书志》则言《补注楚辞》十七卷和《楚辞考异》一卷"未详撰人"①。南宋尤袤《遂初堂书目·总集类》载为"洪氏"②，而《直斋书录解题》言："知饶州曲阿洪兴祖庆善补注。"③焦竑言："宋洪兴祖补王逸注"④。晁氏最初著录时，不明作者，盖因其时洪兴祖获罪，故此传入蜀中之二书已刊削其名，后来秦桧去世，权佞势衰，此书才得以冠上作者。对书名及作者问题，姜亮夫说："洪书初刻，或仅题《章句》，而未用兴祖之名也。又《宋史》谓兴祖著书，有'赞离骚'之语，则原本或亦作《离骚》，故作史者据之入传也"⑤。3. 关于书序，现在流传下来的洪兴祖的《楚辞补注》，其书前自序已佚失，只能从《郡斋读书志》的著录，见其"《自序》云：以欧阳永叔、苏子瞻、晁文元、宋景文家本参校之，遂为定本。又得姚廷辉本，作《考异》。且言《辨骚》非《楚词》本书，不当录。"⑥ 其书前自序的佚失，或许也是其内容"语涉怨望"所致。因为"在请名家写序或请朋友写序或自己写序之间作出选择，这本身就暗含了一种'策略'，选择的结果已包含着对'序'的某种期待。而且'自序'又显然是最能'随心所欲'地实现期待的"⑦。为朋友作序都"语涉怨望"的洪兴祖，在为《楚辞补注》写序时，可能更是"语涉怨望"，凸显屈骚精神，以致如此。

---

① （宋）晁公武：《衢本郡斋读书志》（二），（清）阮元辑编宛委别藏本，江苏古籍出版社1988年版，第523页。
② （宋）尤袤：《遂初堂书目》，台湾商务印书馆1986年影印文渊阁《四库全书》本，第674册，第486页上栏。
③ （宋）陈振孙：《直斋书录解题》，徐小蛮、顾美华点校，上海古籍出版社1987年版，第433页。
④ （明）焦竑：《国史经籍志·附录》，中华书局1985年版，第246页。
⑤ 姜亮夫：《楚辞书目五种》，中华书局1961年版，第32页。
⑥ （宋）晁公武：《衢本郡斋读书志》（二），（清）阮元辑编宛委别藏本，江苏古籍出版社1988年版，第523页。
⑦ 吕晓英：《弃医从文鲁迅的言说策略》，《鲁迅研究月刊》2008年第1期。

　　《楚辞补注》最初在书名、作者、书序等方面传播混乱的起因，可能是此书成书时，洪兴祖受到秦桧等当权派的排挤，洪兴祖为确保此书能顺利传世，在此书刻印发行时，采取权宜之策，不得不自行删去自序及书名、作者等信息。抑或是洪兴祖虽受排斥，但他敢于与权奸直接对峙，将其书正常刊刻出版，而因其身份的特殊性和此书内容的敏感性，此书在流传的过程中，被他人删削、隐去了相关信息。

　　另外，《宋史·艺文志》一《论语类》曾著录："洪兴祖《论语说》十卷"①。《论语说》的内容，朱熹《论语集注》曾加以采用之，明胡广等撰修的《论语集注大全》亦有引述②。据王应麟《玉海》卷四一有"洪兴祖《论语说》"，下注："谓此书始于'不愠'，终于'知命盖君子儒'"③，李大明认为："此书或作于程氏书之前，或在其后，今难知晓；但此书始于《学而》，中断于《雍也》，则为未成之作。何以未成？盖亦涉程瑀之事。"④ 可知，洪兴祖曾与程瑀于儒家经典之首《论语》反复论辩二十年，对此书颇有见地，并曾作《论语说》，此书或作于程氏书之前，或在其后，今难知晓，但一种观点认为此书并未完成，大概是为程瑀《论语解》作序发明圣人之意而招致贬斥昭州所致。

　　不管怎样说，《论语说》一书今已亡佚，不仅此书，洪兴祖所著之二十余部书大多亡佚。初步统计，经部9种，为《口义发题》《系辞要旨》《易古经考异释疑》《周易通义》《古今易总志》《左氏通解》《春秋本旨》《论语说》《古文孝经序赞》，除《春秋本旨》外，其余8种，今已全佚；子部4种，《老庄本旨》《黄庭内外经注》《圣贤眼目》《语林》，全部佚失；史部2种，《续史馆故事录》《阙里谱裔》皆佚；集部6种，《杜诗年谱》《杜诗辨证》《韩子年谱》《韩文

---

　　① （元）脱脱：《宋史》（一五），中华书局1977年版，第5068页。

　　② （明）胡广：《论语集注大全》，山东友谊书社1989年版，第15页。

　　③ （宋）王应麟辑：《玉海》（2），江苏古籍出版社、上海书店1987年版，第772页下栏。

　　④ 李大明：《洪兴祖生平事迹及著述考》，《四川师范大学学报》1989年第2期。

辨证》《楚辞补注》《楚辞考异》，其中《杜诗年谱》《杜诗辨证》《韩文辨证》3 种已佚。可见，洪兴祖 21 部著作中已佚 17 部。在雕版技术提升且官刻、私刻颇多的时代，洪兴祖自己所著书籍散佚如此严重，或亦能管窥洪兴祖本人学术上所受到的倾轧和限制。

可以说，洪兴祖对《楚辞》长达数十年的浸润，他阐释《楚辞》，如屈原创作屈赋一样，也是心灵的鸣唱，也有其个体生命的烙印，也是其一腔热血在不得其所情形下的内心压抑和愤懑的宣泄，而且"特定的时代为他理解屈原提供了最好的参照，个人的遭遇使他体味到屈原作品的真谛，相同的感受使他产生深刻的理解"①，故此，他在屈骚阐释中表达了自己的真知灼见。

第四节　不满旧注，补前贤不足

每一部经典文本都是作者与阐释者之间的纽带，文学的特性决定了文本本身不能脱离阐释者而独立存在。《楚辞》自成书以来，两千多年一直在社会上流传，并为人所关注，为人所研究。由于不同阐释者都不可能跨越时空的距离，而是从其自身的时代、生活、经验、文化、习俗以及性格、审美趣味等诸方面出发来阐释《楚辞》、品评屈原，所以不同时代的阐释者对屈原及其作品的理解也有所不同，每一个阐释者对《楚辞》的解读同时也是一个再创作的过程，每一个阐释者眼中的屈原也都与他人不同。综合而言，在洪兴祖之前，在宋代楚辞学研究的历史转型之前，对《楚辞》的研究和对屈原的认识，还存在着一些需要探讨的问题，而正是因为洪兴祖看到了洪氏之前《楚辞》研究存在的这些问题，因而有志于《楚辞》的研究。

一　《楚辞章句》存在的不足

《楚辞》的传播始于汉代，自刘向编辑十六卷本《楚辞》，它的

---

① 马建智：《洪兴祖评价屈原思想的卓识》，《西南民族学院学报》1991 年第 6 期。

阐释者很多。汉代阐释《楚辞》的有刘安、刘向、扬雄、贾逵、班固、马融等人，西汉刘安作《离骚传》、刘向作《天问解》、扬雄作《天问解》、东汉班固作《离骚章句》、贾逵作《离骚章句》等，这些著作在流传中几乎都已亡佚。东汉王逸所作的《楚辞章句》，是存世最早、最完整的《楚辞》阐释文本。王逸当时不满前人旧注，曾言"班固、贾逵复以所见改易前疑，各作《离骚经章句》。其余十五卷，阙而不说。又以壮为状，义多乖异，事不要括"①，所以作了《楚辞章句》这一《楚辞》阐释的奠基之作，功不可没。

　　但"汉人注书，大抵简质，又往往举其训诂而不备列其考据。"②逸注"不甚详赅"③，王逸注"不甚详赅"的情况主要表现在两个方面：一种是重训诂而不重考据，其注释词语和史实一般都是随文释义，较少广泛征引，不详列出处；如《离骚》"摄提贞于孟陬兮"，王逸注："太岁在寅曰摄提格。孟，始也。贞，正也。于，於也。正月为陬。"④《大招》"大侯张只"，王逸注："侯，谓所射布也。王者当制服诸侯，故名布为侯而射之。古者，选士必于乡射。心端志正，射则能中，所以别贤不肖也。"⑤王逸未说出所用典故的来源。对于王逸《章句》的这一缺点，蒋天枢曾说："叔师之为《楚辞章句》，既具'兼备众说'之体，复要括不繁，则汉人所谓'小章句'者是也。然其缺点亦正坐此，书中列举众说，一切不著其名及其说之所由来，即所引古书，亦或不著所出。凡此，对作者固出于简约之义，后世欲有所考核者每引以为憾也。"⑥"逸注不甚详赅"的另一种表现就是王逸《章句》有些地方径直缺注，这或许是因为王逸认为无须注释，也可能是未找到合适的材料。如《九歌·大司命》"广开兮天

---

① （宋）洪兴祖：《楚辞补注》，白化文等点校，中华书局1983年版，第48页。

② （清）永瑢等：《四库全书总目》，中华书局1965年版，第1268页。

③ 同上书，第1267页。

④ （宋）洪兴祖：《楚辞补注》，白化文等点校，中华书局1983年版，第3页。

⑤ 同上书，第226页。

⑥ 蒋天枢：《楚辞论文集》，陕西人民出版社1982年版，第215页。

门"句,《九章·惜往日》"闻百里之为虏兮"句,《七谏·谬谏》
"愿承闲而效志兮"句,王逸都未加注释。对王逸未列出处的和没有
注释的,洪兴祖的《补注》大多都做了相关的补释。

　　除"不甚详赅"之外,王逸对字词的注释虽多为精当,但也有不
少讹误之处。如《九章》解题,王逸解释为"章者,著也,明也。
言己所陈忠信之道,甚著明也"①,《离骚》"余以兰为可恃兮"句,
王逸注:"兰,怀王少弟,司马子兰也。"②"椒专佞以慢慆兮"句,
王逸注:"椒,楚大夫子椒也"③。《湘君》"沛吾乘兮桂舟"句,王
逸注:"吾,屈原自谓也。"④ 这些解释都不符屈作原意。又《离骚》
"折琼枝以为羞"中的"羞"字,王逸注:"羞,脯。"洪兴祖指出:
"羞、脩,二物也,见《周礼》。羞致美味;脩,则脯也。王逸、五
臣以羞为脩,误矣。"⑤ 王逸在引用史料时,或未见原著,或转引他
书,故有时所言也与史实不符。《离骚序》中,王逸曰:"秦昭王使
张仪谲诈怀王,令绝齐交。"洪兴祖引《史记·楚世家》指出:"使
张仪谲诈怀王,令绝齐者,乃惠王,非昭王也。"⑥ 后来朱熹指出:
"秦诳楚绝齐交,是惠王时事。又诱楚会武关,是昭王时事。王逸误
以为一事。洪氏正之,为是。"⑦ 此外,王逸注还以屈原的文句与五
经相比附,出现了不少主观臆测、穿凿附会的地方。如《离骚》"名
余曰正则兮,字余曰灵均",王逸注:"灵,神也。均,调也。言正
平可法则者,莫过于天;养物均调者,莫神于地。高平曰原,故父伯
庸名我为平以法天,字我为原以法地。言己上能安君,下能养民

① (宋)洪兴祖:《楚辞补注》,白化文等点校,中华书局1983年版,第121页。
② 同上书,第40页。
③ 同上书,第41页。
④ 同上书,第60页。
⑤ 同上书,第42页。
⑥ 同上书,第2页。
⑦ (宋)朱熹:《楚辞集注》,黄灵庚点校,上海古籍出版社2015年版,第225页。

也。"① 《楚辞》原文应该只是交代屈原的名和字，王逸则从中附会出法天则地、安君养民的含义。《涉江》"旦余济乎江湘"句，王逸注："旦，明也。济，渡也。言己放弃，以明旦之时始去，遂渡江湘之水。言明旦者，纪时明，刺君不明也。"② 这也体现出其所注偏离作品原意。

从王逸的《楚辞》阐释还能看出他"依经立义"的儒家视角。《离骚后序》是王逸注释《楚辞》的一个总纲，王逸说"夫《离骚》之文，依讬《五经》以立义焉"③，而《离骚序》中，他认为"《离骚》之文，依《诗》取兴，引类譬谕。"④ 一个"讬《五经》以立义"，一个"依《诗》取兴"，这就将《楚辞》纳入了经学范围，将《楚辞》中的艺术手法归源于《诗》。他以儒家视角观照《楚辞》，在具体文句的阐释上，王逸大量引用儒家典籍，频繁征引《诗经》《尔雅》《尚书》《周易》《论语》等儒家经典来比附《楚辞》文句。一部《离骚》，多用五经来附会。尤其是"以《诗》释骚"，直接引用《诗经》的句子来比附《楚辞》，据统计，在注中所引的儒家典籍中，《诗》被引用多达102处⑤。如《哀郢》"登大坟以远望兮"句，王逸注："水中高者曰坟。《诗》曰：遵彼汝坟。"⑥ 此句引自《诗经·周南·汝坟》。《离骚》"及前王之踵武"句，王逸注："踵，继也。武，迹也。《诗》曰：履帝武敏歆。"⑦ 此句引自《诗经·大雅·生民》。有时他还直接化用《诗经》的句子来解释《楚辞》，如《九辩》"计专专之不可化兮"句，王逸注："我心匪石，不可转也。"⑧ 此句来自

---

① （宋）洪兴祖：《楚辞补注》，白化文等点校，中华书局1983年版，第4页。

② 同上书，第129页。

③ 同上书，第49页。

④ 同上书，第2—3页。

⑤ 张丽萍：《〈楚辞章句〉与〈楚辞补注〉训诂比较》，硕士学位论文，兰州大学，2007年，第74页。

⑥ （宋）洪兴祖：《楚辞补注》，白化文等点校，中华书局1983年版，第134页。

⑦ 同上书，第9页。

⑧ 同上书，第196页。

《诗经·邶风·柏舟》。《招魂》"献岁发春兮汩吾南征，菉苹齐叶兮白芷生"句，王逸注："言屈原放时，菉苹之草，其叶适齐，白芷萌芽，方始欲生，据时所见，自伤哀也。犹《诗》云'昔我往矣，杨柳依依'也。"① 等等。

在《楚辞章句》版本方面，《章句》异本甚多，文句差异比较明显。洪兴祖之前的《章句》本概有两个系统：一是单行本《楚辞章句》，如唐之前的手抄本和宋代的刻本等②；二是见录于《昭明文选》者，可称《文选》本，唐李善称其注全录"王逸注"。③ 但《楚辞章句》在长时间的流传过程中，流布的方式与过程均较为复杂④，黄伯思《新校楚辞·自序》即云："此书既古，简册迭传，亥豕帝虎，舛误甚多。近世祕书晁监美叔，独好此书，乃以春明宋氏赵、邵、苏氏本，参校失得。其子伯以、叔予，又以广平宋氏及唐本与太史公记诸书是正。而伯思亦以先唐旧本，及西都留监博士杨建勳及洛下诸人所藏，及武林、吴郡椠本雠校，始得完善。"⑤ 黄伯思谈到此书的错讹情况，并提到了此书有"唐本"。而考察今所存的窜乱后的洪兴祖《楚辞补注》，从中也可以看出洪兴祖参校的众本中有"古本""唐本"等。在唐及唐以前，此书曾流传过一些版本。"就目前掌握的情况而言，这一漫长阶段大都是《楚辞章句》单抄本，洪兴祖撰《楚辞考异》时所用过的'古本''唐本'，就分别属于六朝及唐代的传抄本，可惜早期亡佚，难以考见其抄本原貌。另外，黄伯思《新校楚辞·自序》'其子伯以、叔予又以广平宋氏及唐本与太史公记诸书是正'中所提到的'唐本'，也应属于一抄本，但此'唐本'与洪兴祖

---

① （宋）洪兴祖：《楚辞补注》，白化文等点校，中华书局1983年版，第213页。

② 洪兴祖所言之古本、唐本等；今明代的夫容馆本和黄省曾本都是据宋代的单刻本翻刻而成。

③ 邓声国：《〈楚辞章句〉流传及版本考》，《兰台世界》2008年第8期。

④ 同上。

⑤ （宋）黄伯思：《新校楚辞·序》，载姜亮夫《楚辞书目五种》，中华书局1961年版，第37页。

所见之'唐本'是否有何关联，目前并不知晓。"① 而根据洪兴祖的《楚辞补注》中《惜往日》"惜壅君之不昭"下，"古本壅，皆作麜"。②《九辩》"仰浮云而永叹"下，"古本仰作卬"。③《九叹·离世》"波澧澧而扬浇兮"下，"澧，唐本作沣"。④《天问》"中央共牧，后何怒?"下，"牧，唐本作牧，注同，一作枚"。⑤ 可知这些较早的版本与其他一些版本之间在字词、语句等方面存有差异。另外，因《章句》"去古未远，多传先儒之训诂，故李善注《文选》，全用其文"。⑥ 说的是李善为《文选》中收录的《楚辞》13 篇，即《离骚》《东皇太一》《云中君》《湘君》《湘夫人》《少司命》《山鬼》《涉江》《卜居》《渔父》《九辩》《招魂》《招隐士》作注时，全用"王逸注"。这样就形成了见录于《文选》的《文选》本《章句》系统。"《文选》李善注本在当时也是通过传抄的方式进行流布的，至于唐写本《文选》李善注本有多少种，则无法进行统计"。⑦《文选》所收本《楚辞》也有很多异文异说。如《离骚》"冀枝叶之峻茂兮"句，《考异》云："《文选》作葆。"⑧《离骚》"吾令凤鸟飞腾兮，继之以日夜"句，《考异》："《文选》云：吾令凤皇飞腾兮，继之以日夜"。⑨《离骚》"凤皇翼其承旗兮"，《考异》："《文选》翼作纷。"⑩ 关于《文选》骚类的异文情况，熊良智写有《〈文选〉骚类的异

---

①　邓声国：《〈楚辞章句〉流传及版本考》，《兰台世界》2008 年第 8 期。

②　(宋) 洪兴祖：《楚辞补注》，白化文等点校，中华书局 1983 年版，第 150 页。

③　同上书，第 188 页。

④　同上书，第 287 页。

⑤　同上书，第 116 页。

⑥　(清) 永瑢等：《四库全书总目》，中华书局 1965 年版，第 1267 页。

⑦　邓声国：《〈楚辞章句〉流传及版本考》，《兰台世界》2008 年第 8 期。

⑧　(宋) 洪兴祖：《楚辞补注》，白化文等点校，中华书局 1983 年版，第 11 页。

⑨　同上书，第 29 页。

⑩　同上书，第 44 页。

文》①，可以参考。

　　黄伯思所提到的赵郡苏氏本概为苏轼本，春明宋氏本概为宋敏求家藏，广平宋氏本及杨建勋、洛下诸人所藏本或亦当为宋代传本。而据《郡斋读书志》载："《自序》云：以欧阳永叔、苏子瞻、晁文元、宋景文家本参校之，遂为定本。又得姚廷辉本，作《考异》，且言《辨骚》非《楚词》本书，不当录。"②《直斋书录解题》载："兴祖少时从柳展如得东坡手校《楚辞》十卷，凡诸本异同，皆两出之；后又得洪玉父而下本十四五家参校，遂为定本。始补王逸《章句》之未备者；书成，又得姚廷辉本，作《考异》，附古本《释文》之后；其末，又得欧阳永叔、孙莘老、苏子容本于关子东、叶少协，校正以补《考异》之遗。"③综合二家之说，可知洪兴祖校定《楚辞章句》时便参校了宋代二十多个本子。④宋代流传的各种版本的《楚辞章句》，在文句、篇名、章次等方面都有差异。如《离骚》"览察草木其犹未得兮"句，洪兴祖《考异》云："草，一作艸，一作卉。犹，一作独。"⑤《七谏·怨世》"独冤抑而无极兮，伤精神而寿夭。皇天既不纯命兮，余生终无所依"四句，洪兴祖《考异》云："一本无上四句。"⑥《九怀·尊嘉》"榜舫兮下流"句，洪兴祖《考异》云："榜舫，一作榜艕，一作榜舡，一作摘艕，一作摘舫。"洪补曰："东坡本作榜舫，《释文》榜作摘。摘，取也。"⑦《七谏·谬谏》题

　　①　熊良智：《〈文选〉骚类的异文》，载熊良智《楚辞文化研究》，巴蜀书社 2002 年版，第 222—224 页。

　　②　（宋）晁公武：《衢本郡斋读书志》（二），（清）阮元辑编宛委别藏本，江苏古籍出版社 1988 年版，第 523 页。

　　③　（宋）陈振孙：《直斋书录解题》，徐小蛮、顾美华点校，上海古籍出版社 1987 年版，第 434 页。

　　④　李大明：《宋本〈楚辞章句〉考证》，《四川师范大学学报》（社会科学版）1995 年第 1 期。

　　⑤　（宋）洪兴祖：《楚辞补注》，白化文等点校，中华书局 1983 年版，第 36 页。

　　⑥　同上书，第 247 页。

　　⑦　同上书，第 274 页。

下言："鲍慎思云：篇目当在乱曰之后。按古本《释文》，《七谏》之后，乱曰别为一篇，《九怀》《九思》皆同。"①《九章·悲回风》"草苴比而不芳"，洪补曰："直，《释文》：七古切，茅藉祭也。鲍钦止本云：七闾、子旅二切。林德祖本云：反贾、士加二切。"②"洪兴祖引宋代《楚辞章句》传本，基本上不记何家何本，而曰：'一本'、'或本'、'旧本'、'一作'、'或作'云云。但有少数几处提及苏东坡本、鲍钦止本、鲍慎思本、林德祖本。"③朱熹又云："故洪本载欧阳公、苏子容、孙莘老本于'多艰'、'夕替'下注：'徐铉云，古之字音多与今异，如皂亦音香，乃亦音仍，他皆放此。盖古今失传，不可详究。如艰与替之类，亦应叶，但失其传耳。'夫《骚》音于俗音不叶者多，而三家之本独于此字立说，则是它字皆可类推。"④而洪迈《容斋续笔》卷十五又载："洪庆善注《楚辞·九歌·东君篇》：'絚瑟兮交鼓，箫钟兮瑶簴。'引《仪礼·乡饮酒》章'间歌《鱼丽》，笙《由庚》。歌《南有嘉鱼》，笙《崇丘》'为比，云：'萧钟者，取二乐声之相应者互奏之。'即镂板，置于坟庵，一蜀客过而见之，曰：'一本箫作搐，《广韵》训为击也。盖是击钟，正与絚瑟为对耳。'庆善谢而亟改之。"⑤总之，"通过考证可以看出：宋代《章句》流传既广，异本甚多，文句讹误现象十分严重"⑥。

故此，宋代学者整理《楚辞》的亦不乏其人，如，苏轼尝亲校《楚辞》十卷，此本为后来洪兴祖诸多校本之一。晁补之则致力于《楚辞》的整理、编辑工作，通过编辑《楚辞》《续楚辞》《变离骚》

①（宋）洪兴祖：《楚辞补注》，白化文等点校，中华书局1983年版，第257页。

②同上书，第156页。

③李大明：《宋本〈楚辞章句〉考证》，《四川师范大学学报》（社会科学版）1995年第1期。

④（宋）朱熹：《楚辞集注》，黄灵庚点校，上海古籍出版社2015年版，第227页。

⑤（宋）洪迈：《容斋随笔》，穆公校点，上海古籍出版社2015年版，第218页。

⑥李大明：《宋本〈楚辞章句〉考证》，《四川师范大学学报》（社会科学版）1995年第1期。

等书，借以表达对屈赋的看法。据朱熹《楚辞辨证》所言，陈说之曾整理过《楚辞》传本，他言："天圣十年陈说之序，以为'旧本篇第混并，首尾差互，乃考其人之先后，重定其篇'。然则今本说之所定也。"① 知道《楚辞》一书在仁宗之前，其篇次与今本有异，陈说之曾重新编定次序，概为今本篇目次序之所本。这都说明此书亟须整理完善。

二　补注一体，乃力补《章句》

洪兴祖之前或当时，《楚辞章句》的流传情况十分复杂，各种版本存在很多差异。"由于北宋多位学者之努力，《楚辞》之研究愈见兴盛，所给予后人之宝贵心得亦复不少，然而就全面性及精密性而言，代表作依旧付诸阙如，学者所凭借者大抵仍以王逸《章句》为主。兴祖鉴于王逸本流传日久，文字多歧，更重要者，王注虽称最古，实有若干疏漏与致误之处，亟待后人加以补充与改正；兴祖既痛朝政之不修，复因己身之遭贬而对屈原寄予崇高敬意与深刻感情，故而不畏权势，不辞劳苦，尽力于'补王逸《章句》之未备者'，卒能完成是书，裨益后学。"② 洪兴祖《楚辞补注》之所以叫"补注"，正说明洪兴祖阐释《楚辞》的动因之一是补《章句》之未备，补前贤之不足。他对于《楚辞》的补注，《郡斋读书志》云："凡王逸《章句》有未尽者补之。"③《直斋书录解题》亦云："始补王逸《章句》之未备者。"④ 洪兴祖先后参校版本十余种，完成《楚辞补注》，而于书成定稿之后，尚因他人之意见予以修定，且在《楚辞补注》成书

---

① （宋）朱熹：《楚辞集注》，黄灵庚点校，上海古籍出版社 2015 年版，第 224 页。

② 李温良：《洪兴祖〈楚辞补注〉研究》，硕士学位论文，台湾成功大学，1994 年，第 93 页。

③ （宋）晁公武：《衢本郡斋读书志》（二），（清）阮元辑编宛委别藏本，江苏古籍出版社 1988 年版，第 523 页。

④ （宋）陈振孙：《直斋书录解题》，徐小蛮、顾美华点校，上海古籍出版社 1987 年版，第 434 页。

后，又以他本参校，完成《楚辞考异》，其后又得几种版本来校正
《楚辞考异》，并于镂版之后尚听取他人意见以资完善。

整体而言，洪兴祖在作《补注》时，在以下几个方面对王逸注进
行了补充、完善和阐发。

1. 荟萃众本，考录异文。自汉至宋，《楚辞注》流传了一千多
年，其间，版本内容错杂衍异的现象比较严重。洪兴祖作《补注》
时，勤为搜罗，广征异本，罗列异文，精心校勘，先参校版本十余
种，后得姚廷辉本作《考异》，又以欧阳修等别本来补充《考异》，
可谓网罗诸本，详加校勘，所得颇丰，对考辨版本和文字异同提供了
丰富的资料。如：《九辩》"天高而气清"，王逸注："秋天高朗，体
清明也。言天高朗，照见无形。伤君昏乱，不听明也。"《考异》：
"气清，一作气平。"补曰："清，疾正切。《说文》云：无垢秽也。
古本作瀞。"①《离骚》："余固知謇謇之为患兮，忍而不能舍也"中
"忍而不能舍也"，王逸注"舍，止也。言己知忠言謇謇谏君之过，
必为身患，然中心不能自止而不言也。"《考异》："《文苑》无'而'
字。一本'忍'上有'余'字，一无'也'字。"②

2. 凭依书证，援引赅博。鉴于王逸注的"不甚详赅"，洪兴祖作
《补注》时，广引书证，训释考订，或指出王逸注引文出处，或引证
他书加以补释。其征引书证的范围广，经史子集都有，且所征引的书
目多，征引频率也大大超过王逸注。对洪补所引书证的具体情况，朱
佩弦条分缕析地分析了洪补暗引典籍的情况，并结合李温良所统计的
明引情况，除去重复，得出结论："洪兴祖引经部书籍53种、史部书
籍30种、子部书籍81种、集部书籍73种，共237种2307次"③。正
所谓"其援据赅博，考证详审。名物训诂，条析无遗"④。如：对

---

①　（宋）洪兴祖：《楚辞补注》，白化文等点校，中华书局1983年版，第183页。

②　同上书，第9页。

③　朱佩弦：《洪兴祖〈楚辞补注〉研究》，博士学位论文，华中师范大学，2015年，
第237页。

④　姜亮夫：《楚辞书目五种》，中华书局1961年版，第36页。

《离骚》"求宓妃之所在"中"宓妃"一词，王逸仅注："宓妃，神女，以喻隐士。"洪补曰："《汉书·古今人表》有宓羲氏。宓，音伏，字本作虙。《颜氏家训》云：虙字从虍，宓字从宀，下俱为必。孔子弟子宓子贱，即虙羲之后，俗字以为宓，或复加山。《子贱碑》云：济南伏生，即子贱之后。是知虙之与伏，古来通用，误以为密，较可知矣。《洛神赋》注云：宓妃，伏羲氏女，溺洛水而死，遂为河神。"① 这是对王逸所注广征《汉书》《颜氏家训》《子贱碑》《洛神赋》注等进行补释。《天问》："斡维焉系，天极焉加"，洪补引《说文》、颜师古《匡谬正俗》、张华《励志诗》等凡 11 家，诠释了天体运转现象②。

3. 匡正谬误，驳斥旧注。《楚辞》王逸注本为最古，有重要价值，洪兴祖对此注也比较推重，但此注在解释词义、阐发文意等方面也存在疏误，如王逸注在说解词义语句时有讹误之处，在引用史料时，或未见原著或转引他书，故有时与史实不符。洪补在对王注进行疏通补充时，对王注解释疏误之处加以指出并予以更正，此外，对王逸引证的材料存在的讹误亦予驳正。如：《天问》："易之以百两，卒无禄"，王逸注："言秦伯不肯与弟针犬，针以百两金易之，又不听，因逐针而夺其爵禄也。"王逸认为"百两"为金，洪补曰："《天对》注云：百两，盖谓车也。逸以为百两金，误矣。两，音亮，车数也。"③《离骚》："折琼枝以为羞"中"羞"字，王逸注："羞，脯"，洪兴祖补曰"羞、脩，二物也，见《周礼》。羞致美味，脩，则脯也。王逸、五臣以羞为脩，误矣。"④

4. 保存佚说，载录遗文。洪兴祖对《楚辞》进行补释时收集参校了很多注本，后来许多注本均已散佚，如汉贾逵的《离骚经章句》，汉马融的《离骚注》、晋郭璞的《楚辞注》、晋徐邈的《楚辞

① （宋）洪兴祖：《楚辞补注》，白化文等点校，中华书局 1983 年版，第 31 页。
② 同上书，第 87 页。
③ 同上书，第 117 页。
④ 同上书，第 42 页。

音》、王勉的《楚辞释文》等，这些注本的部分内容，全赖洪氏的补注得以保存下来。如《离骚》"女媭之婵媛兮"句中的"女媭"，洪补有："贾侍中说：楚人谓女曰媭，前汉有吕须，取此为名。"①《大招》："鸿鹄代游，曼鹔鹔只。"洪补曰："鹔鹔，长颈绿身，其形似雁。一曰凤皇别名。马融曰：其羽如绂，高首而修颈。"② 且洪兴祖征引的典籍堪称浩博，其援引者，确有部分是佚书。所以，在洪氏所引资料中，保存了汉魏六朝至隋唐及洪氏同时代的大量佚说，这些《楚辞》类与非《楚辞》类的佚文，赖洪氏的补注得以保存下来。正如陈振孙所称"逸之注虽未能尽善，而自淮南王安以下为训传者今不复存，其目仅见于《隋》《唐志》，独逸《注》幸而尚传，兴祖从而补之，于是训诂名物详矣"③。汤炳正认为洪兴祖《楚辞考异》多举名人校本、宋以前古本、当代异本、采及类书，援引王勉《释文》甚多，可谓"保存了宋以前有关《楚辞》的大量异文与异说。"④

5. 补释语意，疏通王说。王逸在《楚辞》每句之下几乎都有注释，但也有没注的句子，这种情况或是因为王逸觉得不必注，或是因为没有找到恰当的解释或相关的资料。针对这种情况，洪兴祖或先言"王逸无注"，然后补释，或直接进行补注，洪补还对王逸注文进行深入研讨，对其说解不明者，多能加以疏通，对其说解简略的则加以补充，令注文句显意畅。如：《离骚》："灵氛既告余吉占兮"句，王逸未注，洪补曰："灵氛告以吉占，百神告以吉故，而此独曰灵氛者，初疑灵氛之言，复要巫咸，巫咸与百神无异词，则灵氛之占诚吉矣。然原固未尝去也，设词以自宽耳。"⑤ 这是对王逸未注予以补释。《离

---

① （宋）洪兴祖：《楚辞补注》，白化文等点校，中华书局 1983 年版，第 18 页。

② 同上书，第 224 页。

③ （宋）陈振孙：《直斋书录解题》，徐小蛮、顾美华点校，上海古籍出版社 1987 年版，第 433 页。

④ 汤炳正：《洪兴祖〈楚辞考异〉散附〈楚辞补注〉问题》，载汤炳正《楚辞类稿》，巴蜀书社 1988 年版，第 98 页。

⑤ （宋）洪兴祖：《楚辞补注》，白化文等点校，中华书局 1983 年版，第 42 页。

骚》："凤皇翼其承旂兮，高翱翔之翼翼。"王逸注："言己动顺天道，则凤皇来随我车，敬承旂旗，高飞翱翔，翼翼而和，嘉忠正、怀有德也。"洪兴祖补曰："古者旌旗皆载于车上，故逸以承旂为来随我车。"① 说明王逸为何将"承旂"解释为"来随我车。"

6. 罗列众说，设问存疑。洪兴祖在对王注进行补释时，其所参证的材料广博，在遇到各家之说互有矛盾而自己不知取舍时，仅列举诸说以备参证，常以"未详""未知孰是""今并存之"等以存疑，使诸说并存，留有继续研究的余地。如：《九叹·愍命》："掘荃蕙与射干兮"，王逸注："射干，香草。"洪补曰："《荀子》曰：西方有木焉，名曰射干，茎长四寸，生于高山之上，而临百仞之渊，木茎非能长也，所立者然也。注引陶弘景云：花白茎长，如射人之执竿。又引阮公诗云：夜干临层城。是生于高处也。据《本草》在草部中，又生南阳川谷。此云木，未详。"② 对于"射干"一词，洪兴祖先后引用《荀子》《本草》等为释，但对诸家所言，"射干"是属"木"还是属"草"，是生于高山还是川谷，则未详，不知孰是。《离骚》："恐鹈鴂之先鸣兮"中的"鹈鴂"，洪兴祖援引《反离骚》、颜师古、《思玄赋》《禽经》《月令》《诗》《左传》《广韵》等诸家著录，对矛盾之说，则曰"未详"。③

7. 阐发屈意、品评公允。洪兴祖不仅在补释语意、名物训诂、匡谬发微方面作出了贡献，他还拓展了《楚辞》意蕴，阐发了屈意，评价了屈原思想，因他与屈原有着相似的历史境遇、相同的人生轨迹，所以他能透过文本的语言揭示出屈原作品的某些深刻含义，如：《离骚》："闺中既以邃远兮，哲王又不寤"。在后句下王逸注："哲，智也。寤，觉也。言君处宫殿之中，其闺深远，忠言难通，指语不达，自明智之王，尚不能觉悟善恶之情，高宗杀孝己是也。何况不智之君，而多闇

---

① （宋）洪兴祖：《楚辞补注》，白化文等点校，中华书局1983年版，第44页。
② 同上书，第304—305页。
③ 同上书，第39页。

蔽，固其宜也。"补曰："《说文》：寐觉而有信曰寤。闺中既以邃远者，言不通群下之情；哲王又不寤者，言不知忠臣之分。怀王不明而曰哲王者，以明望之也。太史公所谓冀幸君之一悟，俗之一改也。韩愈《琴操》云：臣罪当诛兮，天王圣明。亦此意。"① 这里洪兴祖探求屈原谓怀王为"哲王"的旨意，是"以明望之"，想以此能令怀王觉悟自己的过错而改变自己的所作所为，成为一个圣明之君。《九歌·湘夫人》："时不可兮骤得，聊逍遥兮容与。"在前句下王逸注："骤，数。"在后句下王逸注："言富贵有命，天时难值，不可数得，聊且游戏，以尽年寿也。"《考异》："与，一作冶。"补曰："不可再得则已矣。不可骤得，犹冀其一遇焉。"② 洪兴祖认为屈原此处不说"时不可兮再得"（《湘君》），而言"时不可骤得"，两处用词的语意有轻重之分，这里所言"骤得"，盼望之情更为殷切。

　　关于"补注"，姜亮夫曾说："洪书盖补王逸章句之未详者，故谓之补注，重点在补义。"③ 其"补义"既有补语句表层词义句意者，又有补文本深层意旨者。如《九歌·东君》"箫钟兮瑶簴"句，王逸没有注解。洪补曰："《仪礼》有笙磬、笙钟。《周礼》笙师共其钟笙之乐。注云：钟笙，与钟声相应之笙。然则箫钟，与箫声相应之钟欤？簴，其吕切。《尔雅》木谓之虡，县钟磬之木也。瑶簴，以美玉为饰也。"④ 这是洪兴祖对王逸未注的词语进行补释。如《离骚序》中王逸言："三闾之职，掌王族三姓，曰昭、屈、景。"洪补曰："《战国策》：楚有昭奚恤。《元和姓纂》云：屈，楚公族芈姓之后。楚武王子瑕食采于屈，因氏焉。屈重、屈荡、屈建、屈平，并其后。又云：景，芈姓。楚有景差。汉徙大族昭、屈、景三姓于关中。"⑤ 这是对王逸《序》中所言的"昭、屈、景"三姓进行补释，尽量求其详明真确。洪兴祖在《远遊》

①　（宋）洪兴祖：《楚辞补注》，白化文等点校，中华书局 1983 年版，第 34—35 页。
②　同上书，第 68 页。
③　姜亮夫：《楚辞书目五种》，中华书局 1961 年版，第 31—32 页。
④　（宋）洪兴祖：《楚辞补注》，白化文等点校，中华书局 1983 年版，第 74 页。
⑤　同上书，第 1 页。

"与泰初而为邻"句下，补曰："按《骚经》《九章》皆讬遊天地之间，以泄愤懑，卒从彭咸之所居，以毕其志"①。评《悲回风》时又说："此章言小人之盛，君子所忧，故讬游天地之间，以泄愤懑，终沉汨罗，从子胥、申徒，以毕其志也。"② 等等，这是对潜藏在作品背后的作者深层的创作意旨进行阐发。正如姜亮夫所言，"其补义以申王为主；或引书以证其事迹古义，或辨解以明其要。皆列王注于前，而以己之所补者随之。"③ 由此可见，洪兴祖阐释《楚辞》是一种有意识有目的的对王注之"补"。

可见，在"补前贤之不足"这一阐释动因的驱使下，洪兴祖旁征博引，或精校异文，或遍考方言，或广征文献，或阐发思想，或训释音义，又及考订史实、征引传说、详证名物、厘清章节、发扬屈意、驳正旧注，可谓细大不捐，洞微见著④，大体而言，洪补在章句训诂、考订异同、辨白得失、发明义理等方面补证了前人《楚辞》阐释的缺憾，并有自己的创见，可谓训诂、考据、义理兼具，这使得《楚辞补注》成为古代楚辞学史中宋元阶段的代表性著作，在楚辞学史上有着举足轻重的地位。

---

① （宋）洪兴祖：《楚辞补注》，白化文等点校，中华书局1983年版，第175页。
② 同上书，第162页。
③ 姜亮夫：《楚辞书目五种》，中华书局1961年版，第32页。
④ 侯体健：《重印修订标点本〈楚辞补注〉错讹举隅》，《古籍整理研究学刊》2007年第4期。

第二章　洪兴祖"补注"的阐释体式

　　所谓阐释体式，是指阐释文化典籍的专门著作的体例与形式。从经典的阐释来看，古今阐释者在阐释实践中创造了各种阐释的方法，也根据书籍的内容和不同的阐释取向创造了一系列的阐释体式。每一种阐释体式都有自己的特点。阐释者在阐释经典时采用不同阐释体式，体现出不同的阐释取向。"补注"一体，作为阐释体式中较有特色的一种，也是如此。

第一节　"补注"体式的创制选定

　　宋代洪兴祖所作的《楚辞补注》是现存最早的以"补注"形式出现的古籍阐释著作。洪兴祖创制选定"补注"体阐释《楚辞》文本，并不是随意或偶然的。因为"解释体式的创建和选定，不仅要针对解释对象的性质和特征，要依据解释主体的视角和目的，而且还要凭借解释学的传统和经验"。① 洪兴祖用"补注"体来阐释《楚辞》，即出于他"补不足，发己意"的阐释视角和目的，针对《楚辞》这一抒情载体和《楚辞章句》存在的不足，凭借着阐释学传统和经验，在"笺"体启示下的创制。

---

　　① 周光庆：《中国古典解释学导论》，中华书局 2002 年版，第 156 页。

一　针对阐释对象来选定体式

每一部经典文本都是作者与阐释者之间的纽带，文学的特性决定了文本本身不能脱离阐释者而独立存在。洪兴祖作为《楚辞》的阐释者、《楚辞章句》的补注者，以"补注"的形式对此文本进行阐释，是与《楚辞》的性质特征和《楚辞章句》的流传状况密切相关的。

（一）《楚辞》是抒情的载体

鲁迅曾评《离骚》说："较之于《诗》，则其言甚长，其思甚幻，其文甚丽，其旨甚明，凭心而言，不遵矩度。故后儒之服膺诗教者，或訾言而绌之，然其影响于后来之文章，乃甚或在三百篇以上。"①"凭心而言，不遵矩度"可以说表明《楚辞》具有强烈的抒情性。

《楚辞》是屈原等爱国诗人悲愤的鸣唱，是他们精神世界的写照，是申抒己心的文字载体。特别是屈原，司马迁说："屈平疾王听之不聪也，谗谄之蔽明也，邪曲之害公也，方正之不容也，故忧愁幽思而作《离骚》。"②他或直抒胸臆揭示自己的精神世界，或借助古代神话和历史人物诉说内心痛苦，字里行间倾注了真切的个性情感，可谓忧祖国之命运，痛国君之不明，怒小人之谗佞，伤贤哲之不遇，哀民生之多艰，叹人才之变质，悲己身之所遭，诉自己之抉择。

他言："岂余身之惮殃兮，恐皇舆之败绩"③，他是那样担心祖国岌岌可危的命运，但"君无度而弗察兮，使芳草为薮幽"④，"荃不察余之中情兮，反信谗而齌怒"⑤，国君昏庸不明远贤臣亲奸臣，小人们又蝇营狗苟嫉贤妒能，他们"背绳墨以追曲兮，竞周容以为度"⑥，

---

①　鲁迅：《汉文学史纲要》，人民文学出版社 1957 年版，第 20 页。
②　（汉）司马迁：《史记》（八），中华书局 1982 年标点本，第 2482 页。
③　（宋）洪兴祖：《楚辞补注》，白化文等点校，中华书局 1983 年版，第 8 页。
④　同上书，第 150 页。
⑤　同上书，第 9 页。
⑥　同上书，第 15 页。

"众皆竞进以贪婪兮，凭不厌乎求索。羌内恕己以量人兮，各兴心而嫉妒"①，"众女嫉余之蛾眉兮，谣诼谓余以善淫"②，使得"鸾鸟凤皇，日以远兮。燕雀乌鹊，巢堂坛兮。露申辛夷，死林薄兮。腥臊并御，芳不得薄兮"③，出现贤哲不得进用的情况。而有些原本是人才的也变节了，屈原只能感慨"虽萎绝其亦何伤兮，哀众芳之芜秽"。④虽然政治环境如此，忧国忧民的屈原也时时不能把君国忘怀，他念民生之艰难，说"民离散而相失兮，方仲春而东迁。去故乡而就远兮，遵江夏以流亡"⑤，"长太息以掩涕兮，哀民生之多艰！"⑥即使他明心可鉴日月而横遭疏离排挤，他仍旧初心不改，"吾谊先君而后身兮，羌众人之所仇。专惟君而无他兮，又众兆之所雠。壹心而不豫兮，羌不可保也"⑦，"楫齐扬以容与兮，哀见君而不再得"⑧。纵使现实残酷，也绝不向恶势力屈服，绝不变志从俗，而是选择"宁溘死以流亡兮，余不忍为此态也"⑨，"亦余心之所善兮，虽九死其犹未悔"，⑩"虽体解吾犹未变兮，岂余心之可惩"⑪，"既莫足与为美政兮，吾将从彭咸之所居"⑫。可见，种种情感满溢于纸上。屈原或以香草美人的比兴，或现实与想象结合，或借景抒情，或直抒胸臆，尽情地倾诉着自己的心绪。

《楚辞》不仅是诗人的抒情载体，也是阐释者抒情的载体。《楚

---

① （宋）洪兴祖：《楚辞补注》，白化文等点校，中华书局1983年版，第11页。

② 同上书，第14—15页。

③ 同上书，第131—132页。

④ 同上书，第11页。

⑤ 同上书，第132页。

⑥ 同上书，第13—14页。

⑦ 同上书，第122—123页。

⑧ 同上书，第133页。

⑨ 同上书，第15—16页。

⑩ 同上书，第14页。

⑪ 同上书，第18页。

⑫ 同上书，第47页。

辞》与政治、宗教等体制强化下的国家经典不同，它是在读者的反复阅读与阐释中逐渐获得权威性的，正因如此，《楚辞》的阐释者对其阐释的空间就更广阔，阐释者的阐释行为少了一些国家意识形态的约束，具有更大的开放性和自由度①。《楚辞》作为阐释的对象，不同阐释者都不可能跨越时空的距离，而都是从其自身的时代、生活、经验、文化、习俗以及性格、审美趣味等诸方面出发来阐释《楚辞》、品评屈原的。每一个阐释者对《楚辞》的解读都是一个再创作的过程，每一个阐释者眼中的屈原也都与他人有所不同。但不可否认的是，屈原与《楚辞》一直是读者抒情的载体，一直是备受关注的对象。

贾谊与屈原年代相距不过百余年，他仕途不顺，据载："谊为长沙王太傅，既以谪去，意不自得；及渡湘水，为赋以吊屈原。屈原，楚贤臣也。被谗放逐，作《离骚赋》，其终篇曰：'已矣哉！国无人兮，莫我知也。'遂自投汨罗而死。谊追伤之，因自喻，其辞曰……"② "因自喻"这三个字明显流露出贾谊在以屈原自比，在追伤屈原的同时，也借"吊屈原"抒发他个人的身世之慨、忧愁困苦，"嗟苦先生，独离此咎兮！"③ 这是贾谊伤屈的同时亦自伤。

而司马迁对屈原有高度评价，他在《史记·屈原贾生列传》中写道："屈原正道直行，竭忠尽智以事其君，谗人间之，可谓穷矣。信而见疑，忠而被谤，能无怨乎？屈平之作《离骚》，盖自怨生也。"④ 司马迁对屈原心理的体察可谓细致入微，且他"读《离骚》、《天问》、《招魂》、《哀郢》，悲其志。适长沙，观屈原所自沉渊，未尝不

---

① 邹福清：《"诗人"、辞赋之士：经典诠释传统与屈原形象定位的文化内涵》，《理论月刊》2007 年第 11 期。

② （梁）萧统编：《文选》（六），（唐）李善注，上海古籍出版社 1986 年版，第2590 页。

③ 同上书，第 2591 页。

④ （汉）司马迁：《史记》（八），中华书局 1982 年标点本，第 2482 页。

垂涕,想见其为人"①,他的这些感受正是因为与屈原类似的境遇,不只是怀才不遇,更是"忠而被谤"。清陶必铨于《屈贾合传论》中认为:"《屈贾传》,顿挫悲壮,读之如见其人,《史记》合传中之最佳者也。虽然,史公亦借以自写牢骚耳。"②李景星在《四史评议》中评《屈原贾生列传》时说:"通篇多用虚笔,以抑郁难遇之气,写怀才不遇之感,岂独屈贾两人合传,直作屈、贾、司马三人合传读可也。"③这正是看到了"发愤以著书"的司马迁在《史记》中寄寓了其个人情感,他因屈贾两人相似而合传,含泪为屈原立传,亦是借此抒怀寄愤以浇自己胸中块垒。

　　而扬雄,一生不太得意,生活贫寒,甘于淡泊,悉心著述,对生活采取了"自守者身全"的处世态度。他"又怪屈原文过相如,至不容,作《离骚》,自投江而死,悲其文,读之未尝不流涕也。以为君子得时则大行,不得时则龙蛇,遇不遇命也,何必湛身哉!乃作书,往往摭《离骚》文而反之,自崏山投诸江流以吊屈原,名曰《反离骚》;又旁《离骚》作重一篇,名曰《广骚》;又旁《惜诵》以下至《怀沙》一卷,名曰《畔牢愁》。"④扬雄对《楚辞》如此关注,并对屈原表现出惺惺惜惺惺、悲悯其人的情感,同时也对屈原的沉水殒身表示不解,这是他自身境遇和自己明哲保身思想的体现。

　　唐代,晚年生活困顿壮志难酬的杜甫曾来楚地,写下《湘夫人祠》,其中"苍梧恨不尽,染泪在丛筠",感怀娥皇女英二妃追随舜帝而不遇,空留幽怨,空余遗恨。黄生认为此诗"用本色作收,而自喻之旨已露"⑤,王嗣奭也说:"臣之望君,犹妻之望夫,'苍梧'之

————————

　　① (汉)司马迁:《史记》(八),中华书局1982年标点本,第2503页。

　　② (清)陶必铨撰、陶澍编辑:《萸江古文存》,载《清代诗文集汇编》编纂委员会《清代诗文集汇编》(440),上海古籍出版社2010年版,第516页。

　　③ 李景星:《四史评议》,韩兆琦、俞樟华校点,岳麓书社1986年版,第77页。

　　④ (汉)班固:《汉书》(一一),(唐)颜师古注,中华书局1962年版,第3515页。

　　⑤ (唐)杜甫:《杜甫集》,三晋出版社2008年版,第229页。

恨，不为夫人发也。"① 这都说明杜甫是借凭吊湘夫人祠表达自己的身世感慨和志不得伸的愁思的。杜甫还写下《祠南夕望》："百丈牵江色，孤舟泛日斜。兴来犹杖屦，目断更云沙。山鬼迷春竹，湘娥倚暮花。湖南清绝地，万古一长嗟。"② 黄生论此诗曰："此近体中吊屈原赋也。结亦自喻，日夕望祠，仿佛山鬼湘娥，如见灵均所赋者。因叹地虽清绝，而俯仰与怀，万古共一长嗟，此借酒杯以浇块垒。山鬼湘娥，即屈原也。屈原，即少陵也。"③ 杨伦也曰："结语极有含蓄，正见己与屈原同一情怀。"④

柳宗元在被贬为永州司马赴永州途经汨罗江时，想到屈原的自沉，联想自己的遭遇，写下《吊屈原文》，言："委故都以从利兮，吾知先生之不忍；立而视其覆坠兮，又非先生之所志。穷与达固不渝兮，夫唯服道以守义。矧先生之悃愊兮，滔大故而不贰。"⑤ 柳宗元深知屈原在是非颠倒、黑白混淆的世界里，既不能隐忍不言只图己利，又不能离开故都坐视国亡，他歌颂屈原不随波逐流，"惟服道以守义"。并在《忧箴》中云："所忧在道，不在乎祸"⑥，这与屈原"惟道是就"是相一致的。柳宗元"吾哀今之为仕兮，庸有虑时之否臧！"⑦ 实际是批当时从政之人，他悼念屈原，实际是在感叹自己，他"托遗编而叹唶兮，涣余涕之盈眶"，实际是在自伤。

曾手校《楚辞》十卷且其版本为洪兴祖《楚辞补注》所本的苏轼，一生仕途坎坷，颠沛流离，因政见不同，被数次外放，甚至因"乌台诗案"下狱，几致丧命，最后逝于复职返回途中。他曾说：

---

① 王嗣奭：《杜臆》，上海古籍出版社 1983 年版，第 366 页。

② 仇兆鳌：《杜诗详注》，中华书局 1979 年版，第 1956 页。

③ 同上。

④ 杨伦：《杜诗镜铨》，上海古籍出版社 1962 年版，第 957 页。

⑤ （唐）柳宗元：《柳宗元集》，易新鼎点校，中国书店 2000 年版，第 281—282 页。

⑥ 同上书，第 287 页。

⑦ 同上书，第 282 页。

"楚辞前无古，后无今。"① 并在《屈原庙赋》云："悲夫！人固有一死兮，处死之为难……生既不能力争而强谏兮，死犹冀其感发而改行。苟宗国之颠覆兮，吾亦独何爱于久生？……呜呼！君子之道，岂必全兮？全身远害，亦或然兮。嗟子区区，独为其难兮！虽不适中，要以为贤兮"②。对屈原倍加景仰的苏轼这里指出，屈原实已将自己的生命与怀王和楚国密切相连，誓共存亡，认为屈原死犹希冀国君有所感动而改变。他肯定了屈原的做法，但又指出，屈原或也可以选择全身远害，而屈原却选择了更为艰难的殉国，苏轼认为这种行为"不适中"。苏轼崇拜屈原，为其作诗作赋，钟爱《楚辞》，对其进行勘校，他对屈原的此种解读，又何尝不是苏轼种种仕途失意和现实坎坷，与他乐观洒脱的性格相互作用的结果。苏轼对屈原的精神追寻之旅已完成，只不过他生性豪迈豁达，他没有选择一块自沉的石头，而是选择了书写。这更像是一种宣言，宣告苏轼将来志向名节及人生道路的选择，后来苏轼毕生坚持自己的政治主张和人生理想，在人生逆旅、仕宦险境时也不妥协苟合，同时以儒、释、道调和，保持乐观豁达的生活态度，"也无风雨也无晴""适中"地活着。

我们也看到了蔚为大观的拟骚、续骚之作。屈原其人及其诗极易引起文人志士的共鸣，尤其是在朝代更替、贤人遭厄之际，而拟骚、续骚既是对屈原骚体的继承与创新，更是对屈原精神的挖掘和赓续。汉代司马迁《悲士不遇赋》、贾谊《惜誓》、淮南小山《招隐士》、东方朔《七谏》、严忌《哀时命》、王褒《九怀》、刘向《九叹》、王逸《九思》、蔡邕《吊屈原文》等，拟骚、续骚之作不仅是体式的模仿，这种直接创作的具体实践，还有着创作者明显的主观动机，他们共同书写屈原的不遇之愤、遭谗之怨、忧国之愁、君弃之悲，他们在深化对屈原的接受的同时，身上都有屈原的影子。

---

① （明）蒋之翘：《七十二家评楚辞》，载吴平、回达强主编《楚辞文献集成》（二二），广陵书社 2008 年版，第 15959 页。

② （宋）苏东坡：《苏东坡全集》（第 1 卷），北京燕山出版社 2009 年版，第 6 页。

可见，从汉开始，经唐到宋，文人雅士在对屈原竭忠尽节的忠君思想或对屈原坚贞自守、独立不迁的精神品格加以褒扬之际，在对屈原沉江发出"何事葬江水，空使后人哀"①的感叹之时，都是借屈原而发一己之感慨，或融合自身家国之痛，或发愤以抒情写自身不遇，在别人的故事里，流自己的眼泪，在对别人的品评中，表自己的心志。可以说，"屈原成了后代封建社会里一切不得志、被压抑甚至在大变动时代里受到牺牲、遭到苦难的人的崇敬和追慕的目标。"②且后人在追慕屈原的同时，也是对自我的言说。正如魏学渠在其为明代李陈玉《楚词笺注》作的序中所说："贞人谊士，读其辞而感之，所为传注笺疏，岂徒牵合文义云尔，将以明其志，感其遇，恻怆悲思，结撰变化。"③

洪兴祖也是如此，他以《楚辞》为阐释对象，也把《楚辞》当作了他抒情的载体。从他年少时从柳展如处得到苏东坡手校的《楚辞》十卷，到《楚辞补注》最终刊行，对《楚辞》的浸沉，长达数十年之久。这数十年期间，包括其目睹北宋诸般乱象的少年时期，包括其自身壮志畴踌而仕途起伏不平的青壮年时期，也临近其含冤莫白郁郁而死的人生末年。两宋内部的严重危机、外部异族的巨大威胁、其个人起伏不平壮志难酬的生存境域使洪兴祖借助解释《楚辞》来表达自己的抱负和情怀，借屈原之酒浇自己之愁，是"特定的时代为他理解屈原提供了最好的参照，个人的遭遇使他体味到屈原作品的真谛，相同的感受使他产生深刻的理解"。④

（二）《楚辞章句》需要补注

"楚辞"自汉代传播以来，对它的阐释者很多。东汉王逸《楚辞

---

①　（唐）孙郃：《古意二首（拟陈拾遗）》，载《全唐诗》（19），上海古籍出版社1986年版，第340页。

②　杨金鼎：《楚辞研究论文选》，湖北人民出版社1985年版，第160页。

③　（明）李陈玉：《楚词笺注》，载吴平、回达强主编《楚辞文献集成》（八），广陵书社2008年版，第5151页。

④　马建智：《洪兴祖评价屈原思想的卓识》，《西南民族学院学报》1991年第6期。

章句》，是《楚辞》存世最早最完整的的阐释注本。王逸当时不满前人旧注，故"以所识所知，稽之旧章，合之经传，作十六卷章句。"①可以说，王逸《楚辞章句》是吸收汉人成果、广采旧说、全面训诂、阐隐发微、汇集两汉之世研究《楚辞》成就的系统的奠基之作。正如黄建荣所言："由于《楚辞章句》是现存最早的《楚辞》注本，因而它在注释篇目、注释体例、注释内容、注释方法等方面，对后世的《楚辞》注家影响很大，不仅占据了到宋代洪兴祖时代约一千年的《楚辞》注本的主导地位，而且还影响了明清时期的不少《楚辞》注家。"②

《楚辞章句》属于汉人古注，虽然汉人古注因其与所注古书年代最为接近，被认为最能体现古书原意而为学者所推重，但此注本存在一些问题，对此前文已经谈过。总体来说，《楚辞章句》这一《楚辞》训诂派的代表性著作，重训诂而不重考据，所引古书，很少著其所出，有些地方还径直缺注。而且王逸字词注释虽多为精当，但亦有不少讹误之处，如王逸在引用史料时，或未见原著，或转引他书，故有时所言也与史实不符。他对屈骚精神给予了合乎经义的经学解释，用经学家解经的方法相互比附，频频征引儒家经典来比附《楚辞》文句，处处都有依经立论的体现。而《楚辞章句》其版本流布的方式与历史均较为复杂，版本众多，异文频现，篇次混乱等。

且"章句"这种体式曾有"离章辨句，委曲支派，而语多附会，繁而不杀"③的特点，还招致了"破碎大道"④的非难。王逸等对章句进行了改造，改造后的章句，"正如焦循所说：'叠诂训于语句之中，绘本义于错综之内，于当时诸家，实为精密而条畅。'所以朱熹解释《大学》、《中庸》、《论语》、《孟子》时，还沿用并且发展了这

① （宋）洪兴祖：《楚辞补注》，白化文等点校，中华书局1983年版，第48页。
② 黄建荣：《汉至明代的〈楚辞〉注本概说》，《九江师专学报》（哲学社会科学版）2004年第1期。
③ （清）马瑞辰：《毛诗传笺通释》，中华书局1989年版，第4页。
④ （汉）班固：《汉书》（一〇），（唐）颜师古注，中华书局1962年版，第3159页。

一阐释体式。而就王逸《楚辞章句》来看，章句体的主要不足，则是便于普及，而难于对词语作精细的考释，难于对义理作充分的发挥。"①

正因洪兴祖之前及当时，《楚辞》流传的最主要注本——《楚辞章句》，存在着诸方面的问题，亟待整理，需要补注，所以洪兴祖才将王逸《楚辞章句》作为其阐释对象，力注《楚辞》，力补《章句》，而在实际的阐释实践中，洪兴祖也的确对《楚辞章句》存在的诸方面的不足一一进行了补注，兹简要介绍如下。

对流传的众版本的异文，洪兴祖进行了勘校和考异。他在苏轼手校《楚辞》十卷的基础上，"凡诸本异同，皆两出之；后又得洪玉父而下本十四五家参校，遂为定本。始补王逸《章句》之未备者；书成，又得姚廷辉本，作《考异》，附古本《释文》之后；其末，又得欧阳永叔、孙莘老、苏子容本于关子东、叶少协，校正以补《考异》之遗"②，以补王逸《楚辞章句》所未备者。

对《楚辞》篇次的混乱，洪兴祖未改动王逸《楚辞章句》的篇目次第，而是在卷首《楚辞章句》目录下附上了《楚辞释文》的篇次，一一注明"释文第几"字样，他的篇次罗列体现出了他对传本异同的认识，说明他已经认识到当时流传的《楚辞》篇次已非旧貌，是鉴于古本《楚辞释文》篇次与宋代通行的《楚辞章句》的篇次差异甚大，故此标注说明，以资参证。对此，朱熹、晁公武、陈振孙都认为《楚辞释文》篇次是依古本，而《楚辞章句》的篇次乃为后人依作者先后次序所改。

对王逸《章句》缺注的，洪兴祖广泛征引以补其缺。如："广开兮天门"句，洪补曰："汉乐歌云：天门开，诀荡荡。《淮南子》注云：天门，上帝所居紫微宫门也。"③ 对"闻百里之为虏兮"句，洪

---

① 周光庆：《中国古典解释学导论》，中华书局 2002 年版，第 163 页。

② （宋）陈振孙：《直斋书录解题》，徐小蛮、顾美华点校，上海古籍出版社 1987 年版，第 434 页。

③ （宋）洪兴祖：《楚辞补注》，白化文等点校，中华书局 1983 年版，第 68 页。

补曰："晋献公虏虞君与其大夫百里傒，以百里傒为秦缪公夫人媵。百里傒亡秦走宛，楚鄙人执之。缪公闻百里傒贤，以五羖羊皮赎之，释其囚，以语国事，缪公大说，授之国政，号曰五羖大夫。《孟子》曰：百里奚自鬻于秦养牲者五羊之皮，食牛以要秦缪公。《庄子》曰：秦穆公以五羊之皮笼百里奚。"①

对王逸《章句》释文未列考据的，洪补做了相关的补释。如《离骚》"及少康之未家兮，留有虞之二姚"，王逸注："少康，夏后相之子也。有虞，国名，姚姓，舜后也。昔寒浞使浇杀夏后相，少康逃奔有虞，虞因妻以二女，而邑于纶，有田一成，有众一旅，能布其德，以收夏众，遂诛灭浇，复禹之旧绩。"洪补曰："二姚事见《左传》。"②《哀时命》："务光自投于深渊兮"，王逸注："务光，古清白之士也。"洪补："务光，见《庄子》。"③

对王逸《章句》释文简质的，尽量求其详明真确。如《离骚》"朝发轫于苍梧兮"句中"苍梧"一词，王逸仅说："苍梧，舜所葬也。"洪兴祖则补曰："《山海经》云：苍梧山，舜葬于阳，帝丹朱葬于阴。《礼记》曰：舜葬于苍梧之野。注云：舜征有苗而死，因葬焉。苍梧于周，南越之地，今为郡。如淳曰：舜葬九嶷，九嶷在苍梧冯乘县，故或曰：舜葬苍梧也"。④

对王逸《章句》的谬误，也予以驳正。如《九章·惜往日》："封介山而为之禁兮，报大德之优游。"王逸注："言文公遂以介山之民封子推，使祭祀之。又禁民不得有言烧死，以报其德，优游其灵魂也。"洪补曰："封介山而为之禁者，以为介推田也，逸说非是"。⑤《九歌·湘夫人》："辛夷楣兮药房"，王逸注云："辛夷，香草，以作户楣。"洪兴祖补曰："《本草》云：辛夷，树大连合抱，高数仞，此

---

① （宋）洪兴祖：《楚辞补注》，白化文等点校，中华书局 1983 年版，第 151 页。
② 同上书，第 34 页。
③ 同上书，第 264 页。
④ 同上书，第 26 页。
⑤ 同上书，第 151 页。

花初发如笔，北人呼为木笔。其花最早，南人呼为迎春。逸云香草，非也。"①

　　对王逸依经立论的，试图剥离其儒家视角。如：《离骚》："启《九辩》与《九歌》兮"句，王逸注："启，禹子也。《九辩》、《九歌》，禹乐也。言禹平治水土，以有天下，启能承先志，缵叙其业，育养品类，故九州之物，皆可辩数，九功之德，皆有次序，而可歌也。《左氏传》曰：六府三事，谓之九功。九功之德，皆可歌也，谓之《九歌》。水、火、金、木、土、谷，谓之六府；正德、利用、厚生，谓之三事。"在王逸看来，《九辩》与《九歌》是歌颂大禹功绩的禹乐，他以儒家经典《左传》来解释《九歌》。洪兴祖则曰："《山海经》云：夏后上三嫔于天，得《九辩》与《九歌》以下。注云：皆天帝乐名，启登天而窃以下，用之。《天问》亦云：启棘宾商，《九辩》《九歌》。王逸不见《山海经》，故以为禹乐。……《骚经》《天问》多用《山海经》。"②此处洪兴祖不一味附会经说，他明确指出屈原《骚经》《天问》多采用《山海经》的素材，驳斥了王逸的"《九辩》、《九歌》，禹乐也"的观点及其用《左传》比附《九歌》的这种儒家视角和依经立义，与王逸以儒家经典注《楚辞》有所不同。

　　在义理阐发方面，洪兴祖还在王注的基础上进一步阐发屈意，评价屈原。如：王逸《七谏·序》言："古者，人臣三谏不从，退而待放。屈原与楚同姓，无相去之义，故加为《七谏》，殷勤之意，忠厚之节也。"③又《湘君》"恩不甚兮轻绝"，王逸注："言人交接初浅，恩不甚笃，则轻相与离绝。言己与君同姓共祖，无离绝之义也。"④这两例王注都触及了屈原与楚同姓与君共祖不能相去之义。而洪兴祖在《离骚后序》中说："同姓无可去之义，有死而已……士见危致

---

① （宋）洪兴祖：《楚辞补注》，白化文等点校，中华书局1983年版，第67页。
② 同上书，第21页。
③ 同上书，第236页。
④ 同上书，第62页。

命，况同姓，兼恩与义，而可以不死乎！"① 这是在王注的基础上，将同姓无可去之义进一步阐释为同姓有死而已，是将屈原之死解为同姓事君之忠的必然选择。他还认为屈原"当与三仁同称雄"，为屈原的崇高形象张本。

可见，王逸《楚辞章句》存在着诸方面的不足，这些不足亟须有针对性地补充完善，而洪兴祖的《楚辞补注》则对王书不足的各个方面逐一加以补注，这正说明洪兴祖《楚辞补注》是以王逸《楚辞章句》为阐释对象的，其"补注"体例的选择是根据王逸《楚辞章句》的性质特点而定的。

二　"补不足、发己意"的阐释目的

英国当代历史学家卡尔说："正如历史家从事实的汪洋大海中，选择出对自己的目的有意义的那些事实一样，他也从大量的因果关系中抽出那些、而且也只抽出那些有历史意义的因果关系，而历史意义的标准便是，他自己使这些因果关系适应于他的合理说明与解释的类型的能力。"② 从卡尔所谓的"从对自己的目的有意义"角度去选择历史事实，我们可以看出，任何解释都是带有解释者的主观要求的，都是为"自己的目的"来服务的，就文本诠释而言，诠释者从浩如烟海的典籍中选择某个经典文本进行诠释也是从"对自己的目的有意义"这个角度出发的。洪兴祖选定《楚辞》文本并在《楚辞章句》的基础上对其进行解释，就是在其"补不足、发己意"的解释视角和目的的驱使下展开的。

（一）命名为"补注"，以彰显目的

古今解释者在解释实践中创造了各种解释的方法，也根据书籍的内容和不同的解释取向创造了一系列的解释体式。每一种解释体式都有自己的特点，这在其命名中往往有所体现。如：集注，顾名思义就

---

① （宋）洪兴祖：《楚辞补注》，白化文等点校，中华书局 1983 年版，第 50 页。
② ［英］卡尔：《历史是什么？》，吴柱存译，商务印书馆 1981 年版，第 114 页。

是集众家之说而为之注。从目前所存前人的集注来看，或"集而不注"，或"集而不全"，或"集有所重"。无论是哪种情况，其突出特点就是"集"①，所以"集注"之要义就在于聚集众家之说而加以排比和拣选以益己见。

由每种解释体式都有自己的侧重点来看，解释者在解释经典时命名或采用不同的解释体式，体现出不同的解释取向。"补注"作为古籍阐释体式的名称，现在不同的书籍对其有不同的定义。有的言其是补充订正前人注释的一种体例，或变相地说是"补旧注之遗漏"，有的认为"补注"可以分两种情况，一是补原文之缺略，二是"补旧注之遗漏"。无论是哪一种，"补"都是其最大的特点。

考察以"补注"命名的古书注释，可以发现，命名为"补注"的古书注释，多是在古注之上的再注解，即基于已有注本的再次阐释；这样的著作还有：宋代宋咸《易补注》，《四库全书总目》在易部《周易举正》下，言"旧本题唐郭京撰，不知何许人……《书录解题》于宋咸《易补注》条下称'咸得此书于欧阳修'"。② 说明宋咸《易补注》是对旧题唐郭京撰的《周易举正》的再注释；宋代黄希、黄鹤的《补注杜诗》，是感慨旧注舛疏，在千家注杜的基础上所做的详尽补注；明代刘绩因尹知章的《管子注》存在诸多不足，对其错漏脱衍进行了校注，作的《管子补注》；清惠栋的《左传补注》，则旁征博引以补杜预《左传集解》之疏误；清末王先谦以颜师古的《汉书注》为基础，对颜注不足之处加以补充与校正，撰写的《汉书补注》，等等。

而洪兴祖《楚辞补注》是现存的最早以"补注"命名的著作，"补注"体的这一命名，说明洪兴祖的阐释目的之一就是"补王逸《章句》之未备"，补王逸阐释《楚辞》的不足，有时会牵涉到王逸未注的《楚辞》正文，所以从某种角度来看，亦是变相地阐释《楚

---

① 董洪利：《古籍的阐释》，辽宁教育出版社 1993 年版，第 232 页。

② （清）永瑢等：《四库全书总目》，中华书局 1965 年版，第 4 页。

辞》。考察《楚辞补注》的内容，可以发现，它不仅注释《楚辞》正文，而且兼带注释王逸的《楚辞章句》等诸家材料，因为洪兴祖撰写之初有"补《章句》之未备"的阐释倾向。

洪兴祖因《楚辞章句》在阐释《楚辞》上存在诸方面的缺憾，而撰作《楚辞补注》，将"凡王逸《章句》有未尽者补之"①。对于他创制和选定的"补注"这一阐释体式，岳书法进行了高度的评价，他认为洪兴祖的"补注""不论在内容和形式上都将王注大大推进了一步"，"尤其是在形式方面更具有开创性"，"使中国传统传注体系中多补注一体"。②

洪兴祖《楚辞补注》是最早最明确指出这种体例"补"的特点的。洪兴祖《楚辞补注》是在王逸《楚辞章句》基础上的阐发完善。对此，较早的著录，晁公武《郡斋读书志》云："凡王逸《章句》有未尽者补之，《自序》云：以欧阳永叔、苏子瞻、晁文元、宋景文家本参校之，遂为定本。又得姚廷辉本，作《考异》，且言《辨骚》非《楚词》本书，不当录。"③ 陈振孙《直斋书录解题》记载得更为详细，此书在其所著录的"《楚辞》十七卷"下载录："逸之注虽未能尽善，而自淮南王安以下为训传者今不复存，其目仅见于《隋》《唐志》，独逸《注》幸而尚传，兴祖从而补之，于是训诂名物详矣。"④在其所著录的"《楚辞考异》一卷"下记载："兴祖少时从柳展如得东坡手校《楚辞》十卷，凡诸本异同，皆两出之；后又得洪玉父而下本十四五家参校，遂为定本。始补王逸《章句》之未备者；书成，又得姚廷辉本，作《考异》，附古本《释文》之后；其末，又得欧阳

---

①　（宋）晁公武：《衢本郡斋读书志》（二），（清）阮元辑编宛委别藏本，江苏古籍出版社1988年版，第523页。

②　岳书法：《洪兴祖〈楚辞补注〉体例说略》，《西南交通大学学报》2004年第6期。

③　（宋）晁公武：《衢本郡斋读书志》（二），（清）阮元辑编宛委别藏本，江苏古籍出版社1988年版，第523页。

④　（宋）陈振孙：《直斋书录解题》，徐小蛮、顾美华点校，上海古籍出版社1987年版，第433页。

永叔、孙莘老、苏子容本于关子东、叶少协，校正以补《考异》之遗。"① 姜亮夫也曾说："洪氏著书之源流，陈氏言之详矣。洪书盖补王逸《章句》之未详者，故谓之《补注》，重点在补义。"② 而"其补义以申王为主；或引书以证其事迹古义，或辨解以明其要。皆列王注于前，而以己之所补者随之"。③ 可见，洪兴祖《楚辞补注》是"凡王逸《章句》有未尽者补之""补王逸《章句》之未备"，其"补"的特点非常突出，而且正因其"补"的特点，故而命名为"补注"，这一命名明确地彰显了其阐释目的。

可以说，洪兴祖创建"补注"体，并将其对《楚辞》的注释命名为《楚辞补注》，这"补注"一体在形式方面具有开创性，洪兴祖创设的"补注"体堪称发凡起例，独树一帜。这种既释原文又释注文，既有申述又有补充辨误的"补注"体，不仅说明这种解释体式在实际的解释活动中会不同于以往的任何解释体式，也说明解释者洪兴祖撰作《楚辞补注》之初有明显的"补《章句》之未备"的解释倾向。"补注"的侧重点在于"补"，是有目的有意识地补充，是在对原文和原注理解的基础上，对其所做的发挥和补充、匡正与丰富。

（二）"历史性"介入，发己之私意

伽达默尔曾揭示理解的历史性，在他看来，历史性是人类存在的基本事实，人作为历史的存在，无法摆脱其时代其自身等方面的历史的特殊性与局限性。故而阐释者对文本的理解与阐释也必然带有理解的历史性。具体地说，理解的历史性是"指理解者所处的不同于理解对象的特定历史环境、历史条件和历史地位。读者在理解原文的过程中无法超越历史时空的现实境遇去对原文加以客观理解，总带有历史

---

① （宋）陈振孙：《直斋书录解题》，徐小蛮、顾美华点校，上海古籍出版社1987年版，第434页。

② 姜亮夫：《楚辞书目五种》，中华书局1961年版，第31—32页。

③ 同上书，第32页。

的偏见性"①。就是说，从阐释学的角度来看，任何阐释者都是带着其自身历史情境中的"历史性"来进行文本阐释的，人不可能超越历史时空的现实境遇完全客观地理解文本，阐释是一种介入阐释者主体意识的个体创造性行为。

洪兴祖阐释《楚辞》，还有带有其历史性的其他原因和目的。《楚辞》成为一部经典，不是由政治或学术权威强性决定的，它通过了时间的筛选，是读者自己的选择，是读者自发对它的喜爱和尊重。而"经典本身有一定的东西是不同时代的人都可以去追寻的"②，一个经典具有的当下性，"更多取决于当下的环境，而不是过去的环境"③，人们热爱某一经典选择某一经典进行阅读或阐释，不是没有原因的，而是与其当时所处的环境密切相关。洪兴祖撰作《楚辞补注》就体现了他作为阐释者在当时历史情境下"发一己之私意"的阐释目的，他的文本阐释寄寓了他的价值介入与精神诉求。

洪兴祖自小喜好《楚辞》，可谓早已仰慕屈原的高风亮节。后来国事趋乱，奸小横行，忠良遭害，民生凋敝，他有感于时政，自己又壮志难伸、横遭贬斥。可以说，概括而言，洪兴祖阐释《楚辞》的动因，如第一章所言，除"不满旧注，补前贤之不足"这一学术考虑之外，还有：仰慕屈原，期能企贤入圣；感于时政，欲借古以讽今；壮志难伸，寄寓悲愤之情；后三者都体现出洪兴祖欲借阐释《楚辞》发一己之情感，即洪兴祖以《楚辞》阐释为载体，抒发己意，寄寓了自己对当时时政、对自身遭遇、对圣贤屈原的情感态度，这也是洪兴祖阐释《楚辞》的视角和目的之一。可以说，《楚辞章句》的不足为洪兴祖阐释《楚辞》提供了一个契机，而洪兴祖对屈原之敬意、痛朝政之不修、感己身之遭贬是其不畏权势不辞劳苦尽力"补王

---

① 黄勤、曹莉：《伽达默尔哲学解释学对翻译研究的影响》，《社会科学辑刊》2005年第6期。

② 张隆溪：《阐释学与跨文化研究》，生活·读书·新知三联书店2014年版，第87页。

③ 同上书，第80页。

逸《章句》之未备者"的精神动力，也是他欲在《楚辞》阐释中所要表达的"己之私意"。

首先，他评屈原定褒贬，是在明其心寄己志。洪兴祖之所以诠释《楚辞》，有受以往对屈原褒贬任声的品评的影响，他想驳斥前人对屈原的种种误解，给屈原及屈赋一个自己的"正解"。在洪兴祖心中，屈原是具有忧患意识和忠君思想的忠臣楷模，屈原之死是舍生而取义的同姓忠死之臣的不二选择。而探究其此种诠释的深层原因，正如李温良所言："兴祖之怜惜屈原，并补注《楚辞》一书，当亦痛于朝政之不修，且又见言路壅塞，故转而致力于此，以寄托己志者也"①。所以洪兴祖阐释《楚辞》的行为不是为了阐释而阐释，而是关涉他的生命意识，贯穿了他的生活感悟，糅合了他的人生体验的。他少时得《楚辞》研读，到最终撰成《楚辞补注》并几经完善，他对《楚辞》达数十年的浸润及用心良苦的阐释，实乃欲以《楚辞》诠释的方式对以往的屈原褒贬予以评判，言己推崇企慕屈原之意，并借赞誉屈原的形式弘扬其忠君爱国之心、辅弼国政之志，是借追慕屈原的形式表明自己志于报国之心、忧国忧民之意。可见，洪兴祖推崇屈原的本意不单是赞颂他的精神人格，更是他自己心意的体现，他对屈原忧患意识和忠君怨君思想的卓识性阐发，既是发屈子之意，又明己心之志。

其次，他撰《补注》济世用，感发时人斗志。洪兴祖注《楚辞》、论屈原都是在当时现实的社会背景下，有其现实关怀的。洪兴祖在《离骚后序》补注中对屈原之死给予了很高的评价，对别人"或问""或曰"所持的"屈原之死无益论"和"屈原明哲保身论"进行了驳斥。这里的"'或问'、'或曰'却表示着另一种价值判断。或问所引'古人有言'，证明'或问'乃是当代的质疑和讨论，他们不过借历史上的屈原的讨论，来作出当代的人生选择，洪兴祖也正是

---

① 李温良：《洪兴祖〈楚辞补注〉研究》，硕士学位论文，台湾成功大学，1994年，第88页。

针对这种价值倾向而作出的现实批判。"① 洪兴祖在《离骚后序》补注中所发的这些现实的感慨之言，完全就是针对北宋国破家亡的现实而言，"国破家亡之际最能考验人臣的忠贞气节，也是彰显屈原忠贞精神的最好时刻，虽然康王南渡建都临安，昭续大宋国统，但毕竟只剩得半壁江山。徽钦二帝被虏，北宋灭亡给文人造成的心灵创痛是显而易见的。洪兴祖反复以'忠正'、'忠立'、'忠贞'赞美屈原，既是责人也是责己，其以儒家视角倾力补注楚辞的真正用意也已昭然。"② 且洪兴祖目睹大宋王朝的混乱更甚于楚国，所以他"对屈原的怨君思想给予了很高的评价，其用心是不言而喻的了"。③ 他是要通过肯定屈原的怨君思想来说明面对国家的危机、面对国君的不明，对于臣子来说，"怨主刺上"的怨君讽谏也是忠君爱国的一种表现，他是要通过这种申明来唤醒宋代的臣子、感发宋代的国君，希望宋代的国君和臣子能像当时的爱国人士那样，主战抗战。他是要把对社会现实的思考、对人生价值的评判、对国家民族的关切，通过诠释《楚辞》表现出来，希冀以自己对《楚辞》的诠释、对屈原的评价影射现实，感发君臣、唤起时人抵抗的斗志。

　　最后，他借往古影时政，以屈愁言己忧。郭建勋曾说朱熹对屈原的阐发是从现实目的出发，以借古讽今的手法"力图为抗金救亡树立一面'忠君爱国'的精神旗帜，亦作为投向南宋投降派的批判枪矛"。④ 其实，这也正是洪兴祖诠释《楚辞》的现实情感、政治关怀与价值取向。可以说，洪兴祖作为《楚辞》的诠释者"是带着现实社会文化生活中的种种问题，是怀着自己从生活经验中生发的期待视界，以经世致用的态度，去阐发经典文本的深层意蕴，并加以引申发

　　① 熊良智：《屈原身世命运的关注与宋代士大夫的人生关怀》，《四川师范大学学报》2004 年第 5 期。

　　② 叶志衡：《宋人对屈原的接受》，《社会科学战线》2007 年第 2 期。

　　③ 马建智：《洪兴祖评价屈原思想的卓识》，《西南民族学院学报》1991 年第 6 期。

　　④ 郭建勋：《论屈原特出人格的内涵及其历史影响》，《中国文学研究》1992 年第 2 期。

挥、导向应用的"。① 正因屈原精神已然成为洪兴祖爱国情操的典范，所以洪兴祖希望通过自己"补王逸《章句》之未备者"的文本，来进一步申发屈原的情操、气节，以求能以此激起宋室君主臣民奋起，同心协力，一起致力于再造盛世，表达了他自己对现实人世的深切的政治关怀。在表达自己如同屈原般的国事关注与现实情怀的同时，洪兴祖也表达了自己如屈原般的身世之慨。程世和曾以唐代诗人为例，认为"越是以纯粹文士著称的诗人，越是不能理解屈原；越是具有政治识见并曾位居朝臣的诗人，越是能够与屈原产生强烈的共鸣。个中的原因盖在于：后者进入朝廷高层之后，直接面对着君臣矛盾、忠奸对立这两大屈原母题，由此而获得了对君主政体的深切认识"②。洪兴祖耳闻目睹了很多倾毁社稷之事，以拳拳爱国爱民之心，欲匡时济世，但奸臣当道，使其仕途坎坷。动荡不安的政治局势，忽升忽贬的仕宦起伏，使他对君臣之间爱恨难契、忠奸正邪两立对垒的复杂关系都有着直接而深刻的体会。他与屈原有着同样的精神苦境，他与屈原于精神上达到跨时空的交流与契合，这使他对屈原有着深刻的理解。故此，《楚辞》一书备受其青睐，成了他阐释的目标，他在以阐释《楚辞》的方式表达同屈原一样的国事之忧与忠心之志的同时，也暗含了自己同屈原一样的遭谗不遇之愁。

所以，洪兴祖对屈原的认识、对《楚辞》的阐释不是偶然的，是有着深刻的社会政治背景和现实关注的。他从屈原作品中读出了其精神大义，企慕屈原且欲效法屈原之志、屈原之心，在这种情况下，《楚辞》已然成为一剂可医世可医心的良药，已然成为一把可救国可抵外的利刃。而洪兴祖在现实政治斗争中坚持原则、绝不随波逐流的严正态度，始终坚持自己理想、屡遭打击而毫不动摇的坚贞气节，正是屈原"虽体解吾犹未变兮，岂余心之可惩"③的体现。而洪兴祖敢

---

① 周光庆：《中国古典解释学导论》，中华书局 2002 年版，第 167 页。

② 程世和：《"屈原困境"与中国士人的精神难题》，《中国文学研究》2005 年第 1 期。

③ （宋）洪兴祖：《楚辞补注》，白化文等点校，中华书局 1983 年版，第 18 页。

于悖逆秦桧等当权者，或直言或影射时事得失，敢于结交程瑀、葛胜仲等在朝中无诡随的刚正不阿忠直之士，虽几经排挤被贬谪，仕途几番起伏，也不改其初衷，以致朱熹对他颇多嘉许，在其去世后发现实之感慨，感叹道：洪兴祖所言"余恐重华与沉江而死，不与投阁而生也"①"知死不可让，则舍生而取义可也。所恶有甚于死者，岂复爱七尺之躯哉"② 等，"其言伟然，可立懦夫之气。此所以忤桧相而卒贬死也，可悲也哉！近岁以来，风俗颓坏，士大夫间遂不复闻有道此等语者，此又深可畏云"③。这正是说，洪兴祖注《楚辞》论屈原是有对现实社会背景的现实感慨的，是隐含了对当下国事朝政等方面深深的关注和期许的，是暗含着他自己的精神困境和情感诉求的，其对屈骚精神的阐发，不仅是屈原思想的反映，也是洪兴祖本人的精神写照，是他既责己又责人的思想品评，是他要借对屈原人格与屈骚精神的阐发，来感发时人、来言说自我。

三　阐释学传统下的体式创制

阐释者在阐释典籍时依据阐释对象的特点和不同的阐释取向进而采用何种阐释体式，体现出了其看重了某种阐释体式的特点。洪兴祖创建"补注"体并将其书命名为《楚辞补注》，"补注"一体在形式方面的开创性，是阐释者洪兴祖凭借着阐释学的传统和经验在"笺"体启示下的创制，它有别于"义疏体"等其他体例。

（一）"笺"体启示下的体式创制

洪兴祖好古博学、学养深厚，他"于书无不读，尤邃于春秋、二礼，皆著为义说。"④ "著《老庄本旨》、《周易通义》、《系辞要旨》、

---

① （宋）洪兴祖：《楚辞补注》，白化文等点校，中华书局 1983 年版，第 25 页。
② 同上书，第 146 页。
③ （宋）朱熹：《楚辞集注》，黄灵庚点校，上海古籍出版社 2015 年版，第 229 页。
④ （宋）葛胜仲：《丹阳集》，台湾商务印书馆 1986 年影印文渊阁《四库全书》本，第 1127 册，第 486 页下栏。

《古文孝经序赞》、《离骚楚词考异》行于世。"① "兴祖经学明
甚，……其说《论语》、注《楚辞》，近世侍讲朱熹多采用之。"② 正
是"近世考订训释之学，唯吴才老、洪庆善为善"③。他精于校雠，
且校雠态度非常严谨，他对于著作体式，有着深透的认识并能有所
创新。

　　就其所撰《韩子年谱》来看，他在原有年谱的形式上有所创新。
正如杨国安所言，从形式上看，洪《谱》"在着重对谱主事迹进行推
断排比的同时，在正谱之前增加了一个辅助性的《世谱》，对谱主的
先世事迹进行了钩稽。先根据史传材料，以文谱的形式对其籍贯加以
考辨，对其先祖的支系略加陈列；再以图谱的形式对韩愈的祖孙五代
加以排比。前者事迹邈远，难以求证，故不细考；后者有文献可征，
又与韩愈的生活贴近，故开列清晰，令人一目了然。在正谱之前冠以
世谱，这种撰作年谱的方式是洪兴祖的一种创造，它很可能是从正史
和碑志这些较为正式的传记形式中借鉴过来的。这种形式不仅可以帮
助人们对谱主加深了解，而且正谱与世谱相结合，涵括了通常历史记
载中人物传记的主要内容，进一步提升了年谱这类著作的史学品格，
使它由一种较为简单、随意的传记形式变成像正史、碑志一样严肃的
述作。而文谱和图谱的结合，也给年谱类的著作提供了一种新的样
式，给后来丰富多彩的年谱著述形式拓开了广阔的想象空间。"④ "从
年谱这类著作形式发展的历程看，它也是年谱从草创开始走向成熟的
标志性著作之一。"⑤ 由此可见，洪兴祖所作的《韩子年谱》在年谱

---

① （元）脱脱：《宋史》（三七），中华书局 1977 年版，第 12586 页。

② （宋）不著撰人：《京口耆旧传》，台湾商务印书馆 1986 年影印文渊阁《四库全书》
本，第 451 册，第 163 页上栏。

③ （宋）黎靖德编：《朱子语类》（八），王星贤点校，中华书局 1986 年版，第
3279 页。

④ 杨国安：《洪兴祖〈韩子年谱〉在宋代韩学中的地位和价值》，《河南教育学院学
报》2006 年第 4 期。

⑤ 同上。

形式上有所开拓，它标志着年谱这种形式趋于成熟。

而洪兴祖的《楚辞补注》所采用的"补注"体式也是于传承中有所创新的一种注释新体式。对于"补注"体式，岳书法评价说："洪补作为古文献阐释史上特有的一种体例，具有独特的价值和借鉴意义，就形式而言，洪氏补注一书，前之未有，亦可谓发凡起例。"①而"补注"体例的这种发凡起例，不是凭空而造的，而是在对传统的解释体式的深刻认识基础上的一种创新和改制。

依周光庆来看，"补注"体是在"笺"体启示下产生的。他说："笺体。这是郑玄在《毛传》基础上重新解释《诗经》时创立的解释体式。郑氏《六艺论》自云：'注《诗》宗毛为主，其义若隐略，则更表明。如有不同，即下己意，使可识别也。'已经宣告了他注释《毛诗》，创立笺体的主旨。《四库全书总目提要》进而指出：'康成特因《毛诗》而表识其傍，如今人之笺记，积而成帙，故谓之笺。'使学人进一步认识了这种解释体式。而深入考察郑氏的《毛诗笺》即可以发现，《郑笺》对于《毛传》力争做好三种工作：一是《传》文解说隐晦质略者，则加以申述，使之明确；二是《传》文解释片面疏漏者，则予以补充，使之全面；三是《传》文训释可能失误者，则辨而正之，使之完善。"②

而洪兴祖的《楚辞补注》正如郑笺对《毛传》一样，也做好了对所注之书王逸《楚辞章句》的阐明、补充与订正工作。如：《大招》"魂乎无南！蜮伤躬只"，王逸注："蜮，短狐也。《诗》云：为鬼为蜮。言魂乎无敢南行，水中多蜮鬼，必伤害于尔躬也。"洪补曰："谷梁子曰：蜮，射人者也。《前汉·五行志》云：蜮生南越，乱气所生，在水旁，能射人。甚者至死。陆机云：一名射影。人在岸上，影见水中，投人影则射之。或谓含沙射人。孙真人云：江东江南有虫名短狐，谿毒，亦名射工。其虫无目，而利耳能听，在山源谿水中，

① 岳书法：《洪兴祖〈楚辞补注〉体例说略》，《西南交通大学学报》2004年第6期。
② 周光庆：《中国古典解释学导论》，中华书局2002年版，第163页。

闻人声便以口中毒射人。《说文》云：蜮，似鳖，三足，以气射害人。音蜮，又音或。"① 这是洪兴祖引用诸多材料来阐明王逸注"蜮，短狐也"的出处及补充对蜮怎样"伤害于尔躬"解说的简略。《悲回风》："骤谏君而不听兮，重任石之何益"，王逸注曰："任，负也。百二十斤为石。言己数谏君，而不见听。虽欲自任以重石，终无益于万分也。"洪补曰："《文选·江赋》云：悲灵均之任石。注引：重任石之何益，怀沙砾而自沉。怀沙，即任石也。与逸说不同。"② 这是洪兴祖补充了与王逸说法不同的关于"任石"的另一种解释。《惜往日》："封介山而为之禁兮，报大德之优游。"对此句中的"优游"，王逸注："优游其灵魂也。"洪兴祖补注曰："逸说非是。优游，大德之貌。"③ 这是洪兴祖订正了王逸对"优游"解说的错误。

除了如《郑笺》对于《毛传》那样，于解说隐晦质略者加以申述使之明确、于解释片面疏漏者予以补充使之全面、于训释可能失误者辨而正之使之完善，做好这三种工作外，洪兴祖的《楚辞补注》的阐发内容更全面，这一点第一章已有阐述，总体而言，它是从多个角度多个方面对王逸《楚辞章句》进行了完善。或精校异文，或遍考方言，或广征文献，或阐发思想，或训释音义，又涉及考订史实、征引传说、详证名物、厘清章节、发扬屈意，驳正旧注，可谓对王注是考其出处者有之，补其名物者有之，明其句意者有之，正其讹误者有之，细大不捐，洞微见著，做到了缺者补之，误者正之，略者详之，浅者深之。

由此，我们不仅可以明确"笺"体创作的目的、特点，还可以发现"补注"体与"笺"体两者存在着渊源关系。而从前文所言《楚辞补注》对《楚辞章句》之所补，亦能看出"补注"体在对解释内容的申述、补充、辨误等方面，是对"笺"体的拓展与延伸。可以

① （宋）洪兴祖：《楚辞补注》，白化文等点校，中华书局1983年版，第217—218页。

② 同上书，第161页。

③ 同上书，第151页。

说，"补注"体现出来的特点，的确可看作对"笺"体特点与功用的拓展。所以，周光庆认为："从中国古典解释学体式的实际发展来看，'笺'这种解释体式启示或引发了后世的疏、补注、考辨三种新的解释体式。"① 也就是说，"补注"体是在"笺"体的启示下产生的。

（二）与"义疏体"相似，同中有异

对于"补注"这一解释体式，黄建荣认为"这种注释体式，与传统训诂学中的'义疏'比较相似"②。但其不叫"义疏"而叫"补注"，说明"补注"体并不等同于"义疏体"。洪兴祖创建"补注"体并将其对《楚辞》的注释命名为《楚辞补注》，这"补注"一体在形式方面的开创性，不仅说明解释者洪兴祖撰作《楚辞补注》之初有明显的"补《章句》之未备"的解释倾向，也说明这种解释体式在实际的解释活动中会不同于以往的任何解释体式。具体而言，就是"补注"作为一种新的解释体式，洪兴祖虽以疏解王注为主，但并未完全执行疏解原文及注的功用，亦未遵守"疏不破注"的原则。

义疏体，中国传统小学意义上的一种训诂体式，简称义疏。考义疏体式之源，义疏当源于笺体。焦循在《孟子正义·孟子题辞疏》中说："《毛诗传》全在矣，训释简严。言不尽意；郑氏笺之，则后世疏义之滥觞矣。"③ 周大璞《训诂学初稿》也指出："汉代的注家，一般只注经而不释注，只有郑玄的《毛诗笺》以毛传为主，既注经文，又申明毛意，所以焦循和方东树都认为它是后世义疏的滥觞。"④以今存的郑笺与其后的义疏形式相比，郑笺以《毛传》为主，既解《毛诗》经文，又申明《毛传》之意，经传兼释，与义疏兼释经注颇为一致，的确是已具备后世义疏体经注兼释之特点，故焦循和方东树等认为该笺乃后世义疏之滥觞，他们的看法比较中肯。

---

① 周光庆：《中国古典解释学导论》，中华书局 2002 年版，第 163 页。

② 黄建荣：《〈楚辞〉古代注本研究》，博士学位论文，华东师范大学，2002 年，第 32 页。

③ （清）焦循：《孟子正义》（上），沈文倬点校，中华书局 1987 年版，第 27 页。

④ 周大璞：《训诂学初稿》，武汉大学出版社 2013 年版，第 330 页。

　　儒经义疏，自两晋南北朝，渐趋流行。义疏体虽然经注兼释，但其更侧重于注。究其原因：一方面是读经解经的需要。盖如陆德明所言："然注既释经，经由注显，若读注不晓，则经义难明"①。从训诂学的角度来说，去古愈远，经义愈难明，不仅经义难明，前儒之注亦难以理解，所以亟须对注释进行注释；另一方面是儒生采用僧徒讲经的方法而创制义疏。牟润孙先生指出："僧徒之义疏或为讲经之记录，或为预撰之讲义，儒生既采彼教之仪式，因亦仿之有记录有讲义，乃制而为疏。讲经其因，义疏则其果也"。②

　　到唐代，孔颖达以义疏体勘定众说，奉诏撰著《五经正义》，定为一尊，义疏之学达于最盛，也确立了"疏不破注"的宗旨，"疏不破注"此后遂被奉为作疏的圭臬。可以说，义疏的最主要特点就是"疏不破注"。正如内藤湖南在《概括的唐宋时代观》中指出："汉魏六朝之风一直传至唐代初期，经学重家法和师法，倡导古代传下来的学说，但不允许改变师承，另立新说。当然，亦有人想出种种方法，多次近乎公然的尝试变更旧说，不过未有成功。当时的著述大多以义疏为主。义疏是对经书中的注的详细解说，原则是疏不破注。"③"疏不破注"顾名思义是"疏"不能破"注"之所注，也就是指疏不违反注的内容，疏必须维护注的观点，要奉前人注为圭臬，不敢有丝毫逾越，可以"在注的基础上引申发挥，补充资料，以把原文和注释的每一句话解释清楚为目的"④。"疏不破注"的阐释原则是旧时代注疏这种文本阐释体式的一个重要特点。"疏不破注"体现了对以往经学传统和前人研究成果的尊崇，阐释者以为前人旧说便于通经，然而旧说已晦，所以需做义疏予以疏通。义疏最显著的体例特点是以某家旧

---

　　① （唐）陆德明：《经典释文》，上海古籍出版社 1985 年版，第 3—4 页。
　　② 牟润孙：《论儒释两家之讲经与义疏》，载牟润孙《注史斋丛稿》（上），中华书局 2009 年增订本，第 88 页。
　　③ ［日］内藤湖南：《概括的唐宋时代观》，载刘俊文主编《日本学者研究中国史论著选译》（第一卷 通论），黄约瑟译，中华书局 1992 年版，第 16 页。
　　④ 董洪利：《古籍的阐释》，辽宁教育出版社 1993 年版，第 239 页。

注为主，并兼释经文、旧注，专宗一家旧注，一般不予驳斥。《四库全书总目》中《周易正义》下云："然疏家之体，主于诠解注文，不欲有所出入。故皇侃礼疏或乖郑义，颖达至斥为狐不首丘、叶不归根。其墨守专门，固通例然也"①，正体现了义疏体的主要特点。

而同样是在"笺"体启示下所引发的"补注体"，与"义疏体"在经注兼释方面是相似的。洪兴祖用创制的"补注体"撰作的《楚辞补注》也是经注兼释的。它不仅注释《楚辞》正文，更对王注释文予以补充考证加以完善，且于《楚辞》正文和王逸注文两者中，更侧重对王注的注释内容予以注释。如：《九思·怨上》："心结缡兮折摧"句，洪补曰："缡，结也。音骨。"②《哀郢》："众谗人之嫉妒兮，被以不慈之伪名"，洪补曰："尧、舜与贤不与子，故有不慈之名。《庄子》曰：尧不慈，舜不孝。言此者，以明尧、舜大圣，犹不免谗谤，况余人乎？"③ 这是针对王逸未注的《楚辞》正文，援引材料对词义或句意加以补释。《远遊》"奇傅说之讬辰星兮"句，王逸注："贤圣虽终，精著天也。傅说，武丁之相。辰星、房星，东方之宿，苍龙之体也。傅说死后，其精著于房尾也。"洪补曰："大火，谓之大辰。大辰，房心尾也。《庄子》曰：傅说得之，以相武丁，奄有天下。乘东维，骑箕尾，而比于列星。《音义》云：傅说死，其精神乘东维，讬龙尾。今尾上有傅说星。其生无父母，登假三年而形遯。《淮南》云：傅说之所以骑辰尾。是也。"④ 这是洪补于王注之后，对王注所言词义及历史故事加以补释。《九章·涉江》："被明月兮珮宝璐"，王逸注："在背曰被。宝璐，美玉也。言己背被明月之珠，要佩美玉，德宝兼备，行度清白也。"《考异》："珮，一作佩。"五臣云："被，犹服也。明月，珠名"。补曰："《淮南》曰：明月之珠，不能无颣。注云：夜光之珠，有似月光，故曰明月。璐，音路。

①　（清）永瑢等：《四库全书总目》，中华书局1965年版，第3页。
②　（宋）洪兴祖：《楚辞补注》，白化文等点校，中华书局1983年版，第317页。
③　同上书，第136页。
④　同上书，第164页。

《说文》云：玉名。"① 这是洪兴祖对《楚辞》正文"佩"的异文加以考异，并用五臣注来解说王注所言"被"之词义，补王注未释之"明月"。并在补注中引用《淮南子》及《淮南子注》补充解释"明月"为珠，还用直音的方式补充了"璐"的读音，用《说文》指明其词义。

洪补的侧重补王注这点在下文"'补注'重'补'的体例体现"中有详细阐述，就洪兴祖所补来讲，有王注他予以考异补注者 13 种，无王注他予以补注者 5 种，无王注他以五臣注参证者 3 种，可见，考查洪书各卷的形式及其具体文句的训释，可知"补注"体例主要是补王注之未备。《四库全书总目》称"兴祖是编，列逸注于前，而一一疏通证明补注于后，于逸注多所阐发"②。这正说明了"补注"的这种注释方式与经注兼释的"义疏"比较相似。

但与义疏体不同的是：洪补并未遵循"义疏体""疏不破注"的原则，而是对此成法有所突破。在阐释《楚辞》疏解旧注的过程中，洪兴祖对王注的谬误多有指正。《远游》："耀灵晔而西征"，王逸注："讬乘雷电，以驰骛也。灵晔，电貌。《诗》云：晔晔震电。西方少阴，其神蓐收，主刑罚。屈原欲急西行者，将命于神务宽大也。"洪补曰："《博雅》云：朱明耀灵。东君，日也。张平子云：耀灵忽其西藏。潘安仁云：曜灵晔而遄迈。皆用此语。晔，音馌，光也。征，行也。逸说非是。"③ 这是洪兴祖引《博雅》以证"耀灵"指"日"，并引张衡和潘岳赋中语句再证当以"耀灵"合读，指出王逸以"灵晔"为句并释为"电貌"的错误。对王逸《天问·序》："楚人哀惜屈原，因共论述，故其文义不次序云尔"，洪注曰："天固不可问，聊以寄吾之意耳。楚之兴衰，天邪人邪？吾之用舍，天邪人邪？国无人，莫我知也。知我者其天乎？此《天问》所为作也。太史公读

① （宋）洪兴祖：《楚辞补注》，白化文等点校，中华书局 1983 年版，第 128 页。
② （清）永瑢等：《四库全书总目》，中华书局 1965 年版，第 1268 页。
③ （宋）洪兴祖：《楚辞补注》，白化文等点校，中华书局 1983 年版，第 165 页。

《天问》，悲其志者以此。柳宗元作《天对》，失其旨矣。王逸以为文义不次序，夫天地之间，千变万化，岂可以次序陈哉。"① 这是对王逸所言"文义不次序"加以反问，指出其此评说有失偏颇。

除了"疏亦破注"这点与义疏体不同外，"补注体"与"义疏体"的差异还体现在其重"补"上。"补注体"，其补的特点非常突出，补的目的非常明显。在前文"《楚辞章句》需要补注"部分，已分析"补注体"的命名，及其补《章句》之未备的目的，和它针对《楚辞章句》各个方面的不足逐一加以补注的体现，在下文"'补注'重'补'的体例体现"中也将分析此书重"补"的特点，此不赘言。

可见，正因为洪兴祖重补的阐释取向和他对"疏不破注"的突破，才在"笺"体的启示下创制了"补注体"，此种发凡起例，有受当时学术传统影响的痕迹，也有对学术传统的突破。

第二节 "补注"体式的体例安排

阐释者选用"章句体"还是"补注体"，代表着他们不同的体式选择，意味着他们的阐释活动是在不同的阐释取向下进行的。洪兴祖"补注"体式的选择及命名，就蕴含着他明确的阐释取向，即其阐释《楚辞》是以"补"为主。这是一种有意识有目的地对王注之"补"。洪兴祖收罗当时所能见到的各种《楚辞》版本，缜密校订，几次补充，又旁征博引，广泛吸取魏晋以来楚辞方面的研究成果，对王注溯本清源，可谓"洪于是书用力亦以勤矣。"② 而就具体的体例安排，黄建荣说："《楚辞补注》的注释体例安排：即总体安排沿袭王逸，具体作注用随文释义。"③ 即说，《楚辞补注》的体例安排，基本上接

---

① （宋）洪兴祖：《楚辞补注》，白化文等点校，中华书局1983年版，第85页。
② （宋）陈振孙：《直斋书录解题》，徐小蛮、顾美华点校，上海古籍出版社1987年版，第434页。
③ 黄建荣：《〈楚辞〉古代注本研究》，博士学位论文，华东师范大学，2002年，第32页。

受了王逸的《楚辞》阐释体系，其补注《楚辞》，是以遵循王逸书中的编排为原则的，但就注释体例的安排来看，洪兴祖的《楚辞补注》与《楚辞章句》相比，在沿袭王逸的编排体例的基础上，也有所不同，体现出了自己的特点，这既体现在全书注释的大体结构安排上，也反映在具体的注释行文方式中。

一 列《释文》篇次，明传本异同

从注本的卷次安排和编目次序来看，洪兴祖《补注》基本是依照《楚辞章句》正文的卷数排定的，但他的篇次罗列体现出了他对传本异同的认识。王逸《章句》共十七卷，即依次为《离骚经》第一、《九歌》第二、《天问》第三、《九章》第四、《远遊》第五、《卜居》第六、《渔父》第七、《九辩》第八、《招魂》第九、《大招》第十、《惜誓》第十一、《招隐士》第十二、《七谏》第十三、《哀时命》第十四、《九怀》第十五、《九叹》第十六、《九思》第十七。而洪兴祖《楚辞补注》的体例基本上是按照《楚辞章句》正文的卷数来排定的，洪兴祖虽并未改动《章句》的篇目次第，但也并非完全照搬。洪兴祖鉴于古本《楚辞释文》目次与宋代通行《楚辞章句》目次差异甚大，他首先于卷首《楚辞章句》目录下附上了《楚辞释文》目次，并一一注明"释文第几"字样。

对两者篇次的异同，对比如下：

《楚辞章句》篇次		《楚辞释文》篇次	
《离骚经》	第一	《离骚经》	第一
《九歌》	第二	《九辩》	第二
《天问》	第三	《九歌》	第三
《九章》	第四	《天问》	第四
《远遊》	第五	《九章》	第五
《卜居》	第六	《远遊》	第六
《渔父》	第七	《卜居》	第七
《九辩》	第八	《渔父》	第八

《楚辞章句》篇次		《楚辞释文》篇次	
《招魂》	第九	《招隐士》	第九
《大招》	第十	《招魂》	第十
《惜誓》	第十一	《九怀》	第十一
《招隐士》	第十二	《七谏》	第十二
《七谏》	第十三	《九叹》	第十三
《哀时命》	第十四	《哀时命》	第十四
《九怀》	第十五	《惜誓》	第十五
《九叹》	第十六	《大招》	第十六
《九思》	第十七	《九思》	第十七

可见，洪兴祖在目录每一篇下所补的《释文》编次，多与今本不同。他的这种载录与认识，为后人的研究所本。对篇次排列的问题，朱熹就曾言："洪氏又云：'今本《九辩》第八，而《释文》以为第二。盖《释文》乃依古本，而后人始以作者先后次序之，然不言其何时何人也'。今桉：天圣十年陈说之序，以为'旧本篇第混并，首尾差互，乃考其人之先后，重定其篇'。然则今本说之所定也。"①

洪兴祖所列《释文》篇次说明他认识到了其所见的《章句》当时传本的篇目次序，已非王氏所见的原貌，是经过后人重新编订的。这与后来晁公武《郡斋读书志》和陈振孙《直斋书录解题》所著录的相同。晁公武《郡斋读书志》卷十七载："《楚辞释文》一卷。未详撰人。其篇次不与世行本相同。盖以《离骚经》、《九辩》、《九歌》、《天问》、《九章》、《远遊》、《卜居》、《渔父》、《招隐士》、《招魂》、《九怀》、《七谏》、《九叹》、《哀时命》、《惜誓》、《大招》、《九思》为次。按今本《九章》第四，《九辩》第八，而王逸《九章》注云：'皆解于《九辩》中'，知《释文》篇次，盖旧本也，后

---

① （宋）朱熹：《楚辞集注》，黄灵庚点校，上海古籍出版社2015年版，第224页。

人始以作者先后次第之耳。或曰：'天圣中陈说之所为也。'"①陈振孙《直斋书录解题》卷十五亦云："《离骚释文》一卷。古本，无名氏。洪氏得之吴郡林虙德祖。其篇次不与今本同。今本首《骚经》，次《九歌》、《天问》、《九章》、《远游》、《卜居》、《渔父》、《九辩》、《招魂》、《大招》、《惜誓》、《招隐》、《七谏》、《哀时命》、《九怀》、《九叹》、《九思》。《释文》亦首《骚经》，次《九辩》，而后《九歌》、《天问》、《九章》、《远游》、《卜居》、《渔父》、《招隐士》、《招魂》、《九怀》、《七谏》、《九叹》、《哀时命》、《惜誓》、《大招》、《九思》。洪氏按：王逸《九章注》云：'皆解于《九辩》中'，则《释文》篇第盖旧本也，后人始以作者先后次序之耳。朱侍讲按：天圣十年陈说之序以为旧本篇第混并，乃考其人之先后，重定其篇第，然则今本说之所定也"。②晁公武和陈振孙依据王逸《九章》注云"皆解于《九辩》中"这种"解见前篇"之例，都认为《释文》篇次大概为旧本，而现在以作者先后次序排列的篇次与《释文》不同，这大概是天圣年间陈说之重定篇次造成的。

汤炳正也曾根据《楚辞》篇目的诸家著录和王逸"见于前者即略于后"，推知王逸本《九辩》当在《九章》前。王逸于《九歌》《九章》的序文中不注"九"的含义，而在《九辩》的序文中注："九者，阳之数，道之纲纪也。故天有九星，以正机衡；地有九州，以成万邦；人有九窍，以通精明。"③汤炳正根据这种可以说明《九辩》也在《九歌》之前的阐释惯例，认为《释文》篇次"的确反映了由汉代到宋代《楚辞章句》篇次结构的原始面貌"，但"篇次虽

---

① （宋）晁公武：《衢本郡斋读书志》（二），（清）阮元辑编宛委别藏本，江苏古籍出版社 1988 年版，第 522—523 页。

② （宋）陈振孙：《直斋书录解题》，徐小蛮、顾美华点校，上海古籍出版社 1987 年版，第 433—434 页。

③ （宋）洪兴祖：《楚辞补注》，白化文等点校，中华书局 1983 年版，第 182 页。

古,却极凌乱"。① 如王逸《楚辞章句》从第一《离骚》到第八《渔
父》皆标为屈原作品,而《释文》却在中间纂入宋玉的《九辩》一
篇;而《楚辞》编纂者刘向的《九叹》,竟未放在全书最后,而是放
在了东方朔《七谏》和严忌的《哀时命》之间,与古书的通例不合;
等等②。

这些研究都得益于洪兴祖附录上《释文》所次的《楚辞》篇次,
在这种罗列差异、以备考辨的背后,说明洪兴祖认识到了此书编目次
序上的争议,其罗列的意图是说明旧有传本与当时传本的差异。而他
的保存佚说,利于考辨,就此来看,洪补保存《释文》篇次的历史
功绩不可磨灭。

二 列逸注于前,而补充其后

从《补注》"补"王注的最初基本体例的安排来看,是先列王注
于前,后补己注于下。

《四库全书总目提要》称"兴祖是编,列逸注于前,而一一疏通
证明补注于后,于逸注多所阐发。又皆以'补曰'二字别之,使与原
文不乱,亦异乎明代诸人妄改古书,恣情损益。"③ 指的是《楚辞补
注》的具体体例:在《楚辞》原文下,先列出王逸注,然后附上己
注,己注的内容基本是对《楚辞》原文及王逸注的疏通证明或补充,
而为使己注与王逸注两者不相混淆,对己注内容均标以"补曰"二
字,以示分别。如《离骚》"帝高阳之苗裔兮",王逸注:"德合天地
称帝。苗,胤也。裔,末也。高阳,颛顼有天下之号也。《帝系》
曰:颛顼娶于腾隍氏女而生老僮,是为楚先。其后熊绎事周成王,封
为楚子,居于丹阳。周幽王时,生若敖,奄征南海,北至江、汉。其
孙武王求尊爵于周,周不与,遂僭号称王。始都于郢,是时生子瑕,

---

① 汤炳正:《楚辞成书之探索》,载汤炳正《屈赋新探》,齐鲁书社 1984 年版,第
91 页。

② 同上。

③ (清)永瑢等:《四库全书总目》,中华书局 1965 年版,第 1268 页。

受屈为客卿，因以为氏。屈原自道本与君共祖，俱出颛顼胤末之子孙，是恩深而义厚也"。洪补曰："皇甫谧曰：高阳都帝丘，今东郡濮阳是也。张晏曰：高阳，所兴之地名也。刘子玄《史通》云：作者自叙，其流出于中古。《离骚经》首章，上陈氏族，下列祖考；先述厥生，次显名字，自叙发迹，实基于此。降及司马相如，始以自叙为传。至马迁、杨雄、班固，自叙之篇，实烦于代。"① 在这里，洪兴祖先列王逸注于《楚辞》原文语句之下，然后在"补曰"下进行相关的疏通证明补充，他引用皇甫谧、张晏等人的观点对"高阳"一词进行了补释，并征引刘子玄关于"自叙"文体的叙述，进一步阐发，以这种"补注"的基本体例，既补王注，又抒己见。

王逸在《离骚经·序》中说："离，别也。骚，愁也。经，径也。言己放逐离别，中心愁思，犹依道径，以风谏君也。"洪补曰："太史公曰：离骚者，犹离忧也。班孟坚曰：离，犹遭也，明己遭忧作辞也。颜师古云：忧动曰骚。余按：古人引《离骚》未有言'经'者，盖后世之士祖述其词，尊之为经耳，非屈原意也。逸说非是。"② 洪兴祖先列王逸注，然后附以己注，在自己的补注中引用司马迁、班固、颜师古等人关于"离骚"的解释，并针对王逸称《离骚》为经下按语，认为《离骚》称"经"为后人所为，并非屈原原意，这是对王逸所言之可疑者加以澄清。正如姜亮夫所言，"其补义以申王为主；或引书以证其事迹古义，或辨解以明其要。皆列王注于前，而以己之所补者随之。"③

三 序与注皆增，以扩充内容

就整体结构安排上而言：洪兴祖《楚辞补注》虽与王逸《楚辞章句》都是由序和注两大部分组成的，但不同点是洪补对某些序的位

---

① （宋）洪兴祖：《楚辞补注》，白化文等点校，中华书局1983年版，第3页。
② 同上书，第2页。
③ 姜亮夫：《楚辞书目五种》，中华书局1961年版，第32页。

置进行了调整，而且增加了篇目解题的数量，有自己的见解，洪补涉及的内容、范围也更为宽泛。

1. 从序的角度来看，在王逸之前，虽然班固有《离骚赞序》和《离骚序》两篇序言，但都只限于《离骚》一篇。而王逸则扩充了作序的篇目范围，共写了十九篇序，所有的篇目都有前序①，《离骚》《天问》两篇各有前序和后序，并在其序中阐发了自己的见解。如其《招魂·序》云："《招魂》者，宋玉之所作也。招者，召也。以手曰招，以言曰召。魂者，身之精也。宋玉怜哀屈原，忠而斥弃，愁懑山泽，魂魄放佚，厥命将落。故作《招魂》，欲以复其精神，延其年寿，外陈四方之恶，内崇楚国之美，以讽谏怀王，冀其觉悟而还之也。"② 另外，《九歌·序》云："屈原放逐，窜伏其域，怀忧苦毒，愁思沸郁。出见俗人祭祀之礼，歌舞之乐，其词鄙陋。因为作《九歌》之曲。上陈事神之敬，下见己之冤结，讬之以风谏。"③《天问·序》云："屈原放逐，忧心愁悴……何而问之，以渫愤懑，舒泻愁思。楚人哀惜屈原，因共论述，故其文义不次序云尔。"④ 特别是在《离骚后序》中，他概述了楚辞在汉代的流传情况，对班固等人的偏激观点一一予以批驳，对屈原的人格思想等给予了高度评价，阐述了自己的楚辞观，可以说，他关于《楚辞》各篇作者的确定及其对《楚辞》篇章旨意的阐发为后人的研究奠定了基础，他的楚辞观也影响了其后很多《楚辞》阐释者。

与王逸的《章句》相比，洪兴祖增加了解题的篇数。王逸对含有多篇的各卷，虽有序，但没有说解其中各篇的篇题，洪兴祖则对王逸没有解说的《九歌》《九章》中所包括的二十篇的篇题做了概括，其中《九歌》中《湘君》和《湘夫人》《大司命》和《少司命》的篇题解说分别合二为一。洪兴祖还在某些解题中对前人的观点进行了驳

---

① 对含有多篇的各卷，没有说解其中的篇题。
② （宋）洪兴祖：《楚辞补注》，白化文等点校，中华书局1983年版，第197页。
③ 同上书，第55页。
④ 同上书，第85页。

正。如他对《湘君》和《湘夫人》的解题，其言："刘向《列女传》：舜陟方死于苍梧，二妃死于江、湘之间，俗谓之湘君。《礼记》：舜葬于苍梧之野，盖二妃未之从也。注云：《离骚》所歌湘夫人，舜妃也。韩退之《黄陵庙碑》云：湘旁有庙，曰黄陵。自前古立，以祠尧之二女——舜二妃者。秦博士对始皇帝云：湘君者，尧之二女，舜妃者也。刘向、郑玄亦皆以二妃为湘君。而《离骚》、《九歌》既有湘君，又有湘夫人。王逸以为湘君者，自其水神。而谓湘夫人，乃二妃也。从舜南征三苗，不及，道死沅、湘之间。《山海经》曰：洞庭之山，帝之二女居之。郭璞疑二女者，帝舜之后，不当降小水为其夫人，因以二女为天帝之女。以余考之，璞与王逸俱失也。尧之长女娥皇，为舜正妃，故曰君。其二女女英，自宜降曰夫人也。故《九歌》词谓娥皇为君，谓女英帝子，各以其盛者，推言之也。礼有小君、君母，明其正，自得称君也。"① 洪兴祖在此篇题中解说了两篇的题旨，并对"湘君""湘夫人"的具体所指进行了立论，反驳了刘向、郭璞、王逸等人的观点。他对《大司命》《少司命》的解题曰："《周礼·大宗伯》：以槱燎祀司中、司命。疏引《星传》云：三台，上台司命，为太尉。又文昌宫第四曰司命。按《史记·天官书》：文昌六星，四曰司命。《晋书·天文志》：三台六星，两两而居，西近文昌二星，曰上台，为司命，主寿。然则有两司命也。《祭法》：王立七祀，诸侯立五祀，皆有司命。疏云：司命，宫中小神。而《汉书·郊祀志》：荆巫有司命。说者曰：文昌，第四星也。五臣云：司命，星名。主知生死，辅天行化，诛恶护善也。《大司命》云：乘清气兮御阴阳。《少司命》云：登九天兮抚慧星。其非宫中小神明矣"②。这是对王逸未解说的加以解说，且合二为一。

　　还值得说明的是，在"楚辞目录"下洪兴祖有一段文字，"按《九章》第四，《九辩》第八，而王逸《九章》注云'皆解于《九

---

① （宋）洪兴祖：《楚辞补注》，白化文等点校，中华书局1983年版，第64页。

② 同上书，第71页。

辩》中'，知《释文》篇第盖旧本也，后人始以作者先后次叙之尔。鲍钦止云：《辨骚》非楚词本书，不当录。班孟坚二序，旧在《天问》、《九叹》之后，今附于第一通之末云。"① 这段文字是说他将班固的《离骚经章句》中的二序移到《离骚》后，不再将其置于《天问》《九叹》两卷末，其意"盖欲一以令同篇相附，一以令己论与班序就近印证其中得失；至于《辨骚》一篇则仍依《楚辞》传本之例而保留，唯将其由目录后改置于卷一末班氏《离骚赞序》之后，并附记曰'鲍钦止云：《辨骚》非《楚辞》本书，不当录'云云，既未轻时贤之论，复申其尊重古本之意，可谓允当。"② 这正是说洪兴祖相关补释的允当性。

此外，在王注《离骚经》前序之前洪兴祖也有一段文字，其言："隋唐书《志》有皇甫遵训《参解楚辞》七卷、郭璞注十卷、宋处士诸葛《楚辞音》一卷、刘香《草木虫鱼疏》二卷、孟奥音一卷、徐邈音一卷。始汉武帝命淮南王安为《离骚传》，其书今亡。按《屈原传》云：'《国风》好色而不淫，《小雅》怨诽而不乱，若《离骚》者，可谓兼之矣。'又曰：'蝉蜕于浊秽，以浮游尘埃之外，不获世之滋垢，皭然泥而不滓。推此志，虽与日月争光可也。'班孟坚、刘勰皆以为淮南王语，岂太史公取其语以作传乎？汉宣帝时，九江被公能为楚词。隋有僧道骞者善读之，能为楚声，音韵清切。至唐，传楚辞者，皆祖骞公之音。"③ 此段文字概述了楚辞在汉代及其之后的流传与注释的一些情况，与王逸原注没有关联，像是在总结前人的研究状况，虽并未明言，但似在表明自己传承前人的作注意图。

2. 从注的角度来看，洪兴祖《补注》在注释文句的内容及注释范围上，比《楚辞章句》更为翔实广泛。王逸的具体注释体式是随文释义，这种注释形式是古代最常见的训诂方式，不仅以字词句为解

---

① （宋）洪兴祖：《楚辞补注·目录》，白化文等点校，中华书局1983年版，第3页。
② 李温良：《洪兴祖〈楚辞补注〉研究》，硕士学位论文，台湾成功大学，1994年，第149页。
③ （宋）洪兴祖：《楚辞补注》，白化文等点校，中华书局1983年版，第1页。

释对象，而且对篇章题旨、名物制度、史实风俗以及语法修辞等方面都有阐释。综观洪兴祖《楚辞补注》具体注解文句的格式，用的虽也类似随文释义，但与《楚辞章句》相比，洪兴祖《补注》在注释文句的内容及注释范围上有些不同。

（1）不仅注释了《楚辞》正文，而且注释了王逸的注文和所引用的诸家引证材料。洪兴祖不仅注释《楚辞》正文，对王注已经注释的内容予以重新注释，还对王逸所言旧文、对自己所引典籍中的内容进行考释，这种注释体式有人认为与传统训诂学中的"义疏"比较相似。如《九章·怀沙》"伯乐既没，骥焉程兮"句，王逸注："伯乐，善相马也。程，量也。言骐骥不遇伯乐，则无所程量其才力也。以言贤臣不遇明君，则无所施其智能也。"洪补曰："《战国策》云：昔骐骥驾盐车，上吴坂，迁延负辕而不能进。遭伯乐，仰而鸣之，知伯乐之知己也。《淮南子》曰：造父不能为伯乐。注云：伯乐善相马，事秦缪公。又王逸云：孙阳，伯乐姓名。而张晏云：王良，字伯乐。非也。王良善驭，事赵简子。"① 这是对王逸及他人关于伯乐的解释进行了考释和驳正。

（2）在其"补曰"后的补注内容中有的增加了按语，多是进一步申说己意的内容。如：《离骚》"溘埃风余上征"句，王逸注："溘，犹掩也。埃，尘也。言我设往行游，将乘玉虬，驾凤车，掩尘埃而上征，去离世俗，远群小也。"洪补曰："《远游》云：掩浮云而上征。故逸云：溘，犹掩也。按溘，奄忽也，渴合切。征，行也。言忽然风起，而余上征，犹所谓忽乎吾将行耳。"②

（3）在"补曰"后补释的内容繁多，包括字词、句意、名物、史实等很多方面，且引书丰富，补说充分。如《离骚》"后辛之菹醢兮"句下，洪补的内容：有《考异》"菹，一作葅"，有本当为"补曰"后的内容的"五臣云：菹醢，肉酱也"，还有洪补曰："菹，臻

---

① （宋）洪兴祖：《楚辞补注》，白化文等点校，中华书局 1983 年版，第 145 页。
② 同上书，第 26 页。

鱼切。《说文》：柞菜也。一曰麋鹿为菹，虀菹之称，菜肉通。醢，音海。《尔雅》曰：肉谓之醢"。① "殷宗用而不长"句下，有《考异》"而，一作之。"有补曰："《礼记》云：昔殷纣乱天下，脯鬼侯以飨诸侯。《史记》曰：纣醢九侯，脯鄂侯。《淮南子》云：醢鬼侯之女，葅梅伯之骸。"② 这其中就包括了校正文字，解释词义，引典证明，注明字音，补说史实等内容。③《离骚》"心犹豫而狐疑兮"句，王逸无注，洪补曰："犹，由、柚二音。《颜氏家训》曰：《尸子》云：五尺犬为犹。《说文》：陇西谓犬子为犹。吾以为人将犬行，犬好豫在人前，待人不得，又来迎候，此乃豫之所以为未定也。故谓不决曰犹豫。或以《尔雅》曰：犹，如麂，善登木。犹，兽名也。既闻人声，乃豫缘木。如此上下，故称犹豫。《水经》引郭缘生《述征记》云：河津冰始合，车马不敢过，要须狐行，云此物善听，冰下无水乃过，人见狐行，方渡。按《风俗通》云：里语称狐欲渡河，无如尾何。且狐性多疑，故俗有狐疑之说，未必一如缘生之言也。然《礼记》曰：决嫌疑，定犹豫。《疏》云：犹是玃属，豫是虎属。《说文》云：豫，象之大者。又《老子》曰：豫兮若冬涉川，犹兮若畏四邻。则犹与豫，皆未定之辞。"④ 此处对"犹豫"一词，洪兴祖更是广引《颜氏家训》《尔雅》《水经注》《风俗通义》《礼记》《老子》等材料，做了一个有注音、有释义、有引证、有异说、有猜测、有分析、有结论的长注，严谨翔实。

四 附《考异》《释文》，以完善补注

就《楚辞补注》的成书过程及其与《考异》《释文》的内容编排来看，能看出其"补"的阐释取向。关于《楚辞补注》的成书过程，

---

① （宋）洪兴祖：《楚辞补注》，白化文等点校，中华书局1983年版，第23页。
② 同上。
③ 黄建荣：《〈楚辞〉古代注本研究》，博士学位论文，华东师范大学，2002年，第32页。
④ （宋）洪兴祖：《楚辞补注》，白化文等点校，中华书局1983年版，第33页。

晁公武《郡斋读书志》与陈振孙《直斋书录解题》等都有较详明的著录。洪兴祖以苏轼所校之《楚辞》十卷为主,进而参校当时已见诸本进行对勘,作了《补注》,后来又得"姚廷辉本"比勘异文而作《考异》,后来并据"欧阳永叔、孙莘老、苏子容本"对《考异》进一步校正补充完备。且《考异》原本独立于《补注》正文内容之外,附在《补注》之后。

对《考异》的特点和价值,汤炳正认为洪兴祖《楚辞考异》多举名人校本、宋以前古本、当代异本、采及类书,援引王勉《释文》甚多,可谓"保存了宋以前有关《楚辞》的大量异文与异说,应该说,其价值是超过了洪氏《楚辞补注》的。""《考异》以校《楚辞》正文为主,兼校王逸注文,甚至对字体的微异,亦不放过……可谓精矣。"①

洪兴祖还曾将《释文》附在《补注》之后,后来也散附了。对现所能见到的《释文》资料,姜亮夫说:"总观此百十八则,约可分为三类:字形之变异一也,字音之注反切二也,偶亦有言义训三也"。② 张来芳认为实际上洪氏征引《释文》的目次为17条,《释文》现存当为释语122条,而现所见《释文》的内容,或为校勘字词,或标示古音,或两者兼具,或校字、标音并释义,其中校字标音的占绝大多数,释义的只有少数几条,故姜亮夫说其"不涉文物、典制、史实、文理、词气,可知此书大例,仅在考文字字形、音韵而已。"③ 若以《经典释文》与此一百余条比较,则知两者性质相同,都是训释字形、字音、字义之书。

洪兴祖将《考异》与《释文》两者附在《补注》之后,说明其

①　汤炳正:《洪兴祖〈楚辞考异〉散附〈楚辞补注〉问题》,载汤炳正《楚辞类稿》,巴蜀书社1988年版,第98页。

②　姜亮夫:《洪庆善〈楚辞补注〉所引〈释文〉考》,载《楚辞学论文集》,上海古籍出版社1984年版,第403页。

③　姜亮夫:《洪庆善〈楚辞补注〉所引〈释文〉考(续)》,《南开学报》1980年第4期。

亦欲以两者进一步补充说明《补注》的内容，进一步体现了"补"的阐释取向。

第三节　"补注"重"补"的体例体现

洪兴祖选择"补注"体式阐释《楚辞》文本，与其作为阐释主体"补《章句》未备"的阐释目的密切相关。洪兴祖的此种意图在今已窜乱的他所附录的《考异》和《释文》、所引入的《文选》注等补释内容上，及其今所见的散附后的具体训解补释体例来看，都有体现。

一　《补注》体式窜乱的辨析

洪兴祖补正王逸注之际，虽然本以"补曰"二字以资识别，"补曰"前为王逸《楚辞章句》原注，其后属洪氏补注，但依今本《楚辞补注》来看，实不止于此。今日所见之《楚辞补注》，其面貌已远非宋时付梓之旧，其在辗转流传过程中曾出现过窜乱，本来附在洪补后的《考异》和《释文》，已散附到洪补当中，"五臣注"也分别置于"补曰"上下，考察"补注"重"补"的量化体现，需要对《楚辞补注》阐释体式的窜乱情况进行离析甄别。

（一）《补注》体式的窜乱时间

洪兴祖《楚辞补注》成书刊行时间，为其知饶州之时，在绍兴十九年到绍兴二十四年（1149—1154）。而晁公武《郡斋读书志》、陈振孙《直斋书录解题》、马端临《文献通考》都载：洪兴祖于《楚辞补注》之外，别作《楚辞考异》一卷。据晁公武《郡斋读书志》著录："《补注楚辞》十七卷《考异》一卷"①，似其所见《补注》与《考异》两者尚未散乱为一体。《宋史·艺文志》录云："洪兴祖《补

---

① （宋）晁公武：《衢本郡斋读书志》（二），（清）阮元辑编宛委别藏本，江苏古籍出版社 1988 年版，第 523 页。

注楚辞》十七卷《考异》一卷。"① 观《宋志》所援引资料中的《中
兴馆阁书目》《续书目》《中兴国史艺文志》的编撰时间，都在洪氏
成书之后。据乔衍琯考评，《中兴馆阁书目》编于"淳熙五年
（1178）六月上"②，陈垣认为它"又为宋志之所由出。宋志芜陋，订
正史阙，惟兹是赖，不仅考存佚，验异同已也。"③《中兴馆阁续书
目》"嘉定十三年（一二二〇）上"④，"史志多据官录编成，宋代屡
修国史，宋志著录北宋三种，淳熙间则修中兴四朝国史，皆有艺文
志，为宋志所依据。"⑤ 脱脱《宋志》中所引洪兴祖此条当源于此，
由此可见，自孝宗至宁宗之际，仍可见洪兴祖《补注》和《考异》。
陈振孙《直斋书录解题》中也分列《补注》和《考异》二书。焦竑
《国史经籍志》卷五录云："《楚辞》十七卷 宋洪兴祖补王逸注。"⑥
"《楚辞考异》一卷 洪兴祖。"⑦ 焦竑在此书的自序中云："今之所录，
亦准勘列，以当代见存之书，统于四部，而御制诸书则冠其首焉。"⑧
知焦竑曾亲见此书，亦知于神宗万历年间尚存洪兴祖《补注》十七
卷与《考异》一卷的单行本。

而郑樵《通志·艺文略》录云："《离骚章句》十七卷。"⑨ 依姜
亮夫《楚辞书目五种》所考，此即为洪兴祖《楚辞补注》，他说：
"按，郑氏不著撰人。《离骚》无十七卷之多，十七卷必王逸本无疑。
然本书已别有王逸注，汉以来别无人为《离骚章句》，其次在刘杳
《草木虫鱼书》后，则时代不宜前于宋也。考晁《志》亦云：'未详

---

① （元）脱脱：《宋史》（一六），中华书局 1977 年版，第 5327 页。

② 乔衍琯：《宋代书目考》，文史哲出版社 2008 年版，第 10 页。

③ 同上书，第 10—11 页。

④ 同上书，第 11 页。

⑤ 同上书，第 13 页。

⑥ （明）焦竑辑：《国史经籍志·附录》（四），中华书局 1985 年版，第 246 页。

⑦ 同上。

⑧ 同上书，第 1 页。

⑨ （宋）郑樵：《通志》，载王云五《万有文库第一集一千种》，商务印书馆 1930 年
版，第 66 页。

撰人，凡王逸《章句》有未尽者补之．'则洪书初刻，或仅题《章句》，而未用兴祖之名也。又《宋史》谓兴祖著书，有'赞离骚'之语，则原本或亦作'离骚'，故作史者据之入传也。是则郑氏此录，必洪书无疑。郑氏卒绍兴三十二年，后于洪者且二十五年。则《通志》成书时，洪书尚未大行，宜其不甚知名也。"① 而洪氏所著书之题名，按晁公武载录为"《补注楚辞》十七卷"②，陈振孙则云："《楚辞》十七卷。"③ 知此书最初的题名难以确定，且在流传过程中有所改易，所以郑樵所云"《离骚章句》十七卷"当即为洪兴祖的《楚辞补注》，而郑樵此处未言本附于《补注》后之《考异》，或为其未见，此或可证明宋末之时《考异》已经散附。

瞿镛《铁琴铜剑楼藏书目录》载："楚辞补注十七卷明刊本。"瞿子雍题识云："题：'校书郎王逸上，曲阿洪兴祖补注。'案陈氏《书录》附《考异》一卷本，别为一书。此乃散入各句下，非洪氏原本之旧，然犹是明缮宋刻。宋讳字俱减笔，知此书在宋时已窜乱矣。"④《四库全书总目》载："则旧本兼载《释文》，而《考异》一卷附之，在《补注》十七卷之外。此本每卷之末有'汲古后人毛表字奏叔依古本是正'印记，而《考异》已散入各句下，未知谁所窜乱也。"⑤《四库全书》所录为汲古阁毛表重刻宋本《楚辞补注》，约刻于康熙元年之际，亦可见其所据之宋本《楚辞考异》已经散入《楚辞补注》之中。

由以上资料来看，《考异》与《释文》原本独立于《补注》之

① 姜亮夫：《楚辞书目五种》，中华书局 1961 年版，第 32 页。

② （宋）晁公武：《衢本郡斋读书志》（二），（清）阮元辑编宛委别藏本，江苏古籍出版社 1988 年版，第 523 页。

③ （宋）陈振孙：《直斋书录解题》，徐小蛮、顾美华点校，上海古籍出版社 1987 年版，第 433 页。

④ （清）瞿镛编纂：《铁琴铜剑楼藏书目录》，（清）瞿果行标点，瞿凤起覆校，上海古籍出版社 2000 年版，第 480 页。

⑤ （清）永瑢等：《四库全书总目》，中华书局 1965 年版，第 1268 页。

外，两者曾俱附在《补注》之后，且《释文》在前，《考异》在后，后来《考异》等内容散入了《补注》各相应的句子下。而瞿镛《铁琴铜剑楼藏书目录》则明确指出《考异》成书的情况和散乱的时间，说"宋讳字俱减笔，知此书在宋时已窜乱矣。"① 虽然瞿镛所录明翻宋刻本为《四部丛刊》影印所据之本，与四库所收汲古阁本不尽相同，但由宋讳字减笔情况，的确可知此书于宋时遭人改动。

（二）《考异》散附《补注》问题

由于洪兴祖《楚辞补注》在宋代时即已被改动窜乱，以致《考异》内容散入相关的句子之下。故此，在阅读时需要予以离析。但这种散附后的离析问题并不简单，因为其还兼及《释文》和五臣注的问题。现所见《楚辞补注》中王逸注后，"补曰"上包括考异文字、《释文》内容，有时还出现五臣注，"补曰"之下，除洪兴祖补注内容外，也间有一些《释文》和五臣注。故此，对这些内容的离析工作就颇显复杂。

对洪兴祖所作《考异》散附《补注》的情况，汤炳正进行了分析，他明确指出："是《考异》原单行于《补注》之外。至于后人何时将《考异》散附《补注》本'补曰'之前、王逸注之后，尚难考定。但在散附时，亦多错乱之处。"② 并认为划分《考异》和《补注》的内容，不能仅以"补曰"为据，而可根据某些字句"上无所承"来判定《楚辞考异》散附《楚辞补注》前后位置问题。如《九思·逢尤》"憝怅立兮涕滂沲"句，王逸注之后云："憝，一作㦖，一作恫，一作怊"。洪补曰："憝，丑江切；㦖，音同，视不明也。一曰直视。"③《九章·悲回风》"上高岩兮峭岸兮"句，王逸注之后云：

---

① （清）瞿镛编纂：《铁琴铜剑楼藏书目录》，（清）瞿果行标点，瞿凤起覆校，上海古籍出版社 2000 年版，第 480 页。

② 汤炳正：《洪兴祖〈楚辞考异〉散附〈楚辞补注〉问题》，载汤炳正《楚辞类稿》，巴蜀书社 1988 年版，第 98—99 页。

③ （宋）洪兴祖：《楚辞补注》，白化文等点校，中华书局 1983 年版，第 315 页。

"峭，一作陗。补曰：并七笑切。"① 这些"补曰"上下的内容本文意相连，如果单独来看的话，"补曰"下边的注音释义等就上无所承。所以汤炳正说："足见原本《考异》中之异文与音切，或本相连成文，而散附者强为割裂于《补曰》之前后。"② 这种论断是有道理的，依据洪注上下文意来看，这种情况的确是同属《考异》内容。

而对于"补曰"前后都涉及《考异》、并与《释文》相关的情况，比较复杂，大致可分为两种情况：一种情况是《释文》内容属于《考异》；另一种情况是《释文》内容不属于《考异》。如《离骚》"忍尤而攘诟"句，王逸注之后云："《释文》诟作询。补曰：诟、询，并呼漏切，又古豆切。"③ 如果"《释文》诟作询"句本为《考异》而单行，则《补注》中"诟、询，并呼漏切，又古豆切"上无所承，而《九叹·怨思》"蹇离尤而干诟"句，王逸注之后云："诟，一作询。补曰：并音苟，辱也。又许候、胡遘、丘候三切。"④ 异文与前条同，但未标《释文》。对此，汤炳正认为："凡此种种，当皆由浅人散附《考异》于《补注》时，以意分并增减所造成之矛盾。从上述事实可以看出，洪兴祖之《楚辞考异》由单行本到散附《补注》中，其间割裂错乱之处，不可胜数。而且从上述事实中，又颇疑王勉《楚辞释文》之见于《考异》中者，或不仅如当前学术界所统计之七十余条。'补曰'以下现有之反切或直音，亦或多取之《释文》，被割后，遂与《释文》相离。如以《经典释文》为例，'释文'体例，字音最多，异文次之，训诂又次之。而洪氏《考异》所引《释文》七十余条中，几全为异文，字音极少数。反之，《补注》中则反切及直音极多，其间或多取之《释文》（如《九叹·远逝》'鸡鸡''补曰'下之音读，即明标出自《释文》，此例不少）。

---

① （宋）洪兴祖：《楚辞补注》，白化文等点校，中华书局 1983 年版，第 159 页。

② 汤炳正：《洪兴祖〈楚辞考异〉散附〈楚辞补注〉问题》，载汤炳正《楚辞类稿》，巴蜀书社 1988 年版，第 99 页。

③ （宋）洪兴祖：《楚辞补注》，白化文等点校，中华书局 1983 年版，第 16 页。

④ 同上书，第 290 页。

此殆为散附者割裂《考异》之所致。"① 依汤炳正所言，他认为上述
"补曰"中这种上无所承情况的《释文》内容当为《考异》内容。

　　但"补曰"上下同涉及的考异内容并与《释文》相关的，并不
一定都属于《考异》，有些是属于《补注》的内容。因为洪兴祖在作
《补注》时，就已经得到了《释文》，他在参校或补解王注时，未必
就不引用该书资料来做参考。而"补曰"下有些《释文》的内容，
可看作是《补注》中对字音、字形的阐发。如《九章·怀沙》"凤皇
在笯兮"句，王逸注之后曰："徐广曰：笯，一作郊。补曰：笯，音
暮。《释文》音奴，又女家切。《说文》曰：笼也，南楚谓之笯。"②
其中"徐广曰：笯，一作郊。"当系《考异》内容，而"补曰"后内
容当是属于《补注》，就洪兴祖所补的内容来看，知"笯"《释文》
也作"笯"，但音有所不同，所以引"《释文》音奴，又女家切。"这
里洪兴祖引《释文》纯系为补充"笯"字的字音而来。这样的例子
还有，《九怀·通路》"从虾兮遊渚"句，王逸注："小人并进，在朝
廷也。鲸鳣，大鱼也。虾，小鱼也。"王逸注之后曰："渚，一作渚。
补曰：虾，《释文》音退，《说文》云：虾，蟆也。一曰虾虫与水母
游。"③ 等等。

　　(三)《释文》散附"补曰"问题

　　对《释文》散附情况，姜亮夫认为："《释文》在南宋初尚未佚
失，故洪氏得以为考异。故其亡当在元明之间，惜哉！"④

　　对于《释文》的归属问题，汤炳正对《考异》中所见《释文》
的条数提出质疑，他说："又颇疑王勉《楚辞释文》之见于《考异》
中者，或不仅如当前学术界所统计的七十余条。'补曰'以下现有之

---

①　汤炳正：《洪兴祖〈楚辞考异〉散附〈楚辞补注〉问题》，载汤炳正《楚辞类稿》，
巴蜀书社 1988 年版，第 100—101 页。

②　(宋) 洪兴祖：《楚辞补注》，白化文等点校，中华书局 1983 年版，第 143 页。

③　同上书，第 270 页。

④　姜亮夫：《洪庆善〈楚辞补注〉所引〈释文〉考》，载《楚辞学论文集》，上海古
籍出版社 1984 年版，第 402 页。

反切或直音，亦或多取之《释文》。被割后，遂与《释文》相离。如以《经典释文》为例，'释文'体例，字音最多，异文次之，训诂又次之。而洪氏《考异》所引《释文》七十余条中，几全为异文，字音极少数。反之，《补注》中则反切及直音极多，其间或多取之《释文》（如《九叹·远逝》'鹢鹢''补曰'下之音读，即明标出自《释文》，此例不少）。此殆为散附者割裂《考异》之所致。"① 认为"补曰"下的《释文》亦为《考异》内容。而姜亮夫则离析出了洪兴祖《楚辞补注》所录之《释文》一百一十八则，并对这一百一十八则一一进行了列举疏证。据其考释，这一百一十八则"除了《卜居》《渔父》两文无所载外，他十五卷皆有之，计：《离骚》十三见，《九歌》四见，《天问》六见，《九章》十见，《远游》七见，《九辩》十六见，《招魂》十见，《大招》四见，《惜誓》二见，《招隐士》一见，《七谏》九见，《哀时命》三见，《九怀》十一见，《九叹》九见，《九思》十五见。此百十八则，有两种录法，而以洪氏'补曰'为关键。凡在'补曰'前者，必洪氏录用所据廿余家校本之旧文，大体在《文选》五臣注之下，或紧接'补曰'者，于量为最多。其在'补曰'后者，则为洪氏直采《释文》本书者，多以为校正本文字形字音之助，或以驳正《释文》之误者，于量为最少"。② 认为"补曰"前后所引《释文》的来源不同，"补曰"上之"《释文》作某""《释文》作某，音某"等内容是洪兴祖采录诸家校本的旧文，而"补曰"下"《释文》某，某某切"是洪兴祖直接引用《释文》者，或是为了校正正文的字形字音，或是为了引用来辨证《释文》的错误。

　　对《释文》内容分属《考异》与《补注》当无疑义，但姜亮夫的论断尚有可商榷之处，即分属于《考异》《补注》这两部分的《释

---

　　① 汤炳正：《洪兴祖〈楚辞考异〉散附〈楚辞补注〉问题》，载汤炳正《楚辞类稿》，巴蜀书社 1988 年版，第 100—101 页。

　　② 姜亮夫：《洪庆善〈楚辞补注〉所引〈释文〉考》，载《楚辞学论文集》，上海古籍出版社 1984 年版，第 402 页。

文》,是洪兴祖所移录呢还是他自己所亲校呢?据陈振孙《直斋书录解题》卷十五载:"《离骚释文》一卷。古本,无名氏。洪氏得之吴郡林虑德祖。"① 我们知道洪兴祖治学态度是相当严谨的,他既然已得到《释文》,当能依此与诸家校本对勘,而不大会移录他本所载。而综观《楚辞补注》中所存一百余条《释文》,不足以成《释文》一卷,盖是洪兴祖在参校各本时,凡是《释文》与他本相同者,则仅云:"一本作某"或"一作某"概括,如《九歌·云中君》"灵连蜷兮既留"句,下曰"一本'灵'下有'子'字。"②《九歌·湘君》"美要眇兮宜修"句,下曰:"眇,一作妙。一本'宜'上有'又'字"。③《九歌·湘夫人》"沅有茝兮醴有兰"句,下曰:"茝,一作芷。醴,一作澧。"④ 等,都是记载各本的异文,而《释文》与他本不同者,则明言"《释文》作某"。所以,"补曰"上的《释文》异文或亦当是洪兴祖亲校所补,而非移录。

(四)五臣注、李善注问题

除了《考异》和《释文》以外,现所见《楚辞补注》中,还有一些五臣注和李善注。其中未被选入《文选》的《天问》等篇,引李善注偏多,如《天问》:"黑水玄趾,三危安在?"王逸注:"玄趾、三危,皆山名也,在西方,黑水出崑崙山也。"洪补曰:"《西京赋》云:昆明灵沼,黑水、玄阯。言昆明灵沼,取象于黑水、玄阯也。李善云:黑水、玄阯,谓昆明灵沼之水沚。非是。"⑤ 而对《离骚》《九歌》《九章》《卜居》《渔父》《九辩》《招魂》等入选《文选》的篇目,则大多引用五臣注。如《离骚》:"忽吾行此流沙兮",王逸注:"流沙,沙流如水也。《尚书》曰:余波入于流沙。"五臣云:"流沙,

---

① (宋)陈振孙:《直斋书录解题》,徐小蛮、顾美华点校,上海古籍出版社1987年版,第433页。

② (宋)洪兴祖:《楚辞补注》,白化文等点校,中华书局1983年版,第58页。

③ 同上书,第60页。

④ 同上书,第65页。

⑤ 同上书,第96页。

西极也。"洪补曰："《山海经》：流沙出钟山西行。注云：今西海居
延泽，《尚书》所谓流沙者，形如月生五日。张揖云：流沙，沙与水
流行也。颜师古曰：流沙但有沙流，本无水也。"①

　　对这些李善注和五臣注的来源和归属问题，《楚辞补注·出版说
明》云："'补'字以上除了王逸注以外，还有后人的增补，如引
《文选》的李善及五臣注等均是。这些究为何人所补，除所补外是否
悉为王逸注原文，尚待考证。"② 明显认为"五臣注"和李善注都是
他人所补。而其中的"五臣注"引用较多，而且在"补曰"前后都
有存在。如《离骚》："既遵道而得路"，王逸注："遵，循也。路，
正也。尧、舜所以有光大圣明之称者，以循用天地之道，举贤任能，
使得万事之正也。夫先三后者，据近以及远，明道德同也。"五臣云：
"循用大道。"洪补曰："上言三后，下言尧、舜，谓三后遵尧、舜之
道以得路也。路，大道也。"③《离骚》："朕皇考曰伯庸"，王逸注：
"朕，我也。皇，美也。父死称考。"洪补曰："唐五臣注《文选》
云：古人质，与君同称朕。"④ 有时在"补曰"后还有对五臣注的纠
正，如《离骚》"夫唯灵修之故也"句，王逸注："灵，神也。修，
远也。能神明远见者，君德也，故以谕君。言己将陈忠策，内虑之
心，上指九天，告语神明，使平正之，唯用怀王之故，欲自尽也。"
五臣云："灵修，言有神明长久之道者，君德也。言我指九天，欲为
君行正平之道，而君不用我，故将欲自尽。"洪补曰："王逸言自尽
者，谓自竭尽耳。五臣说误。"⑤

　　通过分析一些句子，我们发现，五臣注或应该属于洪兴祖所补。
如《离骚》"驰椒丘且焉止息"句，王逸注之后："驰，一作驼。五

　　① （宋）洪兴祖：《楚辞补注》，白化文等点校，中华书局 1983 年版，第 44—45 页。
　　② 中华书局编辑部：《〈楚辞补注〉重印出版说明》，载洪兴祖《楚辞补注》，中华书
局 1983 年版，第 3—4 页。
　　③ （宋）洪兴祖：《楚辞补注》，中华书局 1983 年版，第 8 页。
　　④ 同上书，第 3 页。
　　⑤ 同上书，第 9—10 页。

臣云：椒丘，丘上有椒也。行息依兰椒，不忘芳香以自洁也。补曰：
司马相如赋云：椒丘之阙。服虔云：丘名。如淳云：丘多椒也。按
椒，山颠也。此以椒丘对兰皋，则宜从如淳、五臣之说。"① 这里如
果五臣注不属于《补注》的内容，那么《补注》中既然没有"五臣
之说"，下面的"宜从"就无所依据。《离骚》"凤皇翼其承旂兮，高
翱翔之翼翼"句，王逸注："言己动顺天道，则凤皇来随我车，敬承
旂旗，高飞翱翔，翼翼而和，嘉忠正、怀有德也。"五臣云："凤皇
承旂，引路飞翔，翼翼然扶卫于己。"洪补曰："古者旌旗皆载于车
上，故逸以承旂为来随我车。《远遊》注云：'俊鸟夹毂而扶轮'是
也。五臣以为引路，误矣。"② 此句"补曰"之前的五臣注言"凤凰
引路"，"补曰"既加以驳正，又当是与"补曰"上的五臣注上下
相承。

所以汤炳正《洪兴祖〈楚辞考异〉散附〈楚辞补注〉问题》根
据"补曰"中某些有关"五臣"字句"上无所承"来判定窜乱前的
归属位置问题。认为"五臣注"并非《考异》之语，"今本'补曰'
之前所引'五臣注'云云，本当为《补注》之语，浅人散附《考异》
时，妄移于'补曰'之前，故出此矛盾"。③ 在汤炳正《〈楚辞补注〉
宝翰楼本校记》中，他又言："《离骚》'矫菌桂以纫蕙兮'，洪引五
臣注：'举此香木以自比'，明翻宋本'比'误作'以'，宝翰楼本不
误。"④ "《招魂》'多迅众些'，《补注》本引五臣云：'其来迅疾'，
明翻宋本误作'兵来迅疾'，宝翰楼本不误。"⑤ 亦可见汤炳正认为
"五臣注"当为补注的内容。

周俊勋对"五臣注"是洪兴祖所引抑或是后人所补问题也进行了

① （宋）洪兴祖：《楚辞补注》，中华书局1983年版，第17页。
② 同上书，第44页。
③ 汤炳正：《洪兴祖〈楚辞考异〉散附〈楚辞补注〉问题》，载汤炳正《楚辞类稿》，
巴蜀书社1988年版，第100页。
④ 同上书，第122页。
⑤ 同上书，第128页。

探究。他根据现有的"洪氏'补曰'中，有时候还保留有引用的五臣注"推知"那些放在'补曰'之前的'五臣曰'也应该是洪氏所引，因为在'补曰'中，往往有对其前的五臣注的纠正、评介，有时还同王注作比较。"① 他还对补注中的"五臣云"与《六臣注文选》进行比照，据其统计，《补注》中涉及"五臣注"共有409处。被《文选》选入的十三篇共有"五臣云"406处，其中"（吕延）济曰"77处，"（吕）向曰"78处，"（刘）良曰"86处，"（张）铣曰"78处，"（李周）翰曰"75处。② 此外，《文选》未选入的《七谏》《河伯》《思美人》中各有一处"五臣云"，对这三处"五臣云"从何而来，周俊勋认为："它们是后人据其他处的五臣注所增加，或者是洪兴祖作补注时引用《文选》其他处的五臣注来互释文意，后来在散附《考异》和《释文》时造成这种情况"。③ 如《七谏》王逸序下："五臣云：七者，少阳之数，欲发阳明于君也。"④ 此乃据《文选·七发》下的五臣注所添。六臣本《文选·七发》标题下注云："善曰……七者，少阳之数，欲发阳明于君也……铣同善注。"⑤ 又《九章·思美人》"申旦以舒中情兮"句，补注曰："《九辩》云：申旦而不寐。五臣云：申，至也。"⑥ 六臣本《文选·九辩》"独申旦而不寐兮，哀蟋蟀之宵征"句下，有"翰曰：申，至。宵夜征行也。"⑦ 正可以证明洪兴祖曾利用其他处五臣注来互释文意。且以此可推知，那

---

① 周俊勋：《试论〈楚辞补注〉中的"五臣注"》，《阿坝师范高等专科学校学报》1999 年第 1 期。

② 同上。

③ 同上。

④ （宋）洪兴祖：《楚辞补注》，中华书局 1983 年版，第 235 页。

⑤ （梁）萧统编：《六臣注文选》，（唐）李善、吕延济、刘良、张铣、吕向、李周翰注，中华书局 2012 年版，第 634 页下栏。

⑥ （宋）洪兴祖：《楚辞补注》，白化文等点校，中华书局 1983 年版，第 146—147 页。

⑦ （梁）萧统编：《六臣注文选》，（唐）李善、吕延济、刘良、张铣、吕向、李周翰注，中华书局 2012 年版，第 625 页上栏。

些未被选入《文选》的《天问》等篇所引的李善注，亦该是洪兴祖补注的内容。

二　具体补释体例的体现

如上所论，今所传洪兴祖《楚辞补注》，非宋时付梓旧貌，已散入《考异》和《释文》，即在王注之后、补曰之前，还有考异等内容。"若细绎洪书各卷之形式，乃至各句之训解，益知其创作之旨，诚为补王注之未备而发，期能明屈赋于千载之后矣。"① 就今本而言，针对《楚辞》十七卷正文，就其散附后的具体训解补释体例来看，李温良曾统计归纳为三类十四种，其所归纳具体为：（一）正文下有王注者 8 种：分别为：1. 王注 +《考异》+ 洪补；2. 王注 + 考异 + 五臣注 + 洪补；3. 王注 + 考异 + 五臣注；4. 王注 + 考异；5. 王注 + 五臣注 + 洪补；6. 王注 + 洪补；7. 王注 + 五臣注；8. 王注 + 考异 + 柳宗元《天对》+ 洪补。（二）正文下无王注但有洪补者 4 种：1. 考异 + 洪补；2. 考异 + 五臣注 + 洪补；3. 洪补；4. 五臣注 + 洪补。（三）正文下无王注亦无补曰云云者 2 种：1. 考异；2. 考异 + 五臣注。② 查考其所归纳和举例，恐有疏误之处，比如在"考异 + 五臣注 + 洪补"例下，他举《离骚》"忽驰骛以追逐兮"句，曰："考异——驰，一作驼。五臣注——五臣云：忽，急也。洪补——补曰：骛，乱驰也。"③ 考 2002 年印刷的修订本《楚辞补注》中《离骚》"忽驰骛以追逐兮"，句下为："五臣云：忽，急也。驰，一作驼。补曰：骛，乱驰也。"④ 是"五臣注"在考异之上，此训释体例当为"五臣注 + 考异 + 洪补"，所属大的类别没有变，而小类有误，而其对具体种类概括亦有疏漏，如：正文下有王注者不止其所列的八种，

---

① 李温良：《洪兴祖〈楚辞补注〉研究》，硕士学位论文，台湾成功大学，1994 年，第 149 页。

② 同上书，第 152—164 页。

③ 同上。

④ （宋）洪兴祖：《楚辞补注》，白化文等点校，中华书局 1983 年版，第 12 页。

还有：王注 + 五臣注 + 考异 + 洪补，王注 + 柳宗元《天对》，王注 + 柳宗元《天对》 + 洪补等，则其在具体统计小类的种类时未能穷尽。今以 2002 年修订本印刷的《楚辞补注》为本，重新考释，大体得训解补释的体例，共有三大类 21 小类。

（一）正文下有王注者 13 种

1. 王注 + 考异 + 洪补

《离骚》："夕揽洲之宿莽"，王逸注："揽，采也。水中可居者曰洲。草冬生不死者，楚人名曰宿莽。言己旦起陞山采木兰，上事太阳，承天度也；夕入洲泽采取宿莽，下奉太阴，顺地数也。动以神祇自勑诲也。木兰去皮不死，宿莽遇冬不枯，以喻谗人虽欲困己，己受天性，终不可变易也。"《考异》："揽，一作擥，一作擎。洲，一作中洲。"洪补："揽，卢敢切，取也。莽，莫补切。《尔雅》云：卷施草拔心不死，即宿莽也。"①

《离骚》："乘骐骥以驰骋兮"，王逸注："骐骥，骏马也，以喻贤智。言乘骏马，一日可致千里。以言任贤智，则可成于治也。"《考异》："乘，一作椉，《文选》作策。驰，一作驼。"洪补曰："驼即驰字，下同。"②

《九歌·东皇太一》："扬枹兮拊鼓"，王逸注："扬，举也。拊，击也。"《考异》："枹，一作桴"。洪补："枹，房尤切，击鼓槌也。"③

这种形式是当今所见洪书最基本的注释体例，先列王注于前，次则为散附的考异文字，之后为洪补之语。

2. 王注 + 考异 + 五臣注 + 洪补

《离骚》："扈江离与辟芷兮"，王逸注："扈，被也。楚人名被为扈。江离、芷，皆香草名。辟，幽也。芷幽而香"。《考异》："《文

---

① （宋）洪兴祖：《楚辞补注》，白化文等点校，中华书局 1983 年版，第 6 页。

② 同上书，第 7 页。

③ 同上书，第 56 页。

选》离作蓠"。五臣云："扈，披也"。洪补曰："扈，音户。《左传》云：九扈为九农正，扈民无淫者也。扈，止也。江离，说者不同。《说文》曰：江蓠，蘼芜。然司马相如赋云：被以江离，糅以蘼芜。乃二物也。《本草》蘼芜一名江蓠。江离非蘼芜也。犹杜若一名杜蘅，杜蘅非杜若也。蘼芜见《九歌》。郭璞云：江离似水荠。张勃云：江离出海水中，正青，似乱发。郭恭义云：赤叶。未知孰是。"①

《离骚》："汩余若将不及兮"，王逸注："汩，去貌，疾若水流也。"《考异》："不，一作弗"。五臣云："岁月行疾，若将追之不及。"洪补曰："汩，越笔切。《方言》云：疾行也，南楚之外曰汩。②"

《卜居》："宁与骐骥亢轭乎？"王逸注："冲天区也"。《考异》："亢，一作抗。"五臣云："骐骥抗轭，谓与贤才齐列也。抗，举也。"洪补曰："轭，于革切，车辕前也。"③

这种形式中的"五臣注"本当属于洪补的内容，后被人散附到"补曰"之前。

3. 王注＋考异＋五臣注

《离骚》："皇览揆余初度兮"，王逸注："皇，皇考也。览，观也。揆，度也。初，始也"。《考异》："览，一作鉴。一本'余'下有'于'字"。五臣云："我父鉴度我初生之法度"。④

《离骚》："何不改此度？"王逸注："改，更也。言愿令君甫及年德盛壮之时，脩明政教，弃去谗佞，无令害贤，改此惑误之度，脩先王之法也。"《考异》："甫及，一作抚及，一作务及。《文选》云：何不改其此度。一云'何不改乎此度也'。"五臣云："何不早改此法度，以从忠正之言"。⑤

---

① （宋）洪兴祖：《楚辞补注》，白化文等点校，中华书局1983年版，第4—5页。
② 同上书，第6页。
③ 同上书，第178页。
④ 同上书，第4页。
⑤ 同上书，第7页。

《九章·涉江》："虽僻远之何伤"，王逸注："僻，左也。言我惟行正直之心，虽在远僻之域，犹有善称，无害疾也。故《论语》曰子欲居九夷也。"《考异》："僻，一作辟"。五臣云："原自解之词"。①

这种形式未见"补曰"的内容，盖是洪氏引"五臣注"补释，而后人散附"五臣注"于前，故省去"补曰"二字。

4. 王注 + 考异

《离骚》："日月忽其不淹兮"，王逸注："淹，久也"。《考异》："忽，《释文》作曶"。②

《离骚》："惟草木之零落兮"，王逸注："零、落，皆堕也，草曰零，木曰落"。《考异》："零，一作苓"。③

《九叹·逢纷》："谅皇直之屈原"，王逸注："谅，信也。《论语》曰：君子贞而不谅。言屈原承伯庸之后，信有忠直美德，甚于众人也。"《考异》："直，一作贞。"④

这种形式是洪氏本没有训释，只有考异被散附。

5. 王注 + 五臣注 + 洪补

《离骚》："忽反顾以流涕兮，哀高丘之无女"，王逸注："楚有高丘之山。女以喻臣。言己虽去，意不能已，犹复顾念楚国无有贤臣，心为之悲而流涕也。或云：高丘，阆风山上也。无女，喻无与己同心也。旧说：高丘，楚地名也"。五臣云："女，神女，喻忠臣。"洪补曰："《离骚》多以女喻臣，不必指神女。"⑤

《离骚》："吾令蹇脩以为理"，王逸注："蹇脩，伏羲氏之臣也。理，分理也，述礼意也。言己既见宓妃，则解我佩带之玉，以结言语，使古贤蹇脩而为媒理也。伏羲时敦朴，故使其臣也"。五臣云：

---

① （宋）洪兴祖：《楚辞补注》，白化文等点校，中华书局1983年版，第130页。
② 同上书，第6页。
③ 同上。
④ 同上书，第282页。
⑤ 同上书，第30页。

"令蹇脩为媒，以通辞理"。洪补曰："宓妃，伏牺氏之女，故使其臣以为理也。"①

《招魂》："人有所极，同心赋些"，王逸注："赋，诵也。言众坐之人，各欲尽情，与己同心者，独诵忠信与道德也"。五臣云："极，尽也。赋，聚也。贤人尽至，则同心相聚，君可选也。"洪补曰："《释名》曰：敷布其义谓之赋。《汉书》曰：不歌而诵谓之赋。五臣以赋为聚，盖取赋敛之义。"②

这种形式是洪氏考异时并无相关的异文，其中的"五臣注"也本当属于洪补的内容，后被人散附到"补曰"之前。

6. 王注＋洪补

《离骚》："又重之以脩能"，王逸注："脩，远也。言己之生，内含天地之美气，又重有绝远之能，与众异也。言谋足以安社稷，智足以解国患，威能制强御，仁能怀远人也。"洪补曰："重，储用切，再也，非轻重之重。能，本兽名，熊属，故有绝人之才者，谓之能。此读若耐，叶韵。"③

《离骚》："恐美人之迟暮"，王逸注："迟，晚也。美人，谓怀王也。人君服饰美好，故言美人也。言天时运转，春生秋杀，草木零落，岁复尽矣。而君不建立道德，举贤用能，则年老耄晚暮，而功不成，事不遂也"。洪补曰："屈原有以美人喻君者，'恐美人之迟暮'是也；有喻善人者，'满堂兮美人'是也；有自喻者，'送美人兮南浦'是也。"④

《天问》："阻穷西征，岩何越焉？"王逸注："阻，险也。穷，窘也。征，行也。越，度也。言尧放鲧羽山，西行度越岑岩之险，因堕死也"。洪补曰："羽山东裔。此云西征者，自西徂东也。上文言永遏在羽山，夫何三年不施，则鲧非死于道路，此但言何以越岩险而至

①　（宋）洪兴祖：《楚辞补注》，白化文等点校，中华书局1983年版，第31页。
②　同上书，第213页。
③　同上书，第4页。
④　同上书，第6页。

羽山耳。"①

这种形式是洪氏考异时无相关的异文，"补曰"之后也没引用"五臣注"。

7. 王注 + 五臣注

《离骚》："纷吾既有此内美兮"，王逸注："纷，盛貌。"五臣曰："内美，谓忠贞"。②

《离骚》："固众芳之所在"，王逸注："众芳，谕群贤。言往古夏禹、殷汤、周之文王，所以能纯美其德而有圣明之称者，皆举用众贤，使居显职，故道化兴而万国宁也。"五臣云："三王所以有纯美之德，以众贤所在故也"。③

《九歌·山鬼》："饮石泉兮荫松柏"，王逸注："言己虽在山中无人之处，犹取杜若以为芬芳，饮石泉之水，荫松柏之木，饮食居处，动以香洁自修饰也"。五臣云："饮清洁之水，荫贞实之木"。④

这种形式未见"补曰"的内容，盖是洪氏引"五臣注"补释，而后人散附"五臣注"于前，故省去"补曰"二字。且洪氏考异时并无相关的异文。

8. 王注 + 考异 + 柳宗元《天对》

《天问》："授殷天下，其位安施？"王逸注："言天始授殷家以天下，其王位安所施用乎？善施若汤也。"《考异》："位，一作德"。《天对》曰："位庸芘民，仁克苴之"。⑤

这种形式是洪氏考异时有异文，并且洪氏所引补释《天问》的唯一材料《天对》被提到"补曰"前，故又省去"补曰"二字。

9. 王注 + 考异 + 柳宗元《天对》 + 洪补

《天问》："昆岭县圃，其尻安在？"王逸注："昆岭，山名也，在

---

① （宋）洪兴祖：《楚辞补注》，白化文等点校，中华书局 1983 年版，第 100 页。
② 同上书，第 4 页。
③ 同上书，第 7 页。
④ 同上书，第 81 页。
⑤ 同上书，第 109—110 页。

西北，元气所出。其巅曰县圃，乃上通于天也。"《考异》："尻，一作居。"《天对》云："积高于乾，崑岺攸居。蓬首虎齿，爰穴爰都。"洪补曰："县，音玄。尻，与居同。"①

《天问》："羲和之未扬，若华何光？"王逸注："羲和，日御也。言日未出之时，若木何能有明赤之光华乎？"《考异》："和，《释文》作龢。扬，一作阳。"《天对》云："惟若之华，禀羲以耀。"洪补曰："羲和、若木，已见《骚经》。"②

《天问》："何试上自予，忠名弥彰？"王逸注："屈原言我何敢尝试君上，自干忠直之名，以显彰后世乎？诚以同姓之故，中心恳恻，义不能已也。"《考异》："试，一作诚。予，一作与。彰，一作章。"《天对》云："诚若名不尚，曷极而辞？"洪补曰："予，音与。"③

这种形式是洪氏考异时有异文，并且洪氏所引补释《天问》的《天对》被提到"补曰"前。

10. 王注＋柳宗元《天对》

《天问》："女岐无合，夫焉取九子？"王逸注："女岐，神女，无夫而生九子也。"《天对》云："阳健阴淫，降施蒸摩，岐灵而子，焉以夫为？"④

《天问》："鼓刀扬声，后何喜？"王逸注："后，谓文王也。言吕望鼓刀在列肆，文王亲往问之，吕望对曰：'下屠屠牛，上屠屠国。'文王喜，载与俱归也。"《天对》云："奋力屠国，以髀髋厥商"。⑤

《天问》："伏匿穴处，爰何云？"王逸注："爰，于也。吾将退于江滨，伏匿穴处耳，当复何言乎？"《天对》云："合行违匿同若所。咿嚘忿毒竟谁与？"⑥

---

① （宋）洪兴祖：《楚辞补注》，白化文等点校，中华书局1983年版，第92页。

② 同上书，第93页。

③ 同上书，第118页。

④ 同上书，第89页。

⑤ 同上书，第114页。

⑥ 同上书，第117页。

汤炳正《〈楚辞补注〉宝翰楼本校记》云："《天问》'女歧无合，夫焉取九子'，注引《天对》'歧灵而子，焉以夫为'。明翻宋本句末衍'怪'字，作'焉以夫为怪'。宝翰楼本不误。又《天问》洪氏《补注》凡引《天对》，皆在'补曰'之后，而此条独无'补曰'，所引《天对》与王逸注相连，当为传写脱误。"① 按参照此条他例及上边所列第9条与下边所列第11条，汤氏所言有误。

这种形式是洪氏考异时无异文，并且洪氏唯一引来补释《天问》的《天对》被提到"补曰"前。故又省去"补曰"二字。

11. 王注 + 柳宗元《天对》 + 洪补

《天问》："帝降夷羿，革孽夏民"，王逸注："帝，天帝也。夷羿，诸侯，弑夏后相者也。革，更也。孽，忧也。言羿弑夏家，居天子之位，荒淫田猎，变更夏道，为万民忧患。"《天对》云："夷羿滔淫，割更后相。夫孰作厥孽，而诬帝以降"。洪补曰："左氏云：在帝夷羿，冒于原兽，忘其国恤，而思其麀牡，武不可重，用不恢于夏家。"②

《天问》："环理天下，夫何索求？"王逸注："环，旋也。言王者当修道德以来四方，何为乃周旋天下，而求索之也？"《天对》曰："穆懵祈招，猖洋以游，轮行九野，惟怪之谋。"洪补曰："穆王事见《竹书·穆天子传》。后世如秦皇、汉武，讬巡狩以求神仙，皆穆王启之也。志足气满，贪求无猒，适以召乱。"③

《天问》："何卒官汤，尊食宗绪？"王逸注："卒，终也。绪，业也。言伊尹佐汤命，终为天子，尊其先祖，以王者礼乐祭祀，绪业流于子孙。"《天对》云："汤挚之合，祚以久食。"洪补曰："官汤，犹言相汤也。尊食，庙食也。"④

---

① 汤炳正：《〈楚辞补注〉宝翰楼本校记》，载汤炳正《楚辞类稿》，巴蜀书社1988年版，第123页。

② （宋）洪兴祖：《楚辞补注》，白化文等点校，中华书局1983年版，第99页。

③ 同上书，第110—111页。

④ 同上书，第115页。

这种形式是洪氏考异时无异文，并且洪氏所引补释《天问》的《天对》被提到"补曰"前。

12. 王注 + 五臣注 + 考异 + 洪补

《离骚》："余既滋兰之九畹兮"，王逸注："滋，莳也。十二亩曰畹，或曰田之长为畹也"。五臣云："滋，益也。"《考异》："《释文》作葘，音栽。"洪补曰："《说文》：田三十亩曰畹。于阮切。"①

《离骚》："循绳墨而不颇"，王逸注"颇，倾也。言三王选士，不遗幽陋，举贤用能，不顾左右；行用先圣法度，无有倾失。故能绥万国，安天下也。《易》曰：无平不颇也。"五臣云："无有颇僻"。《考异》："循，一作脩。颇，一作陂。"洪补曰："《思玄赋》注引《楚词》：遵绳墨而不颇。遵，亦循也，作脩非是。《易·泰卦》云：无平不陂。陂，一音颇，滂禾切。"②

这种形式是洪氏考异时有异文，且洪氏补释时引用的部分材料"五臣注"被散附到"补曰"前面的异文前。

13. 王注 + 五臣注 + 考异

《离骚》："驾八龙之婉婉兮"，王逸注："婉婉，龙貌"。五臣云："八龙，八节之气也。婉，于阮切。"《考异》："《释文》作蜿，于元切"。③

这种形式是洪氏考异时有异文，且洪氏补释时唯一引用"五臣注"被散附到"补曰"前面的异文前。

（二）正文下无王注但有补曰者 5 种

1. 考异 + 补曰

《离骚》："览相观于四极兮"，《考异》："览相，一作求览"。洪补曰"相，去声。"④

《七谏·谬谏》："愿承闲而效志兮"，《考异》："志，一作忠"。

---

① （宋）洪兴祖：《楚辞补注》，白化文等点校，中华书局 1983 年版，第 10 页。
② 同上书，第 23 页。
③ 同上书，第 46 页。
④ 同上书，第 32 页。

洪补曰："闲，音闲。"①

《招魂》："悬人以娭"，《考异》："悬，《释文》作县。娭，一作嬉，一作娱。"洪补曰："娭，许其切"②。

这种形式是王逸没有注释，洪氏加以补充，而考异的内容被散附到"补曰"前。

2. 考异＋五臣注＋补曰

《九歌·少司命》："与女遊兮九河，冲风至兮水扬波"，《考异》："王逸无注。古本无此二句。《文选》遊作游，女作汝，风至作飙起"。五臣云："汝，谓司命。九河，天河也。冲飙，暴风也"。洪补曰："此二句，《河伯》章中语也。"③

《九歌·山鬼》："猨啾啾兮又夜鸣"，《考异》："又，一作狖"。五臣云："填填，雷声。冥冥，雨貌。啾啾，猨声。皆喻谗言也。"洪补曰："啾，小声也。狖，似猨，余救切。"④

这种形式是王逸没有注释，洪氏加以补充，而补释时引用的"五臣注"内容被散附到"补曰"前。

3. 补曰

《离骚》："曰黄昏以为期兮，羌中道而改路"，洪补曰："一本有此二句，王逸无注；至下文'羌内恕己以量人'，始释羌义，疑此二句后人所增耳。《九章》曰：昔君与我诚言兮，曰黄昏以为期。羌中道而回畔兮，反既有此他志。与此语同。"⑤

《招魂》："仰观刻桷"，洪补曰："《左传》：丹楹刻桷。《文选》云：龙角雕镂。《说文》：椽方曰桷。音角。"⑥

《九章·惜往日》："闻百里之为虏兮"，洪补曰："晋献公虏虞君

---

① （宋）洪兴祖：《楚辞补注》，白化文等点校，中华书局1983年版，第252页。

② 同上书，第201页。

③ 同上书，第72—73页。

④ 同上书，第81页。

⑤ 同上书，第10页。

⑥ 同上书，第206页。

与其大夫百里傒，以百里傒为秦缪公夫人媵。百里傒亡秦走宛，楚鄙
人执之。缪公闻百里傒贤，以五羖羊皮赎之，释其囚，与语国事，缪
公大说，授之国政，号曰五羖大夫。《孟子》曰：百里奚自鬻于秦养
牲者五羊之皮，食牛以要秦缪公。《庄子》曰：秦穆公以五羊之皮笼
百里奚。"①

　　这种形式是王逸没有注释，而洪氏援引典籍加以补释，但在考异
时没有异文。

　　4. 五臣注＋补曰

　　《离骚》："不吾知其亦已兮，苟余情其信芳"，五臣云："言君不
知我，我亦将止。然我情实美。"洪补曰："芳，敷方切，香艸也。"②

　　《离骚》："孰求美而释女？"五臣云："灵氛曰但勤力远去，谁有
求忠臣而不择取汝者也"。洪补曰："再举灵氛之言者，甚言其可
去也。"③

　　《九歌·东皇太一》："东皇太一"，五臣云："每篇之目皆楚之神
名。所以列于篇后者，亦犹《毛诗》题章之趣。太一，星名，天之
尊神。祠在楚东，以配东帝，故云东皇。"洪补曰："《汉书·郊祀
志》云：天神，贵者太一。太一佐曰五帝。古者天子以春秋祭太一东
南郊。《天文志》曰：中宫天极星，其一明者，太一常居也。《淮南
子》曰：太微者，太一之庭；紫宫者，太一之居。说者曰：太一，天
之尊神，曜魄宝也。《天文大象赋》注云：天皇大帝一星在紫微宫
内，勾陈口中。其神曰曜魄宝，主御群灵，秉万机神图也。其星隐而
不见。其占以见则为灾也。又曰：太一一星，次天一南，天帝之臣
也。主使十六龙，知风雨、水旱、兵革、饥馑、疾疫。占不明反移
为灾。"④

　　这种形式是王逸没有注释，洪氏加以补充，而补释时引用的"五

---

①　（宋）洪兴祖：《楚辞补注》，白化文等点校，中华书局1983年版，第151页。
②　同上书，第17页。
③　同上书，第35页。
④　同上书，第57页。

臣注"内容被散附到"补曰"前。

5. 五臣注＋考异＋补曰

《离骚》："忽驰骛以追逐兮"，五臣云："忽，急也"。《考异》："驰，一作驼。"洪补曰："骛，乱驰也。"①

这种形式是王逸没有注释，洪氏引"五臣注"加以补充，且其考异时有异文，后人散附时两者都被散附到"补曰"前，并且"五臣注"散附在异文前。

（三）正文下无王注亦无补曰者3种

1. 考异

《九歌·湘夫人》："朝驰余马兮江皋"，《考异》："一云朝驰骋兮江皋"。②

《离骚》："欲远集而无所止兮"，《考异》："集，一作进"。③

《九章·怀沙》："易初本迪兮"，《考异》："《史记》迪作由。一无'初'字"。④

这种形式是王逸没有注释，洪氏也没有"补曰"来补释，但洪氏考异的内容被后人散附于此。

2. 五臣注

《招魂》："虎豹九关"，五臣云："关，钥。"⑤

这种形式是王逸未注，洪氏补释时只引用了"五臣注"。

3. 考异＋五臣注

《离骚》："时缤纷其变易兮"，《考异》："其，一作以"。五臣云："缤纷，乱也"。⑥

《离骚》："凤皇既受诒兮"，《考异》："诒，一作诏"。五臣云：

---

① （宋）洪兴祖：《楚辞补注》，白化文等点校，中华书局 1983 年版，第 12 页。

② 同上书，第 66 页。

③ 同上书，第 34 页。

④ 同上书，第 142 页。

⑤ 同上书，第 201 页。

⑥ 同上书，第 40 页。

"诒，遗也。言我得贤人如凤皇者，受遗玉帛，将行就聘。"①

这种形式是王逸未注，洪氏所录之异文被散附，而补注时唯一引用的"五臣注"被散附到异文后，省去补曰。

此外，还有特例，如《九辩》："纷旖旎乎都房"，王逸注："被服盛饰于宫殿也。旖旎，盛貌。《诗》云：旖旎其华"。《考异》："《文选》作猗柅。上音倚，下女绮切"。五臣云："都，大也。房，花房也。喻君初好善布德，有如此也"。《考异》："旖，一作旑，于可切。旎，乃可切。"洪补曰："《集韵》：旑，倚可切。其字从可。旑旎，旌旗貌。旖，音倚。其字从奇。旖旎，旌旗从风貌。天子所宫曰都"。②另外，《天问》："载尸集战，何所急"句，王逸注："尸，主也。集，会也。言武王伐纣，载文王木主，称太子发，急欲奉行天诛，为民除害也。"补曰："《史记》：武王东观兵至于盟津，为文王木主，载以车中军。武王自称太子发，言奉文王以伐，不敢自专。"补曰："《记》云：祭祀之有尸也，宗之庙有主也，示民有事也。主有虞主、练主。尸，神象也，以人为之。然《书序》云：康王既尸天子，则尸亦主也。"③这两个例子，一个《考异》两出，一个"补曰"两出，亦当是窜乱情况所致。

就此考察《天问》正文，共185句，其中：

只有王注的为7句，分别是8，38，87，139，141，174，178。

其中王注+《天对》的有3句，分别是19，158，179；

王注+《天对》+洪补的有3句，分别是67，136，166；

王注+考异+《天对》为1句，129；

王注+考异的为11句，分别是24，80，88，102，105，113，116，128，130，144，173；

王注+考异+《天对》+洪补为4句，分别是40，45，

① （宋）洪兴祖：《楚辞补注》，白化文等点校，中华书局1983年版，第34页。
② 同上书，第187页。
③ 同上书，第114—115页。

119，185；

上文所言的特例，王注 + 补曰 + 补曰为 1 句，为 160；

王注 + 洪补为 74 句，补下有《天对》的有 15 句；1，3，4，5，6（《天对》），7，12，13，14，15，16，20，21，25，26（《天对》），29，30，31（《天对》），34，41，44，46，47（《天对》），48（《天对》），54，59，62，64，65，71，73，76，77，84（《天对》），85，86，89，90（《天对》），91，93，96，97（《天对》），98，99，101，103，108（《天对》），109（《天对》），110（《天对》），114，115，117，120，121，123，131，133，134，137，138，143，145，151，154，155，159（《天对》），167（《天对》），168，169，170（《天对》），175，176（《天对》），177，182；

王注 + 考异 + 洪补的为 81 句，洪补中含《天对》的 24 个，其中一个下面含两句《天对》，分别是 2，9，10，11，17，18（《天对》），22（《天对》），23，27，28（《天对》），32，33（《天对》），35，36（《天对》），37（《天对》），39，42，43，49（《天对》），50，51（两《天对》），52，53（《天对》），55（《天对》），56，57，58，60，61（《天对》），63，66，68，69，70（《天对》），72，74，75（《天对》），78，79，81，82（《天对》），83，92，94，95，100，104，106（《天对》），107（《天对》），111（《天对》），112，118，122，124，125，126，127，132，135，140，142，146，147，148，149（《天对》），150，152，153（《天对》），156（《天对》），157，161，162，163，164，165，171（《天对》），172（《天对》），180，181，183（《天对》），184（《天对》）。

根据统计，并综观上举三类计二十一项，以类而言，第一类之实例最多，第二、第三类之实例较少，究其成因，王逸所作《章句》虽未达乎善，且有不甚详赅迂滞迫切之憾，"但其将屈赋及汉以来诸作逐卷加以注解，是以《楚辞》各篇之中均可见其心血，纵非句句有注，要亦不远矣；又观兴祖著作之意，乃以补正王注为主，故全书之中王逸无注而兴祖重加诠释者实仅少数。"① 其次以项而论，则第一类中之（1）（王注＋考异＋洪补）、（2）（王注＋考异＋五臣注＋洪补）、（6）（王注＋洪补）诸项为最多，第二类之第（5）项（五臣注＋考异＋补曰）及第三类之第（2）项（五臣注）为最少，这也与洪兴祖补注王注为主的阐释态度有关，"其遇王逸有注者则往往详加考订，并广引他书以疏通证明之，就中尤以《离骚》、《九歌》、《天问》、《九章》最为明显，篇幅几占全书之半。至若《惜誓》以下汉人诸作，洪补之分量已渐次减少，此或因其中文句多类前篇，或因王注已足得其梗概，故纵使有所补注，亦大抵属简短之言，甚者如《九思》中《哀岁》与《守志》二篇，前者仅一处有洪补，后者且全篇皆无，而洪氏遇王逸无注者，乃专就其中重要而难晓之字句补释之，余者一仍其旧"②，而第二类之第（5）项（五臣注＋考异＋洪补）及第三类之第（2）项（五臣注）最少，均因其前没有王逸注，所以很少出现。实际而言，洪兴祖的补注《章句》，乃是依据王注之详略与否来决定补注与否，故疏通说明者有之，驳正辨析者有之，主要取向在于对王注的是正阐发，以此能看出洪兴祖创作的意图。

① 李温良：《洪兴祖〈楚辞补注〉研究》，硕士学位论文，台湾成功大学，1994年，第164页。
② 同上。

第三章 洪氏《楚辞》阐释的"历史性"

在文学阐释活动中，存在着两个对应的基本要素：一个是作为阐释客体的文本；另一个是作为阐释主体的阐释者，没有这两个基本要素，文学阐释活动就无法进行。[①] 而从阐释学的角度来看，任何阐释者都是带着其自身历史情境中的"历史性"来进行文本阐释的，阐释是一种当下的介入阐释者主体意识的个体创造性行为。这也就是伽达默尔反复申述的："理解就不只是一种复制的行为，而始终是一种创造性的行为。"[②] 而就《楚辞》而言，它不属于儒家"神圣性经典"，"这有利于诠释者个体的参与，其作为经典在历史中形成的普世价值对诠释者的约束力相对于'神圣性经典'而言比较小，诠释者所处的时空特性，如学术思想、政治际遇、文化心态、个性气质等，便具备更大的张力，对诠释的影响更大"[③]。洪兴祖的《楚辞补注》就体现了洪兴祖在进行文本阐释时个人的思想倾向和其所持态度。

---

① 邓新华：《中国古代诗学解释学研究》，中国社会科学出版社 2008 年版，第 52—53 页。

② ［德］汉斯 - 格奥尔格·伽达默尔：《诠释学 I：真理与方法——哲学诠释学的基本特征》，洪汉鼎译，商务印书馆 2010 年版，第 389 页。

③ 皮锡瑞：《经学历史》，周予同注释，中华书局 2004 年版，第 6 页。

第一节　注重校雠的治学思想

校雠是研读古书的首务，也是论旨的基础。程俱曾说："然墨版讹驳，初不是正，而后学者更无他本可以刊验"①。王叔岷则说："夫研读古籍，必先复其本来面目。欲复其本来面目，必先从校雠入手。昔人有谓卢文弨者曰：'他人读书，受书之益；子读书，则书受子之益'。已失其本来面目之书，经校雠而复其旧观，岂非使书受其益哉？书受其益，然后可以进而明至论之旨，治学当有本末，求之有渐。字句未正，是非未定，恶足以言至论之旨哉？"② 从中可见校雠于古书流传及研读典籍的重要性，而且校雠者的精准校雠能使书受益，使其还原本来面目，退一步讲，虽未必能完全还原典籍之本来面目，也必能呈现较全面或较"近真"的面目嘉惠后学。

一　校雠态度，认真严谨

清代朱一新在《无邪堂答问》中对古代的校雠工作有所论述，他说："大氐为此学者，于己甚劳，而为人则甚忠。竭毕生之精力，皆以供后人之提携，为惠大矣。"③ 这里的"甚劳"，是指操此业之辛劳；"甚忠"是指校雠者为后来之学人尽心尽力于此。洪兴祖就是这样的众多的校雠者中颇有成就的一个，其治学严谨，精益求精，于校雠时，不以私意改动，著作不断完善，致其论断多为允当。这也正是朱熹评论"近世考订训释之学，唯吴才老、洪庆善为善"④ 的原因之一。

---

① （宋）程俱撰：《麟台故事校证》，张富祥校证，中华书局 2000 年版，第 290 页。
② 王叔岷：《校雠通例》，载"中研院"历史语言研究所集刊《傅斯年先生纪念论文集》（上册），"中研院"历史语言研究所 1951 年版，第 303 页。
③ 朱一新：《无邪堂答问》，吕鸿儒、张长法点校，中华书局 2000 年版，第 75 页。
④ （宋）黎靖德编：《朱子语类》（八），王星贤点校，中华书局 1986 年版，第 3279 页。

　　古典文献书面材料在流传中出现错误是比较普遍的现象，这些错误或如"晋师三豕涉河"不合情理，或是"差之毫厘，谬以千里"，究其原因，其一即对待版本的轻率态度所致，即在版本传抄或校勘过程中，有所疏漏，衍夺讹误，校勘不精，甚至任意删改，以致有"明人刻书而书亡"的慨叹。而洪兴祖以儒学渊薮之资于校雠用力至勤且不妄下雌黄，他于有疑义处不以私意改动，校勘态度认真严谨，所下论断多为允当，并于著作完成后尚且以所见新资料加以补充完善，着实值得学习借鉴。

　　不以私意改动。洪兴祖曾自云："则校雠之际，决于取舍，不可不慎也。颜之推云：'观天下书未徧，不得妄下雌黄。'信哉斯言！予校韩文，以唐本、监本、柳开、刘烨、朱台符、吕夏卿、宋景文、欧阳公、宋宣献、王仲至、孙元忠、鲍钦止，及近世所行诸本参定，不敢以私意改易，凡诸本异同者兼存之。考岁月之先后，验前史之是非，作《年谱》一卷。其不可以岁月系者，作《辨证》一卷，所不知者阙之。"① 这里洪兴祖明言进行校雠之事取舍之时应谨慎，不得妄下结论，且言他作《韩子年谱》时，于众本异同"不敢以私意改易"，对"所不知者阙之"，这是他不妄自取舍，而是以客观的存疑态度以备考索。对无法确定其创作年月者，又再作《辨证》一卷论述，以求探究事实本貌。洪兴祖作《阙里谱裔》一卷，其所撰序文亦云："因以历代史诸家书前世不刻，互相参考，阙者补之，误者正之，而疑似者两存焉。"② 这也体现在具体的注释中，在《楚辞补注》中，对矛盾之说，洪兴祖征引各种资料记载，或诸说并存，或曰"未详"③，或曰"凡此诸说，诞实未闻也。"④ 如：《湘君》："望涔阳兮极浦"中的"涔"字，洪兴祖补曰："《集韵》：涔，郎丁切，水名。

---

　　① （宋）洪兴祖：《韩子年谱·序》，载（宋）吕大防等撰《韩愈年谱》，徐敏霞校辑，中华书局1991年版，第15页。

　　② 衢州市政协文史资料委员会：《南孔研究》，中国戏剧出版社2001年版，第76页。

　　③ （宋）洪兴祖：《楚辞补注》，白化文等点校，中华书局1983年版，第39页。

　　④ 同上书，第43页。

其字从令。引《楚辞》望涔阳兮极浦。未详。"① 他列出了《楚辞》与《集韵》中此字字形的差异，但对后者的依据则表示"未详"。对《离骚》"恐鹈鴃之先鸣兮"中的"鹈鴃"，洪兴祖援引《反离骚》、颜师古、《思玄赋》《禽经》《月令》《诗》《左传》《广韵》等诸家著录，对矛盾之说，则曰"未详"②。对《离骚》"遭吾道夫昆仑兮"中的"昆仑"，亦是征引《禹本纪》《河图》《水经》《尔雅》《淮南子》《十洲记》《神异经》等诸多记载，最后说"凡此诸说，诞实未闻也。"③ 由此可见，洪兴祖补注中对不能断定正误的地方则存疑或引诸家之说以并存，对各家诸说难以定论者给予存疑，这对后人正确理解前人的注解和《楚辞》原文有很大帮助，也体现了他不轻以己意武断、客观严谨的校雠态度，借此也足以窥见洪兴祖为学之严谨。

著作几经完善。洪兴祖曾在《韩子年谱·后记》中云："仆初作《昌黎年谱》，叙《淮西事宜状》在元和九年，孙公伯野辨其非是。乙巳岁再加考正而增广之。"④ 这是洪兴祖在撰作《昌黎年谱》后，因在与孙伯野讨论时，孙伯野对《淮西事宜状》一文的系年提出了意见，洪兴祖于是再加考正而增广之。而就其著作中影响最为深远的《楚辞补注》一书的成书过程来看，《直斋书录解题》卷一五载："兴祖少时从柳展如得东坡手校《楚辞》十卷，凡诸本异同，皆两出之；后又得洪玉父而下本十四五家参校，遂为定本。始补王逸《章句》之未备者；书成，又得姚廷辉本，作《考异》，附古本《释文》之后；其末，又得欧阳永叔、孙莘老、苏子容本于关子东、叶少协，校正以补《考异》之遗。"⑤ 由此可知，洪兴祖以其亲见的苏轼亲校的

---

① （宋）洪兴祖：《楚辞补注》，白化文等点校，中华书局1983年版，第61页。

② 同上书，第39页。

③ 同上书，第43页。

④ 曾枣庄、刘琳主编：《全宋文》（第182册），上海辞书出版社、安徽教育出版社2006年版，第121页。

⑤ （宋）陈振孙：《直斋书录解题》，徐小蛮、顾美华点校，上海古籍出版社1987年版，第434页。

《楚辞》十卷为主，参校诸本，对诸本文字论其异文，而次又得"洪玉父而下本十四五家"参校，撰成最初的《补注》定本。其后"又得姚廷辉本"作了《楚辞考异》附于定本之后，其后又从关子东、叶少协处"得欧阳永叔、孙莘老、苏子容本"来校正补充《考异》。而洪迈《容斋续笔》卷十五又载："洪庆善注《楚辞·九歌·东君篇》：'缊瑟兮交鼓，箫钟兮瑶簴。'引《仪礼·乡饮酒》章'间歌《鱼丽》，笙《由庚》。歌《南有嘉鱼》，笙《崇丘》'为比，云'萧钟者，取二乐声之相应者互奏之。'即镂板，置于坟庵，一蜀客过而见之，曰：'一本箫作撞，《广韵》训为击也。盖是击钟，正与缊瑟为对耳。'庆善谢而亟改之。"① 由此可见，洪兴祖撰作《楚辞补注》，在此书定本之前就几番校勘，定本之后又作《考异》，其后对《考异》又有补正，且镂刻之后，尚听取一蜀客的意见来完善此书。如此种种，皆可见其校雠态度之严谨。

论断多为妥当。渊博的学识与治学态度的严谨，使他的很多论断都是非常精准的。这在其具体注释中亦有体现。如《七谏·怨世》："遇厉武之不察兮，羌两足以毕斮"，王逸注："斮，断也。昔卞和得宝玉之璞，而献之楚厉王，或毁之以为石，王怒，断其左足。武王即位，和复献之，武王不察视，又断其右足。和乃抱宝泣于荆山之下，悲极血出，于是暨成王，乃使工人攻之，果得美玉，世所谓和氏之璧也。或曰：两足毕索。索，尽也。以言玉石易别于忠佞，尚不能知，己之获罪，是其常也"。考异："一本云：两足以之毕斮。"补曰："斮，厌略切。刘向《新序》云：荆人卞和，得玉璞而献之荆厉王，使工尹相之，曰：石也。王以和为谩，则断其左足。厉王薨，武王即位，和复奉玉璞而献之武王，王使工尹相之，曰：石也。又以为谩，而断其右足。武王薨，共王即位，和乃奉玉璞而哭于荆山中，三日三夜，泣尽而继之以血。共王闻之，乃使人理其璞而得宝焉。又《淮南子》注云：楚人卞和，得美玉璞于荆山之下，以献武王，王以示玉

---

① （宋）洪迈：《容斋随笔》，穆公校点，上海古籍出版社2015年版，第218页。

人，玉人以为石，刖其左足。文王即位，复献之，以为石，刖其右足。抱璞不释而泣血。及成王即位，又献之，成王曰：先君轻刖而重剖石。遂剖视之，果得美玉，以为璧，盖纯白夜光，故曰和氏之璧。又《琴操》曰：卞和得玉璞，以献楚怀王，使乐正子占之，言非玉，以其欺谩，斩其一足。怀王死，子平王立，和复抱其璞而献之。平王复以为欺，斩其一足。平王死，和欲献，恐复见断，乃抱其玉而哭荆山之中。按《史记·楚世家》：武王卒，子文王立。文王卒，子熊囏立，是为杜敖。其弟弑杜敖自立，是为成王。则《淮南子》注为是。《新序》之说与朔同，然与《史记》不合，今并存之。"① 在这里，关于卞和献玉一事，洪兴祖先后引用《新序》《淮南子》注、《琴操》等资料，并根据《史记》记载而赞同《淮南子》注所述，似认为卞和所献玉的国君先后当为武王、文王、成王，然而因东方朔所言"厉武"，与王逸、刘向所说（王逸认为是厉王、武王、成王；刘向认为是厉王、武王、共王）并非全然不同，所以难以仅凭《史记》一书辨定是非，因此诸说并存。

洪兴祖认真严谨的校雠态度使其校雠得到诸多认同，以致"毛氏曰：洪兴祖讨论韩愈诗文，推考其根源，以订正其讹谬，颇为该博云"②，其《楚辞补注》"于楚辞诸注之中，特为善本"③，难怪朱熹评论："近世考订训释之学，唯吴才老、洪庆善为善"④。《宋元学案补遗》也载："《万姓统谱》引朱子评近代考订训释之学。惟吴才老及先生有优云。"⑤ 王泗原《楚辞校释·自序》就说："洪兴祖曲阿

① （宋）洪兴祖：《楚辞补注》，白化文等点校，中华书局 1983 年版，第 245—246 页。

② （宋）马端临：《文献通考》（第 10 册），上海师范大学古籍研究所、华东师范大学古籍研究所点校，中华书局 2011 年版，第 6721 页。

③ （清）永瑢等：《四库全书总目》，中华书局 1965 年版，第 1268 页。

④ （宋）黎靖德编：《朱子语类》（八），王星贤点校，中华书局 1986 年版，第 3279 页。

⑤ （清）王梓材、冯云濠编撰：《宋元学案补遗》（一），沈芝盈、梁运华点校，中华书局 2012 年版，第 83 页。

人，但他的注能按楚方言注音……洪注的这些音，至今还保存在故楚地有些地方的方言里，我乡（江西安福）也就是这样念的。洪兴祖注得极准确，可见他经过深入调查。古书作注，这样认真，非常可贵。"① 而在《远遊》"溘浮云而上征"句下，王逸认为此处"溘，犹掩也。"而洪兴祖经考证认为"溘，奄忽也"，认为此句是"言忽然风起，而余上征，犹所谓忽乎吾将行耳。"② 朱熹在《集注》中就认同洪说，云："溘，奄忽也"。对此，游国恩亦云："上文宁溘死以流亡，《章句》曰，溘犹奄也。此云溘犹掩也。盖亦各就词义而释之耳。实则此溘字亦形容上征之速，不必异训。洪氏正之是也。"③

二　广搜众本，注重勘校

版本是校雠学的一个组成部分，也是校雠学的核心内容之一。因古书在流传的过程中，常常有很多版本，而众版本之间常常会有或多或少的差异。正是"盖书籍由竹木而帛而纸；由简篇而卷，而册，而手抄，而刻版，而活字，其经过不知其若干岁，缮校不知其几何人。有出于通儒者，有出于俗士者。于是有断烂而部不完，有删削而篇不完，有节钞而文不完，有脱误而字不同，有增补而书不同，有校勘而本不同。"④ 所以，在研读古书时，求善本、求众本进行版本校勘就颇为重要。正所谓"夫博求诸书，乃得雠正一书，则副本固将广储以待质也。"⑤ 洪兴祖就非常善于收集不同的版本依据不同的载录来对勘各本的异同、考订诸本的是非。

洪兴祖作《补注》十七卷时，即以其亲见的苏轼亲校的《楚辞》

① 王泗原：《楚辞校释·自序》，人民教育出版社1990年版，第5—6页。

② （宋）洪兴祖：《楚辞补注》，白化文等点校，中华书局1983年版，第26页。

③ 游国恩主编：《离骚纂义》，金开诚补辑，董洪利、高路明参校，中华书局2008年版，第252页。

④ 俞嘉锡：《目录学发微》，中华书局1963年版，第71—72页。

⑤ 章学诚：《校雠通义》，载昌彼得《中国目录学资料选辑》，文史哲出版社1981年版，第571页。

十卷为主，进而广为搜罗众本，参校诸本，亦曾对部分文字论其异文，而次又得他本作《考异》，并进一步以别本来校正补充《考异》，可谓网罗诸本，详加校勘，所得颇丰。据《郡斋读书志》《直斋书录解题》等书记载，洪兴祖在《楚辞补注》的撰述过程中，收集参校的版本达20多种，《直斋书录解题》卷一五以"从……得"的形式明确指出洪兴祖间接地通过苏轼的外甥柳展如得到了苏轼手校本《楚辞》，作为自己所本与其他诸本参校，"又得洪玉父而下本十四五家参校"，又得姚廷辉本作《考异》，又从关子东、叶少协处得到欧阳永叔、孙莘老、苏子容本来补《考异》。且如前所言，在书成定帙镂版之后，尚且因自己有未见的版本而由一蜀客之言进行改动完善。这些版本获得的途径，有些明言"从……得"，有的只言"得"字，虽不可知他是从各家直接所得还是从他人处间接获得，但这都是洪兴祖自己勤力四处求寻广为收集的结果。

洪兴祖所作的《韩子年谱》亦以唐本和近世所行诸本参校。前文提到洪兴祖校韩文时，"以唐本、监本、柳开、刘烨、朱台符、吕夏卿、宋景文、欧阳公、宋宣献、王仲至、孙元忠、鲍钦止，及近世所行诸本参定"①，可推知，其校韩文时，至少参校了十多个版本。且据考证，《韩子年谱》中提到唐本（唐本注）九次，蜀本、今本、旧本、樊（汝霖）本各一次，"一本"七次，知兴祖不仅考校诸本异同，而且参考了众多的碑石实物来校勘文字。② 可见，洪兴祖作《韩子年谱》时，也以周密严谨的态度，广校诸本，遍录异文。

此外，"洪兴祖谓汉以来诸儒所传，各有师承。唐陆德明著《音义》，兼存别本，诸儒各以所见去取。今以一行所纂古子夏《传》为正，而以诸书附著其下，为《易古经考异释疑》一卷。"③ 据此言，

---

① （宋）洪兴祖：《韩子年谱·序》，载（宋）吕大防等撰《韩愈年谱》，徐敏霞校辑，中华书局1991年版，第15页。

② 昝亮：《洪兴祖生平著述编年钩沉》，《杭州大学学报》1997年第4期。

③ （宋）王应麟辑：《玉海》（2），江苏古籍出版社、上海书店1987年版，第690页下栏。

知此书乃洪兴祖以子夏《易传》为本，参以诸书、别本，并将异同附录其下，且加释语，殆为考订之作。

对孔子家谱，"洪兴祖又以《史记》并孔光、孔僖传，及太子贤注，与《唐宰相世系》诸家校正，且作《年谱》，列于卷首"①，还曾收集《史记》等与《孔子家谱》相关的资料，用之与孔宗翰本互相参校，以正其阙误，作了《阙里谱裔》一卷。

就洪兴祖所收集到的版本的数量及众版本的优劣而言，洪兴祖在对各书进行校雠时，基本可谓见到了其当时所能见到的最多最好的历代版本和注本，其中不乏古本、手校本、诸家善本等。就《楚辞补注》撰作过程中所参校的版本来说，前文已提到宋元时人载录的有20种之多，而考察今本"补曰"前后有关考异的内容，当都是洪兴祖详校各本的成果。其考异文字，有注明具体本子的，有"东坡本""鲍钦止本""鲍慎思本""林德祖本"等，但多数未直言所据为何本，而是以"古本""唐本""一本""或说"之类的做标记。《大招》"魂兮归徕！思怨移只"句，洪补曰："古本作怨思移只。"②《七谏·自悲》"闻南藩乐而欲往兮"句，《考异》："唐本无'乐而'二字。"③《九歌·大司命》"导帝之兮九坑"句，《考异》："导，一作道。坑，一作阬。《文苑》作冈。"④综观洪兴祖所参校和参考的对象，有"古本""唐本""鲍钦止本""鲍慎思本""林德祖本""洪玉父本""宋景文本""晁文元本"等，就现有的资料来看，洪兴祖搜罗的版本范围，实已包含宋以前所传者、时人名家所校者。前者如"古本"，经李大明考证，"洪兴祖《楚辞考异》所引'古本'，当是

---

① （宋）晁公武撰，孙猛校证：《郡斋读书志校证》（上），上海古籍出版社 1990 年版，第 398 页。

② （宋）洪兴祖：《楚辞补注》，白化文等点校，中华书局 1983 年版，第 222 页。

③ 同上书，第 249 页。

④ 同上书，第 69 页。

六朝时《楚辞章句》传写本。"① 后者如"晁文元本",据晁公武自云:"余家自文元公来,以翰墨显者七世,故家多书,至于是正之功,世无与让。"② 知洪兴祖所据之"晁文元本"乃是名家所藏。由上可知,洪兴祖作《楚辞补注》时所见众本已多,至少已包含六朝、隋唐以至宋代诸本。对此,汤炳正认为洪兴祖《楚辞考异》多举名人校本、宋以前古本、当代异本、采及类书,援引王勉《释文》甚多,可谓"保存了宋以前有关《楚辞》的大量异文与异说。"③

　　洪兴祖能直接或间接地见到很多的校勘版本并进行比勘,与其好贤广交有关,是这为他提供了途径和便利。汪藻云:"公卒二十年,而高邮孙觉莘老为广德军,始以诗志公之事而刻之亭中。又六十九年丹阳洪兴祖庆善来守,请莘老之诗而慕之。……庆善乃求公之遗像,绘而置之学宫,使学者世祀之。"④ "庆善为政而首及公,可谓知所本矣。柔亦不茹,刚亦不吐,文正公有焉;好贤如《缁衣》,庆善有焉。"⑤ 洪兴祖与程瑀相交颇多,曾为其书作序,《宋元学案补遗》"洪氏家学"下,载:"胡澹庵为程愚翁尚书墓志云。公酷嗜论语。研精殚思。随所见疏于册。练塘洪先生兴祖早以是书从公难疑辨惑者二十年。晚得公所说。即为序。冠其首。"⑥ 从中可见,于《论语讲解》反复论辩二十年。而洪兴祖还根据孙伯野所提意见,增广了《韩子年谱》,孙伯野是北宋官吏,进士出身,曾任秘书省正字、监

　　① 李大明:《洪兴祖〈楚辞考异〉所引〈楚辞章句〉六朝"古本"考》,《四川大学学报》1994年第2期。
　　② (宋)晁公武:《衢本郡斋读书志·序》,载(宋)晁公武《衢本郡斋读书志》(一),(清)阮元辑编宛委别藏本,江苏古籍出版社1988年版,第1页。
　　③ 汤炳正:《洪兴祖〈楚辞考异〉散附〈楚辞补注〉问题》,载汤炳正《楚辞类稿》,巴蜀书社1988年版,第98页。
　　④ (宋)汪藻:《浮溪集》,台湾商务印书馆1986年影印文渊阁《四库全书》本,第1128册,第159页上栏。
　　⑤ 同上书,第159页下栏。
　　⑥ (清)王梓材、冯云濠编撰:《宋元学案补遗》(一),沈芝盈、梁运华点校,中华书局2012年版,第84页。

靖御史、礼部员外郎，迁秘书少监，至中书舍人，他曾注过韩愈作品，今《五百家注昌黎文集》中尚能看见其注。洪兴祖还曾与他作过序的《丹阳集》的作者葛胜仲及其父互相酬答。今《丹阳集》卷十八、卷十九尚存《次韵庆善九日》《再和庆善》《送庆善之江阴》《庆善再和复和》《次韵和庆善游圆觉寺归四首，时仆亦方自径山归》等诗。因洪兴祖好贤爱学，所以才有西山陈旉至仪真拜访兴祖，并以所著《农书》三卷见示，而洪兴祖为之镂刻之事。还有洪兴祖与张守唱酬、为天台知县李赤作《天台县学记》、将庐陵张汝明《张子危言》进于朝廷等事，也能说明洪兴祖尚交善交。

　　通过相互交游及通过熟识之友辗转借阅，盖为洪兴祖获得众多版本的主要途径。洪兴祖与他人的很多书籍间的交往是通过亲朋间接进行的。如《韩子年谱·跋》云："右洪庆善所次昌黎年谱，宣和壬寅夏得于其叔成季。观其推次之工决，知其学非苟然者。"[①] 陆游《渭南文集》卷二九《跋洪庆善帖》云："退与子威讲学，则兄弟如也。每见子威言洪成季庆善学行，然皆不及识。今获观庆善遗墨，亦足少慰。"[②] 这是说别人通过洪兴祖的叔叔和儿子辗转获得了洪兴祖的笔墨。而洪兴祖亦通过朋友从他人处间接得到了很多书籍。就《楚辞补注》的撰作过程来看，《直斋书录解题》卷一五以"从……得"的形式明确指出洪兴祖间接地通过苏轼的外甥柳展如得到了苏轼手校本《楚辞》，作为自己所本与其他诸本参校，又从关子东、叶少协处得到欧阳永叔、孙莘老、苏子容本来补《考异》。而《直斋书录解题》

---

　　① （宋）孙伯野：《孙伯野跋洪庆善年谱》，载屈守元，常思春主编《韩愈全集校注》，四川大学出版社 1996 年版，第 3184 页。

　　② （宋）陆游：《跋洪庆善帖》，载陆游《陆放翁全集》（上），中国书店 1986 年版，第 179 页。此子威，据《宋会要辑稿》乃兴祖之子，字或作"葳"。见（清）徐松：《宋会要辑稿》（10），刘琳、刁忠民、舒大刚、尹波等校点，上海古籍出版社 2014 年版，第 5875 页。

所言"又得洪玉父而下本十四五家参校……又得姚廷辉本"①，虽未指出得这些版本的具体情况，但从未言"从……得"而只言"得"字可知，盖与前不同，或为从各家所直接所得。至于洪兴祖校韩文时提到的唐本、监本、柳开本、刘烨本、朱台符本、吕夏卿本、宋景文本、欧阳公本、宋宣献王仲本，孔元忠本、鲍钦止本等，这些本子获得的途径，具体情况虽不可知，但也该是洪兴祖自己勤力四处求寻广为收集的结果。

政学集于一身的洪兴祖在版本勘校方面有如此成就，当是因其自身博学好贤，所结交之人亦多为博学文士，所以能勤力收集到众多版本，见到了在其当时所能见到的楚辞版本和注本。

三　一生著述，多及校勘

对洪兴祖好学的一生及其学术成就，前人早有肯定。葛胜仲说他"于书无不读，尤邃于春秋、二礼，皆著为义说，推其素学而施有政宜，不紊于次第也。"②《京口耆旧传》也载："兴祖经学明甚，……其说《论语》、注《楚辞》，近世侍讲朱熹多采用之。"③洪适《贺饶州洪郎中启》称洪兴祖"超卓见闻，束《春秋》之五传；增多训故，说《离骚》之一经。网罗阙里之蝉嫣，是正昌黎之鱼鲁。沛然学问，藉甚声名！"④葛立方在其去世后作挽诗称他"笔下翻翻注九河，腹中空洞五车多。麟经旨妙传洙泗，骚学词明慰汨罗。六度有为超梵

---

① （宋）陈振孙：《直斋书录解题》，徐小蛮、顾美华点校，上海古籍出版社1987年版，第434页。

② （宋）葛胜仲：《丹阳集》，台湾商务印书馆1986年影印文渊阁《四库全书》本，第1127册，第486页下栏。

③ （宋）不著撰人：《京口耆旧传》，台湾商务印书馆1986年影印文渊阁《四库全书》本，第451册，第163页下栏。

④ （宋）洪适：《盘洲文集》，台湾商务印书馆1986年影印文渊阁《四库全书》本，第1158册，第593页下栏。

业，一心无累证禅那。龙蛇岁恶贤人逝，心折风前薤露歌。"① 张纲
也有挽诗称赞洪兴祖云："画省真郎选，朱幡老郡侯。名归时论重，
行向古人求。嗜学千鸡跖，修文五凤楼。秋风忽惊梦，怀旧涕交
流。"② 这些片面的记载说明洪兴祖学养深厚、学识渊博且著述颇丰，
其学为名儒朱熹所参酌，并能推其所学及于政治。

在洪兴祖的著述中，有一些涉及校勘内容的著作。自汉以来，校
雠一直有着重要的地位，而宋代的“文治”政策、雕版印刷及其精
校与粗校的斗争等更促进了校雠业的发展。宋代的校雠家们在理论上
及实践中都发展了校雠学，新的术语、新的方法、新的著作层出不
穷。生活其间的宋儒洪兴祖就深谙此治学之道，并将之付诸实践。洪
兴祖一生著述颇丰，涉猎经史子集，惜于今散佚过半，通过对其现存
主要著作的考略，可以发现洪兴祖研读古书，多以校勘为先，于校雠
方面贡献颇多，运用多种校勘方法校异同、校是非。

据《宋史》本传云："兴祖好古博学，自少至老，未尝一日去
书。著《老庄本旨》、《周易通义》、《系辞要旨》、《古文孝经序赞》、
《离骚楚词考异》行于世。"③ 据《宋史·艺文志》记载，有《易古
经考异释疑》一卷、《口义发题》一卷、《论语说》十卷、《续史馆故
事录》一卷、《韩子年谱》一卷、《韩愈年谱》一卷、《圣贤眼目》
一卷、《语林》五卷、《补注楚辞》十七卷、《楚辞考异》一卷、《韩
文年谱》一卷、《韩文辨证》一卷、《杜诗辨证》二卷。据《京口耆
旧传》卷四知还有《古易考异》十卷、《古今易总志》三卷、《左氏
通解》十卷、《注黄庭内外经》二卷，编次《阙里谱裔》一卷。《郡
斋读书志》又著录洪兴祖《杜诗年谱》一书，列于《杜诗辨证》
之前。

① （宋）葛立方：《侍郎葛公归愚集》，《续修四库全书》（第1317册），上海古籍出版社2002年版，第521页。
② （宋）张纲：《华阳集》，台湾商务印书馆1986年影印文渊阁《四库全书》本，第1131册，第234页上栏。
③ （元）脱脱：《宋史》（三七），中华书局1977年版，第12856页。

　　综合《宋史》本传、《宋史·艺文志》《京口耆旧传》《郡斋读书志》《直斋书录解题》《玉海》《文献通考》《四库全书总目》等诸家著录全面考察总结其著作，可知在洪兴祖的著述中，经部著述有《周易通义》《易古经考异释疑》《系辞要旨》《春秋本旨》《论语说》《古文孝经序赞》《古今易总志》《口义发题》《左氏通解》9 种，已佚 8 种；史部著述有《续史馆故事录》《阙里谱裔》2 种，已佚 2 种；子部著述有《老庄本旨》《圣贤眼目》《语林》《黄庭内外经注》4种，已佚 4 种；集部著述有《杜诗年谱》《杜诗辨证》《韩子年谱》《韩文辨证》《楚辞补注》十七卷、《楚辞考异》一卷 6 种，已佚 3种。所举洪兴祖 21 种著作中，经、史、子、集四部都有，而经部居多，正符所谓"兴祖经学明甚，议者谓其早以此名誉，晚以此贾奇祸更化之后，其子上书讼冤，始加恤典。平生论著最多"① 之言。

　　这今已经亡佚 17 种的 21 种著作中，推考其内容可知，多部涉及义理阐发。《口义发题》应为发挥《尚书》大旨之作，《系辞要旨》应为阐发《周易·系辞》义理之作，《周易通义》应为阐发《周易》义理之作。《论语说》为洪兴祖阐述诸篇要义之作，"解经义精而通"多"发先儒所未发"② 的《春秋本旨》与《老庄本旨》两书应相似，为阐发书中微言大义之作。"摘取经、子数十条，以已见发明之"③的《圣贤眼目》为阐发先贤经书子书之中的微言大义之作。

　　此外，《古今易总志》或为介绍古今易学相关书籍的目录类书。《古文孝经序赞》应是为汉孔安国《古文孝经序》所撰之"赞"，对其进行肯定性的评价。"记国朝史馆事迹，以续旧编"④ 的《续史馆故事》为整理史馆修撰实录与史传的材料而成。《左氏通解》当为注

---

① （宋）不著撰人：《京口耆旧传》，台湾商务印书馆 1986 年影印文渊阁《四库全书》本，第 451 册，第 163 页上栏。

② （宋）陈振孙：《直斋书录解题》，徐小蛮、顾美华点校，上海古籍出版社 1987 年版，第 64 页。

③ 同上书，第 311 页。

④ 同上书，第 178 页。

解《左传》文义的著作。

其余的著述，《易古经考异释疑》《阙里谱裔》《韩子年谱》《韩文辨证》《楚辞补注》《楚辞考异》《杜诗年谱》《杜诗辨证》等至少8种涉及校雠。

1.《易古经考异释疑》：《宋史·艺文志一·经类·易类》著录"洪兴祖《易古经考异释疑》一卷"。① 王应麟《玉海》卷三六据《续书目》，即嘉定时所修《中兴馆阁续书目》著录，云："洪兴祖谓汉以来诸儒所传，各有师承。唐陆德明著《音义》，兼存别本，诸儒各以所见去取。今以一行所纂古子夏《传》为正，而以诸书附著其下，为《易古经考异释疑》一卷。"② 据此言，知此书乃洪兴祖以子夏《易传》为本，参以诸书、别本，并将异同附录其下，且加释语，殆为考订之作。

2.《阙里谱裔》：晁公武《郡斋读书志》卷九著录："《阙里世系》一卷。"其内容有言云："右皇朝孔宗翰重修孔子家谱也，唐《艺文志》有《孔子系业传》，今亡；其家所藏谱虽古本，止叙承袭者一人，故多疏略。宗翰元丰末知洪州，刊于牍。绍兴中端朝者续之，止于四十九代；洪兴祖又以《史记》并孔光、孔僖传，及太子贤《注》，与《唐宰相世系》诸家校正，且作《年谱》，列于卷首。"③ 知洪兴祖收集《史记》等相关孔子家谱的资料，用之与孔宗翰本互相参校，此即《京口耆旧传》卷四所录："编次《阙里谱裔》一卷。"④《郡斋读书志》载："《中兴书目》云：'元丰中，孔子四十六代孙宗瀚刻而传之，绍兴五年，洪兴祖正其阙误，又作《先圣年

① （元）脱脱：《宋史》（一五），中华书局1977年版，第5039页。

② （宋）王应麟辑：《玉海》（2），江苏古籍出版社、上海书店1987年版，第690页下栏。

③ （宋）晁公武：《衢本郡斋读书志》（一），（清）阮元辑编宛委别藏本，江苏古籍出版社1988年版，第263—264页。

④ （宋）不著撰人：《京口耆旧传》，台湾商务印书馆1986年影印文渊阁《四库全书》本，第451册，第163页上栏。

表》，列之卷首'。"① 黄震《黄氏日钞》卷三十二亦云："右《阙里谱系》，元丰八年，四十六代孙宗翰始以旧谱锓板。绍兴二年，四十八代孙端朝逃虏难南奔，先生所资皆失之，独此谱山中人得之，转以见归，因为序录。绍兴五年，洪兴祖守广德军，刊于郡斋。景定三年，五十一代孙应得今台州太守时差添广德军通判，又附入绍兴五年以后至景定三年云。"② 据孔德成《孔子世家谱》载洪兴祖于绍兴五年十一月初九日所撰序文，其云："今得旧谱于孔氏，虽号古本，行谬颇多，因以历代史、诸家书、前世石刻，互相参考。阙者补之，误者正之，而疑似者两存焉。又求《左传》、《史记》，作先圣年谱列于卷首"③。

3. 《韩子年谱》《韩文辨证》：据洪兴祖《韩子年谱·序》自称："予校韩文，以唐本、监本、柳开、刘烨、朱台符、吕夏卿、宋景文、欧阳公、宋宣献、王仲至、孙元忠、鲍钦止，及近世所行诸本参定。不敢以私意改易，凡诸本异同者兼存之。考岁月之先后，验前史之是非，作《年谱》一卷。其不可以岁月系者，作《辨证》一卷，所不知者阙之。"④ 可见，洪兴祖校韩文，参校诸多版本，因诸本各有所长故兼录之，作《年谱》一卷，对无从考证年月者，又作《辨证》。以致被论为"讨论韩愈诗文，推考其根源，以订正其讹谬，颇为该博云"⑤。洪兴祖治学严谨、精于校雠可见一斑。

4. 《杜诗年谱》《杜诗辨证》：《郡斋读书附志》载："《杜诗辨证》一卷。右洪兴祖所纂也，《年谱》列于前。兴祖字庆善，镇之丹

① （宋）晁公武撰，孙猛校证：《郡斋读书志校证》（上），上海古籍出版社 1990 年版，第 398 页。

② （宋）黄震：《黄氏日钞》，台湾商务印书馆 1986 年影印文渊阁《四库全书》本，第 707 册，第 886 页下栏。

③ 衢州市政协文史资料委员会：《南孔研究》，中国戏剧出版社 2001 年版，第 76 页。

④ （宋）洪兴祖：《韩子年谱·序》，载（宋）吕大防等撰《韩愈年谱》，徐敏霞校辑，中华书局 1991 年版，第 15 页。

⑤ （元）马端临：《文献通考》，中华书局 1986 年版，第 1966 页。

阳人也。张釜刻于兴国。"① 依晁公武所言来看，《杜诗年谱》应与
《杜诗辨证》合刊，很可能如《韩子年谱》与《韩文辨证》的关系一
样，为洪兴祖广泛搜罗参校众本，凡诸本异同者兼存之，将杜诗考岁
月先后，验前史是非，作成《杜诗年谱》，而不可以岁月系者、异文
或"所不知者阙之"的内容，作成了《杜诗辨证》。

5. 《楚辞补注》十七卷《楚辞考异》一卷。《楚辞补注》一书，
《宋史》本传著录，《宋史·艺文志七·集类·别集类》亦著录："洪
兴祖《楚辞补注》十七卷《考异》一卷。"② 《郡斋读书志》卷四上
云："《楚辞补注》十七卷，《考异》一卷，未详撰人，凡王逸《章
句》有未尽者补之。《自序》云：以欧阳永叔、苏子瞻、晁文元、宋
景文家本参校之，遂为定本。又得姚廷辉本，作《考异》。"③ 晁公武
所记当为洪兴祖所撰，其云"未详撰人"，盖因其时洪兴祖获罪，故
此传入蜀中之二书已刊削其名。又《遂初堂书目·总集类》载有
"洪氏《楚辞补注》"④，而《直斋书录解题》卷一五录"《楚辞》十
七卷"，云："知饶州曲阿洪兴祖庆善补注。"又录"《楚辞考异》一
卷"，云："洪兴祖撰。兴祖少时从柳展如得东坡手校《楚辞》十卷，
凡诸本异同，皆两出之；后又得洪玉父而下本十四五家参校，遂为定
本。始补王逸《章句》之未备者；书成，又得姚廷辉本，作《考
异》，附古本《释文》之后。其末，又得欧阳永叔、孙莘老、苏子容
本于关子东、叶少协，校正以补《考异》之遗。""洪于是书用力亦
以勤矣。"⑤

---

① （宋）赵希弁续辑：《郡斋读书附志》，台湾商务印书馆 1986 年影印文渊阁《四库
全书》本，第 674 册，第 388 页上栏。

② （元）脱脱：《宋史》（一六），中华书局 1977 年版，第 5327 页。

③ （宋）晁公武：《衢本郡斋读书志》（二），（清）阮元辑编宛委别藏本，江苏古籍
出版社 1988 年版，第 523 页。

④ （宋）尤袤：《遂初堂书目》，台湾商务印书馆 1986 年影印文渊阁《四库全书》本，
第 674 册，第 486 页上栏。

⑤ （宋）陈振孙：《直斋书录解题》，徐小蛮、顾美华点校，上海古籍出版社 1987 年
版，第 434 页。

这 8 种著作之外,《京口耆旧传》卷四著录"注《黄庭内外经》二卷"①,《江南通志》载洪兴祖作"黄庭内外注二卷"②,知洪兴祖曾对《黄庭内景经》《黄庭外景经》做过注解,因其今佚,无从考察其具体内容,但从《易古经考异释疑》《韩文年谱》等著作来看,洪兴祖治学,参校诸家版本多、考辨学者异说勤,此注解之作很可能涉及校勘。

此外可知的,洪兴祖还有一些其他文章,他曾写过洪兴祖《丹阳洪氏源流考》一篇,为陈旉《农书》作序,并撰《仪真劝农文》附其后,作过《华阳抚掌泉》《拂云亭》等诗,为劝学"又作《原学记》以示诸生",这些文章或篇幅短小,或已不完整,且与校勘无关,皆未单列。

综上所述,可知其著述多以校雠为本。且他在校勘时运用多种校勘方法。陈垣在《校勘学释例》中归纳出了"校法四例",即对校法、本校法、他校法、理校法。这些方法在洪兴祖著作中都有体现。而就校雠的两大功能"校异同""定是非"来说,或勘校各本比勘异同或甄别对错评定是非。无论哪种,对经典研究都有莫大的贡献,在此方面的功劳簿上,洪兴祖有浓重的一笔,此点在下文"《补注》中校雠的体现"中详加阐述。

四 《补注》中校雠的体现

正如近代著名学者张舜徽所言,"'目录'、'版本'、'校勘'都只是'校雠学'的几个组成部分"③,三者始终是校雠学的核心内容。而就《楚辞》而言,在千百年的流传过程中,出现了很多版本,注释者在进行注释时一般都遍校众本,比勘异同。东汉王逸作《楚辞章

① (宋)不著撰人:《京口耆旧传》,台湾商务印书馆 1986 年影印文渊阁《四库全书》本,第 451 册,第 163 页上栏。

② (清)黄之隽等:《江南通志》(5),京华书局 1967 年版,第 3256 页。

③ 张舜徽:《中国古代史籍举要 中国古代史籍校读法》,华中师范大学出版社 2004 年版,第 257 页。

句》时，就提到了刘安、刘向、班固、贾逵的注本。而自汉至宋，楚辞又流传了 1000 多年，其间错杂衍异的现象颇为严重。所以洪兴祖在作《补注》时，勤为搜罗，广征异本，精心校勘，罗列异文，据陈振孙之说，洪兴祖所考之本多达数十种，具体校雠方面的体现，包括以下几个方面。

（一）校雠内容方面的体现

1. 考异《楚辞》正文者

（1）《离骚》"余焉能忍与此终古兮"句，王逸注："言我怀忠信之情，不得发用，安能久与此闇乱之君，终古而居乎？意欲复去也。"《考异》："一本'忍'下有'而'字。"①

（2）《九辩》"天高而气清"句，王逸注："秋天高朗，体清明也。言天高朗，照见无形。伤君昏乱，不听明也。"《考异》："气清，一作气平。"洪补曰："清，疾正切。《说文》云：无垢秽也。古本作瀞。"②

（3）《离骚》"余固知謇謇之为患兮，忍而不能舍也"中"忍而不能舍也"句，王逸注："舍，止也。言己知忠言謇謇谏君之过，必为身患，然中心不能自止而不言也。"《考异》："《文苑》无'而'字。一本'忍'上有'余'字，一无'也'字。"③

（4）《七谏·初放》"王不察其长利兮，卒见弃乎原壄"句，王逸注："言怀王不察己忠谋可以安国利民，反信谗言，终弃我于原野而不还也。"《考异》："一无'见'字。壄，一作野。"④

（5）《九章·涉江》"登崑崘兮食玉英"句，王逸注："犹言坐明堂，受爵位。"《考异》："崑崘，一作崐崙。食，一作飧。"⑤

---

① （宋）洪兴祖：《楚辞补注》，白化文等点校，中华书局 1983 年版，第 35 页。
② 同上书，第 183 页。
③ 同上书，第 9 页。
④ 同上书，第 236 页。
⑤ 同上书，第 129 页。

2. 考异王逸注文者

（1）《离骚》"吾独穷困乎此时乎"句，王逸注："言我所以忳忳而忧，中心郁邑，怅然伫立而失志者，以不能随从世俗，屈求容媚，故独为时人所穷困。"《考异》："忧，一作自念。一无'也'字。"①

（2）《九歌·大司命》"乘龙兮辚辚"句，王逸注："辚辚，车声。《诗》云有车辚辚也。"《考异》："《释文》作轹，音辚。"洪补曰："今《诗》作邻。"②

（3）《怀沙》"材朴委积兮"句，王逸注："条直为材，壮大为朴。"《考异》："壮，一作庬。"③

（4）《九章·悲回风》"气缭转而自缔"句，王逸注："思念萦监卷而成结也。"《考异》："萦卷，一作缱绻。"④

（5）《远遊》"内欣欣而自美兮"句，王逸注："忠心悦喜，德纯深也。"《考异》："而，一作以。一云：德纯殊也。"⑤

有时，对正文与注相同的异文同时进行考异。如《天问》"伯禹愎鲧，夫何以变化"句，王逸注："禹，鲧子也。言鲧愚很，愎而生禹，禹小见其所为，何以能变化而有圣德也？"《考异》："愎，一作腹。注同。"⑥

3. 辨异文正误者

（1）《离骚》"虽体解吾犹未变兮，岂余心之可惩"句，《考异》："《文选》可作何。"五臣注云："言我执忠贞之心，虽遭支解，亦不能变，于我心更何所惧。惩，惧也。"洪补曰："以可为何，以惩训惧，皆非是。"⑦

---

① （宋）洪兴祖：《楚辞补注》，白化文等点校，中华书局 1983 年版，第 15 页。

② 同上书，第 70 页。

③ 同上书，第 144 页。

④ 同上书，第 158—159 页。

⑤ 同上书，第 172 页。

⑥ 同上书，第 90 页。

⑦ 同上书，第 18 页。

（2）《离骚》"各兴心而嫉妒"句，王逸注："兴，生也。害贤为嫉，害色为妒。言在位之臣，心皆贪婪，内以其志恕度他人，谓与己不同，则各生嫉妒之心，推弃清洁，使不得用也。故《外传》曰：太山之鸱，鸣吓鸳雏。此之谓也。"《考异》："兴心，《文选》误作与心。"①

（3）《九章·涉江》"淹回水而疑滞"句，王逸注："疑，惑也。滞，留也。言士众虽同力引櫂，船犹不进，随水回流，使己疑惑有还意也。"《考异》："疑，一作凝。"五臣注云："容与，徐动貌。淹，留也。疑滞者，恋楚国也。"洪补曰："江淹赋云：舟凝滞于水滨。杜子美诗云：旧客舟凝滞。皆用此语。其作疑者，传写之误耳。"②

（4）《天问》"穆王巧梅"句，《考异》："梅，一作痗。"洪补曰："《方言》云：梅，贪也，亡改切，其字从手……《集韵》云：梅，母罪切，惭也。痗，母亥切，贪也。诸本作梅。《释文》每磊切，其字从木，传写误耳。瑂，玉名，音媒，亦非也。"③

（5）《九歌·湘君》"荪桡兮兰旌"句，《考异》："荪，一作荃。旌，一作旍"。洪补曰："《尔雅》云：注旄首曰旌，旍与旌同。诸本或云：乘荃桡。乘，一作承。或云：采荃桡兮兰旗。皆后人增改，或传写之误耳。"④

（二）校雠方法方面的体现

陈垣在《校勘学释例》中归纳出了"校法四例"，即对校法、本校法、他校法、理校法。其所言对校法，"即以同书之祖本或别本对读，遇不同之处，则注于其旁"⑤，其作用是可校各本的异同；"本校法者，以本书前后互证，而抉摘其异同，则知其中之缪误"⑥，是指

---

① （宋）洪兴祖：《楚辞补注》，白化文等点校，中华书局1983年版，第11页。
② 同上书，第129—130页。
③ 同上书，第110页。
④ 同上书，第61页。
⑤ 陈垣：《校勘学释例》，中华书局1959年版，第144页。
⑥ 同上书，第145页。

以本书前后内容互相参证，可知谬误。"他校法者，以他书校本书，凡其书有采自前人者，可以前人之书校之，有为后人所引用者，可以后人之书校之，其史料有为同时之书所并载者，可以同时之书校之"①。此种方法也是证明书有讹误的良法；关于理校法，是"遇无古本可据，或数本互异，而无所适从时，则须用此法。"② 此法是说应由通误者断于情理，故名"理校"，宜用于未得其他资料之时；就其所用的校雠方法来看，这四者在《楚辞补注》中都有体现，而主要是以对校法、他校法为主。

　　就对校来讲，据《郡斋读书志》和《直斋书录解题》所载，洪兴祖先后用来校勘《楚辞》的本子多达 20 本，他在校勘的过程中对大多数本子以"古本""唐本""或说""一本""一作"等语标注，只有少数说出了版本的名称，如"东坡本""鲍钦止本""鲍慎思本""林祖德本""葛洪始本"等。如《九歌·湘君》"荪桡兮兰旌"句，洪补曰："诸本或云：乘荃桡。乘，一作承。或云：采荃桡兮兰旗。皆后人增改，或传写之误耳。"③ 这里"或云""一作"等表明了洪兴祖所见诸本文字的异同。还有《离骚》"固乱流其鲜终兮"句，《考异》："固，一误作国。鲜，一作尠。"④《远遊》"欲度世以忘归兮"句，《考异》："一本'欲'上有'遂'字。一云：欲远度世。一云：遂远度世。"⑤《大招》"德誉配天，万民理只"句，《考异》："理，一作治。一本此二句次'善美明只'之后。"⑥ 等等。

　　就他校来讲，洪兴祖还用《释文》《文苑》《文选》等作他校。如《离骚》"謇吾法夫前脩兮，非世俗之所服"句，王逸注为"忠信謇謇"，"一云：謇，难也。"下有"《文选》謇作蹇，世作时。"洪

---

① 陈垣：《校勘学释例》，中华书局 1959 年版，第 146—147 页。
② 同上书，第 148 页。
③ （宋）洪兴祖：《楚辞补注》，白化文等点校，中华书局 1983 年版，第 61 页。
④ 同上书，第 22 页。
⑤ 同上书，第 171 页。
⑥ 同上书，第 225 页。

补曰："謇，又训难易之难，非蹇难之字也。世所传《楚词》，惟王逸本最古，凡诸本异同，皆当以此为正。又李善注本有以世为时为代，以民为人之类，皆避唐讳，当从旧本。"① 这是以《文选》本校勘《楚辞》原文。像这样不仅通过不同版本的相互核对订正了前人之误，而且分析了致误缘由。还如《九歌·山鬼》"风飒飒兮木萧萧"句下，《考异》："萧萧，《文苑》作搜搜"。② 《九歌·少司命》"竦长剑兮拥幼艾"句，《考异》："《释文》竦，作怂。"③ 等等。

就本校来讲，这种方法是以本书校本书，在本书内部找证据。如《离骚》有"曰黄昏以为期兮，羌中道而改路"二句，洪兴祖经过考证，怀疑此二句为后人所增。他说："一本有此二句，王逸无注；至下文'羌内恕己以量人'，始释羌义，疑此二句后人所增耳。《九章》曰：昔君与我诚言兮，曰黄昏以为期。羌中道而回畔兮，反既有此他志。与此语同。"④ 《九歌·少司命》中"与女游兮九河，冲风至兮水扬波"二句，洪补曰："王逸无注，古本无此二句。"认为"此二句，《河伯》章中语也。"⑤ 这两例是版本的对校与文句的本校相结合，来说明《离骚》"曰黄昏以为期兮，羌中道而改路"与《九歌·少司命》中"与女游兮九河，冲风至兮水扬波"为衍文。

就理校而言，如"尔何怀乎故宇"句，王逸注已指出"宇，一作宅"。洪补曰："若作宅，则与下韵叶"⑥，这是从叶韵的角度来补充证明的。如《天问》"穆王巧梅"句，王注认为"梅，一作槑"，洪补曰："《方言》云：楳，贪也，亡改切，其字从手……《集韵》云：楳，母罪切，惭也。揗，母亥切，贪也。诸本作梅。《释文》每

---

① （宋）洪兴祖：《楚辞补注》，白化文等点校，中华书局1983年版，第13页。
② 同上书，第81页。
③ 同上书，第73页。
④ 同上书，第10页。
⑤ 同上书，第72—73页。
⑥ 同上书，第35页。

磊切，其字从木，传写误耳。"① 洪兴祖引《方言》《集韵》等书指出梅、晦、痗三字在意义上的区别，来辨明王注之误，此处实应作"痗"字，这是从字义的角度来校勘的。

（三）校雠功用方面的体现

洪兴祖运用各种校勘方法进行了文字、句子、篇章等方面的"校异同""校是非"等工作。自汉代刘向提出"校雠"的定义以来，历代学人在长期的校书实践中积累了丰富的经验。清代学者段玉裁就曾用六字概括校雠的两大功能："校异同""定是非"。他在《与诸同志书论校书之难》中说："校书之难，非照本改字不讹不漏之难也，定其是非之难。是非有二。曰：底本之是非，曰：立说之是非。必先定其底本之是非，而后可断其立说之是非。"② "段玉裁认为"校异同"是"照本改字，不讹不漏"，"定是非"是"定底本之是非""定立说之是非。"一般所谓"校异同"，是对校各本比勘异同，无须进行对与错的甄别；所谓"定是非"，是从字、句等多方面进行综合分析后，作出对与错的判断，并可进一步加以改正。

如前所述，洪兴祖就运用多种校勘方法，应训解的需要，做了补注和考异等内容，他的校雠不仅精校了《楚辞》正文，还涵盖了王逸的注文和其他资料，且不仅列举诸本异文，还对其中有疑义处加以考订，以明正误。如《九歌·少司命》"与女游兮九河，冲风至兮水扬波"二句，洪兴祖言："王逸无注，古本无此二句。"认为"此二句，《河伯》章中语也。"③ 此说为众人所接受，现在有的《楚辞》注本直接删此二句，当是根据洪兴祖的论断。另外，《离骚》"曰黄昏以为期兮，羌中道而改路"二句，洪兴祖经过考证，怀疑此二句为后人所增。他说："一本有此二句，王逸无注；至下文'羌内恕己以量人'，始释羌义，疑此二句后人所增耳。《九章》曰：昔君与我诚言

①　（宋）洪兴祖：《楚辞补注》，白化文等点校，中华书局1983年版，第110页。
②　（清）段玉裁：《经韵楼集》，钟敬华校点，上海古籍出版社2008年版，第332—333页。
③　（宋）洪兴祖：《楚辞补注》，白化文等点校，中华书局1983年版，第72—73页。

兮，曰黄昏以为期。羌中道而回畔兮，反既有此他志。与此语同。"①此说多为后世所公认。《文选》所录《楚辞》没有这两句，朱熹《楚辞集注》对此怀疑是王逸所本有所脱误，然而陈第《屈宋古音义》根据古音，则直接略去这两句而径言其前后八句的韵，可知这两句为后人所增较为可信。② 郭沫若就给予肯定，说："今案洪说极是，当是王逸以后人注抽思二语于侧，传写误为正文，因求文体一致与合韵之故，故加一'兮'字，而改'回畔'为'改路'耳。"③

可以说，洪兴祖考订训释之作不少，且因其好贤广交，故每每有版本的比勘对校之时，能因自身的勤力和借助所交之人广为搜罗，能见到其所能见到的前代古本和当代诸本，对其所校勘之书可谓做到了缺者补之、误者正之，或列出异文，或于难以决断者存疑等，正因洪兴祖汲汲于雠校，才使得《楚辞》的流传更接近原貌，且部分经传录而致误的地方，也因洪兴祖的努力而重归于正。洪兴祖荟萃众本、考录诸本异文之功，正如汤炳正所言：其"《考异》以校《楚辞》正文为主，兼校王逸注文，甚至对字体的微异，亦不放过……可谓精矣。"④

第二节　趋多元的哲学思想

黑格尔认为哲学作为一种思想意识是特定时代的产物，每一种哲学都是它的时代的哲学，每一种哲学都只能满足一定时代的需求，因为"哲学的任务在于理解存在的东西，因为存在的东西就是理性。就

① （宋）洪兴祖：《楚辞补注》，白化文等点校，中华书局1983年版，第10页。

② （明）陈第：《毛诗古音考　屈宋古音义》，唐瑞琮点校，中华书局2011年版，第182页。

③ 郭沫若：《屈原研究》，载《沫若文集》（第1辑第3册），群益出版社1946年版，第188页。

④ 汤炳正：《洪兴祖〈楚辞考异〉散附〈楚辞补注〉问题》，载汤炳正《楚辞类稿》，巴蜀书社1988年版，第98页。

个人来说，每个人都是他那时代的产儿。哲学也是这样，它是被把握在思想中的它的时代。妄想一种哲学可以超出它那个时代，这与妄想个人可以跳出他的时代，跳出罗陀斯岛，是同样愚蠢的"①。既然每一时代的哲学均是该时代社会精神生活的反映，而个人又是时代的产儿，所以个人的哲学思想亦是其所属的那个时代的思想的一种影射。

　　就宋洪兴祖而言，他身仕徽宗、高宗两个王朝，其思想不可避免地受当时的时代风气和学术思潮等的影响。我们知道，宋代具有多元并存的兼容精神。陈寅恪认为："六朝及天水一代思想最为自由，文章亦臻上乘。"② "天水一朝"即指赵宋王朝。宋代自太祖、太宗起，崇文抑武就立为祖宗家法，政治氛围相对宽松，文化管理较为开放，故此兼容精神成为宋代知识分子的一般价值取向。在这种大的时代环境的熏陶和影响下，洪兴祖的思想亦打上了时代的烙印。管窥洪兴祖的哲学思想，亦带有兼容精神的痕迹，即以儒家为主，有理学的影响，且涉及道家等其他学派的思想。

一　以儒为主的哲学思想

　　在中国的历史上，宋代是有重要地位并享有称誉的。赵汸在《观舆图有感》五首之五中自注云："世谓汉、唐、宋为后三代。"③《宋史》中也谓："遂使三代而降，考论声明文物之治，道德仁义之风，宋于汉、唐，盖无让焉。"④ 宋之所以能与汉唐并重，并被称许为与夏商周三代相对的"后三代"之一，其主要原因之一，诚如朱熹所

---

① ［德］黑格尔：《法哲学原理·序言》，范扬、张企泰译，商务印书馆 1961 年版，第 12 页。

② 陈寅恪：《陈寅恪文集之一寒柳堂集》，上海古籍出版社 1980 年版，第 65 页。

③ （元）赵汸：《观舆图有感五首》，载（元）赵汸《东山存稿》，台湾商务印书馆 1986 年影印文渊阁《四库全书》本，第 1221 册，第 167 页下栏。

④ （元）脱脱：《宋史》（一），中华书局 1977 年版，第 51 页。

云："国初人便已崇礼义，尊经术，欲复二帝三代，已自胜如唐人。"① 亦如陈亮所云："故本朝以儒立国，而儒道之振，独优于前代。"② 这种"以儒立国""以儒治国"的以儒为主的情况在洪兴祖的家族和其自己身上都有体现。

（一）以身践道的家世背景

从洪兴祖的家世背景来看，洪兴祖乃丹阳人，属镇江府，为浙西路所统辖。根据《至顺镇江志》所载，丹阳此地"上下千数百年，名公钜卿，鸿儒硕彦，项背相望。或以节义励俗，或以政事裕民，或以武略定乱，或以文学垂范。至于高蹈物表，远引方外，亦皆清儁卓绝之士，是其遗风逸尘，沾被无极。故虽闾阎细民，抑或有以孝行自见。"③ 可见其地地杰人灵，人才辈出，这其中就包括洪兴祖所属的洪氏家族。据《宋史·洪拟传》所载：洪兴祖的先祖本姓弘，因避南唐讳而改姓洪④，洪兴祖的祖父叫洪固，未曾仕宦，但贤德能文，教子有方，曾因从子洪拟两次受到封赠，第一次是洪拟任给事中时，被赠为通奉大夫⑤；第二次是洪拟任左通议大夫时，被赠为右金紫光禄大夫。⑥ 程俱称誉洪固是"种德在躬，委庆阙嗣，历践高显，甚贤而文"⑦。洪兴祖的祖母邓氏则"恭而立德，俭以饬躬，慈惠宜其家

---

① （宋）黎靖德编：《朱子语类》（八），王星贤点校，中华书局 1986 年版，第 3085 页。

② （元）脱脱：《宋史》（三七），中华书局 1977 年版，第 12940 页。

③ （元）俞希鲁：《至顺镇江志》，杨积庆等校点，江苏古籍出版社 1999 年版，第 715 页。

④ （元）脱脱：《宋史》（三四），中华书局 1977 年版，第 11748—11749 页。

⑤ （宋）程俱：《北山集》，台湾商务印书馆 1986 年影印文渊阁《四库全书》本，第 1130 册，第 234 页上栏。

⑥ （宋）张扩：《东窗集》，台湾商务印书馆 1986 年影印文渊阁《四库全书》本，第 1129 册，第 60 页下栏。

⑦ （宋）程俱：《北山集》，台湾商务印书馆 1986 年影印文渊阁《四库全书》本，第 1130 册，第 234 页上栏。

人，柔嘉克配君子"①。因其贤德而被赠为令人、永宁郡夫人。洪兴祖的父亲洪褕，德行未知。但《玉海》卷五一云："洪褕纂《太祖创业故事》十二卷，凡二百三十七条，不克上，子兴祖随事著论训释，又后录一卷附。"②知洪褕有著述流传于世，且据其从弟洪拟所言："伏睹三兄文会之乐，皆见于诗，不肖屏居山间，颇以不获陪末座为歉，辄寄高韵，聊以自叙云尔。"③知洪褕颇好风雅、寄情于诗，并与其从弟洪拟之间曾互相酬和。关于其叔洪拟，据《京口耆旧传》之《洪拟传》记载："时王黼蔡京更用事，京且复相，以拟不为黼所用，意且附己，使人微撼之，拟笑曰：'唯之与阿，何以相远？吾知中立而已。'京怒送吏部。"④洪拟因此得罪当势权贵，出知海州。然高宗求直言时，他仍上疏云："兵兴累年，馈饷悉出于民，无屋而责屋税，无丁而责丁税，不时之须，无名之敛，殆无虚日，民所以去而为盗。今闽中之盗不可急，急则变益大，宜讲所以消之；江表之盗不可缓，缓则势益张，宜求所以灭之。"⑤可见洪兴祖其叔洪拟深谙民瘼，颇有政见，为官忠直不阿，不附权贵。洪兴祖同辈兄弟中，亦有不少扬名科举的，如：洪拟的次子怀祖，曾"为通直郎，赐绯鱼袋"⑥。洪兴祖另一从兄造于政和八年（1118）与兴祖是同登进士第，造之弟遘于徽宗崇宁二年（1103）登进士第，遘弟逵于徽宗政和五年（1115）亦登进士第。其中洪造因抗贼而死于方腊之变，很有气节。《至顺镇江志》载："（造）授歙州黟县尉。方腊起睦州，连陷郡

---

① （宋）张扩：《东窗集》，台湾商务印书馆 1986 年影印文渊阁《四库全书》本，第 1129 册，第 61 页上栏。

② （宋）王应麟：《玉海》（2），江苏古籍出版社、上海书店 1987 年版，第 974 页上栏。

③ 邓子勉：《宋人行第考录》，中华书局 2001 年版，第 142 页。

④ （宋）不著撰人：《京口耆旧传》，台湾商务印书馆 1986 年影印文渊阁《四库全书》本，第 451 册，第 161 页上栏。

⑤ 同上书，第 161 页上下栏。

⑥ （宋）楼钥：《攻媿集》，台湾商务印书馆 1986 年影印文渊阁《四库全书》本，第 1153 册，第 541 页下栏。

县，造据狭原岭据贼。使其家间道奉亲以归，而身当其卫。时蕲门尉王秀渊据安坑岭，败走，造独引所部与贼相持。会假守不察，以安坑失守为造罪，遂系之，而遣他将拒战，旋败。贼入城，首出造于狱，击杀之，曰'是复能拒战否?'闻者泣下"。① 观洪兴祖所属的洪氏家族，老多有德少多有为，诗书传家且以忠义为怀，洪兴祖生活在这样的家族环境中，其人格、理想及其著书立说自有家风渊源。

（二）以身践道的个人行为

洪兴祖根本上来说，是个儒者。儒家所关心的是社会国家，追述尧舜，以致"王道"，思想祖于《六经》。观洪兴祖的一生，洪兴祖的思想主趋于儒家，他基本是在以自己的实际行为在实践着儒家的"三不朽"，即立德、立功、立言。

1. 从立德的角度来看

中国古代士大夫的人生价值取向基本上在立德、立功、立言这三个层面上游移。而由于不同时代历史环境和文化背景的差异，人们对"三不朽"的态度也不尽相同。宋代时，"在复兴儒学和重整伦常的时代氛围中，宋代士大夫的人生价值取向亦从整体上发生了转变，即由汉唐时代士大夫对功名的追求，转向对道德主体精神的弘扬，立德已超越一切而上升为人生价值的首位"②。而"中国的经典诠释传统所展现的是一个'生命的学问'的世界。经典诠释者经由注疏经典而企慕圣贤优入圣域，将学问的追求回向自己的身心"③。在中国古代的阐释传统中，阐释者往往是寄托着现实目的的，他们常常将其阐释行为的目标指向人，将其所评介的某一历史形象，作为自己人格修炼和履行实践的目标，洪兴祖对《楚辞》的阐释、对屈原形象的评价就是这样的，他忧国忧民、忠君爱国、渴望建功立业、企贤入圣的

① （元）俞希鲁：《至顺镇江志》，杨积庆等校点，江苏古籍出版社1999年版，第783页。

② 郭学信：《时代迁易与宋代士大夫的观念转变》，《文史哲》2000年第3期。

③ 黄俊杰：《中国经典诠释传统（一）：通论篇》，华东师范大学出版社2008年版，第6页。

情怀，往往借追慕、赞誉屈原的形式表现出来。

如他反驳扬雄、班固、颜之推等人对屈原的评论，反对屈原之死无益论和屈原明哲保身论，反对屈原"贪名"的说法，认为"屈原之忧，忧国也"、屈原之怨乃"小弁之怨"，屈原之死"死犹不死"。又"兰芷变而不芳兮，荃蕙化而为茅"句下，洪补曰："上云谓幽兰其不可佩，以幽兰之别于艾也。谓申椒其不芳，以申椒之别于粪壤也。今曰兰芷不芳，荃蕙为茅，则更与之俱化矣。当是时，守死而不变者，楚国一人而已，屈子是也。"① 从中可见洪兴祖对屈原的理解与仰慕。洪兴祖推崇屈原的忠君爱国、不同流合污，仰慕屈原的高洁亢行，而誉其为"楚国一人而已"。洪兴祖对屈原形象的这种认识，是立足于对人生境界的道德设计和理想追求而进行的，其中体现出了他本人的道德价值与人格追求，洪兴祖赞扬屈原，其思想深处的潜在因素，就有企贤入圣的立德之意。

而从前文所述洪兴祖的一生仕途及其人格气节，我们不难看出，洪兴祖还将内在的立德之意，将自己对屈原的认同和褒扬外化到政治实践中，他无论是居庙堂之高，还是处江湖之远，都以严格的道德规范约束自己，刚正不阿，恪守忠节，重视操守，崇尚道义，推崇廉直，心忧天下，表现出了与屈原类似的道德情操。

2. 从立功的角度来说

洪兴祖历任湖州士曹、太常博士、秘书省正字、著作佐郎、驾部郎官、知广德军、提点江东刑狱、知真州等职，无论是被重用还是被排挤，无论是被升职还是被贬黜，他都忧国忧民，关心时政，心系民生，体恤民苦，深受百姓爱戴。如《宋史》本传所载："（洪兴祖）上疏乞收人心，纳谋策，安民情，壮国威。又论国家再造，一宜以艺祖为法……应诏上疏，具言朝廷纪纲之失"。② 见所隶二邑"田多高

---

① （宋）洪兴祖：《楚辞补注》，白化文等点校，中华书局1983年版，第40页。

② （元）脱脱：《宋史》（三七），中华书局1977年版，第12856页。

印，常以旱告……即相原隰，量远近，兴陂塘六百三十有四，岁以屡丰①。知真州时，"兴祖始至，请复一年租，从之。明年再请，又从之。自是流民复业，垦辟荒田至七万余亩。"② 洪兴祖还写过一首劝农诗，可见，洪兴祖深谙"民贵君轻""水能载舟亦能覆舟"之道，重视民心所向，体恤民苦，所以上疏安民情，请除田租，并且注意整治自然灾害，兴修水利，招民励耕，振兴农业，恢复和发展农业生产。而重民心、哀民生、薄租赋、兴农业等方面正是儒家思想的基本内容，这皆源自儒家的"仁政"理论。

据葛胜仲《丹阳集·军学记》所载，洪兴祖还重视教育，兴学立校，教授学子，观其所看重所教之内容，则为蒞礼、阅乐、习射、考艺等儒家提倡的为学内容和传经礼仪之事，他不仅自身精通儒家经典、礼经仪式并以广泽他人，还曾因李彭年之贤能而奏请表彰他。被誉为"好贤如《缁衣》，庆善有焉"③。《礼记》中载有"好贤如《缁衣》，恶恶如《巷伯》"④，《孔丛子》有"于《缁衣》见好贤之心至也"⑤ 的语句。"好贤如《缁衣》"的"贤"，是指为"君子"所用的"贤能"之士，是政治上的认定，由此洪兴祖重教举才为政为民之立功之意也昭然可见。他积极入世为国为民，渴望建功立业，亦是儒家"达则兼济天下"思想的体现。

3. 从立言的角度看

洪兴祖入《宋史·儒林传》，是好古博学的名儒。正所谓"丹阳

① （宋）不著撰人：《京口耆旧传》，台湾商务印书馆 1986 年影印文渊阁《四库全书》本，第 451 册，第 162 页上栏。

② （元）脱脱：《宋史》（三七），中华书局 1977 年版，第 12856 页。

③ （宋）汪藻：《浮溪集》，台湾商务印书馆 1986 年影印文渊阁《四库全书》本，第 1128 册，第 159 页下栏。

④ （清）孙希旦：《礼记集解》（下），沈啸寰、王星贤点校，中华书局 1989 年版，第 1322 页。

⑤ （汉）孔鲋：《孔丛子》，（宋）宋咸注，（清）阮元辑宛委别藏本，江苏古籍出版社 1988 年版，第 44 页。

洪庆善，儒学渊薮也"①，"少读《礼》至《中庸》，顿悟性命之理"②。就洪兴祖立言著书来说，《宋史》本传载：洪兴祖"著《老庄本旨》、《周易通义》、《系辞要旨》、《古文孝经序赞》、《离骚楚词考异》行于世。"③ 而据宋元时人的记载，洪兴祖勤于著述，成果颇丰，其所著涉猎经史子集，有 20 余部，但可惜这些论著多已亡佚。其中以经部为最多，凡 9 部。为《周易通义》《易古经考异释疑》《系辞要旨》《春秋本旨》《论语说》《古文孝经序赞》《古今易总志》《口义发题》《左氏通解》；史部著述 2 部，为《续史馆故事》《阙里谱裔》；子部著述 4 部，为《老庄本旨》《圣贤眼目》《语林》《黄庭内外经注》；集部著述 6 部，为《杜诗年谱》《杜诗辨证》《韩文年谱》《韩文辨证》《楚辞补注》十七卷、《楚辞考异》一卷。其中其所著的关于儒家经典的经部著作有《周易通义》《易古经考异释疑》《系辞要旨》《春秋本旨》《论语说》《古文孝经序赞》《古今易总志》《口义发题》《左氏通解》等。而洪兴祖《春秋本旨》："其序言：'三代各立一王之法，其末皆有弊。《春秋》经世之大法，通万世而亡弊。'又言：'《春秋》本无例，学者因行事之迹以为例，犹天本无度，历者即周天之数以为度。'又言：'属辞比事，《春秋》教也。学者独求于义，则其失迁而凿；独求于例，则其失拘而浅。'若此类多先儒所未发，其解经义，精而通矣。"④ 洪兴祖直探经书，不泥成说，可见他说解经义之"精而通"及著书立说之意。

（三）《楚辞》阐发的儒家立场

从洪兴祖对《楚辞》的具体注释来看，洪兴祖对屈原思想精神的理解和阐发也是以儒家道德伦理观念为起点和基础的。如上文所谈到

---

① （宋）张敦颐：《书韩文后》，载屈守元《韩愈全集校注》，四川大学出版社 1996 年版，第 3081 页。

② （元）脱脱：《宋史》（三七），中华书局 1977 年版，第 12855 页。

③ 同上书，第 12856 页。

④ （宋）陈振孙：《直斋书录解题》，徐小蛮、顾美华点校，上海古籍出版社 1987 年版，第 64 页。

的洪兴祖在《离骚后序》补注中反驳了班固、颜之推对屈原的评价，否定他们认为屈原应全身避害的观点，他对屈原之死做了深刻剖析，明屈原"同姓事君"之义，认为屈原因爱君而不得不死，认为屈原是恪守"臣子之义"的"忠臣"，认为屈原不计利害、不顾生死以事国君，其之所以自沉是为了感发君主以改其过，以生命显示了拳拳爱君之意。他对屈原的定位，是一个忠臣。在洪兴祖的阐释中，屈原之"怨"也是出于"爱君"。他所持的屈原之怨乃《小弁》之怨，将屈原的"怨"限定在"忠"的范围之内，也是符合儒家对"怨"的规定和要求的。认为屈原对国君绝对忠诚，是因爱而怨。对屈原之忧的认识，他看到了问题的本质，认为屈原不是因自身的遭际而忧，而是忧君、忧国、忧世，亦是忠君爱国的表现。洪兴祖还反对屈原"贪名"的说法，指出"屈原非贪名者"，而君子要修名，是为了国富民安。而且洪兴祖以讽谏说诗，如《东君》"心低徊兮顾怀"句，洪补曰："以讽其君迷不知复也。"[1]"援北斗兮酌桂浆"句，洪补曰："以讽其君不能遏恶扬善也。"[2] 等。并误解本为祭歌的《九歌》"以神喻君"，如《东君》"羌声色兮娱人"句，洪补曰："以喻人君有明德，则百姓皆注其耳目也。"[3] 说《东皇太一》"此章以东皇喻君。言人臣陈德义礼乐以事上，则其君乐康无忧患也。"[4] 这些都说明了洪兴祖在阐释《楚辞》时依然有很大的儒家诗教的立场，充分说明了其哲学思想上的儒家主流。

（四）经世新儒的思想实质

宋代儒学的中兴始于北宋庆历年间，其标志之一在于"庆历之间，学统四起"[5]，也在于义理之学的兴起繁盛。"而北宋'义理之

---

① （宋）洪兴祖：《楚辞补注》，白化文等点校，中华书局1983年版，第74页。
② 同上书，第76页。
③ 同上书，第74—75页。
④ 同上书，第57页。
⑤ （清）黄宗羲：《宋元学案》，王云五《万有文库第一集一千种》，上海商务印书馆1931年版，第3页。

学'的发展一开始就表现出两个既有联系又有区别的取向，那就是经
世论取向的义理之学和心性、性理取向的义理之学。在北宋时期，经
世论取向的义理之学是占主流的。后来，由于政治改革的挫折、儒学
经世论方面的学术资源的相对不足、排斥佛道思想的需要等方面的原
因，注重心性的义理之学逐渐占据了上风，最终成为占统治地位的思
想"①。钱穆则说："北宋诸儒实已为自汉以下儒统中之新儒，而北宋
之理学家，则尤当目为新儒中之新儒。"② 这是说，北宋时期诸儒及
义理之学是可分为不同的派别的，而两者又有着一定的对应关系，大
体而言，北宋诸儒中的新儒对应经世论取向的义理之学，北宋诸儒中
的理学家对应心性、性理取向的义理之学。就洪兴祖个人思想实质而
言，更趋向于持有经世论取向的义理之学的新儒。

《朱子语类》中曾指出："理义大本复明于世，固自周、程，然
先此诸儒，亦多有助。旧来儒者不越注疏而已，至永叔、原父、孙明
复诸公始自出议论，如李泰伯文字亦自好。此是运数将开，理义渐欲
复明于世也。"③ 朱熹此言实已将儒者分为三种不同的类型，有"旧
来儒者"，有"先此诸儒"，有二程之类的理学家。其中"旧来儒者"
指庆历以前的墨守汉儒所做的传注"不越注疏"的儒家学者；"先此
诸儒"指周敦颐、二程之前"始自出议论"于义理"亦多有助"的
儒家学者，理学家则指自周、程开始直言心性义理之学使理义复明于
世的儒家学者。洪兴祖所处年代虽已超越"先此诸儒"步入周、程
理学出现的年代，但他与欧阳修、刘敞、孙明复等"先此诸儒"类
似，既寻迹章句注疏直探经书本旨经义，又有跨越汉唐指向义理的倾
向，且为了"救时行道"，不拘泥于成说，管窥洪兴祖的思想实质，
依其思想倾向，当属趋于"先此诸儒"的"经世新儒"行列。

如前所说，洪兴祖以经学得名，心怀儒者忠君救国之志，忧国忧

① 金哲洙：《略论北宋"义理之学"的两个取向》，《东疆学刊》2003 年第 2 期。
② 钱穆：《朱子学提纲》，生活·读书·新知三联书店 2002 年版，第 13 页。
③ （宋）黎靖德编：《朱子语类》（八），王星贤点校，中华书局 1986 年版，第
2089 页。

民，刚直不阿，为政仕途虽几番起伏升降，不以一己之戚而忘国家之忧，时时以民以国为念，并于兴学立校之事，加意促成，以期能为国举才，并因志切救国之心有感于宋代政治、经济、社会诸方面之乱象而作《楚辞补注》，并在其《补注》中寄托了很多现实的人世关怀，这都显示出其以儒者明经之实来行"救时行道"之意的志向。

二 义理阐发的理学倾向

宋代是理学兴起发展繁盛的重要时期，宋代的学术发展与理学亦有着密不可分的关系，这种义理之学体现在注释学中，则是渗透了理学意味。近人汪耀楠《注释学纲要》中言："唐人注经，保存了东汉古文经学的朴学传统，重在字词的训诂，然后在此基础上求得正确的经义。自初唐啖助、赵匡、陆淳、中唐韩愈、李翱开疑经改经之风气，至宋发展为疑经改经，一反汉唐训诂义疏传统，直接从经文中寻求义理的'性命义理'之学。"① 这道出了当时学术领域重视义理的实际情况。

石明庆曾言："理学究其本质来说是一种安顿心灵的学问，是立足儒家入世立场的士人用来安身立命的理论。……从理学家的价值观和思维倾向来看，他们轻视乃至鄙视徒佼佼于辞藻雕绘，而不注意心灵刻画、人生价值追问的文人。另一方面，理学作为强势文化思潮，又不会坐视诗学沿着魏晋至唐以来感物抒情的传统路线来发展。而诗歌的确需要那些关注人类生存、积极入世、以天下和亿万生灵之生存为己任的智慧学说来提升它的品格和深层意义。"② 由此可见理学的特质和理学家的价值观。而通过分析洪兴祖的生平事迹和思想状况，可知洪兴祖正是立足于儒家入世立场、关注人类生存、以天下为己任之人，他所关注的屈原亦是注重人生价值追问的诗人，他对屈原和

① 汪耀楠：《注释学纲要》，语文出版社1997年版，第326页。
② 石明庆：《理学文化与南宋诗学·序言》，中国社会科学出版社2006年版，第30页。

《楚辞》的关注或多或少、或隐或现地受到了理学的影响。

　　洪兴祖校补《楚辞》，当始于北宋晚期，而终于南宋绍兴年间，至迟约于绍兴二十一年之前完成，统计浸润其中数十年，处于大时代环境之中的他，其思想必然也难以摆脱当时理学思潮对他的影响，故此，他在对《楚辞》进行阐释时，亦表现出一定的理学倾向。他在阐释《九歌》时，认为《九歌》是以神喻君的，处处以喻君、君德、君臣之义来解说。他言《东皇太一》说："此章以东皇喻君。言人臣陈德义礼乐以事上，则其君乐康无忧患也。"[1] 言《云中君》云："此章以云神喻君，言君德与日月同明，故能周览天下，横被六合，而怀王不能如此，故心忧也。"[2] 于《湘君》"期不信兮告余以不闲"句，注曰："臣忠于君，则君宜见信，而反告我以不闲。"[3] 于《大司命》"孰离合兮可为"下，注曰："君子之仕也，去就有义，用舍有命。屈子于同姓事君之义尽矣。其不见用，则有命焉。或离或合，神实司之，非人所能为也。"[4] 于《大司命》"踰空桑兮从女"下，注曰："亲之之辞，喻欲从君也。"[5] 于《少司命》："荪何以兮愁苦"下，注曰："原于君有同姓之恩，而怀王曾莫之恤也。荪亦喻君。"[6] 于《东君》"羌声色兮娱人"下，注曰："以喻人君有明德，则百姓皆注其耳目也。"[7] 洪兴祖解说《九歌》时，处处阐以君臣关系，将儒家所倡导的君臣之义作为理解《九歌》的基础，忽略了《九歌》的神话色彩和宗教色彩，体现出其受理学的影响。

　　从洪兴祖义理阐发的倾向来看，诚如易重廉所说："洪氏注《楚辞》，较朱熹略少理学气味，但他处处不离儒家步武，实际上把理学

---

① （宋）洪兴祖：《楚辞补注》，白化文等点校，中华书局1983年版，第57页。

② 同上书，第59页。

③ 同上书，第62—63页。

④ 同上书，第71页。

⑤ 同上书，第69页。

⑥ 同上书，第72页。

⑦ 同上书，第74—75页。

带进了楚辞研究。"① 对这一点，很多学者有所认同，叶志衡就肯定了洪兴祖的"忠臣""爱君"、尽"臣子之义"等儒家阐释和洪兴祖在将屈原思想纳入"道统"中的作用②。可见，洪兴祖的《楚辞补注》成为《楚辞》阐释史上以义理阐发为主要特征的宋元时期的代表性著作，是不无道理的。

三　涉及道家的思想体现

李泽厚在《美的历程》中提出："儒道互补是两千年来中国思想一条基本线索。"③ 可以说，儒道互补是烙印在汉民族文化基因中的一种精神。中国古代很多士人都是秉持着人生态度上的道家倾向和政治理想上的儒家倾向。而华夏民族的思想文化，在宋代达到了空前的高峰，不仅儒学振兴，佛家、道家思想也同时发展，在此种时代环境中，宋时很多文学家的思想都受道家的影响，以文学史上著名的唐宋八大家而言，宋时的王安石、欧阳修、苏轼、苏辙、苏洵等，或是儒道互补，或是儒释道融合，身仕徽宗、高宗之朝的洪兴祖，其思想中亦有道家思想的成分。

洪兴祖《离骚后序》补注云："独《远游》曰：'道可受兮而不可传，其小无内兮其大无垠。无滑滑而魂兮，彼将自然。壹气孔神兮，于中夜存。虚以待之兮，无为之先'。此老、庄、孟子所以大过人者，而原独知之。司马相如作《大人赋》，宏放高妙，读者有凌云之意。然其语多出于此。至其妙处，相如莫能识也"④。从中可以看出，洪兴祖对老庄之道、孟子之道有一定的认识。

就洪兴祖的著述来看，据《宋史》本传著录，他曾著过《老庄本旨》。据《容斋续笔》《灵台有持》条云："《庄子·庚桑楚篇》云：'灵台者，有持而不知其所持，而不可持者也。'郭象云：'有持

---

① 易重廉：《中国楚辞学史》，湖南出版社1991年版，第280页。
② 叶志衡：《宋人对屈原的接受》，《社会科学战线》2007年第2期。
③ 李泽厚：《美的历程》，中国社会科学出版社1984年版，第59页。
④ （宋）洪兴祖：《楚辞补注》，白化文等点校，中华书局1983年版，第50—51页。

者，谓不动于物耳，其实非持。若知其所持而持之，持则失也．'陈碧虚云：'真宰存焉，随其成心而师之．'予谓是皆置论于言意之表，玄之又玄，复采《庄子》之语以为说，而于本旨殆不然也。尝记洪庆善云：'此一章谓持心有道。苟为不知其所以持之，则不复可持矣．'盖前二人解释者，为两'而'字所惑，故从而为之辞。"① 此处言洪迈以为郭象、陈碧虚所言不合《庄子》本旨，所以又引洪兴祖之说，先解一章之意旨，又再解两句话之本义，由此可知，洪兴祖对老庄之书有深切的理解和精湛的研究，其所撰写《老庄本旨》概为推阐义理，申述心得之作，可惜今已亡佚，而其中一些关于老庄思想的解说为时人所认同。

《京口耆旧传》卷四载："绍兴十七年，秦桧当国，兴祖见之私第，坐间论乾坤二卦。至'坤上六，阴疑于阳，必战'，兴祖谓：'阴终不可胜阳，犹臣终不可胜君，嫌于无阳，恶夫干正者'。桧以为讥己，大怒，谓兴祖曰：'前辈自有成说，今后不须著书'。闻者知其必重得罪。而兴祖自视无愧，处之恬然。"② 在忤逆权奸秦桧、闻者知其将获罪的情况下，洪兴祖能以恬然的心态面对此事，或当是道家思想影响的旷达，似亦可借此管窥道家思想对他的影响。

洪兴祖对以道家思想为基础而产生的道教亦有所涉猎。宋太祖自立国以来，对佛道两教都未加制止，宋太祖礼遇道士，宋真宗时修道观、校道教经典《道藏》，徽宗时曾置道官，太学中置博士讲授黄、老、庄、列各家学说，徽宗甚至被道士册封为"教主道君皇帝"。吕锡琛认为，徽宗的种种崇道行为加剧了靖康之变这一政治局面的走向。③ 在国君倡导、上行下效的整个社会崇道时风的浸染下，洪兴祖思想有受道教影响的痕迹，并对道教的学术著作有所研究。

---

① （宋）洪迈：《容斋随笔》，穆公校点，上海古籍出版社 2015 年版，第 165 页。

② （宋）不著撰人：《京口耆旧传》，台湾商务印书馆 1986 年影印文渊阁《四库全书》本，第 451 册，第 162 页下栏。

③ 吕锡琛：《道家道教与中国古代政治》，湖南人民出版社 2002 年版，第 406—410 页。

　　洪迈《夷坚志》中《夷坚甲志》卷十一的《梅先遇人》与《夷坚丙志》卷十八的《林灵素》两则故事，皆与洪兴祖有关。前一则是说洪兴祖为江东提刑时，王元量尚书手下小吏梅先着道服拜访他，言己遇有道者，令其食败履试其道心，并授他药方三道，与其道服。洪兴祖取草履试他，并曾受他葫芦中药治外兄之病，后来梅先空手入常人难进之洞，得到元祐中刘法师所受法箓后辞去。后一则故事是洪迈录存洪兴祖所述的关于林灵素役使五雷神之术，为京师施法降雨成功的故事。这其中虽未明言洪兴祖信奉道教，但从梅先特地拜访他而不是别人，从他用草履试梅先，并接受梅先之药治病，又将林灵素作法降雨成功之事转述给洪迈，这些似说明洪兴祖对道教的法术并非全然排斥、斥之为荒诞，而是半信半疑的。

　　洪兴祖在其《论语说》中解释"子曰：'述而不作，信而好古，窃比我于老彭'"一句时说："婴敷感飞星娠十二年，副左而生儋，周宣王之四十二年二月望日也。儋之始生，其母名之玄禄，是为伯阳。甫生而皓首，故谓老子耳。七十而参漏，故名耳而字儋。儋与聃同，《左传》所谓太史儋是也。邑于苦之赖乡。赖即莱也，故又曰老莱子。以三十六法治心，理性究忠尽孝。桓、庄世柱下史，简、灵世守藏吏，孔子尝学礼焉。孔没十九年，而儋入秦，西历流沙八十余上，化胡成佛，寿四百有四十岁"①。洪兴祖此处认为老彭为二人，并具体分析了老子其人，认为老子、太史儋与老莱子为一人，暂且不谈洪兴祖此解正确与否，从洪兴祖心中的老子形象及经历来看，"感飞星而娠十二年""甫生而皓首""西历流沙八十余上，化胡成佛，寿四百有四十岁"，与《史记》等正史的记载完全不同。并且洪兴祖还采用了西晋道士王浮《老子化胡经》的说法，认为老子教化胡人，化身为佛。洪兴祖对于老子的生平来历采用了道教的神化说法，这说

---

① （明）陈士元：《论语类考》，台湾商务印书馆1986年影印《文渊阁四库全书》本，第207册，第162页上栏。

明洪兴祖在某种程度上应该对道教持有某种认同。①

据《京口耆旧传》卷四著录：洪兴祖曾"注《黄庭内外经》二卷"②。《郡斋读书志》卷十六录"《黄庭内景经》一卷"及"《黄庭外景经》三卷"，云：

《黄庭内景经》一卷

右题《大帝内书》，藏旸谷阴，三十六章，皆七言韵语。梁丘子叙云："扶桑大帝命旸谷神王传魏夫人，一名《东华玉篇》。黄者，中央之色，庭者，四方之中。外指事，即天、人、地中；内指事，即脑、心、脾中，故曰'黄庭'。"③

《黄庭外景经》三卷

右叙谓老子所作，与《法帖》所载晋王羲之所书本正同，而文句颇异。其首有"老子闲居，作七言解说身形及诸神"两句，其末有"吾言毕矣勿妄陈"一句，且改"渊"为"泉"，改"治"为"理"，疑唐人诞者附益之。《崇文总目》云："记天皇氏至帝喾受道得仙事"，此本则无之。④

虽说洪兴祖注本现皆已亡佚，不知洪注具体情形，但毋庸置疑的是，《黄庭内景经》与《黄庭外景经》均属于道教经典，也被内丹家奉为内丹修炼的主要经典，均属于言神仙学道之书。道教在宋代时有了重大的发展和创新，学识广博的洪兴祖身处这样的时代环境，盖亦曾留意于此，涉猎神仙学道之术，对道教著作有所理解，故此作了相关研究。

① 朱佩弦：《洪兴祖〈楚辞补注〉研究》，博士学位论文，华中师范大学，2015年，第37页。

② （宋）不著撰人：《京口耆旧传》，台湾商务印书馆1986年影印文渊阁《四库全书》本，第451册，第163页上栏。

③ 晁公武撰，孙猛校证：《郡斋读书志校证》（下），上海古籍出版社1990年版，第740页。

④ 同上书，第741—742页。

四　儒道之外的兼收并蓄

身为"儒学渊薮"的洪兴祖，儒家思想在他的思想中固然是主导思想，但他在具体的《楚辞》阐释当中，也有违背儒家之说的地方，他对鲧的阐释即是如此。

在儒家的典籍里鲧是个罪人。《尚书·鸿范》载："箕子乃言曰：'我闻在昔，鲧陻洪水，汩陈其五行，帝乃震怒，不畀洪范九畴，彝伦攸斁。鲧则殛死'"①。《国语·周语》则说："其在有虞，有崇伯鲧，播其淫心，称遂共工之过，尧用殛之于羽山"②。《国语·晋语》还言："国之良也，灭其前恶，是故舜之刑也殛鲧，其举也兴禹""昔者鲧违帝命，殛之于羽山，化为黄熊，以入于羽渊"③，这都是说鲧因治水失利或有违尧命而被"殛死"。

而在洪兴祖的笔下，鲧的形象则有所不同。《离骚》中有"曰鲧婞直以亡身兮，终然殀乎羽之野"句，王逸注此句时用的是儒家观点，他说："言尧使鲧治洪水，婞很自用，不顺尧命，乃殛之羽山，死于中野。"王逸认为鲧是因为"婞很自用，不顺尧命"而被杀害。洪兴祖却否定了王逸的这种指责，他说："东坡曰：《史记》：殛鲧于羽山，以变东夷。《楚词》：鲧婞直以亡身。则鲧盖刚而犯上者耳。若小人也，安能以变四夷之俗哉？如左氏之言，皆后世流传之过。"④《左传·昭公七年》载："昔尧殛鲧于羽山，其神化为黄熊，以入于羽渊"⑤，《左传》是儒家经典，洪兴祖避而不用，还言"如左氏之言，皆后世流传之过"，他采用苏轼所言，把鲧说成一个极言直谏的人，认为鲧是刚正犯上之人，对鲧刚正不阿的性格给予褒扬。这种观点与儒家颇不相似。《韩非子·外储说右上》载："尧欲传天下于舜，

---

① （清）皮锡瑞：《今文尚书考证》，中华书局 1998 年版，第 242 页。

② 《国语》，上海古籍出版社 1998 年版，第 103 页。

③ 同上书，第 393 页。

④ （宋）洪兴祖：《楚辞补注》，白化文等点校，中华书局 1983 年版，第 19 页。

⑤ 杨伯峻：《春秋左传注》，中华书局 1990 年版，第 1290 页。

鲧谏曰：'不祥哉！孰以天下而传之匹夫乎？'尧不听，举兵而诛杀鲧于羽山之郊。共工又谏曰：'孰以天下而传之于匹夫乎？'尧不听，又举兵而流共工于幽州之都。"① 易重廉据此认为"洪氏的观点似与法家接近。但这毕竟是个别现象，而且屈原笔下的鲧本来就不同于儒家所说。因此，不能以点代面，认为洪氏还有所谓法家思想。"② 的确，依此以点代面认为洪兴祖有法家思想确实言过其实，但由此也能管窥洪兴祖思想的复杂性。

洪兴祖对佛教也有所接触与浸染。我们知道，宋代自宋太祖建立政权开始，北宋帝王大都重视佛教，佛教得以适当保护，这促进了佛教的传播和发展。虽然由于徽宗笃信道教，佛教受到很大的冲击，但在宋代思想文化的各个领域都可以看到佛教，尤其是禅宗的浸润。由于受时代背景以及自身遭遇等因素的影响，宋代有一大批士大夫都受到佛教的浸染，洪兴祖也是其中之一。

朱佩弦曾有论述说，据洪兴祖为方勺《泊宅编》所作序言：学博而志刚的泊宅翁"乃取浮图、老子性命之说，参合其要，以治心养气，反约而致柔，年老而志不衰"。一日，拜访洪兴祖于桐汭，出其所著《泊宅编》。洪兴祖言道："此翁笔端游戏三昧耳，胸中不传之妙，盍为我道其崖略？"③ 洪兴祖为"笔端游戏三昧"的方勺所作《泊宅编》写序，并对方勺"取浮图、老子性命之说"以治心养气有所认识，表明他对佛教并不排斥，且对佛法有一定了解。

洪兴祖还曾《跋天隐子》云："吴筠尝作《明真辨伪》、《辅正除邪》、《辨方正惑》三论，诋释氏以尊道家之说。使筠而知道，则此书不作矣。司马子微得天隐子之学，其著《坐忘论》云：'惟灭动心，不灭照心。不依一物，而心常住。有事无事，常若无心，此谓真定。定不求慧，而慧自生，此谓真慧。慧而不用，心与道冥。行而久

① （清）王先谦：《韩非子集解》（上），钟哲点校，中华书局 1998 年版，第 324 页。
② 易重廉：《中国楚辞学史》，湖南出版社 1991 年版，第 280 页。
③ （宋）方勺：《泊宅编》，中华书局 1983 年版，第 1 页。

之，自然得道。'其所造如此，岂复较同异于名字之间耶？"① 在这里，洪兴祖说倘使吴筠而懂"道"，就不会创作《明真辨伪》《辅正除邪》《辨方正惑》这些"诋释氏以尊道家之说"的著作了。他对诋毁佛家以尊奉道家的做法并不认同。还以司马承祯所著七阶《坐忘论》来言明"坐忘"这一修行方式在佛道两家只是名称有异，并不是思想实质的差异。

另外，《云卧纪谭》上载有洪兴祖与池州梅山愚丘宗禅师论道一事："池州梅山愚丘宗禅师，因练塘居士洪庆善持江东使节夜宿山间，相与夜话。洪问以：'饭僧见于何经，其旨安在？'宗曰：'《四十二章经》有云："饭恶人百，不如饭一善人，乃至饭千亿三世诸佛，不如饭一无住、无作、无证之者。"其无修证则是正念独脱，能饭斯人则功超诸佛，然前辈知此旨者多矣！'洪曰：'其为谁乎？'宗曰：'且以近说，如秦少游，滕州贬所，自作挽章。有"谁为饭黄缁"之句。东坡既闻秦讣，以书送银五两，嘱范元长为秦饭僧。及东坡北归至毗陵，以疾不起，太学生哀钱于东京慧林饭僧。苏黄门撰《东坡墓志》首载之。'洪曰：'嚫金有据乎？'宗曰：'公岂不见《毛诗·小雅·鹿鸣》："燕群臣嘉宾也，既饮食之，又实币帛筐篚以将其厚意"，盖饮食不足以尽敬，而加赠遗以致殷勤也。'于是为诵《丁晋公斋僧疏》曰：'佛垂遍智，道育群生，凡欲救于倾危，必预形于景贶……虔罄丹诚，永系法力。'洪曰：'向读《名臣传》，只见补仲山衮，和傅说羹一联而已，今获全闻，其精祷若此。'"② 从洪兴祖与池州梅山愚丘宗禅师论道一事来看，洪兴祖与禅僧有交往，并且他对"饭僧""无住""无作""无证""嚫金"等佛家概念，是明白其含义没有疑问的，可见，他对佛家的思想理论有一定认识，对禅理有所参悟。

---

① （宋）吴曾：《能改斋漫录》（第1册），中华书局1985年版，第113—114页。

② （宋）晓莹：《云卧纪谭》，载藏经书院编辑《卍续藏经》（第148册），台湾新文丰出版有限股份公司1995年版，第12页上栏。

　　且葛立方在《洪庆善郎中挽诗四首》之一中言："笔下翻翻注九河，腹中空洞五车多。麟经旨妙传洙泗，骚学词明慰汨罗。六度有为超梵业，一心无累证禅那。龙蛇岁恶贤人逝，心折风前薤露歌。"①这首诗前六句都是盛赞洪兴祖的才学与修为的，言其笔下才思泉涌可注九河，腹中空隙可容学富五车，阐发春秋意旨玄妙，传承孔子及儒家之学，注解楚辞言辞明了可慰屈原沉死于汨罗，对佛家六度有所施为已超梵业，他一己之心无所挂碍已证得禅那。这里，葛立方说洪兴祖对六度有所施为。六度乃佛家修行之法，一曰布施，二曰持戒，三曰忍辱，四曰精进，五曰禅定，六曰智慧。这说明洪兴祖不仅不排斥佛教，与僧论道，参悟佛理，还参与到具体的修行中去。

　　这些都说明，洪兴祖不仅对佛教有所接触还有所接受，对佛教理论有所了解，与禅僧有所交往，甚至对佛教修行之法有所秉持。洪兴祖身处佛教盛行的宋代，自身为饱学之士，涉猎佛教典籍或对佛法有所了解和有所施为不足为奇。但洪兴祖在《楚辞》阐释中并未有明显的佛家思想的体现。

　　综上所述，洪兴祖的哲学思想呈现兼容并包、多元化的趋势，儒家思想是他的主导思想，并在一定程度上受到道家思想和理学文化的影响，且对佛学有所浸染。而在阐释《楚辞》时，亦是如此，他主要接受了儒家思想的指导，在对屈骚的意蕴探寻与屈原精神的理解上，以儒家道德伦理观念为基点，不离儒家步武，"实际上把理学带进了楚辞研究"②，正如易重廉所说，"把道学思想带入《楚辞》研究的是洪兴祖"③，他还受到道家思想及其他学派的影响，兼收并蓄，可以说，也许正因如此，他一直践行经世济民之志，在屡遭排挤陷害之时，亦能在逆境中安之若素，撰作了涉及经史子集各个方面、体现其思想的很多著作，并对历史人物和典籍文本有自己的认识阐发。

---

　　① （宋）葛立方：《侍郎葛公归愚集》，《续修四库全书》（第1317册），上海古籍出版社2002年版，第521页。

　　② 易重廉：《中国楚辞学史》，湖南出版社1991年版，第280页。

　　③ 同上书，第237页。

第三节　屈骚评论的文学倾向

宋代的楚辞研究有发展的新趋势，对楚辞的研究逐步涉及对楚辞的艺术手法、楚辞的文体特征以及楚辞的审美标准等方面的探讨。洪兴祖虽没有直接阐发自己文艺思想的论作，但他的观点都表现在对《楚辞》序注和辞句注的文字中，而且这样的注解文字较为零散，只有把这些材料加以整理、归纳、分析，才能得出较合理的结论。从分散支零的文字中我们可以发现他对传统楚辞的比兴观是多有突破的，并对楚辞的比兴手法、楚辞的文体特征等有一定认识，在具体的注释中体现出了他屈骚评论的文学视角。

一　"香草美人"的意象比兴

"中国古代的文学创作特别是诗歌创作往往追求一种形而上的品格，作家、诗人在自己的作品中往往寄寓着深层的思想意蕴和精神上的无限象征意义"[①]。所以"诗歌艺术的本质不在于'它说出了什么'，而在于'他隐喻着什么'。"[②] 北宋著名的诗论家苏轼也曾提出"深观其意"说，他说："夫诗者，不可以言语求而得，必将深观其意焉。"[③] 含义就是：诗的解读者不应只从诗句的表层意义去探寻诗的本意，而是要透过作品的表层意义进一步去把捉其深层蕴含。

而以无与伦比的美学标准标志着中国诗歌早熟的《诗经》与《楚辞》，诸家在对它们进行美学品读时，总会涉及一些诗学理论。如对《诗经》进行阐释时，朱熹就用到了"涵泳"一词，其基本含义是指"接受者沉潜到作品的深处，对诗的意象进行整体的反复的感受和体味，从而最终获得对意象活泼泼的生命和作品深层审美韵味的

---

① 邓新华：《中国古代接受诗学史》，上海人民出版社 2012 年版，第 176 页。
② 邹其昌：《朱熹诗经诠释学美学研究》，商务印书馆 2004 年版，第 132 页。
③ 张春林编：《苏轼全集》（上），中国文史出版社 1999 年版，第 465 页。

把握。"① 这种方法同样适用于对《楚辞》的诠释，即在章句训诂的基础上，阐释者要将自己的生命体验投诸审美对象来进行解读，以获得意象的生命和作品的深层意蕴。

以"香草美人"传统而被世代文人所歌颂的《楚辞》中处处呈现着美人之思、香草之喻，如用"椒""桂""蕙""茝"隐喻贤臣，用"鸩""鸠"等隐喻谗佞，用"美人""荃"隐喻国君，用"江离""辟芷""秋兰"等装饰的香草隐喻道德情操的善美等。作者将自然物进行人格化，赋予了它们善恶不同的品质，这样就形成了一个包容广阔、情趣盎然、内涵丰富、灵光闪现的意象系统。

对此，王逸的《楚辞章句》对《楚辞》中的文学质素已有一些认识，王逸在《离骚序》中说："《离骚》之文，依《诗》取兴，引类譬谕，故善鸟香草，以配忠贞；恶禽臭物，以比谗佞；灵脩美人，以媲于君；宓妃佚女，以譬贤臣；虬龙鸾凤，以讬君子；飘风云霓，以为小人。"② 王逸这里明确地指出了《离骚》"引类譬喻"的特点，这样的比兴阐释可以说虽看到了一些《楚辞》中意象的深层意蕴，但实质上是汉儒为了给屈原及其作品在汉代君主专制政权下争一个合礼的政治席位，从而为汉代直士贤臣发愤抒情寻找合理的依据，这样的阐释无疑带有一定的经学色彩。③

洪兴祖阐释《楚辞》虽然亦有儒家视角的存在，但他并没有硬性地割离《楚辞》作品中存在的审美价值，没有把其钝化为纯粹的政治教化的工具，他还对楚辞艺术有所观照，阐发了《楚辞》这一文学作品的一些文学质素。如在"恐美人之迟暮"句下，洪补曰："屈原有以美人喻君者，'恐美人之迟暮'是也；有喻善人者，'满堂兮美人'是也；有自喻者，'送美人兮南浦'是也。"④ 洪兴祖对"美人"比兴的阐释突破了传统的王逸的"美人"喻君说，拘泥稍少。他的

① 邓新华：《中国古代接受诗学史》，上海人民出版社 2012 年版，第 180 页。
② （宋）洪兴祖：《楚辞补注》，白化文等点校，中华书局 1983 年版，第 3 页。
③ 谭德兴：《论宋代楚辞观的新发展》，《衡阳师范学院学报》2004 年第 5 期。
④ （宋）洪兴祖：《楚辞补注》，白化文等点校，中华书局 1983 年版，第 6 页。

辨析在很大程度上祛除了王逸极力附会的经学观念，抛开了政治经学的因素，似乎是从具体语境的运用中来看比兴的含义，更多的是纯文学性的解构。他"超越了传统楚辞学'美人'——君王的比兴说定论，在某种程度上似乎已经触及到了文辞与语境、能指与所指的关系问题"①，这种楚辞比兴研究比汉儒少了几许附会，更多了一些文学色彩。

在《离骚》"何昔日之芳草兮，今直为此萧艾也"句下，洪补曰："颜师古云：《齐书》太祖云：诗人采萧。萧即艾也。萧自是香蒿，古祭祀所用，合脂爇之以享神者。艾即今之灸病者。名既不同，本非一物。《诗》云：彼采萧兮，彼采艾兮。是也。《淮南》曰：膏夏紫芝，与萧艾俱死。萧艾贱草，以喻不肖。"② 洪兴祖在这里明确指出了"萧艾"比兴的本体和喻体。《九歌·东君》"援北斗兮酌桂浆"句，王逸注："斗，谓玉爵。言诛恶既毕，故引玉斗酌酒浆，以爵命贤能，进有德也。"洪补曰："此以北斗喻酒器者，大之也。"③这里洪兴祖抛却了旧注穿凿的"贤、德"之义，认识到了比喻修辞手法的运用。此外，洪兴祖在补注《天问》"薄暮雷电"时说："薄暮，日欲晚，喻年将老矣。"④ 指出了"薄暮"隐喻着衰老，揭示了黄昏类意象的生命意识。还有对于《楚辞》中的兰，洪兴祖在《离骚》"纫秋兰以为佩"下引颜师古《汉书注》说："兰，即今泽兰也。"又引《本草注》云："兰草，泽兰，二物同名。"⑤ 在各《楚辞》的阐释者中，洪兴祖之注虽对"兰"之所指似难决是非，却是第一个触及"兰"意象原型的。朱熹《楚辞集注·楚辞辨证》对此给予肯定，他说："兰蕙名物，《补注》所引《本草》言之甚详，已

① 谭德兴：《论宋代楚辞观的新发展》，《衡阳师范学院学报》2004 年第 5 期。
② （宋）洪兴祖：《楚辞补注》，白化文等点校，中华书局 1983 年版，第 40 页。
③ 同上书，第 76 页。
④ 同上书，第 117 页。
⑤ 同上书，第 5 页。

得之矣。"① 而对《离骚》"固时俗之工巧兮，偭规矩而改错。背绳墨
以追曲兮，竞周容以为度"句，洪补曰："偭规矩而改错者，反常而
妄作；背绳墨以追曲者，枉道以从时。"② 在此处，洪兴祖用两句话
精确地概括了"偭规矩而改错""背绳墨以追曲"中蕴含的比兴大
义，可谓高屋建瓴。

　　洪兴祖在具体注释时，对"托词"这种解读辞赋作品时不能把表
面的文辞作实事解的比兴手法亦有所认识。秦观《韩愈论》说："原
本山川，极命草木，比物属事，骇耳目，变心意，此托词之文，如屈
原、宋玉之作是也"③。魏了翁《师友杂言》则说："《离骚》作而文
词兴。盖圣贤诗书，皆实有之事，虽比兴亦无不实。自庄周寓言，而
屈原始托渔父、卜者等虚词，司马相如又托为亡是公等为赋。自是以
来，多谩语传于世。"④ 秦观和魏了翁的论述，充分揭示了楚辞比兴
手法"托词"的重要特征。"托词"显然属于文学范畴，这是宋代学
者对楚辞文学特征的深刻把握与归纳。

　　洪兴祖在《远游》"超无为以至清兮，与泰初而为邻"句后，补
曰："按《骚经》《九章》，皆讬遊天地之间，以泄愤懑，卒从彭咸之
所居，以毕其志。"⑤ 评《九章·悲回风》时又说："此章言小人之
盛，故讬遊天地之间，以泄愤懑，终沉汨罗，从子胥、申徒，以毕其
志也。"⑥ 对《天问》的章旨，洪兴祖曰："《天问》之作，其旨远
矣。……天固不可问，聊以寄吾之意耳。楚之兴衰，天邪人邪？吾之
用舍，天邪人邪？国无人，莫我知也。知我者其天乎？此《天问》

---

① （宋）朱熹：《楚辞集注》，黄灵庚点校，上海古籍出版社 2015 年版，第 227 页。

② （宋）洪兴祖：《楚辞补注》，白化文等点校，中华书局 1983 年版，第 15 页。

③ （宋）秦观：《韩愈论》，载（宋）秦观《淮海集》，四部丛刊初编 055，上海商务
印书馆 1936 年版，第 78 页。

④ （宋）魏了翁：《师友雅言》，载（宋）魏了翁《鹤山先生大全集》，四部丛刊初编
067，上海商务印书馆 1936 年版，第 913 页。

⑤ （宋）洪兴祖：《楚辞补注》，白化文等点校，中华书局 1983 年版，第 175 页。

⑥ 同上书，第 162 页。

所为作也。"① 又言："《卜居》、《渔父》，皆假设问答以寄意耳"。②
还有在《离骚序》"凡百君子，莫不慕其清高，嘉其文采，哀其不
遇，而愍其志焉"句下，注引"魏文帝《典论》云：优游按衍，屈
原尚之，穷侈极妙，相如之长也。然原据托譬喻其意，周旋绰有余
度，长卿、子云不能及。宋子京云：《离骚》为词赋之祖，后人为
之，如至方不能加矩，至圆不能过规矣"③ 等，这些阐释，都说明他
对屈赋中的"托譬"手法有较深的认识，显出了诗人的论断。

二　神话阐释的原生色彩

我国古代神话较为丰富，但不成系统，呈现为零散断篇的状态，
《诗经》《左传》《庄子》《国语》《吕氏春秋》《淮南子》《列子》等
典籍中都有一些相关资料，但大多保留在《诗经》《楚辞》《山海经》
《淮南子》《水经注》等典籍之中。其中《楚辞》具有极高的神话学
价值。对此，茅盾曾说："秦汉以前的文学家只有屈原，宋玉一般人
还喜欢引用神话，并且没有多大改动，所以我们若要在历史化的神话
以外找求别的神话材料，惟《楚辞》是时代最古的材料，此外惟有
求之于两汉魏晋的书了。"④ 由此可见，《楚辞》中神话材料极其丰
富，而且保存了先秦唯一没有经过历史化的神话，保存了中国古代神
话的原生态面貌。但就《楚辞》的神话阐释来看，王逸在对《楚辞》
进行儒家改造时明显地体现出了他对《楚辞》神话内容的主观消解
和"修正"，不仅对神话的关注不算太多，而且还表现出了儒家的神
话历史化的倾向。而洪兴祖的《楚辞》阐释，则表现出他对《楚辞》
神话较大的兴趣，对《楚辞》神话给予更多的关注，他参阅征引了
大量的文献资料，纠正了王逸用儒家经典附会《楚辞》神话的错误，
还收集采用相对保存了原生态神话的文献资料来解读《楚辞》中的

① （宋）洪兴祖：《楚辞补注》，白化文等点校，中华书局1983年版，第85页。
② 同上书，第179页。
③ 同上书，第3页。
④ 茅盾：《中国神话研究》，百花文艺出版社1981年版，第80页。

神话，在一定程度上还原了很多神话的历史原貌。

（一）收集征引的神话素材

《楚辞》中保存着丰富的原生态神话，历代的《楚辞》注本作为《楚辞》的阐释文献，对其中神话的阐释和解读都有所触及。特别是洪兴祖在阐释《楚辞》神话的时候，能收集征引与《楚辞》相印证相补充的儒家经典之外的《山海经》《淮南子》《列子》《水经》等神话材料较为丰富的典籍，此做法颇为可贵。对此，姜亮夫《楚辞今绎讲录》言："'洪补'是承袭汉代王逸系统来的，它又采取了郭璞一派的方法，似乎增加的是些奇奇怪怪的材料（这些材料是从郭璞开始用的，在以前没有，这是楚辞学的一个进步）"①。这是姜亮夫指出，洪兴祖取法郭璞，重视《山海经》《淮南子》等书的说法，用以阐明屈赋所指，这是楚辞学的一个进步，是会影响后世诸注家的。

如：《天问》"女蜗有体，孰制匠之"，王逸注："传言女蜗人头蛇身，一日七十化，其体如此，谁所制匠而图之乎？"洪补曰："蜗，古华切。古天子，风姓也。《山海经》云：女蜗之肠，化为神，处栗广之野。注云：女蜗，古神女帝，人面蛇身，一日中七十变，其肠化为此神。《列子》曰：女蜗氏蛇身人面，牛首虎鼻，此有非人之状，而有大圣之德。注云：人形貌自有偶与禽兽相似者，亦如相书龟背、鹄步、鸢肩、鹰喙耳。《淮南》云：黄帝生阴阳，上骈生耳目，桑林生臂手。此女蜗所以七十化也。"②洪兴祖引用《山海经》《列子》《淮南》等资料对王逸注释的内容详加补充，对王注中"传言"的关于女娲的部分也津津乐道，表现出对于这些奇幻之事的密切关注。

洪兴祖在具体的《楚辞》神话解说和阐释中，引用最多的是《山海经》与《淮南子》。朱熹在《楚辞辨证》中曾说："大抵古今说《天问》者，皆本此二书。今以文意考之，疑此二书本皆缘解此

---

①　姜亮夫：《楚辞今绎讲录》，北京出版社1983年版，第19页。

②　（宋）洪兴祖：《楚辞补注》，白化文等点校，中华书局1983年版，第104页。

《问》而作。"① 朱熹认为《山海经》与《淮南子》二书是为解释《天问》而作的说法不一定正确,但朱熹此说恰好说明了《楚辞》《山海经》《淮南子》三者之间在神话内容上有诸多相关之处和内在联系。

《山海经》和《楚辞》并驾齐驱,也是现存先秦典籍中保存神话材料最为丰富的典籍之一,两书在很多神话记载上都可相互印证。袁珂曾说:"《天问》一篇神话材料运用最多,作者忧愤也最为深广。《天问》提出了一百七十多个奇兀的问题,上天下地,神话、历史、传说……无所不包。最为瑰丽宏博,如女娲、羿、鲧、禹、河伯、尧、舜、启、稷、羲和、王亥等名字和事迹均已见于该篇,足以和《山海经》所记载的相互印证。"② 正因如此,在对神话进行阐释时,将《楚辞》《山海经》互引互证古已有之。王逸《楚辞章句》中就曾引《山海经》材料来注释《楚辞》。如"驷玉虬以桀鹥兮",王逸注:"有角曰龙,无角曰虬。鹥,凤皇别名也。《山海经》云:鹥身有五采,而文如凤。凤类也,以为车饰"③。"一蛇吞象,厥大何如"句,王逸注:"《山海经》云:南方有灵蛇,吞象,三年然后出其骨"④等。而到了宋代的洪兴祖,与王逸相比,他表现出对神话素材浓厚的兴趣,已经自觉地大量运用《山海经》去印证《楚辞》。据纪晓健统计,"洪兴祖在《楚辞补注》中引《山海经》材料更多达 70 次(包括散见其间的汉王逸的《楚辞章句》中的引用)"⑤。

而《淮南子》中许多神话是对《离骚》《天问》的解说和回答。如《天问》:"增城九重,其高几里?"王逸注:"《淮南》言崑嵛之山九重,其高万二千里也。"洪补曰:"《淮南》云:崑嵛虚,中有增城

① (宋)朱熹:《楚辞集注》,黄灵庚点校,上海古籍出版社 2015 年版,第 244 页。

② 袁珂:《神话学论文集》,上海古籍出版社 1982 年版,第 102 页。

③ (宋)洪兴祖:《楚辞补注》,白化文等点校,中华书局 1983 年版,第 25 页。

④ 同上书,第 95 页。

⑤ 纪晓建:《〈楚辞〉〈山海经〉神话比较研究》,硕士学位论文,南京师范大学,2005 年,第 20 页。

九重，其高万一千里百一十四步二尺六寸。"① "西北辟启，何气通
焉"句，王逸注："言天西北之门，每常开启，岂元气之所通？"洪
补曰："《淮南》云：崑仑虚，玉横维其西北隅，北门开以纳不周之
风。按不周山在崑仑西北，不周风自此出也"。②《天问》"康回冯怒，
坠何故以东南倾"句，王逸注："康回，共工名也。《淮南子》言共
工与颛顼争为帝，不得，怒而触不周之山，天维绝，地柱折，故东南
倾也"。洪补曰："《列子》曰：共工氏与颛顼争为帝，怒而触不周之
山，折天柱、绝地维，故天倾西北，日月星辰就焉；地不满东南，百
川水潦归焉。注云：共工氏兴霸于伏羲、神农之间，其后苗裔恃其
强，与颛顼争为帝。又《淮南》言：共工之力触不周之山，使地东
南倾。"③《淮南子》中也有一些神话是将《山海经》神话与《楚辞》
神话相合而成，如羿射十日神话。洪兴祖对《淮南子》的征引较多，
这正说明了他认识到了三者之间的关联。此外，洪兴祖广征博引，收
集神话材料来阐释《楚辞》神话的例子还有：关于"湘夫人"，洪补
曰："《山海经》曰：洞庭之山，帝之二女居之。郭璞疑二女者，帝
舜之后，不当降小水为其夫人，因以二女为天帝之女。以余考之，璞
与王逸俱失也。"④ 关于"河伯"，洪注曰："《山海经》曰：中极之
渊，深三百仞，唯冰夷都焉。冰夷，人面而乘龙。《穆天子传》云：
天子西征，至于阳纡之山，河伯、无夷之所都居。冰夷、无夷，即冯
夷也。《淮南》又作冯迟。《抱朴子·释鬼篇》曰：冯夷以八月上庚
日渡河溺死，天帝署为河伯。《清泠传》曰：冯夷，华阴潼乡隄首人
也。服八石，得水仙，是为河伯。《博物志》云：昔夏禹观河，见长
人鱼身出曰：吾河精。岂河伯也？冯夷得道成仙，化为河伯，道岂同
哉？"⑤ 等等。

---

① （宋）洪兴祖：《楚辞补注》，白化文等点校，中华书局1983年版，第92页。
② 同上书，第93页。
③ 同上书，第91页。
④ 同上书，第64页。
⑤ 同上书，第78页。

总体而言，虽然洪兴祖对《楚辞》神话的阐释及观点是分散在注文中的，并不集中，但他征引相关典籍中的神话内容来对《楚辞》中的神话进行阐释的例子是很多的，对此，专研《楚辞》中宗教神话与文化因子的苏雪林颇为标举，她说："各家楚辞笺注，若王逸陋则诚陋，然以其为汉人，时代近古，其说亦间有可征者。……而洪兴祖多引《山海经》、《淮南子》、战国子书，及汉代纬书其途径尤为正确。"① 可见，她把洪兴祖此种做法视为他此注突出于众家的长处。

（二）纠正儒家的附会之说

班固对《离骚》评价说："多称崑崙、冥婚宓妃虚无之语，皆非法度之政，经义所载。"② 班固此处所言"虚无之语"，指的就是其中的神话内容。对此，王逸给予了全面的批驳，他在《离骚后序》中说"'帝高阳之苗裔'，则'厥初生民，时惟姜嫄'也；'纫秋兰以为佩'，则'将翱将翔，佩玉琼琚'也；'夕揽洲之宿莽'，则《易》'潜龙勿用'也；'驷玉虬以乘鹥'，则'时乘六龙以御天'也；'就重华而敶词'，则《尚书》咎繇之谋谟也；'登崑崙而涉流沙'，则《禹贡》之敷土也"。③ 王逸通过逐一的经典附会把这些源于神话的内容纳入了经学的范畴，使得《楚辞》中的很多神话素材被埋没在王逸牵强附会的注释当中。

洪兴祖的《楚辞》阐释，多采用相对保存了原生态神话的文献资料来解读《楚辞》中的神话，还参阅征引了大量的文献资料，纠正了王逸的错误。如《天问》"胡终弊于有扈，牧夫牛羊"句，王逸注："浇灭夏后相，相之遗腹子曰少康，后为有仍牧正，典主牛羊，遂攻杀浇，灭有扈，复禹旧迹，祀夏配天也。"洪补曰："《书序》云：启与有扈战于甘之野。《淮南》曰：有扈氏为义而亡。注云：有扈，夏启之庶兄，以尧、舜与贤，启独与子，故伐启，启亡之。《左

---

① 苏雪林：《屈原与〈九歌〉·自序》，武汉大学出版社 2007 年版，第 8 页。
② （宋）洪兴祖：《楚辞补注》，白化文等点校，中华书局 1983 年版，第 49—50 页。
③ 同上书，第 49 页。

传》：少康灭浇于过。非有扈也。逸说非是。《地理志》云：扶风鄠县是扈国。此言禹得天下以揖让，而启用兵以灭有扈氏，有扈遂为牧竖也。《天对》云：牧正矜矜，浇扈爰踣。承逸之误也。"① 王逸认为此句是说少康灭浇之事的，洪兴祖引用《书序》《淮南》《左传》等材料纠正了王逸的说法，认为此句说的是启灭有扈之事。又《离骚》"启《九辩》与《九歌》兮"句，王逸注："启，禹子也。《九辩》、《九歌》，禹乐也。言禹平治水土，以有天下，启能承先志，缵叙其业，育养品类，故九州之物，皆可辩数，九功之德，皆有次序，而可歌也。《左氏传》曰：六府三事，谓之九功。九功之德，皆可歌也，谓之《九歌》。水、火、金、木、土、谷，谓之六府；正德、利用、厚生，谓之三事。"② 在王逸看来，《九辩》《九歌》是歌颂儒家所推崇的圣王——夏禹的乐曲，因此他拿儒家的经典《左传》来解释《九歌》。洪补曰："《山海经》云：夏后上三嫔于天，得《九辩》与《九歌》以下。注云：皆天帝乐名，启登天而窃以下，用之。《天问》亦云：启棘宾商，《九辩》《九歌》。王逸不见《山海经》，故以为禹乐。五臣又云：启，开也。言禹开树此乐，谬矣。《骚经》《天问》多用《山海经》。而刘勰《辨骚》以康回倾地、夷羿弊日为谲怪之谈，异乎经典。如高宗梦得说，姜嫄履帝敏之类，皆见于《诗》《书》，岂诬也哉。"③ 此处洪兴祖明确指出了屈原《骚经》《天问》多采用《山海经》的素材，并用以驳斥王逸的"《九辩》、《九歌》，禹乐也"的观点及其用《左传》比附《九歌》的错误，且反对刘勰认为《离骚》中有"谲怪之谈""异乎经典"的说法。

　　洪兴祖注重以《山海经》等神话色彩颇多的典籍阐释《楚辞》神话，与王逸以经典阐释《楚辞》不同，这说明他在《楚辞》神话的阐释过程中，更注重的是《山海经》等富有神话色彩的著作，而

---

① （宋）洪兴祖：《楚辞补注》，白化文等点校，中华书局1983年版，第106页。
② 同上书，第21页。
③ 同上。

不是儒家经典，说明他已深刻地认识到了《楚辞》作品的文学意义和浪漫色彩，在一定程度上剥离了儒家视角。游国恩对此亦肯定到："洪氏《补注》，引《山海经》以证补《章句》所未及，深得骚人本旨。"①

（三）还原历史传说原生态

中国古代神话发展演变的一个显著表现便是它的历史化，鲁迅在《中国小说史略》中认为中国神话仅存零星片断的原因之一就是以孔子为代表的儒家的实用主义哲学造就的理性精神。这种理性精神不仅使中国神话欠缺系统性的存在，而且使中国神话在一定程度上被历史化。相比于其他典籍的记载，《楚辞》神话是没有经过历史化的神话，它保存了中国古代神话的原生态面貌。而历史传说作为神话的一部分，在神话的发展过程中，也曾经历了历史化。

历史化就是把"神"人格化，把奇幻怪诞的传说做出看似合理的阐释，使之成为历史。如解释"黄帝四面"为"黄帝取合己者四人，使治四方"②，解释"夔一足"为"若夔者，一而足矣"③。这都是对历史传说作历史化改造的例子。而"屈原在当时比较能接近民众，熟知民间故事、民间信仰，其中保存了不少古老神话传说，再加上博学多闻、熟知旧文献，因此，在《天问》记载神话传说能那么多，而且多接近原始面貌。"④对此，江林昌也说："夏族有尧、禹、共工、鲧、皋陶等，殷族有俊、喾、季、亥、恒、成汤、伊尹等。这些与《山海经》所记大致相同。它保存了古神话原型，尤其是有关殷族的先公神话人物，大多在卜辞里得到了印证，足见其传说的古老可靠

① 游国恩主编：《离骚纂义》，金开诚补辑，董洪利、高路明参校，中华书局1980年版，第215页。

② （宋）李昉：《太平御览》（一），中华书局1960年版，第369页。

③ 王利器：《吕氏春秋注疏》（四），巴蜀书社2002年版，第2778页。

④ 孙作云：《孙作云文集》（下），河南大学出版社2003年版，第524页。

性。"① 这是说，与《山海经》可相印证的《楚辞》中的神话传说事件和人物，都比较趋向原生态，真实可靠。

而洪兴祖对《楚辞》历史传说的解读，能拂去湮没真实的历史风尘，还原历史传说的本来面貌。比如前边所提到的洪兴祖对"鲧"的形象的定位，洪兴祖引苏东坡之言，认为"《楚词》：鲧婞直以亡身。则鲧盖刚而犯上者耳。"② 他认为鲧是一个刚直耿介、不肯随俗的人。这与屈原的观点相同，与儒家改造下的治水罪人颇不相似，这种解释更趋于原生态。"鲧因治水而被殛一案，无论是从历史或是从神话传说的观点来看，还是从文学艺术的观点来看，都是属于错案。因而，诗人屈原才在《天问》中很不平地质问"③。从屈原在《天问》中一连串的叩问来看，他亦是对"鲧"被儒家定为罪人定为四凶之一有所质疑，对鲧寄予了同情乃至打抱不平，所以他才在《离骚》中写道："鲧婞直以亡身兮"④，就是认为鲧是因为太刚直而被杀的，而并不是因为治水失败。从很多典籍记载的关于鲧的神话来看，鲧之死当另有缘故。除《韩非子·外储说》记载了鲧因直谏而死外，《吕氏春秋·恃君览·行论》也载："尧以天下让舜，鲧为诸侯，怒于尧曰：'得天之道者为帝，得地之道者为三公。今我得地之道，而不以我为三公。'以尧为失论。欲得三公。怒甚猛兽，欲以为乱。比兽之角，能以为城，举其尾，能以为旌。召之不来，仿佯于野以患帝。于是殛之于羽山，副之以吴刀。"⑤ 这是说鲧之死是批评尧和舜的结果。而《山海经》在叙述鲧被杀原因时，仅说他"窃帝之息壤以堙洪水，不待帝命"⑥，并未指责他治水无功。所以，洪兴祖在"鸱龟曳衔，

---

① 江林昌：《〈天问〉宇宙神话的考古印证和文化阐释》，《文学遗产》1996年第5期。

② （宋）洪兴祖：《楚辞补注》，白化文等点校，中华书局1983年版，第19页。

③ 祝恩发：《从〈楚辞·天问〉看鲧的形象》，《甘肃社会科学》1984年第4期。

④ （宋）洪兴祖：《楚辞补注》，白化文等点校，中华书局1983年版，第19页。

⑤ 王利器：《吕氏春秋注疏》（四），巴蜀书社2002年版，第2541—2543页。

⑥ 袁珂：《山海经校注》，上海古籍出版社1980年版，第472页。

鲧何听焉"句下，补曰："此言鲧违帝命而不听，何为听鸱龟之曳衔也？"① 还云："东坡曰：《史记》：殛鲧于羽山，以变东夷。《楚词》：鲧婞直以亡身。则鲧盖刚而犯上者耳。若小人也，安能以变四夷之俗哉？如左氏之言，皆后世流传之过。《九章》亦云：行婞直而不豫兮，鲧功用而不就。"② 洪兴祖的这种解读符合屈原的意旨，符合《楚辞》中保存的神话原生态的状况。

《天问》"羿焉彃日？乌焉解羽"，说的是后羿射日的神话，对它不同的解释体现出了不同的神话观点。此句王逸注云："《淮南》言尧时十日并出，草木焦枯，尧命羿仰射十日，中其九日，日中九乌皆死，堕其羽翼，故留其一日也"③。王逸未明言"羿"为何人。关于"羿"，许多古书都说羿是历史人物，有言"羿，有穷君之号"④ 者，有言"羿，诸侯名"⑤ 者，有言"羿，帝喾射官也"⑥ 者等。对此，茅盾说："许多有权威的古书（如《孟子》等）明明说羿是历史人物，但《山海经》内说羿是一个天神，而《楚辞·天问》也说'羿焉彃日？乌焉解羽？'《淮南子·本经训》更明明白白地说：'逮至尧之时，十日并出……尧乃使羿……上射十日。'这岂不是显然对于羿的历史人格挑战了么？于是就有洪兴祖的解释，以为'羿是善射之号'，罗长源及陈一中又更进一步解释'十日'，以为十日是扶桑君的十个儿子，九日为凶，号曰九婴，尧使羿所射者即此。这是对于已经历史化的神话人物而遇有与其历史性相抵牾的传说时的解释方法。"⑦。茅盾认为洪兴祖、罗长源及陈一中对"羿"这个在儒家典籍

---

① （宋）洪兴祖：《楚辞补注》，白化文等点校，中华书局1983年版，第89—90页。
② 同上书，第19页。
③ （宋）洪兴祖：《楚辞补注》，白化文等点校，中华书局1983年版，第96页。
④ （晋）杜预：《春秋左传集解》，上海人民出版社1977年版，第125页。
⑤ （唐）孔颖达：《尚书正义》，《十三经注疏》（上），中华书局1980年版，第156页。
⑥ （汉）许慎：《说文解字》，（宋）徐铉校，中华书局1963年版，第270页。
⑦ 茅盾：《茅盾说神话》，上海古籍出版社1999年版，第38页。

中已经历史化了的神话人物的解说，是遇到了与"羿"的历史性互相抵牾的传说时的解释。从中，可以看出洪兴祖并未把"羿"当成纯粹的历史人物，而是看到了《天问》等典籍的记载属于神话传说，并在具体阐释时对其客观的历史性有所突破，认为"羿是善射之号"①，非复人名，盖是看到帝喾时有羿，尧时亦有羿，所以认为羿是善射者之名号，并非指某人名字，这是一种折中的解释方法，虽不彻底，但在一定程度上保留了关于"羿"的历史传说的神话色彩。

还有《离骚》"吾令羲和弭节兮"句，王逸注："羲和，日御也。"洪补曰："《山海经》：东南海外，有羲和之国，有女子名曰羲和，是生十日，常浴日于甘渊。注云：羲和，天地始生，主日月者也。故尧因是立羲和之官，以主四时。虞世南引《淮南子》云：爰止羲和，爰息六螭，是谓悬车。注云：日乘车，驾以六龙，羲和御之，日至此而薄于虞渊，羲和至此而迴。"②洪兴祖用《山海经》与《淮南子》对"羲和"神话进行补充，保留了原生态的穿越现实的美丽神话传说。

（四）洪兴祖对神话的态度

由前所述可知，洪兴祖对神话表现出了浓厚的兴趣，并引《山海经》《淮南子》《穆天子传》《列子》等书中的神话资料来解说《楚辞》，其解说更接近作品的本意。但相比于洪兴祖对某些神话内容兴致勃勃的补充，他还有对神话某些内容"诞实未闻"的否定。

如《离骚》"遭吾道夫昆岑兮"，王逸注："遭，转也。楚人名转曰遭。《河图括地象》言：昆岑在西北，其高万一千里，上有琼玉之树也。"洪补曰："遭，池战切。《禹本纪》言：昆岑山高三千五百余里，日月所相避隐为光明也。其上有醴泉华池。《河图》云：昆岑，天中柱也，气上通天。《水经》云：昆岑虚在西北，去嵩高五万里，地之中也，其高万一千里。河水出其东北陬。《尔雅》曰：西北之美

---

① （宋）洪兴祖：《楚辞补注》，白化文等点校，中华书局1983年版，第22页。

② 同上书，第27页。

者，有崑崙虚之璆琳琅玕焉。又曰：三成为崑崙丘。注云：崑崙山三
重，故以名云。昔人引《山海经》，西海之南，流沙之滨，赤水之
后，黑水之前，有大山，名崑崙之丘。其下有弱水之渊环之。又曰：
钟山西六百里，有崑崙山，所出五水。今按：《山海经》内崑崙虚在
西北，帝之下都，方八百里，高万仞。山有木禾，面有九井，以玉为
槛，面有五门，门有开明兽守之，百神之所在。郭璞曰：此自别有小
崑崙也。《淮南子》云：崑崙虚中有增城九重，上有木禾，珠树、
玉树、琁树、不死树在其西，沙棠、琅玕在其东，绛树在其南，碧
树、瑶树在其北。东方朔《十洲记》：崑陵即崑崙，中狭上广，故曰
崑崙。山有三角，其一角正东，名曰崑崙宫，其处有积金为墉城，面
方千里，城上安金台五所，玉楼十二。《神异经》云：崑崙有铜柱焉，
其高入天，所谓天柱也。围三千里，圆周如削，下有回屋，仙人九府
所治。又一说云：大五岳者，中岳崑崙，在九海中，为天地心，神仙
所居，五帝所理。凡此诸说，诞实未闻也。"①《天问》"增城九重，
其高几里"句，王逸注："《淮南》言崑崙之山九重，其高万二千里
也。"洪补曰："《淮南》云：崑崙虚，中有增城九重，其高万一千里
百一十四步二尺六寸。注云：增，重也。有五城十二楼，见《括地
象》。此盖诞，实未闻也。"②洪兴祖援引《禹本纪》《河图》《水经
注》《山海经》《淮南子》《十洲记》《神异经》等诸多典籍，用几百
字详细补充有关"崑崙"的各种记载，最后却言："凡此诸说，诞实
未闻也"。孙光认为这种态度似可说明洪兴祖对《楚辞》中的神话传
说内容大体上是信而微疑的态度，他说："之所以'信'，有王逸的
影响，也有个人兴趣因素；之所以'疑'，与时代文化的发展有关。
科学知识的进步本来就是扼杀神话的元凶，宋代恰恰是古代科学取得
重大成就的时期。洪兴祖《补注》中也有反映，像《天问》'何所冬
暖？何所夏寒'句的补注从地形高低来解释气温的不同，就是科学成

---

① （宋）洪兴祖：《楚辞补注》，白化文等点校，中华书局 1983 年版，第 43 页。
② 同上书，第 92 页。

果的体现。接受科学的理性思维之后很难再进入神话的原始神性思维中与之发生共鸣，洪氏之'疑'由此而来。神话对于科学时代的人只在不戴有色眼镜的艺术欣赏中才会具有审美价值。当兴趣超越了理性之后，洪兴祖尚能摘去'有色眼镜'来欣赏，所以，除去迂腐比附经义的内容，洪氏的注释还是丰富充实了屈骚神话素材的意义，有助于这些内容的保存和后人对此的理解，功不可没"。①

三　楚辞皆诗的思想传承

曹丕《典论·论文》中提出"文本同而末异"②的思想，认为各具特征的文章体裁是由一个共同的本源发展演变来的。刘勰《文心雕龙·序志》也称"原始以表末"③，认为文章体裁可以溯源及流。《汉书·艺文志》说："春秋之后，周道寖坏，聘问歌咏不行于列国，学《诗》之士逸在布衣，而贤人失志之赋作矣。大儒孙卿及楚臣屈原离谗忧国，皆作赋以风，咸有恻隐古诗之义。其后宋玉、唐勒，汉兴枚乘、司马相如，下及扬子云，竞为侈丽闳衍之词，没其风谕之义。是以扬子悔之，曰：'诗人之赋丽以则，辞人之赋丽以淫。如孔氏之门人用赋也，则贾谊登堂，相如入室矣，如其不用何！'"④ 这是汉儒以诗教传统来探讨辞赋的起源与发展，涉及由《诗》而赋的文体承传关系，把辞赋看作古《诗》之流。自此以后，这种观点不断得到重申。

自汉之后，一般都认为各文体的总源是《诗》，楚辞、汉赋都是《诗》之流变。晋代挚虞在《文章流别论》中明确指出颂、赋、楚辞皆源于《诗》，认为是"因为《诗》'发乎情，止乎礼义'，兼备风、雅、颂、赋、比、兴之'六义'，构成诸体之本源。……又赋体之

① 孙光：《汉宋楚辞研究的历史转型》，博士学位论文，河北大学，2006年，第102页。
② （梁）萧统编：《文选》，（唐）李善注，中华书局1977年版，第720页。
③ （梁）刘勰：《文心雕龙》，戚良德注说，河南大学出版社2008年版，第348页。
④ （汉）班固：《汉书》（六），（唐）颜师古注，中华书局1962年版，第1756页。

兴，则发明古诗'发乎情，止乎礼义'和'六义'中'赋'的'假象尽辞，敷陈其志'之旨；由此向下，流而为孙卿、屈原的'古诗之赋'，变而为宋玉、司马相如的'辞人之赋'"。① 他以《诗》的"六义"为本源来辨析文章诸体的流变，将屈原的作品看作源于《诗》的属于赋的行列的"古诗之赋"。《文心雕龙·诠赋》中也以古诗"六义"之"赋"为赋体的渊源，说："赋也者，受命于诗人，拓宇于《楚辞》也"②，认为《楚辞》与诗、赋都有着密切的关联。而刘勰《文心雕龙》于"文之枢纽"中别立《辨骚》篇，萧统《文选》在"赋""诗"之后专列"骚"体，可见他们对屈原作品的重视。萧统言："《诗序》云：'诗有六义焉：一曰风，二曰赋，三曰比，四曰兴，五曰雅，六曰颂。'至于今之作者，异乎古昔，古诗之体，今则全取赋名。"③ 也是以古诗"六义"为赋体的源头。南朝檀道鸾在《续晋阳秋》中则说"自司马相如、王褒、杨雄诸贤，世尚赋、颂，皆体则《诗》《骚》，傍综百家之言。"④ 沈约在《宋书·谢灵运传》中则曰："自汉至魏，四百余年，辞人才子，文体三变。相如巧为形似之言，班固长于情理之说，子建、仲宣以气质为体，并标能擅美，独映当时。是以一世之士，各相慕习，原其飚流所始，莫不同祖《风》、《骚》"⑤。开始并举《诗》《骚》为文学之源。事实上，"体则《诗》《骚》""同祖《风》、《骚》"的观点仍是从以《诗》为诸体本源的观点衍生的。

就楚辞的文体特征而言，自汉迄宋，人们的认识基本一致，那就是《诗》、赋合流。宋代在继承这种思想的基础上，对"《诗》、赋合

---

① 董乃斌等主编：《中国文学史学史》（第一卷），河北人民出版社 2003 年版，第152—153 页。

② 黄叔琳注，李详补注，杨明照校注拾遗：《增订文心雕龙校注》（上），中华书局 2000 年版，第95—96 页。

③ （梁）萧统编：《文选·序》，（唐）李善注，上海古籍出版社 1986 年版，第 1 页。

④ （刘宋）檀道鸾：《续晋阳秋》，（清）黄奭辑，汉学堂丛书本，第 20 页。

⑤ （梁）沈约：《宋书》（六），中华书局 1974 年版，第 1778 页。

流"注入了新的内涵。特别需要一提的是晁补之，他在《离骚新序》中说："传曰：'赋者，古诗之流也。'故《怀沙》言赋，《橘颂》言颂，《九歌》言歌，《天问》言问，皆诗也，《离骚》备之矣。盖诗之流，至楚而为《离骚》，至汉而为赋，其后赋复变而为诗，又变而为杂言、长谣、问对、铭赞、操引，苟类出于楚人之辞而小变者，虽百世可知。"① "此论已经不再局限于《诗》、赋合流，而是发展成为了诗、赋合流。以此审视楚辞，得出了一个楚辞文体定性的崭新结论——'楚辞皆诗也'。这是典型的以诗看《骚》。"②

　　洪兴祖在阐释《楚辞》的具体注释中广泛征引乐府、诗歌、辞赋等来注解楚辞，这说明了他对晁补之"楚辞皆诗"观点的认同与采纳。如《离骚》"退将复脩吾初服"句，洪补曰："曹植《七启》曰：愿反初服，从子而归。"③《离骚》"制芰荷以为衣兮，集芙蓉以为裳"句，洪补曰："《反离骚》云：袚芰茄之绿衣，被芙蓉之朱裳。是也。《北山移文》曰：焚芰制而裂荷衣。盖用此语。"④《离骚》"闺中既以邃远兮，哲王又不寤"句，洪补曰："韩愈《琴操》云：臣罪当诛兮，天王圣明。亦此意"。⑤《九歌·东皇太一》"奠桂酒兮椒浆"句，洪补曰："汉乐歌曰：奠桂酒，勺椒浆。"⑥《九歌·云中君》"浴兰汤兮沐芳"句，洪补曰："乐府有《沐浴子》……李白亦有此作，其词曰：沐芳莫弹冠，浴兰莫振衣。处世忌太洁，至人贵藏晖。与屈原意异"。⑦《九歌·大司命》"折疏麻兮瑶华"句，洪补曰："谢灵运诗云：折麻心莫展。又云：瑶华未敢折。……江淹杂拟诗云：

---

① （宋）晁补之：《鸡肋集》，台湾商务印书馆 1986 年影印文渊阁《四库全书》本，第 1118 册，第 682 页上下栏。
② 谭德兴：《论宋代楚辞观的新发展》，《衡阳师范学院学报》2004 年第 5 期。
③ （宋）洪兴祖：《楚辞补注》，白化文等点校，中华书局 1983 年版，第 17 页。
④ 同上。
⑤ 同上书，第 34—35 页。
⑥ 同上书，第 56 页。
⑦ 同上书，第 57—58 页。

杂佩虽可赠，疏华竟无陈。"①《九歌·东皇太一》"吉日兮辰良"句，洪补曰："如杜子美诗云：'红豆啄余鹦鹉粒，碧梧栖老凤凰枝。'韩退之云：'春与猿吟兮，秋鹤与飞。'皆用此体也。"② 据统计，洪兴祖的引书范围较王逸相比，扩大到了集部，引集部书共 27 种 445 次，其中《乐府集》等乐府类为 2 种，12 次，《文选》《文苑》《文选注》等属于总集类的共 3 种 209 次，《琴赋》《琴操》《北山移文》《天文大象赋》等其他类的共 9 种 18 次，他所引的集部书占其总引书的15% 左右③，由此可见，洪兴祖的《楚辞》阐释体现了诗、赋合流的思想，又在一定程度上揭示了楚辞对诗赋等众多文学体裁的重要影响。④

四 隶属儒家的文艺思想

李中华等曾言："屈原形象的接受史既反映了接受者的个人心史，也折射出历史群体的政治及文化心态。"⑤ 儒家思想在中国古代一直被封建统治者奉为正统思想，儒家的文艺思想也占据着主流地位。洪兴祖对屈原形象及其《楚辞》作品的阐发，也受历史群体文化心态的影响，除了体现了他的哲学思想、精神理念、阐释取向外，还可以管窥出他趋属儒家的文艺思想。

洪兴祖在《离骚后序》补注中说："《离骚》二十五篇，多忧世之语。独《远游》曰：道可受兮不可传，其小无内兮其大无垠。无滑溷而魂兮，彼将自然。壹气孔神兮，于中夜存。虚以待之兮，无为之先。此老、庄、孟子所以大过人者，而原独知之。司马相如作《大

---

① （宋）洪兴祖：《楚辞补注》，白化文等点校，中华书局 1983 年版，第 70 页。
② 同上书，第 55 页。
③ 张丽萍：《〈楚辞章句〉与〈楚辞补注〉训诂比较》，硕士学位论文，兰州大学，2007 年，第 72—74 页。
④ 谭德兴：《论宋代楚辞观的新发展》，《衡阳师范学院学报》2004 年第 5 期。
⑤ 李中华、邹福清：《屈原形象的历史诠释及其演变》，《武汉大学学报》2008 年第 1 期。

人赋》，宏放高妙，读者有凌云之意。然其语多出于此。至其妙处，相如莫能识也。太史公作传，以为其文约，其辞微，其志絜，其行廉，其称文小而其指极大，举类迩而见义远。"① 他指出《大人赋》的风格旷达奔放，读者飘飘"有凌云之意"，是《远遊》风格的承袭。他认为《远遊》篇表现了老、庄、孟子的思想，他在《远遊》篇的注释中连引老、庄、孟子之言进行补证，认为此篇是儒道合璧的作品。他把《远遊》与《大人赋》作比，指出《大人赋》的风格是承袭了《远遊》的，还援引司马迁的观点，肯定了屈原作品"其文约，其辞微"的艺术特点，认为屈原作品具有思想性与艺术性的统一，这契合儒家"文质彬彬"的文质观。《论语·雍也篇》载："子曰：'质胜文则野，文胜质则史。文质彬彬，然后君子。'"② 又《论语·颜渊篇》："棘子成曰：'君子质而已矣，何以文为？'子贡曰：'……文犹质也，质犹文也。'虎豹之鞟犹犬羊之鞟。"③ 孔子最初的文质观是就人而言的，强调质实与文饰的统一，即一个人的内在朴实的德性与外在文雅的仪容相统一。"文质彬彬"进入文学审美领域后，呈现为一种内容之质与形式之文的合理调协。洪兴祖用文学的眼光来理解《楚辞》的文学特点，用文学的眼光探究作品的风格，认为屈原作品是思想性与艺术性的统一，这是儒家文质观的体现。

洪兴祖在《天问·序》注中云："《天问》之作，其旨远矣。盖曰遂古以来，天地事物之忧，不可胜穷。欲付之无言乎？而耳目所接，有感于吾心者，不可以不发也。欲具道其所以然乎？而天地变化，岂思虑智识之所能究哉？天固不可问，聊以寄吾之意耳。楚之兴衰，天邪人邪？吾之用舍，天邪人邪？国无人，莫我知也。知我者其天乎？此《天问》所为作也。"④ 洪兴祖说《天问》的创作乃由"天地事物之忧""不可以不发"。洪兴祖认为，"天地变化"并非人的

---

① （宋）洪兴祖：《楚辞补注》，白化文等点校，中华书局 1983 年版，第 50—51 页。
② 杨伯峻：《论语译注》，中华书局 1980 年版，第 61 页。
③ 同上书，第 126 页。
④ （宋）洪兴祖：《楚辞补注》，白化文等点校，中华书局 1983 年版，第 85 页。

"思虑智识"所能探究，"天固不可问"，而屈原明知如此还问，是"聊以寄吾之意耳"。屈原所寄之意是什么呢？就是"楚之兴衰""吾之用舍"，是自己因楚国局势所怀的忧国忧世之心和因自己受疏离壮志难伸的满腔愤懑之情。这与儒家"诗言志"的思想相关。"诗言志"初次出现是在《尚书·尧典》中，《尧典》载："诗言志，歌永言，声依永，律和声。"① 这里"诗言志"的含义是"作诗言志"，是说"诗是言诗人之志的"，而这个"志"的含义侧重指思想、志向。后来，"志"的含义逐渐扩大，《毛诗》说："诗者，志之所之也，在心为志，发言为诗，情动于中，而形于言。"② 先言"在心为志"，后言"情动于中"，将情与志并言说明了汉代时"诗言志"之"志"已经不仅仅指思想、抱负、志向，还包括意愿、情感。现在各文学史中，对"诗言志"中"志"的内涵的理解的主流也是情志并重。洪兴祖认为屈原《天问》的创作是外界事物有感于心、情动而辞发的结果，屈原作《天问》寄寓了他对"楚之兴衰""吾之用舍"等问题的困惑，洪兴祖认为《天问》言说了"耳目所接"之"天地事物"有感于心而"不可以不发"的一种情感，他认为文艺是现实生活的反映，强调了主观情感与客观事物之间的联系。"把握住了《天问》的思想主旨和创作特点，又强调了文艺作品要以抒发真实感情为要。"③

对于一些《楚辞》作品的创作动机，洪兴祖将之归为"愤懑"，认为是"以泄愤懑""以泄忧思也"。他"将《骚经》《九章》等等概括为'愤懑'之作，与司马迁谓《离骚》为'遭忧'，班固谓为'明己遭忧作词'的观点相吻合，可谓得诗人之旨。"④ 司马迁在

---

① （清）皮锡瑞：《今文尚书考证》，中华书局1989年版，第83—84页。

② （唐）孔颖达：《毛诗正义》，《十三经注疏》（上），中华书局1980年版，第269—270页。

③ 朴永焕：《宋代楚辞学研究》，博士学位论文，北京大学，1996年，第69页。

④ 易重廉：《中国楚辞学史》，湖南出版社1991年版，第277页。

《史记·太史公自序》中说："屈原放逐，著《离骚》"①。认为《周易》《春秋》《离骚》等经典"大抵贤圣发愤之所为作也。此人皆意有所郁结，不得通其道也，故述往事，思来者。"② 韩愈在《送孟东野序》中说："太凡物不得其平则鸣。……楚，大国也，其亡也，以屈原鸣。"③ 裴度也说："骚人之文，发愤之文也，雅多自贤，颇有狂态。"④ 这实际上是将指责昏佞、抒发"不平之鸣"的愤懑之情解读为屈原的创作动机，一语道破了屈原作品为大国之亡而鸣的真实底蕴。洪兴祖还以"《小弁》之怨"解读屈原之怨，他把屈原之怨与孔子的"诗可以怨"和孟子的"《小弁》之怨，亲亲也"联系起来，肯定屈原怨的合理性。《小弁》是弃子逐臣怨父怨君之诗，"《小弁》之怨"表现了"何辜于天，我罪伊何"这样的怨愤情怀。洪兴祖借用《诗经·小弁》对屈原之"怨"进行诠释，以《小弁》之怨解释屈原之怨，认为屈原之怨不仅是抒发愤懑的方式，也是其亲亲、忠君的表现方式。《论语·阳货篇》载："子曰：'小子何莫学夫诗？诗，可以兴，可以观，可以群，可以怨。迩之事父，远之事君，多识于鸟兽草木之名。'"⑤ 诗可以兴、观、群、怨，这是孔子对诗的文艺功用的阐述，关于"诗可以怨"的真正含义存在分歧，主要是以诗泄怨与"怨刺上政"两种不同的见解。《论语正义》曰："郑注云：'怨谓刺上政。'此伪孔所本。《广雅·释诂》曰：'讥谏，怨也。''谏''刺'同。凡君亲有过，谏之不从，不能无怨，孟子所谓'亲亲之义'也。"⑥。以屈原之怨来看，他因国、因君、因己而精神缱绻难

---

① （汉）司马迁：《史记》（一〇），中华书局 1982 年版，第 3300 页。

② 同上。

③ （唐）韩愈：《韩昌黎文集》，马通伯校注，古典文学出版社 1957 年版，第 136—137 页。

④ （唐）裴度：《寄李翱书》，载周绍良主编《全唐文新编》（第 3 部 第 1 册），吉林文史出版社 2000 年版，第 6240 页。

⑤ （清）刘宝楠：《论语正义》（下），高流水点校，中华书局 1990 年版，第 689 页。

⑥ 同上书，第 690 页。

伸，希冀以自己之怨感发君主使之改过成为哲王，故而其辞兼有消解怨忿与讽谏君主的作用。洪兴祖看重作品反映真情，将屈原的一些作品归为愤懑之作，将屈原之怨释为"《小弁》之怨"，洪兴祖的这种阐释都体现了他的儒家文艺观。

　　洪兴祖既肯定了屈原作品的思想内涵，又用文学眼光探究作品的风格，既肯定了屈原"慨然发愤"的创作动机，又凸显了屈原忠君爱国的悲怨情怀。这些阐释，除了可以看出其对屈原精神的体认，他评骚理论的文学视角之外，也体现出他趋属儒家的文艺观。

第四章 《楚辞》三家注的阐释对比

　　阐释者总是带着其自身历史情境中的"历史性"来进行文本阐释的。经典阐释者的"历史性"之所以重要，是因为它是开发经典中所潜藏的含义的动力。同一个屈原，在《楚辞章句》《楚辞补注》和《楚辞集注》当中体现的人格形象、精神思想并不完全一致。在对屈原形象的建构、对楚辞思想的阐发中蕴含着王逸、洪兴祖和朱熹他们各人的人格理想和精神追求，也氤氲着汉宋时期思想文化的不同时代气息。的确如此，《楚辞章句》《楚辞补注》与《楚辞集注》这三个《楚辞》的阐释文本，在不同程度上体现了汉学和宋学的学术特征：汉学重视经典文本的权威地位，宋学重视经典文本的现实取向；汉学注重训诂考证的章句之学，宋学注重"综罗百代"的义理之学①；汉学存在阐释不足，宋学存在阐释过度；汉学诠释经典文本多依傍经书为理据，宋学更为开明，征引兼及集部，且征引文献中"子部"所占比重增加。总体来说，《楚辞章句》是以汉学为依托的，《楚辞集注》则显宋学之风气，两者充分体现了经典阐释的汉宋之别。而洪兴祖的《楚辞补注》介于两者之间。

---

① 蔡方鹿：《论汉学、宋学经典诠释之不同》，《哲学研究》2008 年第 1 期。

第一节 经典文本地位的不同态度

所有诠释理解之活动，都不是从零点出发，而必然包含着对既有传统经典的尊重与传承，以及期望令其持续发挥实效及影响的努力。在实际阐释活动中，对经典进行阐释时，经典文本自身及其经典的阐释性文本都有着很重要的地位。这些文本具有一定的"权威"性，这种权威，除了经典本身的权威外，还有一个历代注疏随着时代的要求而建立的权威①。而阐释者表现出的不同的阐释取向则体现出阐释者对经典文本自身及其经典的阐释性文本的地位的不同态度。

一 王逸尊《骚》为经、"依经立义"

王逸的《楚辞章句》是《楚辞》阐释性文本研究的起点，是今所能见到的《楚辞》古注中最早、最完整的。正如清代屈复在《楚辞新注·凡例》中所言："《离骚》有注，自王叔师始。后诸家论著，即详细处，要自王氏发之。"②出现在训诂学昌盛的东汉时期的王逸《楚辞章句》是采用"章句"体式来阐释《楚辞》的，并且王逸在《离骚序》中称《离骚》为《离骚经》，且直接称"夫《离骚》之文，依托《五经》以立义焉"③，并在《楚辞》的阐释过程中"言必称经"，这些都说明了他推崇《楚辞》的文本态度和依经立论的阐释取向。

探究此种情况产生的时代与学术背景，是因为汉武帝罢黜百家、独尊儒术之后，尊儒尊经的时代风气使儒家的经书获得了正统地位，经书语言具有了权威性。"尽管经学家们经常标榜他们注经的目的是

---

① 童庆炳、陶东风：《文学经典的建构、解构和重构》，北京大学出版社 2007 年版，第 60 页。

② （清）屈复：《楚辞新注》，载吴平、回达强主编《楚辞文献集成》（十三），广陵书社 2008 年版，第 8989 页。

③ （宋）洪兴祖：《楚辞补注》，中华书局 1983 年版，第 49 页。

为了认识和把握所谓'圣人之道',但从根本上看,他们注经的目的则是为了维护儒家思想的正统地位,这也是中国历代以儒治国的统治者大力提倡'经学'的根本原因所在。经学解释学的这种以维护政治统治和思想统治为本位的解释目的也就内在地决定了,经学解释学必然要把儒家的政治标准和道德标准作为解释的根本尺度。"① 这也就形成了汉代学术以经为宗依经立论的特色。王逸身处其世,必受影响。王逸的《楚辞章句》就是他尊《骚》为经、"依托《五经》以立义"的范本。

首先,王逸尊本不为经的《离骚》为《离骚经》。他在《离骚序》中云:"《离骚经》者,屈原之所作也。……屈原执履忠贞而被谗衺,忧心烦乱,不知所诉,乃作《离骚经》"②。本于此,在《离骚后序》中他将刘安、班固、贾逵等人为《离骚》所作的注也称之为《离骚经章句》,他说:"至于孝武帝,恢廓道训,使淮南王安作《离骚经章句》,则大义粲然。后世雄俊,莫不瞻慕,舒肆妙虑,缵述其词。逮至刘向,典校经书,分为十六卷。孝章即位,深弘道艺,而班固、贾逵复以所见改易前疑,各作《离骚经章句》。"③ 并且王逸在谈到为何撰作《楚辞章句》时说:"其余十五卷,阙而不说。又以壮为状,义多乖异,事不要括。今臣复以所识所知,稽之旧章,合之经传,作十六卷章句。虽未能究其微妙,然大指之趣,略可见矣。"④ 这里的"合之经传"之"经"当指《离骚》,"传"当指《离骚》之外的其他作品,这体现了王逸对《楚辞》诸篇地位和体例的认识。《离骚》本不属于经的范畴,但由于统治者的喜爱,《离骚》在当时常常与五经并称,想来汉儒将儒家五经六艺作为艺术之首,推而及之,将《离骚》视作经也在情理之中。对此,章学诚《文史通义》

中云："夫屈子之赋，固以《离骚》为重，史迁以下，至取《骚》以名其全书，今犹是也。然诸篇之旨，本无分别，惟因首篇取重，而强分经传，欲同正《雅》为经，变《雅》为传之例；是《孟子》七篇，当分《梁惠王》经与《公孙》《滕文》诸传矣。"① 章学诚这里旨在说明王逸称《离骚》为"经"是受到经学阐释体式的影响，是为了突出《离骚》在《楚辞》中的地位，这也变相地说明了王逸对《楚辞》文本本身的推崇。

对于《离骚经》之"经"字为谁所加的问题，陈子展在《楚辞直解》云："《离骚》又称《离骚经》，最初见于王逸的《楚辞章句·离骚经叙》"②，"愚见，《离骚经》的经字未必是作者自题，后人加题可能是在汉武帝前后"③，"看来这个经字还不见得就是王逸所杜撰，当是在淮南王刘安作《离骚传》的时候早就已经有了。"④ 王泗原在《楚辞校释》中也云："王逸楚辞章句称'离骚经'，经对传而言，经是今语的'正文'，传是今语的'解说'"⑤，"淮南王安承武帝诏作离骚传，看来这经字就是他作传时加的。"⑥ 这是认为称《骚》为"经"这种做法是刘安所为。不管《离骚经》的"经"字为谁所题，都说明汉代时《楚辞》，特别是《离骚》的文本地位，已经和不许被轻易改动的经书相似，而王逸在《楚辞章句》中直接称《骚》为"经"，说明了他对《楚辞》尊崇的文本态度。

王逸对《楚辞》文本的重视，还体现在他的以《诗》释《骚》。在《离骚序》中，王逸认为："《离骚》之文，依《诗》取兴，引类譬谕，故善鸟香草，以配忠贞；恶禽臭物，以比谗佞；灵脩美人，以

① （清）章学诚：《文史通义》，上海书店出版社1988年版，第30页。

② 陈子展撰述：《楚辞直解》，杜月村、范祥雍校阅，江苏古籍出版社1988年版，第411页。

③ 同上书，第412页。

④ 同上。

⑤ 王泗原：《楚辞校释》，人民教育出版社1990年版，第7页。

⑥ 同上。

媲于君；宓妃佚女，以譬贤臣；虬龙鸾凤，以讬君子；飘风云霓，以为小人。其词温而雅，其义皎而朗。"①。在《离骚后序》中，他说："屈原履忠被谮，忧悲愁思，独依诗人之义而作《离骚》，上以讽谏，下以自慰。"② 依《诗》取兴，诗人之义，无不表明王逸将《离骚》比同于《诗》，并点明了两者之间的关系。且在《离骚序》中，王逸还言："离，别也。骚，愁也。经，径也。言己放逐离别，中心愁思，犹依道径，以风谏君也"。③ 这里王逸把"经"训为"径"，汉刘熙的《释名》云："经，径也，常典也，如径路无所不通，可常用也。"④ 不过，王逸在这里或许并不仅仅是为了说明《离骚》是"常典"，还有他认为《离骚》的精神内涵与经典的义理是一致的意思，所以，以《诗经》释《楚辞》是王逸研究《楚辞》的一种视角。

他还明确指出"夫《离骚》之文，依讬《五经》以立义焉"⑤。这个观点，本是王逸针对班固认为屈原"多称昆岺、冥婚宓妃虚无之语，皆非法度之政，经义所载"⑥ 的指责而发的，其本意是抬高屈原作品的思想价值，从而确立《离骚》之文合乎"经义"的价值与地位。经学解释学的根本阐释原则就是"经义"，刘勰《文心雕龙·辨骚》指出：汉儒评说《离骚》褒贬不一，刘安等人之说，"四家举以方经，而孟坚谓不合传，褒贬任声，抑扬过实。"⑦ 但无论是褒还是贬，诸家在视《离骚》为经这一点上，则完全一致：褒者肯定其"依经立义"，贬者否定其"非经义所载"，这也从一个侧面说明汉儒

---

① （宋）洪兴祖：《楚辞补注》，白化文等点校，中华书局 1983 年版，第 2—3 页。

② 同上书，第 48 页。

③ 同上书，第 2 页。

④ （东汉）刘熙撰，（清）毕沅疏证，王先谦补：《释名疏证补》，祝敏徹、孙玉文点校，中华书局 2008 年版，第 211 页。

⑤ （宋）洪兴祖：《楚辞补注》，白化文等点校，中华书局 1983 年版，第 49 页。

⑥ 同上书，第 49—50 页。

⑦ 黄叔琳注，李详补注，杨明照校注拾遗：《增订文心雕龙校注》（上），中华书局 2000 年版，第 50 页。

的确以外在于文学的尺度——"经义"为根本的阐释原则。① 而王逸的《楚辞》阐释亦体现了这一原则。

在王逸看来，不只是《离骚》，而且屈原的所有创作都是依经而立义的，都是符合"儒家诗教"原则的。他《九歌·序》中的"上陈事神之敬，下见己之冤结，讬之以风谏"②，《九辩·序》中的"而作《九歌》、《九章》之颂，以讽谏怀王"③，《招魂·序》中的"外陈四方之恶，内崇楚国之美，以讽谏怀王，冀其觉悟而还之也"④，《大招·序》中的"因以风谏，达己之志也"⑤ 等，王逸把讽谏用在《楚辞》上，意图很明显，即认为《楚辞》也是符合经书规范的。王逸在《楚辞章句》中体现的文学阐释理念，在很大程度上受儒家诗教的束缚，强调了屈原的"忠""义"，强调了其创作的"依经立义"，同时，王逸反驳了班固等人，说："而论者以为'露才扬己'、'怨刺其上'、'强非其人'，殆失厥中矣。"⑥ 他以孔子将"怨主刺上"的诗，收入《大雅》一事反击班氏，他说："且诗人怨主刺上曰：'呜呼！小子，未知臧否，匪面命之，言提其耳！'风谏之语，于斯为切。然仲尼论之，以为大雅。引此比彼，屈原之词，优游婉顺，宁以其君不智之故，欲提携其耳乎！"⑦ 王逸把屈原和孔子相比，以此说明屈原的"怨君"和孔子"诗可以怨"的思想是一致的，符合儒家的"怨刺其上"的诗教。

他在具体阐释《楚辞》文句的时候也采取了"依经立义"的方式，他站在经学的立场上来审视屈原以及《楚辞》。将屈赋中的很多句子、用语与儒家经典《诗》《书》《易》中的句子生硬地比照，对

---

① 邓新华：《中国古代诗学解释学研究》，中国社会科学出版社2008年版，第163页。
② （宋）洪兴祖：《楚辞补注》，白化文等点校，中华书局1983年版，第55页。
③ 同上书，第182页。
④ 同上书，第197页。
⑤ 同上书，第216页。
⑥ 同上书，第49页。
⑦ 同上。

屈骚精神给予合乎经义的经学阐释，用经学家解经的方法相互比附，处处都有依经立论的体现。如在《离骚后序》中，他说"夫《离骚》之文，依讬《五经》以立义焉：'帝高阳之苗裔'，则'厥初生民，时惟姜嫄'也；'纫秋兰以为佩'，则'将翱将翔，佩玉琼琚'也；'夕揽洲之宿莽'，则《易》'潜龙勿用'也；'驷玉虬而乘鹥'，则'时乘六龙以御天'也；'就重华而陈词'，则《尚书》咎繇之谟谟也；'登崑崙而涉流沙'，则《禹贡》之敷土也。"① 他还在《离骚序》中将《离骚》中的艺术形象赋予了"香草—美人"类的象征意义，说："《离骚》之文，依《诗》取兴，引类譬谕，故善鸟香草，以配忠贞；恶禽臭物，以比谗佞；灵脩美人，以媲于君；宓妃佚女，以譬贤臣；虬龙鸾凤，以讬君子；飘风云霓，以为小人。"② 对于这一点，朱熹在《楚辞辩证》中曾不无嘲弄地指出了王逸这种生硬的比附："飘风云霓，亦非小人之比。逸说皆误。"③ "望舒、飞廉、鸾凤、雷师、飘风、云霓，但言神灵为之拥护服役，以见其仗卫威仪之盛耳，初无善恶之分也。旧注曲为之说。"④ "王逸又以飘风云霓之来迎己，盖欲己与之同，既不许之，遂使阍见拒而不得见帝，此为穿凿之甚，不知何所据而生此也。"⑤ 梁启超也说："此在各篇中固偶有如此托兴者。(《离骚》篇或更多。) 若每篇每段每句皆胶例而凿求之，则傎甚矣。人之情感万端，岂有含'忠君爱国'外即无所用其情者？若全书如王注所解，则屈原成为一虚伪者或钝根者，而二十五篇悉变为方头巾家之政论，更何文学价值之足言？故王注虽有功本书，然关于此点，所失实非细也；后世作者往往不为文学而从事文学，而恒谬托高义于文学以外，皆由误读《楚辞》启之，而注家实不能不任其

① (宋) 洪兴祖:《楚辞补注》，白化文等点校，中华书局1983年版，第49页。
② 同上书，第2—3页。
③ (宋) 朱熹:《楚辞集注》，黄灵庚点校，上海古籍出版社2015年版，第225页。
④ 同上书，第232页。
⑤ 同上。

咎。"① 王逸还评价屈原:"膺忠贞之质,体清洁之性,直若砥矢,言若丹青,进不隐其谋,退不顾其命,此诚绝世之行,俊彦之英也。"② 他从"人臣之义""进退穷达"等方面肯定了屈原言行,认为屈原其言正、其行当、其品洁,是"忠贞伏节"的榜样,对屈原的言行作了合乎"经学"的阐释。

对此,王德华说:"王逸《章句》的'经义'阐释是评屈致用,是屈骚精神中的直谏精神在汉代'婞直之风'的土壤中的复现,王逸《章句》对屈原忠贞伏节精神的褒扬,是得风气之先的一种反映。所以,把王逸《章句》的'经义'阐释放入汉代文化的动态的建构中进行把握,我们就可以发现王逸《章句》'经义'阐释只不过是'依托《五经》以立义',所包蕴的是一种要求思想新变以及关注现实的思想文化特征。"③

王逸的称《骚》为经、依托《五经》以立义、言必称经等都说明了他对《楚辞》的经学阐释,这种经学阐释背后就映射出他对阐释文本《楚辞》的文本地位的认识,他之所以处处以经学的阐释方式阐释《楚辞》,正是因为他奉《骚》为经的文本态度。

二 朱熹偏离文本、"以义裁之"

经学发展到北宋初时发生了重大变革,逐渐向义理之学转变。近人汪耀楠在《注释学纲要》中说:"宋人理学,一承韩愈,以朱熹为代表……韩愈以孔、孟的传人自居,举起了维护儒家道统的大旗,以'仁、义、道、德'为维护封建伦常关系的至高准则。韩愈的理论经北宋周敦颐、程颐到南宋朱熹,构成了一套完整的唯心主义理学体系,而其理论的核心是三纲(君为臣纲,父为子纲,夫为妻纲)、五常(仁、义、礼、智、信)。"④ 又云:"注经成为宋代学者用以阐发

① 梁启超:《要籍解题及其读法》,岳麓书社 2010 年版,第 69 页。
② (宋)洪兴祖:《楚辞补注》,白化文等点校,中华书局 1983 年版,第 48 页。
③ 王德华:《屈骚精神及其文化背景研究》,中华书局 2004 年版,第 434 页。
④ 汪耀楠:《注释学纲要》,语文出版社 1997 年版,第 326 页。

自己的哲学思想、政治主张的手段，经书成了学者手中的工具和材料。陆九渊提出'学苟知本，六经皆我注脚'① 生动地反映了这一现象。"可见，"讲明义理"是以程、朱为代表的宋儒所追求的最高境界，而从这个出发点注经，当经书成为阐释者阐发自己思想的工具，这种阐释必然会出现对其所阐释的经典文本及经典的阐释性文本的偏离。

朱熹是宋代理学的代表人物，他所著《楚辞集注》的阐释取向，也以义理阐发为主，相对于王逸的"依托《五经》"，可谓"以义裁之。"这点从其撰作《楚辞集注》的动因中可见一斑。关于朱熹撰作《楚辞集注》的动因，他在《楚辞集注·序》中自言："独东京王逸《章句》与近世洪兴祖《补注》，并行于世，其于训诂、名物之间，则已详矣。顾王书之所取舍与其题号离合之间，多可议者，而洪皆不能有所是正。至其大义，则又皆未尝沉潜反复、嗟叹咏歌，以寻其文词指意之所出，而遽欲取喻立说、旁引曲证，以强附于其事之已然。是以或以迂滞而远于性情，或以迫切而害于义理，使原之所为抑郁而不得申于当年者，又晦昧而不见白于后世。予于是益有感焉。疾病呻吟之暇，聊据旧编，粗加隐括，定为《集注》八卷。"② 陈振孙亦言："以王氏、洪氏注或迂滞而远于性情，或迫切而害于义理，遂别为之注。其训诂文义之外，有当考订者，则见于《辨证》，所以祛前注之蔽陋而明屈子微意于千载之下，忠魂义魄，顿有生气。"③ 朱熹还言："原之为人，其志行虽或过于中庸，而不可以为法，然皆出于忠君、爱国之诚心。原之为书，其辞旨虽或流于跌宕怪神、怨怼激发，而不可以为训。然皆生于缱绻恻怛、不能自己之至意。虽其不知学于北方，以求周公、仲尼之道，而独驰骋于变《风》、变《雅》之末流，以故醇儒庄士或羞称之。然使世之放臣、屏子、怨妻、去妇扰泪呕哑

---

① 汪耀楠：《注释学纲要》，语文出版社 1997 年版，第 326 页。
② （宋）朱熹：《楚辞集注》，黄灵庚点校，上海古籍出版社 2015 年版，第 4—5 页。
③ （宋）陈振孙：《直斋书录解题》，徐小蛮、顾美华点校，上海古籍出版社 1987 年版，第 435 页。

于下，而所天者幸而听之，则于彼此之间，天性民彝之善，岂不足以交有所发，而增夫三纲五典之重。此予之所以每有味于其言，而不敢直以'词人之赋'视之也"。① 可见，朱熹认为旧注虽详于训诂名物，但"或以迂滞而远于性情，或以迫切而害于义理"，所以他撰作《楚辞集注》主明义理，欲"明屈子微意于千载之下"，于屈原形象"增夫三纲五典之重"。

朱熹还批评《楚辞》的品读者无所发于义理。他在《楚辞辩证》中说："大抵后人读前人之书，不能沉潜反覆，求其本义，而辄以己意轻为之说，故其卤莽有如此者。况读《楚辞》者，徒玩意于浮华，宜其于此尤不暇深究其底蕴。故余因为辩之，以为览者能因是而考焉，则或沂流求原之一助也"② 他还批评晁补之曰："近世晁无咎以其所载不尽古今辞赋之美，因别录《续楚辞》、《变离骚》为两书，则凡辞之如《骚》者已略备矣。自原之后，作者继起，而宋玉、贾生、相如、扬雄为之冠，然较其实，则宋、马辞有余而理不足，长于颂美而短于规过……晁书新序多为义例，辩说纷挐，而无所发于义理，殊不足以为此书之轻重"③。朱熹感慨前人读《楚辞》不能深究其底蕴，于是他阐释《楚辞》以讲明义理为己任。在这种思想指导下，《楚辞集注》自然就成了朱熹"讲明义理"的宋学的范本。

从他以"一己之意"对《楚辞》篇目的增删和《楚辞》的编排体制来看，朱熹说："若《高唐》、《神女》、《李姬》、《洛神》之属，其词若不可废，而皆弃不录，则以义裁之，而断其为礼法之罪人也。"④ 他在《楚辞集注》中删去了《七谏》《九怀》《九叹》《九思》四篇，理由是这些作品"虽为骚体，然其词气平缓，意不深切，如无所疾痛而强为呻吟者"⑤，而增入了托意深远的贾谊《吊屈原赋》

① （宋）朱熹：《楚辞集注》，黄灵庚点校，上海古籍出版社 2015 年版，第 4 页。
② 同上书，第 253—254 页。
③ 同上书，第 258—259 页。
④ 同上书，第 265 页。
⑤ 同上书，第 224 页。

和《服赋》，增选《吊屈原赋》的原因是"谊追伤之，投书以吊，而因以自喻。后之君子，盖亦高其志，惜其才，而狭其量云"①。认为此篇是贾谊结合自己境遇，借悼念屈原来发自己之感。他又认为贾谊《吊屈原赋》和《服赋》二赋尤精，为汉时翘楚，曾言"独贾太傅以卓然命世英杰之材，俯就《骚》律，所出三篇，皆非一时诸人所及"②，且认同洪兴祖所言《惜誓》"其间数语，与《吊屈赋》词指略同"③，但《吊屈原赋》和《服赋》不被选取，所以他皆载入。在《楚辞后语》中，他增选了蔡琰的文章，言："至于扬雄，则未有议其罪者。而余独以为是其失节，亦蔡琰之俦耳。然琰犹知愧而自讼，若雄则反讪前哲以自文，宜又不得与琰比矣。今皆取之，岂不以夫琰之母子无绝道，而于雄则欲因《反骚》而著苏氏、洪氏之贬词，以明天下之大戒也。"④朱熹将扬雄与蔡琰放在一起评论，认为扬雄失节，可议罪，而蔡琰虽然失节，但她与扬雄的差异是能知可耻，因此"其哀怨发中，不能自已之言，要为贤于不病而呻吟者也"⑤。这与屈原"皆生于缱绻恻怛、不能自已之至意"⑥ 的"穷而呼天，疾痛而呼父母之词"⑦ 一样，是得屈原余韵的出于"幽忧穷蹙、怨慕凄凉之意"⑧ 的作品。而选扬雄《反离骚》则是作为反面教材来彰显其恶，并明言他选文的目的是"明天下之大戒"。可见，他选录文章的标准和目的都有理学思想的影响，有"以义裁之"的取向。

这种阐释取向在对篇题的解读中有所体现。他处处挖掘义理之所在，指责他人阐释有所失，而自以为正确的阐释，其实有时甚至歪曲

---

① （宋）朱熹：《楚辞集注》，黄灵庚点校，上海古籍出版社 2015 年版，第 194 页。

② 同上书，第 258 页。

③ 同上书，第 190 页。

④ 同上书，第 265 页。

⑤ 同上书，第 310 页。

⑥ 同上书，第 4 页。

⑦ 同上书，第 265 页。

⑧ 同上。

了文本本意。如：在《天问》的解题注文中，他言："此篇所问，虽或怪妄，然其理之可推，事之可凿者，尚多有之。而旧注之说，徒以多识异闻为功，不复能知其所以问之本意，与今日所以对之明法。至唐柳宗元始欲质以义理，为之条对，然亦学未闻道，而夸多衒好之意犹有杂乎其间，以是读之常使人不能无遗恨。若《补注》之说，则其厖乱不知所择，又愈甚焉。今存其不可阙者，而悉以义理正之，庶读者之有补云。"① 对满载神话传说的《天问》，他正之以义理。他又言《九歌》"此卷诸篇，皆以事神不答，而不能忘其敬爱，比事君不合，而不能忘其忠赤，尤足以见其恳切之意。旧说失之，今悉更定"②。他认为《九歌》这样描写事神的篇章中都寄寓了作者的事君之忠。

在文句的具体阐释时亦有体现。如《离骚》"何昔日之芳草兮，今直为此萧艾也。岂其有他故兮，莫好脩之害也"③ 句，朱熹《集注》云："萧艾，贱草，亦以喻不肖。世乱俗薄，士无常守，乃小人害之，而以为'莫如好脩之害'者，何哉？盖由君子好脩，而小人嫉之，使不容于当世，故中材以下，莫不变化而从俗。则是其所以致此者，反无有如好脩之为害也。东汉之亡，议者以为党锢诸贤之罪，盖反其词以深悲之，正屈原之意也。"④ 对《惜誓》"黄鹄之一举兮，知山川之纡曲，再举兮睹天地之圆方……念我长生而久仙兮，不如反余之故乡"⑤ 句，朱熹注云："黄鹄一飞则见山川之屈曲，再举则知天地之圆方，居身益高，所睹愈远也……又言虽得长生久仙，犹思楚国，念故乡，忠信之至，恩义之笃。"⑥ 可见，朱熹为了阐发屈原忠君爱国之心，在《楚辞》阐释中，深究其中所蕴含寄托的"大

---

① （宋）朱熹：《楚辞集注》，黄灵庚点校，上海古籍出版社 2015 年版，第 63 页。
② 同上书，第 41 页。
③ 同上书，第 34 页。
④ 同上书，第 35 页。
⑤ 同上书，第 191 页。
⑥ 同上书，第 192—193 页。

义"，"沉潜反复，嗟叹咏歌，以寻其文词指意之所出"①，对词句及观点的取舍"悉以义理正之"。

从朱熹对《楚辞》篇目的任意增删及他具体阐释时的"以义裁之"，可见他对《楚辞》及其王逸的《楚辞章句》的态度，并不是很尊崇它们的权威性。我们说，《楚辞》这一经典文本本身和王逸的《楚辞》阐释性文本，都有经过历代解读随着时代推移所建立起来的权威性，而朱熹这样的阐释取向说明朱熹阐释《楚辞》的目的是通文以求理，他将阐释文本当成了阐发自己思想观点的一个媒介。

三　洪氏尊中有破，"疏可破注"

在第二章第二节谈到《楚辞补注》的注释体例安排时，我们知道就注释体例的安排来看，无论是结构安排还是注释方式，洪兴祖总体上是遵循了王逸的编排体例的。洪兴祖知道古本《楚辞释文》篇目次第与《章句》的不同，但并未擅自改动《章句》的篇目次第，而是将《楚辞释文》目次附在《楚辞章句》目录下，注明"释文第几"，利于考辨。而从《楚辞补注》补《章句》之未备的阐释目的、洪注具体注释的基本体例是"列逸注于前，补己注于后"及洪兴祖不以义理阐发为第一要务来看，洪兴祖对王逸《楚辞章句》这一《楚辞》阐释性文本的态度是比较严谨的，对它的文本地位是比较尊崇的，而不是像朱熹那样有些偏离文本，随意改动增删原有篇目并"以义裁之"。

但遵循是遵循，尊崇归尊崇，洪兴祖并未囿于此而缺少创见。洪兴祖在遵循的基础上有所创新，在尊崇的基础上有所突破。这点较为突出的一个表现就是"疏可破注"，即洪兴祖"补注"破王逸之《章句》及五臣注等前人旧注。其实，"疏可破注"是相对于"疏不破注"而言的，两种不同的阐释原则隐含着不同的阐释思想，即对经典进行阐释时所持的对阐释文本的地位的认识问题。洪兴祖的"疏可破

---

① （宋）朱熹：《楚辞集注》，黄灵庚点校，上海古籍出版社 2015 年版，第 5 页。

注"表现出他既以旧注为基点又对其有所超越的文本态度。

"疏不破注"顾名思义是"疏"不能破"注"之所注,也就是指疏不违反注的内容,疏必须维护注的观点,要奉前人注为圭臬,不敢有丝毫逾越,可以在注的基础上引申发挥,补充资料,以把原文和注释的每一句话解释清楚为目的。① "疏不破注"的阐释原则是旧时代注疏这种文本阐释体式的一个重要特点。自孔颖达奉诏撰著《五经正义》,确立了"疏不破注"的宗旨后,"疏不破注"遂被奉为作疏的圭臬。这种因循墨守的风气,实际上体现了中国古代经学重师法的特点和唐代学术集大成下的保守。这种专守一家举一废百之偏严重束缚了文本阐释者的思想。

直到宋代,疑经变古思潮兴起,这种风气才有所改变。宋代王应麟对庆历后的疑古精神有所记述,说:"自汉儒至于庆历间,谈经者守训故而不凿。《七经小传》出而稍尚新矣,至《三经义》行,视汉儒之学若土梗。"② 南宋吴曾在其所著《能改斋漫录》中也载:"国史云:'庆历以前,学者尚文辞,多尊章句注疏之学。至刘原父为七经小传,始异诸儒之说。王荆公修经义,盖本于原父云。'"③ 说的就是汉唐章句训诂注疏考证之学束缚了人们的思考,难以在注释古代文献方面有所创新,这种情况一直持续到了仁宗庆历之前,直到宋代刘敞的《七经小传》出现,才打破了这种局面。据载,熙宁六年(1073),宋神宗言"举人对策,多欲朝廷早修经义,使义理归一"④,这之后阐释风气有所改变,很多阐释者在文本阐释时都有自己的见解,敢发前人所未发。

这种思潮使得文本阐释出现了对先前权威的怀疑与突破。伽达默

---

① 董洪利:《古籍的阐释》,辽宁教育出版社 1993 年版,第 239 页。

② (宋)王应麟:《困学纪闻》,翁元圻注,上海商务印书馆 1935 年版,第 774 页。

③ (宋)吴曾撰;中华书局上海编辑所编辑:《能改斋漫录》,中华书局 1960 年版,第 28 页。

④ (宋)杨仲良:《皇宋通鉴长编纪事本末》,李之亮校点,黑龙江人民出版社 2006 年版,第 1305 页。

尔曾说："权威并不依赖教条的力量而是依靠教条的接受生存。如果这种教条的接受不是由于承认权威在知识和洞见方面的优越性而相信权威是正确的，那又是什么呢？对权威的接受仅仅建筑于这种决定性的承认、这种相信的基础之上。权威的统治仅仅因为它是被人自觉地承认并接受的。真正的权威所具有的遵从既不是盲目的也不是奴性的服从"。① 这是说权威的确立是后人自觉承认、接受、遵从的结果。王逸《楚辞章句》作为最早的《楚辞》阐释性文本，其权威是不言而喻的，但洪兴祖并不盲目遵从，洪补虽以疏解旧注为主，但并未像"疏"那样完全执行疏解原文及旧注的功用，未遵守"疏不破注"的阐释原则，而是有自己的判断、取舍、阐发和正误，在阐释中有所突破。洪兴祖生于公元 1090 年，其撰作《楚辞补注》时正是疑经变古学风兴起并盛行的时代。他阐释《楚辞》时采用前所未有的"补注"一体，黄建荣将"补注"一体的体例趋归于义疏体，是因为"补注体"与"义疏体"同样是经注兼释的阐释体式。也正因为这个特点，笔者才将可用于"义疏体"的"疏不破注""疏可破注"用于"补注体"上以便于解说。"补注"体式在形式方面的发凡起例，说明洪兴祖有自己的阐释视角和文本意识，就其中体现的"疏可破注"来看，主要表现在以下几个方面。

（一）驳正王逸旧注

《四库全书总目》言："逸注虽不甚详赅，而去古未远，多传先儒之训诂。"② 可见王注有其重要价值，洪兴祖也比较推重王注，他曾说："世所传《楚词》，惟王逸本最古，凡诸本异同，皆当以此为正。又李善注本有以世为时为代，以民为人之类，皆避唐讳，当从旧本。"③ 但是，王注在字词释义及阐发文意上或有疏误，在引用史料时，或未见原著或转引他书，故有时也与史实不符，黄庭坚在《与元

---

① ［德］汉斯－格奥尔格·加达默尔：《哲学解释学》，夏镇平、宋建平译，上海译文出版社 2004 年版，第 35 页。

② （清）永瑢等：《四库全书总目》，中华书局 1965 年版，第 1267 页。

③ （宋）洪兴祖：《楚辞补注》，白化文等点校，中华书局 1983 年版，第 13 页。

勋不伐书·九》中就曾云："《楚词》校雠甚有功，常苦王逸学陋，无补屈、宋。"①洪兴祖在对王注进行补充疏通之时，对王注说解有误之处亦加以指出并予以更正。如：

（1）王逸在《离骚序》中说："经，径也。言己放逐离别，中心愁思，犹依道径，以风谏君也。"洪氏针对王逸所言"离骚经"，先引太史公、班孟坚、颜师古等人所释"离骚"的文字为据，认为"古人引《离骚》未有言'经'者，盖后世之士祖述其词，尊之为经耳，非屈原意也。逸说非是。"②游国恩指出："至旧本此篇皆称经，此乃后人所加，以尊屈子者。而王逸竟误为屈子自题者然，洪兴祖驳之诚当。"③钱钟书也说："按《补注》驳'经'字甚允。"④

（2）《天问》："吾告堵敖以不长"。王逸注："堵敖，楚贤人也。屈原放时，语堵敖曰：'楚国将衰，不复能久长也。'"洪补曰："《左传》：楚子灭息，以息姬归，生堵敖及成王焉。楚子，文王也。庄公十九年，杜敖生。二十三年，成王立。杜敖，即堵敖也。《天对》注云：楚人谓未成君而死曰堵敖。堵敖，楚文王兄也。今哀怀王将如堵敖不长而死，以此告之。逸注以堵敖为楚贤人，大谬。然宗元以堵敖为文王兄，亦误矣。"⑤

（3）《离骚》："曰勉陞降以上下兮"。王逸注："勉，强也。上谓君，下谓臣。"洪补曰："升降上下，犹所谓经营四荒、周流六漠耳，不必指君臣。"⑥

（二）订正五臣所注

洪兴祖在对王逸注文多方面疏解订正的同时，亦对所征引的各家

① （宋）黄庭坚：《黄庭坚全集辑校编年》（中），郑永晓整理，江西人民出版社 2008 年版，第 1007 页。

② （宋）洪兴祖：《楚辞补注》，白化文等点校，中华书局 1983 年版，第 2 页。

③ 游国恩主编：《离骚纂义》，金开诚补辑，董洪利、高路明参校，中华书局 1980 年版，第 7 页。

④ 钱钟书：《管锥篇》（二），中华书局 1979 年版，第 581 页。

⑤ （宋）洪兴祖：《楚辞补注》，白化文等点校，中华书局 1983 年版，第 118 页。

⑥ 同上书，第 37 页。

说解予以讨论和纠正。显示出洪兴祖不仅补正王注的不足和缺失，还留意其他训释《楚辞》的典籍的妥当与否，这其中就包括"五臣注"。

1. 《离骚》："不抚壮而弃秽兮"。考异："《文选》无'不'字。"五臣云："抚，持也。言持盛壮之年，废弃道德，用谗邪之言，为秽恶之行。"洪补曰："抚，芳武切。不抚壮而弃秽者，谓其君不肯当年德盛壮之时，弃远谗佞也。五臣注误"。①

2. 《离骚》："忳郁邑余侘傺兮"。王逸注："忳，忧貌。侘傺，失志貌。侘，犹堂堂，立貌也。傺，住也，楚人名住曰傺。"考异"邑，一作悒。一本注云：忳，自念貌。"五臣云："忳郁，忧思貌。悒，不安也。"洪补曰："郁邑，忧貌。下文曰：曾歔欷余郁邑兮。五臣以忳郁为句绝，误矣。"②

3. 《离骚》："周论道而莫差。"王逸注："周，周家也。差，过也。言殷汤、夏禹、周之文王，受命之君，皆畏天敬贤，论议道德，无有过差，故能获夫神人之助，子孙蒙其福祐也。"五臣云："汤、禹、周文，皆俨肃祗敬，论议道德，无有差殊，故得永年。"洪补曰："道，治道也。言周则包文、武矣。差，旧读作蹉。五臣以为差殊，非是。"③

（三）纠正其他材料

洪兴祖在征引文献时旁征博引，并详加考释，对王逸旧注及五臣注之外的其他引证材料的错误也加以纠正。

1. 《招魂》："吴歈蔡讴。"王逸注："吴、蔡，国名也。歈、讴，皆歌也。"洪补曰："歈，音俞。古赋云：巴俞宋、蔡。《说文》云：歈，歌也。徐铉曰：渝水之人善歌舞，汉高祖采其声，后人因加此字。按：《楚词》已有此语，则歈盖歌之别称耳。徐说非是。"④

---

① （宋）洪兴祖：《楚辞补注》，白化文等点校，中华书局 1983 年版，第6—7页。

② 同上书，第 15 页。

③ 同上书，第 23 页。

④ 同上书，第 211 页。

2. 《天问》:"黑水玄趾,三危安在。"王逸注:"玄趾、三危,皆山名也,在西方,黑水出崑苍山也。"洪补曰:"《西京赋》云:昆明灵沼,黑水、玄阯。言昆明灵沼,取象于黑水、玄阯也。李善云:黑水、玄阯,谓昆明灵沼之水沚。非是。"①

3. 《离骚》:"聊假日以媮乐。"王逸注:"言己德高智明,宜辅舜、禹以致太平,奏《九德》之歌、《九韶》之舞,而不遇其时,故假日游戏媮乐而已。"考异:"假,一作暇。"洪补曰:"颜师古云:此言遭遇幽厄,中心愁闷,假延日月,苟为娱乐耳。今俗犹言借日度时。故王仲宣《登楼赋》云:登兹楼以四望兮,聊假日以消忧。今之读者改'假'为'暇',失其意矣。李善注仲宣赋,引《荀子》多暇日,亦承误也。媮,乐也,音俞。"②

洪补这些不同于前人的阐释,虽不敢必其是,但其说却颇有见地,足资参考,亦足备一家之言。总体而言,洪兴祖补《释文》目次,尊重《楚辞章句》篇次顺序不妄加改动,先列王逸注、以己注附后的"补注"注释体例,以及他"疏可破注"的具体实例都说明他撰写《楚辞补注》时,对阐释文本的态度是:既尊重文本又不囿于文本,既对其有所遵循又对其有所超越。

第二节 文本阐释方法的不同选择

经学分为汉、宋两家,汉学与宋学在经典阐释方法上有所不同。汉唐诸儒注重章句训诂考证之学,其对经典的阐释以经学诠释为主,少及义理。而宋儒则注重讲求义理,其对经典的阐释明显带有理学的意蕴。正如《四库全书总目》在《〈四书章句集注〉提要》中所称:"盖考证之学,宋儒不及汉儒;义理之学,汉儒亦不及宋儒"③。这道

---

① (宋)洪兴祖:《楚辞补注》,白化文等点校,中华书局1983年版,第96页。
② 同上书,第46—47页。
③ (清)永瑢等:《四库全书总目》,中华书局1965年版,第294页。

出了两者各有所重、各有优劣。

　　而就《楚辞》的阐释性文本而言，王逸的《楚辞章句》和朱熹的《楚辞集注》可以分别看作汉学与宋学在《楚辞》诠释上的代表作，两者明显地呈现出了汉学重训诂与宋学重义理的区别，而洪兴祖的《楚辞补注》则介于两者之间，相比于王逸的《楚辞章句》多了一些义理阐发，而相对朱熹的《楚辞集注》而言，则少了一些理学意味，体现出趋向训诂与义理兼顾的阐释倾向。

一　《楚辞章句》重视训诂

　　按周建忠的观点，古代楚辞学史可以分为三个阶段：以章句训释为特征的汉唐阶段，以义理探求为特征的宋元阶段和以各逞新说为特征的明清阶段。[1]　其中，第一阶段以章句训释为特征，以汉代为主，代表著作就是王逸的《楚辞章句》，由此，《楚辞章句》的重视训诂及其阐释定位可见一斑，具体体现在许多方面。

　　首先，基于王逸尊《离骚》为经的认识，王逸对《楚辞》文本进行阐释时便自然而然地采用了源于西汉今文经学的对经进行逐章逐句逐字阐释的"章句"这种阐释方式。"章句"这种阐释体式，孕育于战国时代，诞生于西汉中期，本是一种解经之体。从汉代开始全面注释儒家经书，汉儒解经，创造了多种"体式"，如"故""故训""解故""传""章句"等。"故""故训""解故"以训释字义为主，"传"侧重于诠发篇章大义及辨证名物制度。而"章句"之名，本是离章辨句的省称，刘师培《国学发微》说："'章句'之体，乃分析经文之章节者也。"[2]　汉代一些儒者治学，从辨析章句入手，故章句体兴于汉代。《汉书·艺文志·六艺略》载《易经》有施氏、孟氏、梁丘氏《章句》，《尚书》有《欧阳章句》《大小夏侯章句》，《春秋》有《公羊章句》《谷梁章句》。关于"章句"之体，《汉书·夏侯胜

---

　　① 周建忠：《楚辞与楚辞学》，《云梦学刊》2003 年第 6 期。
　　② 刘师培：《国学发微（外五种）》，广陵书社 2013 年版，第 11 页。

传》云：“胜从父子建字长卿，自师事胜及欧阳高，左右采获，又从《五经》诸儒问与《尚书》相出入者，牵引以次章句，具文饰说”。①“采获”“牵引”的后果往往是渐趋烦琐，甚至于“一经说至百余万言”，《汉书·丁宽传》载：“（丁宽）作《易说》三万言，训故举大谊而已，今‘小章句’是也。”②《后汉书·张奂传》言：“奂少游三辅，师事太尉朱宠，学欧阳《尚书》。初，《牟氏章句》浮辞繁多，有四十五万余言，奂减为九万言。”③ 所以班固批评章句之学“碎义逃难，便辞巧说，破坏形体”④。故当时许多有识之士，如班固、扬雄、桓谭、王充等人均不好章句，也由此引发了由繁趋简的学风变化。后来，王逸、赵岐等改造旧章句，创立新章句，“章句”有所发展，作为一种阐释体式，它兼有“故”“传”二者之长，它不像传注类阐释那样只以解释词义为主，也着重于逐句逐章串讲、分析大意。但“章句体的主要不足，则是便于普及，而难于对词语作精细的考释，难于对义理作充分的发挥。”⑤

其次，从王逸阐释《楚辞》时所采用的文献材料看，可见其以训诂为主的阐释方法。王逸阐释《楚辞》时，采用了汉代刘安的《离骚传》、扬雄的《天问解》、刘向的《天问解》、班固的《离骚章句》、贾逵的《离骚章句》及马融等人的相关成果。刘向、贾逵、马融等都是东汉古文经学的代表人物，汉代经学尤其是东汉古文经学重视对经书文字名物训诂，王逸的《楚辞章句》汇集了许多可贵的训诂资料，前边所言的各家注本，因王逸的采用而得以保存。正是逸注“而去古未远，多传先儒之训诂”。⑥ 陈振孙也称：“逸之注虽未能尽

---

① （汉）班固：《汉书》（一〇），（唐）颜师古注，中华书局1962年版，第3159页。
② （汉）班固：《汉书》（一一），（唐）颜师古注，中华书局1962年版，第3597—3598页。
③ （宋）范晔：《后汉书》（八），（唐）李贤等注，中华书局1965年版，第2138页。
④ （汉）班固：《汉书》（六），（唐）颜师古注，中华书局1962年版，第1723页。
⑤ 周光庆：《中国古典解释学导论》，中华书局2002年版，第178页。
⑥ （清）永瑢等：《四库全书总目》，中华书局1965年版，第1267页。

善，而自淮南王安以下为训传者今不复存，其目仅见于《隋》《唐志》，独逸《注》幸而尚传。"① 王逸阐释《楚辞》，保存了诸家的佚文，可见其对这些训诂材料的重视，亦可见《章句》的文献训诂价值。

而在具体阐释中，王逸亦侧重利用语料对字词和语意进行通释。总体来说，王逸对《楚辞》的文本阐释，重在释义和校勘。释义由字、词到句；尤其是句，从己意出发，几乎句句有解，句句有释。在具体训释时多有所本，或本于方言楚语，或本于经书故训，又注意"因形以得其音，因音以得其义"②。在训释方言方面，共释方言21个，重复注释2个，实际19个。如《离骚》"扈江离与辟芷兮"句，王逸注："扈，被也。楚人名被为扈"③。《招魂》"厉而不爽些"句，王逸注："爽，败也。楚人名羹败曰爽"④。《招魂》"与王趋梦兮课后先"句，王逸注："梦，泽中也。楚人名泽中为梦中"⑤。《九章·惜诵》"又众兆之所咍"句，王逸注："咍，笑也。楚人谓相啁笑曰咍"⑥。《离骚》"忳郁邑余侘傺兮"句，王逸注："傺，住也，楚人名住曰傺"⑦ 等。关于其他字词与语句的通释说明方面，如《九歌·东皇太一》"灵偃蹇兮姣服"句，王逸注："灵，谓巫也。偃蹇，舞貌。姣，好也。服，饰也。"⑧《九歌·少司命》"芳菲菲兮袭予"句，王逸注："袭，及也。予，我也。言芳草茂盛，吐叶垂华，芳香菲菲，

---

① （宋）陈振孙：《直斋书录解题》，徐小蛮、顾美华点校，上海古籍出版社1987年版，第433页。

② （清）段玉裁：《广雅疏证·序》，见（清）王念孙《广雅疏证》，江苏古籍出版社2000年版，第2页。

③ （宋）洪兴祖：《楚辞补注》，白化文等点校，中华书局1983年版，第4页。

④ 同上书，第208页。

⑤ 同上书，第214页。

⑥ 同上书，第123页。

⑦ 同上书，第15页。

⑧ 同上书，第56页。

上及我也。"① 《九歌·湘君》"沛吾乘兮桂舟"句，王逸注："沛，行貌。舟，船也。吾，屈原自谓也。言己虽在湖泽之中，犹乘桂木之船，沛然而行，常香净也。"② 《九歌·国殇》"凌余阵兮躐余行"句，王逸注："凌，犯也。躐，践也。言敌家来，侵凌我屯阵，践躐我行伍也。"③ 《九章·橘颂》"愿岁并谢，与长友兮"句，王逸注："谢，去也。言己愿与橘同心并志，岁月虽去，年且衰老，长为朋友，不相远离也。"④ 这几例多是先用义训等方法解释字词，然后解说句意。《招魂》"九侯淑女，多迅众些。盛鬋不同制，实满宫些"之"实满宫些"下，王逸注："宫，犹室也。《尔雅》曰：宫，谓之室。"⑤ 《天问》"康回冯怒，坠何故以东南倾"句，王逸注："康回，共工名也。《淮南子》言共工与颛顼争为帝，不得，怒而触不周之山，天维绝，地柱折，故东南倾也"⑥。《离骚》"吕望之鼓刀兮，遭周文而得举"两句下，王逸注"吕望之鼓刀兮"曰："吕，太公之氏姓也。鼓，鸣也。或言吕望太公，姜姓也，未遇之时，鼓刀屠于朝歌也。"⑦ 注"遭周文而得举"曰："言太公避纣，居东海之滨，闻文王作兴，盍往归之。至于朝歌，道穷困，自鼓刀而屠，遂西钓于渭滨。文王梦得圣人，于是出猎而遇之，遂载以归，用以为师，言吾先公望子久矣，因号为太公望。或言周文王梦天帝立令狐之津，太公立其后。帝曰：昌，赐汝名师。文王再拜，太公亦再拜。太公梦亦如此。文王出田，见识所梦，载与俱归，以为太师也"⑧ 等，这都是引用典籍或史实来解释字词或解说句意。

① （宋）洪兴祖：《楚辞补注》，白化文等点校，中华书局 1983 年版，第 71 页。
② 同上书，第 60 页。
③ 同上书，第 82 页。
④ 同上书，第 155 页。
⑤ 同上书，第 205 页。
⑥ 同上书，第 91 页。
⑦ 同上书，第 38 页。
⑧ 同上。

由此可见，产生于东汉经学盛行训诂学兴盛时期的《楚辞章句》，在阐释方法上打上了时代的烙印，即王逸注书以训诂为重，义理阐发有所欠缺。正如《四库全书总目》所言，王逸之注"大抵简质，又往往举其训诂而不备列其考据。"① 朱熹在《楚辞集注》中也指出，"以月为清白之臣，风为号令之象，鸾凤为明智之士，而雷师独以震惊百里之故，使为诸侯，皆无义理"。②

这种传统的章句训诂之学因束缚人们的思想，在某种程度上会抹杀作品的深层含义和文学质素，所以至北宋中期时已逐渐不为学者所重视，甚至受到责难。王令在《答刘公著微之书》中所云："今夫章句之学，非徒不足以养材，而又善害人之材。今夫穷心剧力，茫然日以雕刻为事，而不暇外顾者，其成何哉？初岂无适道学古之材，固为章句之败尔。自章句之学兴，天下之学者，忘所宜学而进身甚速。忘所宜学，则无闻知；进身甚速，则谋道之日浅，甚者不知诵经读书何以名学，徒日求入以仕。"③ 可见，打破传统方法的制约已成为当时社会思想转变的一个必然。

二 《楚辞集注》重视义理

经学发展到北宋初发生了重大变革，在疑经的风气中由章句注疏之学逐渐向义理之学转变。陆游在论及宋代学风的转变时指出："唐及国初，学者不敢议孔安国、郑康成，况圣人乎？自庆历后，诸儒发明经旨非前人所及。然排《系辞》，毁《周礼》，疑《孟子》，讥《书》之《胤征》《顾命》，黜《诗》之《序》，不难于议经，况传注乎？"④ 皮锡瑞也曾指出："且宋以后，非独科举文字蹈空而已，说经之书，亦多空衍义理，横发议论，与汉、唐注疏全异。"⑤ 这一颇含

① （清）永瑢等：《四库全书总目》，中华书局1965年版，第1268页。
② （宋）朱熹：《楚辞集注》，黄灵庚点校，上海古籍出版社2015年版，第232页。
③ （宋）王令：《王令集》，沈文倬校点，上海古籍出版社1980年版，第308页。
④ （宋）王应麟：《困学纪闻》，翁元圻注，商务印书馆1935年版，第774页。
⑤ （清）皮锡瑞：《经学历史》，周予同注释，中华书局1959年版，第274页。

贬义的评论，却也道出了一些当时学术领域的实际情况，亦即宋儒重视义理的阐发。

朱熹对义理阐发非常重视。他曾言："今人不去讲义理，只去学诗文，已落第二义。"① 又言"贯穿百氏及经史，乃所以辨验是非，明此义理，岂特欲使文词不陋而已？义理既明，又能力行不倦，则其存储中者，必也光明四达，何施不可！"② 及"古之圣贤所以教人，不过使之讲明天下之义理，以开发其心之知识，然后力行固守，以终其身。而凡其见之言论，措之事业者，莫不由是以出。"③ 他还曾批判周必大，说："高斗南解《楚词》引《瑞应图》。周子充说馆阁中有此书，引得好。他更不问义理之是非，但有出处便说好"。④

他的《楚辞集注》也秉承了他一贯的重视义理的以义裁之的阐释风格，为义理派的代表。游国恩在《楚辞概论》中将历来的楚辞学家分成四派，云："自汉至今，注《楚辞》者不下百余家，然大别可分为四派：一为训诂派，王逸可为代表；一为义理派，朱子王夫之可为代表；一为考据派，吴仁杰蒋骥等可为代表；一为音韵派，陈第江有诰等可为代表。"⑤ 他明确将朱熹归为义理派，朱熹的重义理在很多方面都有体现。

朱熹在阐释《楚辞》时，采用了"集注"这种阐释体式，利于阐释者主体意识的表达。"集注"这种体式出现的前提是同一典籍阐释成果的积累和时代学术的繁荣，而其全面发展则赖于集注主体非凡的学识素养和卓越的学术能力。朱熹继何晏"哀八家之说"而"集

① （宋）黎靖德编：《朱子语类》（八），王星贤点校，中华书局 1986 年版，第 3334 页。

② 同上书，第 3319 页。

③ （宋）朱熹：《答巩仲至》，载于郭绍虞、罗根泽《中国历代文论选》，木铎出版社 1981 年版，第 154 页。

④ （宋）黎靖德编：《朱子语类》（八），王星贤点校，中华书局 1986 年版，第 3298 页。

⑤ 游国恩：《楚辞概论》，北新书局 1926 年版，第 340 页。

解"《论语》之后，将"集注"这种发展了的体式运用到对《论语》
《孟子》的阐释上，成为自己《四书》阐释的重要组成部分，并将其
延伸至楚辞，显示出一个"遍注群经"的大学者对这一文学典籍的
格外关注。① 而"集注"之所以谓之"集注"，乃因其融会诸家之说，
所以"集注"之要义在于聚集众家之说而加以排比和简选以益己见。
在"集注"中，"诸家所诸善者"得到保存并支持集注主体充分阐发
自己的阐释见解，所以，从朱熹选择"集注"体式阐释《楚辞》可
见其阐发己意的倾向。

　　朱熹在《楚辞集注》中，经常用"言""此篇言"等用语来阐释
义理。如《离骚》"朝搴阰之木兰兮，夕揽洲之宿莽"②，朱注云：
"言所采取皆芳香久固之物，以比所行者皆忠善长久之道也。"③ 由所
采之芳草生发出蕴含忠善之道。又如《离骚》："民生各有所乐兮，
余独好脩以为常。虽体解吾犹未变兮，岂余心之可惩"④，朱注云：
"言人生各随气习，有所好乐，或邪或正，或清或浊，种种不同，而
我独好脩洁以为常。虽以此获罪于世，至于屠戮支解，终不惩创而悔
改也。自'悔相道'至此五章，又承上文清白以死直之意，而下为
女嬃詈予起也。"⑤ 这是朱熹发掘出屈原虽体解而犹不变好修之志的
高尚人格，而又由上下文的语境来考察，阐发出屈原对自己的志向誓
死不改的固持。又《离骚》："闺中既以邃远兮，哲王又不寤。怀朕
情而不发兮，余焉能忍而与此终古"⑥，朱注云："言此以比上无明
主、下无贤伯，使我怀忠信之情，不得发用，安能久与此闇乱嫉妒之

---

① 孙光：《汉宋楚辞研究的历史转型》，博士学位论文，河北大学，2006 年，第
17 页。

② （宋）朱熹：《楚辞集注》，黄灵庚点校，上海古籍出版社 2015 年版，第 10 页。

③ 同上书，第 11 页。

④ 同上书，第 19 页。

⑤ 同上书，第 20 页。

⑥ 同上书，第 28 页。

俗，终古而居乎？意欲复去也"①。这是说国君不分忠佞，又无贤者
为伍，屈原怀才不遇，意欲离国而去。再如《离骚》"余既不难夫离
别兮，伤灵脩之数化"② 句下，朱注云："言我非难与君离别也，但
伤君志数变易而无常操也。"③《九章·涉江》注中，"言仁贤远去，
而谗佞见亲也"④ "言污贱并进，而芳洁不容也"⑤ 等，都是以"言"
来探究义旨。

在对章旨进行概括和对语句进行解析时，朱熹也注重探求作品的
微言大义。关于《卜居》，王逸《序》称："屈原体忠贞之性，而见
嫉妒。念谗佞之臣，承君顺非，而蒙富贵，己执忠直而身放弃，心迷
意惑，不知所为。乃往至太卜之家，稽问神明，决之蓍龟，卜己居世
何所宜行，冀闻异策，以定嫌疑。故曰《卜居》也。"⑥ 朱熹则认为：
"屈原哀闵当世之人习安邪佞，违背正直，故阳为不知二者之是非可
否，而将假蓍龟以决之，遂为此词。发其取舍之端，以警世俗。说者
乃谓原实未能无疑于此，而始将问诸卜人，则亦误矣。"⑦ 他指出屈
原明知故问，对不公的世道提出抗议，托问之于蓍龟以表明自己誓死
不渝坚持信念，宁可以死殉志，也决不同流合污。再有《远游》：
"故天地之无穷兮，哀人生之长勤。往者余不及兮，来者吾不闻"⑧，
朱注云："此章四言，乃此篇所以作之本意也。夫神仙度世之说，无
是理而不可期也，审矣。屈子于此乃独眷眷而不忘者，何哉？正以往
者之不可及，来者之不得闻，而欲久生以俟之耳。"⑨ 在此，他阐发
了屈原"独眷眷而不忘"的爱国之情和"往者之不可及""来者之不

---

① （宋）朱熹：《楚辞集注》，黄灵庚点校，上海古籍出版社 2015 年版，第 30 页。

② 同上书，第 12 页。

③ 同上书，第 14 页。

④ 同上书，第 102 页。

⑤ 同上。

⑥ （宋）洪兴祖：《楚辞补注》，白化文等点校，中华书局 1983 年版，第 176 页。

⑦ （宋）朱熹：《楚辞集注》，黄灵庚点校，上海古籍出版社 2015 年版，第 143 页。

⑧ 同上书，第 133 页。

⑨ 同上书，第 134 页。

得闻"的个人悲思。朱熹《九章》题解时还言"今考其词，大氐多直致无润色，而《惜往日》、《悲回风》又其临绝之音，以故颠倒重复，倔强疎卤，尤愤懑而极悲哀，读之使人太息流涕而不能已。董子有言：'为人君者不可以不知《春秋》，前有谗而不见，后有贼而不知。'呜呼，岂独《春秋》也哉！"① 对《抽思》："愿承间而自察兮，心震悼而不敢。悲夷犹而冀进兮，心怛伤之憺憺"②，他言："观此则知屈原事君惓惓之意，盖极深厚，岂乐以婞直犯上而取名者哉？"③《离骚》："日月忽其不淹兮，春与秋其代序。惟草木之零落兮，恐美人之迟暮"④，朱注云："以比臣子之心唯恐其君之迟暮，将不得及其盛时而事之也。"⑤ 由时光流逝阐发出事君不及的忧虑。由此可知，朱熹在注文中重视阐发《楚辞》的义理，他从伦理纲常立论，"其目的是要发掘屈原'忠君爱国之诚心'与'幽忧穷戚怨慕凄凉之意'的"⑥。正如张弈枢所谓："朱子因王氏《章句》及洪氏《补注》，定为《集注》八卷。明大义阐幽思，意深远矣。"⑦

　　由此观之，在文本阐释的方法上，汉人王逸《楚辞章句》重训诂，而宋人朱熹《楚辞集注》重义理，王逸是偏得制数而有失义理，朱熹是偏得义理而有失制数，两者都有欠缺。戴震于《题惠定宇先生授经图》一文中曾云："言者辄曰：'有汉儒经学，有宋儒经学，一主于故训，一主于理义。'此诚震之大不解者也。夫所谓理义，苟可以舍《经》而空凭胸臆，将人人凿空得之，奚有于经学之云乎哉？惟空凭胸臆之卒无当于贤人圣人之理义，然后求之古《经》；求之古

---

①　（宋）朱熹：《楚辞集注》，黄灵庚点校，上海古籍出版社 2015 年版，第 92 页。

②　同上书，第 107 页。

③　同上书，第 108 页。

④　同上书，第 10 页。

⑤　同上书，第 11 页。

⑥　朴永焕：《宋代楚辞学研究》，博士学位论文，北京大学，1996 年，第 131 页。

⑦　（清）张弈枢：《楚辞节注·序》，载吴平、回达强主编《楚辞文献集成》（十三），广陵书社 2008 年版，第 8731—8732 页。

《经》而遗文垂绝、今古县隔也，然后求之故训。故训明则古《经》明，古《经》明则贤人圣人之理义明，而我心之所同然者，乃因之而明。"① 所以，对于注释者而言，要通过训诂考据来探求经典所蕴含的义理，离开义理，训诂考据则会失去很大的意义，而离开训诂考据，圣人之理则无从求得。可见，在具体的文本阐释过程中，过于偏重训诂或过于偏重义理都有失偏颇。

三 《楚辞补注》倾向兼重

"伽达默尔认为解释学美学的任务就是'理解作品所说的意义以及使这种意义对我们和其他人都清楚化。'"② 而"真正优秀的文学作品是由外在和内在两个层次构成的：外在的层次是由音韵、训诂、名物、文体等因素构成的，对于文学解释者来说，把握这个层次的构成及含义是必要的。……但是，如果仅仅停留在这个层面上，又是很不够的……解释者应该透过作品的表层而抵达作品的深层的文本理解方法和模式。"③ 对阐释者而言，对外在层次的阐释，就是训诂，而对内在层次的阐释，则为义理。

洪兴祖对《楚辞》的关注，起自于年少之时，《楚辞补注》的成书则于其知饶州之时，其对《楚辞》的浸润长达数十年。就阐释方法而言，他既有汉唐人之余风，又受宋代兴起的义理之学的影响，可谓内在与外在两个层次兼顾，训诂与义理两个方面并蓄，较重训诂的《章句》多了些义理阐发，较重义理的《集注》少了些理学意味。

洪兴祖《楚辞补注》对王逸《楚辞章句》进行了补充，溯本清源，成了名物训诂方面最完善的《楚辞》阐释文本，关于洪兴祖对王逸注的补充、疏通、阐发、完善，在第一章第四节中曾有较为详细的阐述，大体概括为七个方面：荟萃众本，考录异文；匡正谬误，驳

---

① 戴震：《戴震文集》，赵玉新点校，中华书局1980年版，第168页。

② 邓新华：《中国古代诗学解释学研究》，中国社会科学出版社2008年版，第80—81页。

③ 同上。

斥旧注；保存佚说，载录遗文；凭依书证，援引赅博；补释语意，疏通王说；罗列众说，设问存疑；阐发屈意，品评公允。这是洪兴祖对楚辞学的贡献，是《楚辞补注》的成就，而就《楚辞补注》训诂方面的内容来讲，其中包括解释词义、解释方言、考证名物、疏通句意、说明修辞、分析句读、引证史实、考辨语音、重视校勘等。

　　具体来说，各简要略举例如下。

　　1. 解释词义：《离骚》："将往观乎四荒"，王逸注："荒，远也。言己欲进忠信，以辅事君，而不见省，故忽然反顾而去，将遂游目往观四荒之外，以求贤君也。"五臣云："观四荒之外，以求知己者。"洪补曰："《尔雅》：觚竹、北户、西王母、日下谓之四荒，皆四方昏荒之国。礼失而求诸野，当是时国无人，莫我知者，故欲观乎四荒，以求同志，此孔子浮海居夷之意。然原初未尝去楚者，同姓无可去之义故也。"① 对"四荒"的解释，王逸只言"远也"，并未言其具体所指，洪兴祖则引用《尔雅》来补充王注解说"四荒"的词义。

　　2. 解释方言：《楚辞》的一个特色是大量运用楚地方言。宋黄伯思《校定楚辞》，其序言："屈宋诸骚，皆书楚语、作楚声、纪楚地、名楚物，故可谓之'楚辞'。若'些'、'只'、'羌'、'谇'、'蹇'、'纷'、'侘'、'傺'者，楚语也；悲壮顿挫、或韵或否者，楚声也；沅、湘、江、澧、修门、夏首者，楚地也；兰、茝、荃、药、蕙、若、芷、蘅者，楚物也。"② 李翘《屈宋方言考》也言："然屈宋文辞，非唯惊采绝艳，为词赋之宗已也。览其辨物敷词，多属楚语。"③对这些楚语，王逸在《楚辞章句》中已有提及，但有一定局限，洪兴祖对王逸未注的楚方言加以阐明，或对王逸指出的加以补充说明依据。如：《招魂》："去君之恒干，何为四方些？"王逸注中没有解释

　　① （宋）洪兴祖：《楚辞补注》，白化文等点校，中华书局1983年版，第18页。
　　② （宋）黄伯思：《校定楚辞·序》，载（宋）陈振孙《直斋书录解题》，徐小蛮、顾美华点校，上海古籍出版社1987年版，第436页。
　　③ （清）李翘：《屈宋方言考》，载丁介民《方言考》，台湾中华书局1969年版，第85页。

"些"字，洪补曰："些，苏贺切。《说文》云：语词也。沈存中云：今夔峡湖湘及南北江獠人，凡禁呪句尾，皆称些，乃楚人旧俗。"①这是洪兴祖引用《说文》和《梦溪笔谈》来说明"些"字的含义，也指出"些"乃楚语。

3. 考辨名物：洪兴祖对训诂名物很重视。如：对《离骚》"岂维纫夫蕙茝"中"蕙"的考释，王逸注只言："蕙、茝，皆香草，以谕贤者。"洪兴祖补曰："《本草》云：薰草一名蕙草，生下泾地。陶隐居云：俗人呼鹢草，状如茅而香，为薰草，人家颇种之。引《山海经》云：薰草麻叶而方茎，赤花而黑实，气如蘪芜，可以已厉。又《广志》云：蕙草绿叶紫花。陈藏器云：此即是零陵香，生零陵山谷。《南越志》名燕草。黄鲁直说与此异，已见上"。② 这是洪兴祖引《本草》《山海经》《广志》《南越志》与陈藏器等人之说来解释"蕙"。

4. 疏通句意：如：《桔颂》："深固难徙，廓其无求兮"，王逸未注，而洪补曰："凡与世迁徙者，皆有求也。吾之志举世莫得而倾之者，无求于彼故也。"③直接补说句意。《离骚》："初既与余成言兮"，王逸注："初，始也。成，平也。言，犹议也。"洪补曰："成言，谓诚信之言，一成而不易也。"④ 此句，王注分别对"初""成""言"三字之义进行了训释，但全句的句意并不明了，洪兴祖加以阐释，将"成言"解为诚信之言一成不易，此解释既对王逸所注有所更正，又对全句句意有所疏通有所彰显。

5. 阐明章旨：洪兴祖对原来没有小序的篇目补说题意。对《惜诵》，言："此章言己以忠信事君，可质于明神，而为谗邪所蔽，进退不可，惟博采众善以自处而已。"⑤并在正文的注释里解说章旨。

---

① （宋）洪兴祖：《楚辞补注》，白化文等点校，中华书局1983年版，第198页。

② 同上书，第7页。

③ 同上书，第154页。

④ 同上书，第10页。

⑤ 同上书，第128页。

《惜诵》："惜诵以致愍兮"句,洪补曰:"惜诵者,惜其君而诵之也。"①

6. 说明修辞:王逸在《离骚序》中说:"《离骚》之文,依《诗》取兴,引类譬谕,故善鸟香草,以配忠贞;恶禽臭物,以比谗佞;灵脩美人,以媲于君;宓妃佚女,以譬贤臣;虬龙鸾凤,以讬君子;飘风云霓,以为小人。"② 王逸这里明确地指出了《离骚》"引类譬喻"的特点,洪兴祖在具体的注释当中也注意到了这一点。如在"恐美人之迟暮"句下,洪补曰:"屈原有以美人喻君者,'恐美人之迟暮'是也;有喻善人者,'满堂兮美人'是也;有自喻者,'送美人兮南浦'是也。"③

7. 分析句读:《离骚》:"忳郁邑余侘傺兮",王逸注:"忳,忧貌。侘傺,失志貌。侘,犹堂堂,立貌也。傺,住也,楚人名住为傺。"《考异》:"邑,一作悒。一本注云:忳,自念貌。"五臣云:"忳郁,忧思貌。悒,不安也。"洪补曰:"忳,徒浑切,闷也。郁邑,忧貌。下文曰:曾歔欷余郁邑兮。五臣以忳郁为句绝,误矣。侘,敕加切。傺,丑利切。又上勑驾切,下勑界切。《方言》云:傺,逗也,南楚谓之傺。郭璞云:逗,即今住字。"④ 这里五臣以"忳郁"为句,释为"忧思",洪兴祖则不仅直接以"郁邑"为句,释为"忧貌",还引用与此句句法结构相同且同样含有"郁邑"的句子,来说明五臣注句读有误。

8. 引证史实:王逸在引用史料时,或未见原著,或转引他书,故有时所言不明所本,有时也与史实不符。对此,洪兴祖在《补注》中,常常指明王注的依据,或用相关史实对王注加以补充说明。《九章·惜往日》:"封介山而为之禁兮,报大德之优游",王逸注:"言文公遂以介山之民封子推,使祭祀之。又禁民不得有言烧死,以报其

---

① (宋)洪兴祖:《楚辞补注》,白化文等点校,中华书局1983年版,第121页。
② 同上书,第2—3页。
③ 同上书,第6页。
④ 同上书,第15页。

德，优游其灵魂也。"洪补则曰："《史记》：晋初定，赏从亡，未至隐者介子推，推亦不言禄，禄亦不及。介子推从者，乃悬书宫门。文公出，见其书，曰：此介子推也。吾方忧王室，未图其功。使人召之，则亡。遂求其所在，闻其入绵上山中。于是文公环绵上山中而封之，以为介推田，号曰介山。以记吾过，且旌善人。《庄子》曰：介子推至忠也，自割其股，以食文公。公后背之，子推怒而去，抱木而燔死。《淮南》曰：介子歌龙蛇，而文君垂泣也。封介山而为之禁者，以为介推田也。"①洪兴祖引用《史记》《庄子》《淮南子》等篇所录的史实，对王逸所注的介子推之事指出所本，加以补充说明，并依《史记》，说明文公所赐的非介山之民，而是介山之地。

9. 考辨语音：音读是训诂的内容之一。洪兴祖在《楚辞补注》中，对于难字、韵字等多以反切、直音、叶韵等方式注明音读，相比于王逸《楚辞章句》，注音方式及注音内容更多。如：《九辩》："自压桉而学诵。"洪补："《集韵》压，益涉切，按也。"②《离骚》："望崦嵫而勿迫。"洪补曰："崦，音淹。嵫，音兹。"③《离骚》："又重之以脩能"，洪补曰："能，……此读若耐，叶韵。"④

10. 重视校勘：洪兴祖曾说："世所传《楚词》，惟王逸本最古，凡诸本异同，皆当以此为正，又李善注本有以世为时为代，以民为人之类，皆避唐讳，当从旧本。"⑤又前文说到，对《楚辞》，洪兴祖参校了欧阳永叔、苏子瞻、晁文元、宋景文等诸多版本进行校勘整理。可知，洪兴祖诠释《楚辞》，注重版本校勘文字考异，且较尊崇古本，并继承了其他前人的成果。如：《大招》"魂兮归徕！思怨移只。"考异："古本作怨思移只。"⑥《七谏·自悲》："闻南藩乐而欲

---

① （宋）洪兴祖：《楚辞补注》，白化文等点校，中华书局1983年版，第151页。
② 同上书，第191页。
③ 同上书，第27页。
④ 同上书，第4页。
⑤ 同上书，第13页。
⑥ 同上书，第222页。

往兮"句，考异："唐本无'乐而'二字。"①

正因洪兴祖在《楚辞》训诂方面用力颇多，所以《直斋书录解题》说：王逸注由"兴祖从而补之，于是训诂名物详矣"。② 毛表《楚辞补注·跋》则称《补注》一书"援据该博，考证详审。名物训诂，条析无遗。"③ 朱熹亦曾评论道："近世考订训释之学，唯吴才老、洪庆善为善"。④ 以致朱熹《楚辞集注》在注释方面多采用洪兴祖的研究成果。

而正如埃昂·瓦特所说："解释是一个逐渐深入地揭示文学作品的内在蕴含的意义的过程"。⑤ 也就是说，任何文本的阐释都不该只停留在表层，而应该挖掘其深层的内涵。洪兴祖阐释《楚辞》时，就不仅重视训诂和阐释文本的表层含义，还进一步挖掘作品的深层内涵，阐发义理。

最突出的表现就是如前所述的洪兴祖对屈原之忧、屈原之怨、屈原之死、同姓事君等方面的认识，他明确提出"屈原之忧，忧国也……《离骚》二十五篇，多忧世之语。"⑥ "屈原于怀王，其犹《小弁》之怨乎?"⑦ "士见危致命，况同姓，兼恩与义，而可以不死乎!"⑧ "异姓事君，不合则去；同姓事君，有死而已。"⑨ "屈原非贪

---

① （宋）洪兴祖：《楚辞补注》，白化文等点校，中华书局 1983 年版，第 249 页。
② （宋）陈振孙：《直斋书录解题》，徐小蛮、顾美华点校，上海古籍出版社 1987 年版，第 433 页。
③ （清）毛表：《楚辞补注·跋》，载姜亮夫《楚辞书目五种》，中华书局 1961 年版，第 36 页。
④ （宋）黎靖德编：《朱子语类》（八），王星贤点校，中华书局 1986 年版，第 3279 页。
⑤ ［英］罗吉·福勒：《现代西方文学批评术语词典》，袁德成译，朱通伯校，四川人民出版社 1987 年版，第 11 页。
⑥ （宋）洪兴祖：《楚辞补注》，白化文等点校，中华书局 1983 年版，第 50 页。
⑦ 同上书，第 14 页。
⑧ 同上书，第 50 页。
⑨ 同上书，第 16 页。

名者，然无善名以传世，君子所耻"①。洪兴祖强调屈原忠君爱国、同姓事君、人臣之义，爱国而怨、忧世而死、"非贪名"等，都是将他独特卓识的义理阐发融入了注释之中。还有《离骚》："虽不周于今之人兮，愿依彭咸之遗则"，于前句下王逸注："周，合也"。于后句下王逸注："彭咸，殷贤大夫，谏其君不听，自投水而死。遗，余也。则，法也。言己所行忠信，虽不合于今之世，愿依古之贤者彭咸余法，以自率厉也。"洪补曰："颜师古云：彭咸，殷之介士，不得其志，投江而死。按屈原死于顷襄之世，当怀王时作《离骚》，已云：'愿依彭咸之遗则。'又曰：'吾将从彭咸之所居。'盖其志先定，非一时纷怼而自沉也。《反离骚》曰：弃由、聃之所珍兮，摭彭咸之所遗。岂知屈子之心哉！"② 在这里，洪兴祖驳斥了班固所谓的屈原"忿怼不容，沉江而死"及扬雄反责屈原的"弃由、聃之所珍"，认为屈原"盖其志先定"，早有一死之心。《远游》："超无为以至清兮，与泰初而为邻"。于前句下王逸注："登天庭也"。在后句下王逸注："与道并也"。洪补曰："《列子》曰：泰初者，气之始也。《庄子》曰：泰初有无，无有无名。按《骚经》《九章》皆托游天地之间，以泄愤懑，卒从彭咸之所居，以毕其志。至此章独不然，初曰'长太息而掩涕'，思故国也。终曰'与泰初而为邻'，则世莫知其所如矣"。③ 洪兴祖比较《离骚》《九章》《远游》三者所体现出的篇旨，认为前两者皆持一死之心，后者则欲归于道真、"与道并也"。且《离骚后序》下洪兴祖引孔子曰："乐天知命，有忧之大者。"又言"屈原之忧，忧国也；其乐，乐天也。"④ 这是窥见了屈原面对现实困境时是选择死还是选择大忧的极致"乐天"的"莫知所如"的内在矛盾心理。

对洪兴祖阐发屈骚精神等方面，游国恩说："《楚辞补注》一书，

---

① （宋）洪兴祖：《楚辞补注》，白化文等点校，中华书局1983年版，第12页。
② 同上书，第13页。
③ 同上书，第175页。
④ 同上书，第50页。

除了在名物训诂等方面作出了不小的贡献之外，于洪氏的思想人格也往往有明显的表现。"① 认为洪兴祖也有阐发屈赋文义的功劳，且能体现出他自己的人格思想，极具价值。姜亮夫《楚辞书目五种》中亦云洪兴祖《补注》"章明句显，既发王义之幽微，亦抒个人之见解，为后代研习者之所宗尚。"② 易重廉《中国楚辞学史》中认为《楚辞补注》的成就，可以归纳为下面数项：一、精校异文。二、遍考方言。三、广征文献。四、研究《楚辞》的思想内容和艺术特点。③ 他在论述此书特点的时候，对洪兴祖能发挥《楚辞》的思想与屈赋的意旨这点，没有忽视。

故此，汤漳平认为在义理阐发方面洪兴祖的《楚辞补注》已开其端，他说《补注》"虽然是以校勘订正和训诂等方面见长，然也有大量阐释义理的成分"④。黄震云认为："（一）训诂派以王逸为宗，次有扬雄，代表著作有《离骚经章句》、《天问解》等。王逸之后，当推宋·洪兴祖的《楚辞补注》，清·戴震的《屈赋注》。（二）是义理派。王逸已开其端，洪兴祖补注和朱熹的《楚辞集注》为代表，推崇屈原的人品与忠君爱国之心。"⑤ 认为洪兴祖《楚辞补注》既以训诂为重又是义理派的代表作。周建忠则把古代楚辞学史分为三个阶段，将洪兴祖《楚辞补注》列为以义理探求为特征的宋元阶段的代表作⑥。这是认为洪氏不仅校正考订原文，载录异文遗说，补释词句语意，还阐扬了文旨和义理，如洪兴祖言屈原："同姓无可去之义，有死而已""生不得力争而强谏，死犹冀其感发而改行""非死为难，处死

---

① 游国恩：《天问纂义》，中华书局 1982 年版，第 456 页。
② 姜亮夫：《楚辞书目五种》，中华书局 1961 年版，第 32 页。
③ 易重廉：《中国楚辞学史》，湖南出版社 1991 年版，第 272—275 页。
④ 汤漳平：《楚辞研究二千年》，《许昌师专学报》1989 年第 4 期。
⑤ 黄震云：《楚辞通论》，湖南教育出版社 1997 年版，第 323 页。
⑥ 周建忠：《楚辞与楚辞学》，《云梦学刊》2003 年第 6 期。

为难。屈原虽死，犹不死也"①"《离骚》二十五篇，多忧世之语"②，释《怀沙》云："屈子以为知死之不可让，则舍生而取义可也。所恶有甚于死者，岂复爱七尺之躯哉？"③ 等等，凡此诸说，皆为后世屈原忠君爱国、忧国忧民形象张本，又为后人探寻屈原之生命意识、生死观、死亡意识而起步。李温良则说："今懂理洪书，益知其撰作之特色，乃在熔训诂、考据、义理于一炉"④。可见，洪兴祖的《楚辞补注》一书确是公认的趋向训诂与义理兼重的著作。

第三节 文本阐释尺度的不同把握

从阐释学的角度看，任何一位阐释者自身的"历史性"都是一把"两刃之剑"，它常常也会扭曲经典之意涵。因此，如何适当安顿解释者的"历史性"就成为一个方法论问题。我们认为，"解经者固然不应也不可能完全解消自己的'历史性'，而以一个'空白主体'的姿态进入经典的世界；但也不可过度膨胀解经者的'历史性'，以致流于以今释古，刑求古人。因此，解经者必须在完全解消自己的'历史性'与过度膨胀自己的'历史性'之间，获致一个动态的平衡"⑤。这就是说，在具体的文本阐释中，阐释者无法消解的主体性的发挥不是不受限制的，它有一个尺度的问题。

在对《楚辞》的阐释中，《楚辞章句》《楚辞补注》与《楚辞集注》是《楚辞》阐释的三个重要文本，其中《楚辞章句》的重考据和《楚辞集注》的重义理在某种程度上存在汉学的阐释不足与宋学

---

① （宋）洪兴祖：《楚辞补注》，白化文等点校，中华书局1983年版，第50页。

② 同上。

③ 同上书，第146页。

④ 李温良：《洪兴祖〈楚辞补注〉研究》，硕士学位论文，台湾成功大学，1994年，第195页。

⑤ 黄俊杰编：《中国经典诠释传统（一）：通论篇》，华东师范大学出版社2008年版，第12页。

的阐释过度问题，而洪兴祖的阐释，既未忽略文本客体对阐释行为的制约，也未忽视文本这种"有意义潜能的生命形式"[1]，能够把握住重主观和重客观的限度，其《楚辞补注》诠释更为适中，不失为一种合理和有效的阐释。

一　《楚辞章句》阐释不足

从阐释学的角度来看，"汉学与宋学各代表一种诠释路向：如果说前者是语学的、史学的，从而是实证的，那么后者则是哲学的，从而是理解的、领悟的。就理论而言，语学与史学的诠释路向并不必然优于哲学的诠释路向，甚者，在具体案例中，哲学的解释在整体语境的把握上往往更为可取。传统观点之所以认为语学与史学的解释比哲学的解释更可靠，在很大程度上是由于解释的'客观性迷信'（superstitions of objectivity）所致。借用当代西方诠释学的一对术语：'过度诠释'（over-interpretation）与'不足诠释'（under-interpretation），不妨说，虽然宋学家的解释在汉学家眼里常被认为诠释过度，但换个角度看，汉学家的解释常常存在诠释不足的问题"。[2] 就对《楚辞》的阐释而言，《楚辞章句》与《楚辞集注》是《楚辞》阐释汉、宋两个阶段非常重要的阐释文本，可以说是汉学与宋学的代表性著作，还都曾经被奉为圭臬，但从阐释尺度而言，其中重考据的《楚辞章句》和重义理的《楚辞集注》在某种程度上存在汉学的阐释不足与宋学的阐释过度问题。

王逸在阐释《楚辞》时，鉴于他撰作《章句》的原因和目的，他并非全然忽视挖掘作品的义旨。关于王逸撰写《楚辞章句》的原因，目前学术界有两种看法：一种为受诏而作，另一种为非受诏而作。蒋天枢持第一种观点，他由班固、贾逵等在兰台校书时受诏作

---

① 刘思谦：《意义阐释的合理性与有效性问题》，《河南大学学报》（社会科学版）2001 年第 6 期。

② 方旭东：《诠释过度与诠释不足：重审中国经典解释学中的汉宋之争——以〈论语〉"颜渊问仁"章为例》，《哲学研究》2005 年第 2 期。

《离骚经章句》，顺推王逸亦在任校书郎时受诏著《章句》。王齐洲持第二种观点，主要依据是王逸的序文里没有提到受诏作注。另外，李中华、朱炳祥和黄建荣等人的观点也应该属于"非受诏而作"一类，他们对王逸阐释《楚辞》的原因的观点，大致有以下三种：第一，王逸同情屈原的不幸遭遇。第二，王逸不满班固对屈原及其作品的评价。第三，不满前人旧注。① 故此，鉴于王逸撰书的目的及其对屈原的态度与评价，王逸在训解通释字句之时，不会仅仅停留在文字的表层意义上，而是挖掘作品内在含义，希求阐发义理。

比如：他为《楚辞》所有篇目作序，以序文定作者明意图，在这些序文中言及作者情况、篇章创作缘由、篇章旨意时，就有义理的阐发。如《九章·序》云："屈原放于江南之壄，思君念国，忧心罔极，故复作《九章》。"② 他阐发了屈原"思君念国"之情。《七谏·序》言："谏者，正也，谓陈法度以谏正君也。古者，人臣三谏不从，退而待放。屈原与楚同姓，无相去之义，故加为《七谏》，殷勤之意，忠厚之节也。或曰：《七谏》者，法天子有争臣七人也。"③ 又《湘君》"恩不甚兮轻绝"句，王逸注："言人交接初浅，恩不甚笃，则轻相与离绝。言己与君同姓共祖，无离绝之义也。"④ 这两例触及了屈原与君同姓不能相去之义。《离骚》："帝高阳之苗裔兮"，王逸注："屈原自道本与君共祖，俱出颛顼胤末之子孙，是恩深而义厚也。"⑤ 也言及与君共祖存有恩义。《离骚》"恐年岁之不吾与"句，王逸注："言我念年命汩然流去，诚欲辅君，心中汲汲，常若不及。

① 张丽萍：《〈楚辞章句〉与〈楚辞补注〉训诂比较》，硕士学位论文，兰州大学，2007 年，第 4 页。

② （宋）洪兴祖：《楚辞补注》，白化文等点校，中华书局 1983 年版，第 120—121 页。

③ 同上书，第 236 页。

④ 同上书，第 62 页。

⑤ 同上书，第 3 页。

又恐年岁忽过，不与我相待，而身老耄也"①。《涉江》"步余马兮山
皋，邸余车兮方林"句，王逸注："言我马强壮，行于山皋，无所驱
驰；我车坚牢，舍于方林，无所载任也。以言己才德方壮，诚可任
用，弃在山野，亦无所施也。"② 这里王逸阐发出屈原以拳拳之心，
诚欲辅佐国君，却恐时不我待，有才而被弃。在《离骚后序》中，
王逸还言人臣有"危言以存国，杀身以成仁"者，说屈原是"进不
隐其谋，退不顾其命，此诚绝世之行，俊彦之英也"③。

　　但类似这样的义理阐发是很少的，重考据的《楚辞章句》在某种
程度上就存在汉学的阐释不足问题。王逸是汉学家，汉学家反对阐释
者以"己意"介入文本阐释活动，因为在他们看来，阐释者的这种
"己意"是得文本之本意的最大障碍，是文本阐释产生误解和偏见的
根源，因此必须坚决地予以摒弃，这也就决定了王逸的《楚辞》阐
释存在阐释不足的问题。

　　在汉学家看来，"解经与作文不同，解经不可有成见，如果在解
经过程中搀杂了解经者的成见，将被认为是不合经旨亦即不合法的解
释而遭摒弃。……在汉学家眼里，解经本不该有解经者的主意与成
见，主意和成见都是超出解经范围的东西，……汉学家反对将解释者
的成见带到解释中去，这反映了他们对经典解释过程中可能出现主观
主义的一种忧虑。对主意与成见的拒斥，体现了他们试图确立一个解
释边界的努力。对解释学理论的批评与建构而言，汉学家的这些意见
无疑值得重视。但是，汉学家的问题在于：由于担心解释过程中出现
主观主义，他们错误地（事实上也是徒劳地）要求将主观性也拒之
门外，而忘记了解释自始至终都是一种主体活动，与人的意识须臾不
可分离。他们指望通过统计学手段以概率大小决定某个词的适当意
义，这对于解释活动所具有的复杂性而言，也失之简单化、机械化。

---

① （宋）洪兴祖：《楚辞补注》，白化文等点校，中华书局 1983 年版，第 6 页。
② 同上书，第 129 页。
③ 同上书，第 48 页。

这些特征使汉学家所做的解释工作给人一种未完成之感。在这个意义上，不能不说，汉学家的解释是一种'不足诠释'。"①

所以，如前所述，王逸《楚辞章句》对《楚辞》的阐释主要在词义与语意等方面，是以基于文本的训诂为主的《楚辞》阐释文本，是以章句训诂为主的汉唐阶段的代表作，游国恩就将其最确切地归属为训诂派之宗。

二 《楚辞集注》阐释过度

宋学家在解经时往往会有"学苟知本，六经皆我注脚"②之弊，《四库全书总目提要》中对道学家所作的经注就常加指斥，谓之为"以私意窜乱""以意自为""失之太凿"等。就此而言，宋学家的经典阐释实在是一种"过度诠释"。③

宋学家对《楚辞》的阐释也存在这个问题。《楚辞》与传统的儒家神圣性经典不同，它不是在政治、宗教等体制维护与强化下的国家经典，而是在读者的反复阅读与诠释中逐渐获得权威性的经典，因为这个特点，并不尊《骚》为经的宋代学者在对《楚辞》进行阐释时，阐释的空间就更广阔，而且，阐释者的阐释行为少了一些国家意识形态的约束，阐释行为具有更大的自由度和开放性。④ 而且"一个文本一旦成为某一文化的'神圣'文本，在其阅读的过程中就可能不断受到质疑，因而无疑也会遭到'过度'诠释。"⑤

就朱熹的《楚辞》阐释而言，尽管他在《朱子语类》卷三十六

---

① 方旭东：《诠释过度与诠释不足：重审中国经典解释学中的汉宋之争——以〈论语〉"颜渊问仁"章为例》，《哲学研究》2005年第2期。

② （宋）陆九渊：《陆九渊集》，钟哲点校，中华书局1980年版，第522页。

③ 方旭东：《诠释过度与诠释不足：重审中国经典解释学中的汉宋之争——以〈论语〉"颜渊问仁"章为例》，《哲学研究》2005年第2期。

④ 邹福清：《"诗人"、辞赋之士：经典诠释传统与屈原形象定位的文化内涵》，《理论月刊》2007年第11期。

⑤ ［意］安贝托艾柯、［英］柯里尼：《诠释与过度诠释》，王宇根译，生活·读书·新知三联书店2005年版，第55页。

中自称"圣人言语，自家当如奴仆，只去随他，教住便住，教去便去"①，言其解经"只是顺圣贤语意，看其血脉通贯处，为之解释，不教自以己意说道理。"② 但从具体的阐释实践来看，朱熹并未很客观地尊重阐释文本，"从清代考据学家的眼光来看，朱子注经是桩不幸的历史事件，因为朱子将自己的性理观点注入经书中，而且其注空虚，严重违反经书的'本义'。"③ "尤其当求经文本义与阐发义理二者发生矛盾时，朱熹本人解经则是以阐发义理为主，即使有违于经文本义，也有所不顾"④。

　　且朱熹阐释《楚辞》有现实政治、己身遭遇、"有感于赵孝定之变"等几个方面的原因，朱熹在文本阐释中还致力于建立自己的哲学体系，所以朱熹从政治伦理和封建道德角度来分析《楚辞》，他对《楚辞》的经典阐释可以说带有经学阐释与哲学阐释相融合的特点。因政治背景与理学倾向等对其创作及其作品本身的影响，在其对《楚辞》的阐释中，就难免带有政治意图与伦理意图下的过度阐释的倾向。也就是说，有些阐释往往与他的政治思维有关，蕴含着褒贬时政的倾向，他还致力于挖掘作品中道德寓意。

　　如他认为《九歌》是托神以为君的寄托诗，因"阴阳人鬼之间，又或不能无亵慢淫荒之杂"⑤，其辞有不可道者，故屈原文饰之，以寄拳拳忠君爱国之意。所以，朱熹从中主观地阐发了很多屈原的思想。他说《九歌》的创作是因"原既放逐，见而感之，故颇为更定其词。去其泰甚，而又因彼事神之心，以寄吾忠君爱国、眷恋不忘之

　　① （宋）黎靖德编：《朱子语类》（三），王星贤点校，中华书局 1986 年版，第978 页。

　　② （宋）黎靖德编：《朱子语类》（四），王星贤点校，中华书局 1986 年版，第1249 页。

　　③ 李明辉：《中国经典诠释传统（二）：儒学篇》，华东师范大学出版社 2008 年版，第 144 页。

　　④ 蔡方鹿：《朱熹经典诠释学之我见》，《文史哲》2003 年第 2 期。

　　⑤ （宋）朱熹：《楚辞集注》，黄灵庚点校，上海古籍出版社 2015 年版，第 41 页。

意。"① 又言《九歌》"此卷诸篇，皆以事神不答，而不能忘其敬爱，比事君不合，而不能忘其忠赤，尤足以见其恳切之意。"② 又言《九歌·东皇太一》"此篇言其竭诚尽礼以事神，而愿神之欣说安宁，以寄人臣尽忠竭力，爱君无已之意。"③ 言《湘君》："此篇盖为男主事阴神之词，故其情意曲折尤多，皆以阴寓忠爱于君之意。"④ 这是从《湘君》中阐发出屈原忠爱于君之意。对《九歌·云中君》，他又说："此篇言神既降而久留，与人亲接，故既去而思之不能忘也，足以见臣子慕君之深意矣。"⑤ 在这里，他从《云中君》篇阐发出屈原慕君之深意。在《山鬼》的阐释中又说："今既章解而句释之矣，又以其托意君臣之间者而言之。则言其被服之芳者，自明其志行之洁也。言其容色之美者，自见其才能之高也。……欲留灵脩而卒不至者，言未有以致君之寤，而俗之改也。知公子思我而然疑作者，又知君之初未忘我而卒困于谗也。至于'思公子而徒离忧'，则穷极愁怨，而终不能忘君臣之义也。"⑥ 在这里，朱熹从这一祭祀山神之歌中亦阐发出君臣之义，认为其处处托意君臣之间。

朱熹以一个理学大师、一个关注现实的士大夫的责任和敏感力挺屈原的"爱国"思想，以补正、扩充"三纲五常"的内容。在《集注》中，他处处挖掘屈原的忠君爱国之心、慕君难离之意。在对《离骚》的阐释中，他又言屈原"上指九天，告语神明，使平正之，明非为身谋及为他人之计，但以君之恩深而义重，是以不能自已耳。"⑦ 认为"恐美人之迟暮"是屈原"以比臣子之心唯恐其君之迟

---

① （宋）朱熹：《楚辞集注》，黄灵庚点校，上海古籍出版社 2015 年版，第 41 页。
② 同上。
③ 同上书，第 43 页。
④ 同上书，第 47 页。
⑤ 同上书，第 44 页。
⑥ 同上书，第 59—60 页。
⑦ 同上书，第 14 页。

暮，将不得及其盛时而事之也。"① 对很多篇章或语句的意旨阐释句句直指现实，句句关乎君臣大义，以至于被游国恩批评为主观臆断、穿凿迁曲，说他作《集注》，特别注重发明屈子微意，因此也就往往导致穿凿迁曲的毛病。游国恩批评这种附会说："他说《九歌·湘君》篇皆'阴寓忠爱于君之意'，又在'桂棹'六句下作注说：'此章比而又比也。盖此篇本以求神而不答比事君之不偶，而此章又别以事比求神而不答也。'又如《山鬼》篇全以托意君臣之间者为说：'子慕予之善窈窕者，言怀王之始珍己也；折芳馨而遗所思者，言持善道而效之君也'等等，都是显著的例子。"② 此外，明代汪瑗也批评说："屈子《九歌》之词，亦惟借此题目，漫写己之意兴，如汉魏《乐章》《乐府》之类……然其文意与君臣讽谏之说全不相关，旧注解者，多以致意楚王言之，支离甚矣。"③

　　总体而言，从阐释学的角度看，王逸的《楚辞章句》是语义学的阐释学，朱熹的《楚辞集注》是哲学的阐释学，故此，《楚辞章句》存在阐释不足，《楚辞集注》存在阐释过度，两者都有失允当。因为从抵达意义阐释的合理性和有效性角度来看，前者过于客观，排列堆砌大量资料、"实证"，虽连篇累牍却言不及义，而后者过于主观，将文本当作主观意念的注脚和例证而曲解作品，两者均损伤了意义阐释的合理性和有效性。④

三　《楚辞补注》阐释适度

　　以阐释文本意义为目标的阐释学，面临着这样一个问题，即如何抵达意义阐释的合理性和有效性。任何纯主观或纯客观的文本阐释，任何极端的阐释不足或阐释过度都是不具备合理性与有效性的，合理而有效的阐释应该是主客观的适度融合。安贝托艾柯说："如果没有

---

① （宋）朱熹：《楚辞集注》，黄灵庚点校，上海古籍出版社 2015 年版，第 11 页。
② 游国恩：《屈原》，中华书局 1980 年版，第 84 页。
③ （明）汪瑗：《楚辞集解》，北京古籍出版社 1994 年版，第 108 页。
④ 刘思谦：《意义阐释的合理性与有效性问题》，《河南大学学报》2001 年第 6 期。

什么原则可以帮助我们断定哪些诠释是'好'的诠释，至少有某个原则可以帮助我们断定什么诠释是'不好'的诠释。"① 毋庸置疑，《楚辞章句》的阐释不足与《楚辞集注》的阐释过度都是"不好"的阐释。

海德格尔说："解释领会到它的首要的、不断的和最终的任务始终是不让向来就有的先行具有、先行看见与先行把握以偶发奇想和流俗之见的方式出现，它的任务始终是从事情本身出来清理先有、先见与先行把握，从而保障课题的科学性。"② 伽达默尔说："谁想理解，谁就不能一开始听任自己随心所欲的前意见，以便尽可能始终一贯地不听错文本的意见——直到不可能不听到这些意见并且摧毁任意的理解。谁想理解文本，谁就得准备让文本讲话。因此，受过诠释学训练的意识必定一开始就感受到文本的他在性。"③ 艾柯则言："说诠释（'衍义'的基本特征）潜在地是无限的并不意味着诠释没有一个客观的对象，并不意味着它可以像水流一样毫无约束地任意'蔓延'。说一个文本潜在地没有结尾并不意味着每一诠释行为都可能得到一个令人满意的结果。"④ 这就是说，文本一旦离开其作者与其写作的具体语境，不是完全地在具有无限多的诠释可能性的真空之中漂浮，文本所具有的开放性不是无限的，阐释者对某一文本进行阐释的时候，虽不可避免地带有"历史性"，虽可以依据自己所处的历史语境等对阐释对象进行理解和阐释，但这并不是说任何私人性和任意性的理解都是恰当的，阐释者必须"从事情本身出发""让文本说话""感受

① ［意］安贝托艾柯、［英］柯里尼：《诠释与过度诠释》，王宇根译，生活·读书·新知三联书店 2005 年版，第 55 页。

② ［德］马丁·海德格尔：《存在与时间》，陈嘉映、王庆节合译，熊伟校，生活·读书·新知三联书店 1987 年版，第 187—188 页。

③ ［德］汉斯－格奥尔格·伽达默尔：《诠释学Ⅱ：真理与方法——补充和索引》，洪汉鼎译，商务印书馆 2010 年版，第 75 页。

④ ［意］安贝托艾柯、［英］柯里尼：《诠释与过度诠释》，王宇根译，生活·读书·新知三联书店 2005 年版，第 25 页。

到文本的他在性",亦即阐释者对阐释对象的理解和解释必须顾及作品本文的客观内涵和基本旨意。亦即艾柯所说的:"我真正想说的是,一定存在着某种对诠释进行限定的标准。"① "文本自身的特质确实会为合法诠释设立一定的范围和界限。"② 文本作品是具有一定的开放性,但开放性阅读与诠释必须从作品文本出发,受到文本的制约。也就是说,文本及其其中蕴含的作者意图限制了文本诠释具有无限丰富的可能性。③

"一个好的诠释必须从文本的中心地位和直接性出发,但是不必局限于文本的直接性意义。植根于文本的直接性意义,还可以甚至应该超出文本的直接意义才是更好的诠释。"④ 洪兴祖对《楚辞》的阐释,相对王逸的《楚辞章句》与朱熹的《楚辞集注》,实现了阐释者主观之"意"与文本客观之"义"的相互对话、相互调适。既能尊重《楚辞》文本本身的客观内涵,又能感觉到自己与创作者之间心灵、意绪上的交流和感应,既比《章句》阐释不足有所增进,又较《楚辞集注》阐释过度有所收敛,使得他的《楚辞楚辞》阐释尺度更为适中,不失为一种合理和有效的阐释。最能体现这一点的当是洪兴祖对屈原思想的阐发,尤其是在对屈原之忠、屈原之死、屈原之节、屈原之怨等的认识上,实优于王逸与朱熹两者。

洪兴祖在《离骚后序》补注中阐发了屈原同姓事君无可去之义,将王逸提及的"同姓无可去之义"与"事君之忠""一死而已"相结合。认为:"忠臣之用心,自尽其爱君之诚耳。死生、毁誉,所不顾也。故比干以谏见戮,屈原以放自沉。比干,纣诸父也。屈原,楚同姓也。为人臣者,三谏不从则去之。同姓无可去之义,有死而已。

---

① 〔意〕安贝托艾柯、〔英〕柯里尼:《诠释与过度诠释》,王宇根译,生活·读书·新知三联书店 2005 年版,第 42 页。

② 同上书,第 18 页。

③ 同上书,第 24 页。

④ 刘笑敢:《诠释与定向——中国哲学研究方法之探究》,商务印书馆 2009 年版,第 274—275 页。

《离骚》曰：阽余身而危死兮，览余初其犹未悔。则原之自处审矣。
或曰：原用智于无道之邦，亏明哲保身之义，可乎？曰：愚如武子，
全身远害可也。有官守言责，斯用智矣。山甫明哲，固保身之道。然
不曰夙夜匪解，以事一人乎！士见危致命，况同姓，兼恩与义，而可
以不死乎！且比干之死，微子之去，皆是也。屈原其不可去乎？有比
干以任责，微子去之可也。楚无人焉，原去则国从而亡。故虽身被放
逐，犹徘徊而不忍去。生不得力争而强谏，死犹冀其感发而改行，使
百世之下，闻其风者，虽流放废斥，犹知爱其君，眷眷而不忘，臣子
之义尽矣。非死为难，处死为难。屈原虽死，犹不死也。"① 王逸对
屈原的思想阐发触及了屈原与楚同姓的恩深义厚，说同姓无可去之
义，对屈原的忠也提及"忠贞""忠信""竭忠"等"人臣之义"，
认为屈原之死是尽臣子之义，此外并未多加评析，并未将屈原之死阐
释为既为楚之同姓又为君之臣子的屈原同姓事君之忠的必然选择。洪
兴祖却对屈原之死详细阐释，说为臣子者，三谏不从可去，然而屈原
因与"楚之同姓"而"无可去之义"，"兼恩与义，而可以不死乎"，
同姓臣子，"无可去之义，有死而已"。在《离骚》"悔相道之不察
兮，延伫乎吾将反"句下，洪兴祖更是明确指出："异姓事君，不合
则去；同姓事君，有死而已。屈原去之，则是不察于同姓事君之道，
故悔而欲反也。"② 明确指出同姓、臣子的身份是屈原不去、选择赴
死的原因之一。

　　其实，洪兴祖的"同姓事君无可去之义"的解释，是比较合理
的。朱熹曾批评洪兴祖曰："'延伫将反'，洪以同姓之义言之，亦非
文意。"③ 朱熹还曾指责"同姓之说，上文初无来历，不知洪何所据
而言。此亦求之太过也。"④ 易重廉也批评洪氏说："不敢触及君王半
句话，处处用'同姓无可去之义'来猜测屈原，甚至还批评贾谊

① （宋）洪兴祖：《楚辞补注》，白化文等点校，中华书局1983年版，第50页。
② 同上书，第16页。
③ （宋）朱熹：《楚辞集注》，黄灵庚点校，上海古籍出版社2015年版，第230页。
④ 同上书，第235页。

《吊屈原》'瞵九州而相其君兮，何必怀此都'为'失之'。暴露了他自己的极端保守的儒家伦理道德观念，是落后的，不可取的"。① 这是没有看到屈原不可更改的文化根性。战国时的楚国被视作荆蛮之国，《诗经·鲁颂·閟宫》说："戎狄是膺，荆舒是惩"。②《国语·晋语》也说："楚为荆蛮，置茅蕝，设望表，与鲜卑守燎，故不与盟。"③ 楚国处在中国诸国的觑觎和歧视下，楚人思想中维护宗族利益，重视血缘关系的传统观念很重，而屈原作为楚国的同姓，他始终把自己看作楚国宗族成员，如在《离骚》开首他就介绍自己是"帝高阳之苗裔兮"，王逸注曰："高阳，颛顼有天下之号也……屈原自道本与君共祖，俱出颛顼胤末之子孙。"④ 在《橘颂》中屈原还以"后皇嘉树""受命不迁"象征说明自己与楚王乃是同姓，楚是自己的宗国。屈原对国君之忠更多的是源于与楚王的同宗共祖以及基于此的对楚国的热爱。这种观念使屈原"欲从灵氛之吉占兮，心犹豫而狐疑。"对此，洪补曰："灵氛之占，于异姓则吉矣，在屈原则不可，故犹豫而狐疑也。"⑤ 洪兴祖以"同姓事君之忠"来说明在现实的苦境下，屈原不能离开楚国只能一死的合理性。对此，游国恩说："洪氏以宗国言之，虽无据而实有据。"⑥ 是对洪兴祖观点的认同。这种观点相比于王逸所确定的"思君念国""同姓无可去之义"和朱熹为"增夫三纲五典之重"所过度挖掘出的"忠君爱国之诚心"，更契合屈原思想的本质。

　　在对屈原之"节"的认识上，三者比较而言，王逸与朱熹更多的

　　① 易重廉：《中国楚辞学史》，湖南出版社 1991 年版，第 278 页。

　　② （唐）孔颖达：《毛诗正义》，载《十三经注疏》（上），中华书局 1980 年版，第 617 页。

　　③ 《国语》，上海古籍出版社 1998 年版，第 466 页。

　　④ （宋）洪兴祖：《楚辞补注》，白化文等点校，中华书局 1983 年版，第 3 页。

　　⑤ 同上书，第 36 页。

　　⑥ 游国恩主编：《离骚纂义》，金开诚补辑，董洪利、高路明参校，中华书局 1980 年版，第 371—372 页。

是儒家视角。可以说，屈原是以生命的自沉来捍卫自己发自内心的追求，应该说，洪兴祖对屈原之"节"的理解是切近本质的。① 前文谈过王逸认为"屈原建志清白，贪流名于后世也"，所持的是"忠""孝"伦理道德的评价。洪兴祖则补曰："屈原非贪名者，然无善名以传世，君子所耻，故孔子曰：伯夷、叔齐饿于首阳山下，民到于今称之。"② 这里，洪兴祖以屈原比于伯夷、叔齐这种"留善名""民到于今称之"的节士。而在《橘颂》中，屈原以橘自比，托物言志，通过赞美橘表现了自己的特立独行、坚贞自守、品德公正、行比伯夷。林云铭《楚辞灯》说："看来两段中，句句是颂橘，句句不是颂橘，但见原与橘分不得是一是二，彼此互映，有镜花水月之妙"。③ 朱熹也言："旧说屈原自比志节如橘，不可移徙是也。篇内意皆放此。"④ "言橘之高洁，可比伯夷，宜立以为像而效法之，亦因以自托也。"⑤ 都是说屈原以橘自况。而在对《橘颂》的补注中，洪兴祖引用韩愈的《伯夷颂》，说屈原独立不迁，与伯夷无异，是突出强调了屈原"特立独行""独立不迁"的人格操守。

在对屈原之死的阐发中，洪兴祖认为屈原对死亡的选择不仅是他同姓事君之忠的必然选择，也是他固持自己的气节操守的必然选择。面对这般的困境，有些人可以选择明哲保身、趋利避害，但洪兴祖认为屈原之死是选择了"舍生取义"，并称赞说："余观自古忠臣义士，慨然发愤，不顾其死，特立独行，自信而不回者，其英烈之气，岂与身俱亡哉！"⑥ 这里，洪注凸显了屈原"特立独行"的"不顾其死"。

---

① 孙光：《汉宋楚辞研究的历史转型》，博士学位论文，河北大学，2006 年，第85 页。

② （宋）洪兴祖：《楚辞补注》，白化文等点校，中华书局 1983 年版，第 12 页。

③ （清）林云铭：《楚辞灯》，载吴平、回达强主编《楚辞文献集成》（十一），广陵书社 2008 年版，第 7557 页。

④ （宋）朱熹：《楚辞集注》，黄灵庚点校，上海古籍出版社 2015 年版，第 124 页。

⑤ 同上书，第 126 页。

⑥ （宋）洪兴祖：《楚辞补注》，白化文等点校，中华书局 1983 年版，第 50 页。

且《离骚》"虽不周于今之人兮，愿依彭咸之遗则"句，屈原自言自己不周于今人，不能与今人和谐，但他不会随波逐流同流合污，愿意效法彭咸。对此句，洪兴祖选择了颜师古"彭咸，殷之介士，不得其志，投江而死"的说法来补注，而不像王逸所强调的"彭咸，殷贤大夫，谏其君不听，自投水而死"的"贤大夫"身份和"谏其君不听"①。对两者的差异，朱熹言："彭咸，洪引颜师古以为'殷之介士，不得其志，而投江以死'。与王逸异。"②这说明洪兴祖对屈原之死的认识，与王逸略有差异，他认为屈原和彭咸一样，难伸志向投江而死的行为也是"介士"的体现。

且基于对屈原之节的认识，洪兴祖从失节的角度切入，否定扬雄对屈原的评价，他说扬雄"《反离骚》曰：弃由、聃之所珍兮，摭彭咸之所遗。岂知屈子之心哉！"③还讽刺扬雄说："余恐重华与沉江而死，不与投阁而生也。"④至朱熹那里，他以慷慨激昂的态度把扬雄其人其文一笔抹杀。他言："雄乃专为偷生苟免之计，既与原异趣矣。其文又以摹拟掇拾之故，斧凿呈露，脉理断绝，其视宋、马犹不逮也。"⑤他还说："然则雄固为屈原之罪人，而此文乃《离骚》之谗贼矣，它尚何说哉？"⑥朱熹不遗余力地以全盘否定扬雄其人其言的方式"突出了屈原的忠君爱国的高大形象，既是借古讽今、隐晦地批判秦桧一类毫无气节的投降派，也是以屈原的正面形象来激励世风，具有明显的现实教化意义"⑦。

在对屈原之"怨"的认识上，王逸认为："且诗人怨主刺上曰：

①　（宋）洪兴祖：《楚辞补注》，白化文等点校，中华书局1983年版，第13页。
②　（宋）朱熹：《楚辞集注》，黄灵庚点校，上海古籍出版社2015年版，第229页。
③　（宋）洪兴祖：《楚辞补注》，白化文等点校，中华书局1983年版，第13页。
④　同上书，第25页。
⑤　（宋）朱熹：《楚辞集注》，黄灵庚点校，上海古籍出版社2015年版，第258页。
⑥　同上书，第211页。
⑦　孙光：《汉宋楚辞研究的历史转型》，博士学位论文，河北大学，2006年，第85页。

'呜呼！小子，未知臧否，匪面命之，言提其耳！'风谏之语，于斯为切。然仲尼论之，以为大雅。引此比彼，屈原之词，优游婉顺，宁以其君不智之故，欲提携其耳乎！"① 他努力将屈原之怨限定在"忠"的范围之内，认为屈原是谨遵诗教面命耳提的讽谏精神，是忠君的一种表现。朱熹则一方面认为屈骚中有"尤愤懑而极悲哀"②"怨怼激发"的成分，另一方面又说"楚词不甚怨君，今被诸家解得都成怨君，不成模样。《九歌》是托神以为君，言人间隔，不可企及，如己不得亲近于君之意。以此观之，他便不是怨君。"③ 还否定屈原之怨，说："看来屈原本是一个忠诚恻怛爱君底人。观他所作《离骚》数篇，尽是归依爱慕，不忍舍去怀王之意。所以拳拳反复，不能自已，何尝有一句是骂怀王。亦不见他有偏躁之心，后来没出气处，不奈何，方投河殒命。而今人句句尽解做骂怀王，枉屈说了屈原。只是不曾平心看他语意，所以如此。"④ 在朱熹看来，屈原的"怨怼激发"是由于"忠君爱国"，所以"怨"即"不怨"。而洪兴祖以"《小弁》之怨"解说屈原之怨，充分肯定了屈原之怨乃是因为"亲亲"而怨刺"亲之过大者"，对屈原为国家利益着想的怨君给予了很高的评价。三者比较起来，王逸的"讽谏"君过为一般臣子所能为，而朱熹所阐发的屈原身上的"忠臣"气更重一些。洪兴祖的"《小弁》之怨"说则介于两者之间。

洪兴祖在阐释《楚辞》时，既未忽略文本客体对阐释行为的制约，也未忽视文本这种"有意义潜能的生命形式"及其阐释者历史情境下的历史性，能做到既重视阐释文本又践行"疏可破注"，重视训诂与重视义理兼重，阐释尺度适中，在己之私意与文本意义之间找到动态平衡。正因为洪兴祖《楚辞》阐释的卓识及阐释的适度性，朱熹的《楚辞集注》不仅在注释方面大量采信洪兴祖的研究成果，

---

① （宋）洪兴祖：《楚辞补注》，白化文等点校，中华书局1983年版，第49页。
② （宋）朱熹：《楚辞集注》，黄灵庚点校，上海古籍出版社2015年版，第92页。
③ （宋）黎靖德：《朱子语类》（八），王星贤点校，中华书局1986年版，第3297页。
④ 同上书，第3258—3259页。

而且在阐发屈原的思想理念和屈骚精神上也多吸纳他的观点。《四库全书总目》中认为《楚辞补注》"于楚辞诸注之中，特为善本"①，斯言致矣！

　　上述洪兴祖的种种阐释正是基于对《楚辞》文本意义的考察，并融入自己作为阐释者在其自身的诠释学境遇下的一己私意的主体性，将阐释文本的"客观"性与个人意识的主观性较好地结合在一起。正像伽达默尔所说的："研讨某个传承物的解释者就是试图把这种传承物应用于自身……他只想理解传承物所说的东西，即构成文本的意义和意思的东西。但是为了理解这种东西，他一定不能无视他自己和他自己所处的具体的诠释学境况。如果他想根本理解的话，他必须把文本与这种境况联系起来。"② 而有建设性的阐释，既不是阐释者生硬地将自己的主体意识勉强地涂抹在文本之上，也不是对文本进行随心所欲的阐释，应该是阐释者与文本之间互为主体性的对话。

第四节　文本阐释理据的不同依托

　　汉唐学者治经以《诗》《书》《礼》《易》《春秋》五经为经典阐释的主要对象和文本，宋代朱熹将《孟子》由"子"入"经"，与原本均属儒家经典范畴的《论语》《大学》《中庸》合为四书。程颐强调："学者当以《论语》、《孟子》为本。《论语》、《孟子》既治，则六经可不治而明矣。"③ 朱熹则说："某要人先读《大学》，以定其规模；次读《论语》，以立其根本；次读《孟子》，以观其发越；次读

---

① （清）永瑢等：《四库全书总目》，中华书局1965年版，第1268页。

② ［德］汉斯－格奥尔格·伽达默尔：《诠释学Ⅰ：真理与方法——哲学诠释学的基本特征》，洪汉鼎译，商务印书馆2010年版，第459页。

③ （宋）程颢、程颐：《二程集》（一），王孝鱼点校，中华书局1981年版，第322页。

《中庸》，以求古人之微妙处"①，并曾说："《四子》，《六经》之阶梯"。② 并且呕心沥血地著了《四书章句集注》，具有划时代的意义。可见，在宋代四书处于优先的位置，重要性在六经之上。这说明汉宋所重的经典不同，这也说明在宋代经典文本的重心发生了转移，"子"的地位提升。在《楚辞章句》《楚辞补注》和《楚辞集注》文本阐释征引文献作为理据时，也体现出对"子书"有所偏重这一特点。可以说，从注疏所引典籍，或从对所注释内容的取舍，或从对所依傍的材料理据的选择等方面可以看出阐释者不同的理据依托。

一 王逸言必称经，经书为主

《后汉书·文苑传》云："王逸字叔师，南郡宜城人也。元初中，举上计吏，为校书郎。顺帝时，为侍中。著《楚辞章句》行于世。"③在《离骚后序》，王逸说："今臣复以所识所知，稽之旧章，合之经传，作十六卷章句。"④ "所谓'所识所知'，说明王逸读到过其时各种《楚辞》注本。所谓'稽之旧章，合之经传'，他作《楚辞章句》，恪守汉学治经家法，引经据典，取证事实，不务空言。"⑤ 可知，王逸《楚辞章句》颇如章太炎所言之"章句不离经而空发。"⑥

宗经这点从王逸阐释《楚辞》所选用的阐释体式上有所体现。王逸采取的章句体是经师注经的阐释体例。刘师培《国学发微》说："'故''传'二体，乃疏通经文之字句者也；'章句'之体，乃分析

---

① （宋）黎靖德编：《朱子语类》（一），王星贤点校，中华书局1986年版，第249页。

② （宋）黎靖德编：《朱子语类》（七），王星贤点校，中华书局1986年版，第2629页。

③ （宋）范晔：《后汉书》（八），（唐）李贤等注，中华书局1965年版，第2618页。

④ （宋）洪兴祖：《楚辞补注》，白化文等点校，中华书局1983年版，第48页。

⑤ 黄灵庚：《关于王逸〈楚辞章句〉的校理》，《中国文化研究》2003年夏之卷第54页。

⑥ 章太炎：《国故论衡》，上海古籍出版社2003年版，第70页。

经文之章节者也。"① 作为侧重离章辨句串讲大意的一种体式，汉代一些儒者治经时会采用。如：《汉书·艺文志·六艺略》所载的：《尚书》有《欧阳章句》《大小夏侯章句》；《易经》有施氏、孟氏、梁丘氏章句；《春秋》有《公羊章句》《谷梁章句》等。虽然章句体后因支离烦琐而遭诟病，但由此也足见章句体在汉代曾有一席之地。王逸的《楚辞章句》对作品分篇章并作序，其注释侧重词语释义和章句串讲。周建忠认为王氏训释，多有所本，或本于经书故训，或本于方言楚语。细考王逸《楚辞》阐释时所依傍的资料理据，亦即他所用的主要注释材料所本所重，确以经书为主，有言必称经的倾向。

　　这首先体现在王逸在阐释《楚辞》的过程中，其注文是以《诗》释《骚》的，它引用《诗经》来注解《楚辞》，并将《楚辞》中的句子与《诗经》中的句子相比附。如：《离骚后序》："诗人怨主刺上曰：'呜呼！小子，未知臧否，匪面命之，言提其耳！'风谏之语，于斯为切。然仲尼论之，以为大雅。引此比彼，屈原之词，优游婉顺，宁以其君不智之故，欲提携其耳乎！"② 这是王逸直接引《诗》反驳班固对屈原的批评。对《离骚》"及前王之踵武"句，王逸注曰："武，迹也。《诗》曰：履帝武敏歆"。③ 这是引《大雅·生民》解释字词。《离骚》"忽奔走以先后兮"句，王逸注曰："奔走先后，四辅之职也。《诗》曰：予聿有奔走，予聿有先后。是之谓也"。④ 此引《大雅·绵》进行解说。《哀郢》"登大坟以远望兮"句，王逸注曰："水中高者为坟，《诗》曰：遵彼汝坟。"⑤ 这是引《周南·汝坟》解释词义。《九辩》"计专专之不可化兮"句，王逸注曰："我心匪石，不可转也。"⑥ 这是化用《邶风·柏舟》进行解说。对《招魂》

---

① 刘师培：《国学发微（外五种）》，广陵书社2013年版，第11页。
② （宋）洪兴祖：《楚辞补注》，白化文等点校，中华书局1983年版，第49页。
③ 同上书，第9页。
④ 同上。
⑤ 同上书，第134页。
⑥ 同上书，第196页。

"献岁发春兮汩吾南征，菉𬞟齐叶兮白芷生"，王逸注曰："犹《诗》云'若我往矣，杨柳依依'也。"① 是用《小雅·采薇》来解说文义。《七谏·谬谏》"飞鸟号其群兮，鹿鸣求其友"句，王逸注曰："同志为友。言飞鸟登高木，志意喜乐，则和鸣求其群而呼其耦。鹿得美草，口甘其味，则求其友而号其侣也。以言在位之臣，不思贤念旧，曾不若鸟兽也。《诗》曰：嘤其鸣矣，求其友声。又曰：呦呦鹿鸣，食野之苹。"② 王逸引《小雅·伐木》和《小雅·鹿鸣》进行注释。《离骚》"望瑶台之偃蹇兮，见有娀之佚女"句，王逸注曰："有娀，国名。佚，美也。谓帝喾之妃，契母简狄也。配圣帝，生贤子，以喻贞贤也。《诗》曰：有娀方将，帝立子生商。"③ 这是王逸引《商颂·长发》来说明《楚辞》中的历史现象。且王逸直接称"夫《离骚》之文，依托《五经》以立义焉。"④ 他除了将《诗经》广泛用于《楚辞》解读外，还将儒家经典《书》《易》中的句子与屈赋中的句子生硬地比照，"言必称经"，从而得出"《离骚》之文，依托《五经》以立义"的结论，将屈赋视同儒家经典，可谓登峰造极。

从王逸具体的引书情况来看，确以经书为主。据张丽萍统计，王逸引书有经、子、史三部，共 22 种 186 次。其中经部引书共 15 种 166 次：有《周易》10 次，《尚书》14 次，《尚书传》2 次，《诗经》102 次，《周礼》2 次，《仪礼》1 次，《礼记》6 次，《春秋》2 次，《春秋左氏传》6 次，《孝经》1 次，《孝经援神契》1 次，《论语》12 次，《尔雅》5 次，《河图扩地象》2 次，《外传》1 次。子部 6 种 17 次：《孟子》1 次，《吕氏春秋》2 次，《司马法》1 次，《淮南子》12 次，《列仙传》1 次，《相玉书》1 次。史部 1 种 3 次：《山海经》3 次。总的来说，王逸引书是以经部书为主，兼引其他。经部书的引用

① （宋）洪兴祖：《楚辞补注》，白化文等点校，中华书局 1983 年版，第 213 页。
② 同上书，第 254—255 页。
③ 同上书，第 32 页。
④ 同上书，第 49 页。

将近王逸所引书目总数的 70%。子部书的引用占王逸所引书目总数的 27% 以上，史部书的引用占王逸所引书目总数的 4% 以上，王逸没有引用集部。① 王逸引用次数最多的是《诗》，共 102 次。这是王逸以《诗》释《骚》的思想的体现。

　　而据赵晓东统计："王逸在《楚辞章句》中引用了三十几种文献典籍，主要以儒家典籍为主，其中引用频率最高的就是《诗经》，根据笔者的统计，整部《章句》中大概引《诗》100 次左右。就注释的《楚辞》篇目来讲，引用《诗》句最多的是《九叹》，共征引用《诗》35 次之多，其次是《离骚》，《九歌》、《九章》次之；就所引用的《诗》之篇目来讲，涉及最多的是国风与雅诗，二者数量基本相当，引用颂诗的次数最少，大概不到 10 次"②。

　　另外，龚敏也说："注中所引文献以儒家所传典籍为主，儒家以外典籍则以汉初道家的《淮南子》为主。据统计，在注中所引的儒家典籍中，《诗》被引用多达 95 处，明显地占据主要地位。除这些直接引用的以外，在各章叙中和阐发句意时都或多或少运用了两汉《诗经》学的比兴手法来标举大旨，概括题意。"③

　　对王逸《楚辞章句》依凭的书证多以经书为主这种现象，朱碧莲《楚辞论稿》说："王逸的《章句》过于简略，而且对于典故、神话传说等或者不引出处，或者局限于用经书记载来加以解释。④"董洪利《几种各具特色的楚辞古注》也说："王注多不出六经的范围，有一概以经书解之之嫌。"⑤

---

　　① 张丽萍：《〈楚辞章句〉与〈楚辞补注〉训诂比较》，硕士学位论文，兰州大学，2007 年，第 67—74 页。此处，在其统计中，子部 6 种的引用次数，各部书引用次数相加之和与总数不符。

　　② 赵晓东：《王逸以〈诗〉注〈楚辞〉研究》，硕士学位论文，广西师范大学，2008 年，第 19 页。

　　③ 龚敏：《以〈诗〉释〈骚〉——论王逸〈楚辞章句〉注释方式》，《船山学刊》2004 年第 4 期。

　　④ 朱碧莲：《楚辞论稿》，上海三联书店 1993 年版，第 227 页。

　　⑤ 董洪利：《几种各具特色的楚辞古注》，《文史知识》1983 年第 5 期。

二 朱熹重理简洁，经子为主

宋代楚辞研究在很大程度上受到理学思想的影响。孔孟儒学发展到宋代，产生了新的儒学即理学。理学是从宋学中分离出来的。"宋代理学是为宋代统治者服务的哲学思想，其最为鲜明的特点是重视阐发儒家学说之中的微言大义，这便导致了后来的宋学重视对作品进行义理分析的学术特征。在这种思想的指导下，宋人对汉唐以来的注释训诂与考证之学则持一种否定的态度。这使得宋代的楚辞研究在一定程度上受到了理学思想的影响"①。就朱熹而言，他继承并发展了二程的学说，吸取了佛道二教及张载等人的理论，创立了以理为核心的完备的哲学体系。作为宋代理学的集大成者，他的整个思想均以理为指导，这表现在包括其学术研究在内的各个方面。

朱熹的理学思想在其所撰的《楚辞集注》中也有所体现，朱熹注释偏重阐发"义理"，显宋学之风气，也体现在其阐释《楚辞》时对所凭依的理据材料的取舍上。他在援引理据时有时引用理学家的观点，将征引文献和训诂的用途看作他"悉以义理正之，庶读者之有补云"②的一种工具。

"重理"这点在朱熹《天问》题序中有明显体现。朱熹说："此篇所问，虽或怪妄，然其理之可推，事之可鉴者，尚多有之。而旧注之说，徒以多识异闻为功，不复能知其所以问之本意，与今日所以对之明法。至唐柳宗元始欲质以义理，为之条对，然亦学未闻道，而夸多衒好之意犹有杂乎其间，以是读之常使人不能无遗恨。若《补注》之说，则其厖乱不知所择，又愈甚焉。今存其不可阙者，而悉以义理正之，庶读者之有补云。"③ 从这段话可见朱熹注释《天问》的原因是：旧注之说，不复能知其所以问之本意；唐柳宗元，始欲质以义

---

① 范永恒：《〈楚辞补注〉与〈楚辞集注〉比较研究》，硕士学位论文，广西师范大学，2013年，第76—77页。

② （宋）朱熹：《楚辞集注》，黄灵庚点校，上海古籍出版社2015年版，第63页。

③ 同上。

理，然亦学未闻道；《补注》之说，其厖乱不知所择。而他注释的目的则是"悉以义理正之，庶读者之有补云。"

由此，在《天问》的注释中，面对屈原关于世间万物的疑问，朱熹对征引的文献的取舍及对一些问题的回答，体现出其明显的理学倾向。屈原问道："舜闵在家，父何以鳏？尧不姚告，二女何亲？"对后两句，王逸曰："言尧不告舜父母而妻之，如令告之，则不听，尧女当何所亲附乎？"① 言明"尧不姚告"的原因。洪兴祖补注则首先引《尚书》所记娥皇和女英"嫔于虞"之事，然后引孟子："舜不告而娶，为无后也。君子以为犹告也。" 对舜何以不告的缘由加以说明，又引"《万章》曰：舜之不告而娶，则吾既得闻命矣。帝之妻舜而不告，何也？曰：帝亦知告焉，则不得妻也。"这是列出"尧不姚告"的一种解说。其后洪兴祖又引伊川程颐曰："舜不告而娶，固不可。尧命瞽使舜娶，舜虽不告，尧固告之尔。尧之告也，以君治之而已。"② 这是引用程颐对此问题的另一种回答，即尧以"命瞽使舜娶"的方式告姚，这种告是"以君治之而已。"而对此句，朱熹只引了程子说作为材料依据，言："程子曰：'舜不告而娶，固不可。尧命瞽使舜娶，舜虽不告，尧固告之尔。尧之告也，以君治之而已。'"③ 此处洪兴祖的旁征博引、罗列材料是以翔实的史料备后人考辨，没有明显的态度取向，而朱熹舍去其他史料，只直接引用宋理学家程颐之说，将问题的答案归到了君臣之礼上，不免有些武断和牵强，显现出理学对他材料选择的影响。

《天问》："阴阳三合，何本何化？"句，王逸将"阴阳三合"解为"谓天地人三合成德"。洪兴祖补："引《谷梁子》云：独阴不生，独阳不生，独天不生，三合然后生"。认为王逸的解说是错的，将三合解为阴、阳、天。洪兴祖又引"《穀梁》注云：古人称万物负阴而

① （宋）洪兴祖：《楚辞补注》，白化文等点校，中华书局1983年版，第103页。
② 同上。
③ （宋）朱熹：《楚辞集注》，黄灵庚点校，上海古籍出版社2015年版，第80页。

抱阳，冲气以为和。然则传所谓天，尽名其冲和之功，而神理所由
也。会二气之和，极发挥之美者，不可以柔刚滞其用，不得以阴阳分
其名，故归于冥极，而谓之天。凡生类禀灵知于天，资形于二气，故
又曰独天不生，必三合而形神生理具矣。"① 这是引用《穀梁》注来
说明"何谓天"及为何说"独天不生""三合然后生"。朱熹注：
"今答之曰：天地之化，阴阳而已。一动一静，一晦一明，一往一来，
一寒一暑，皆阴阳之所为，而非有为之者也。然《穀梁》言天而不
以地对，则所谓天者，理而已矣。成汤所谓'上帝降衷'，子思所谓
'天命之性'是也。是为阴阳之本，而其两端循环不已者，为之化
焉。周子曰：'无极而太极，太极动而生阳；动极而静，静而生阴。
一动一静，互为其根。分阴分阳，两仪立焉。'正谓此也。然所谓太
极亦曰理而已矣。"② 朱熹先是将《穀梁》中的"天"曲解为"理"，
进而又引用理学家周敦颐的话，并将其"太极"解为"理"。

在阐发"大义"及"存其不可阙者"的态度影响之下，朱熹注
释时，在与王逸或洪兴祖同引的部分，其引文呈现出简约的取舍风格
和整合趋势。此种取向，使得朱熹注释与王逸注重字句文递相训解、
洪兴祖援引赅博的注释方式不同，他对文字的训诂较为简练。

《离骚》"扈江离与辟芷兮"句，对其中"江离"的解释，王逸
只言"江离、芷，皆香草名。"他并未引他书加以阐明。洪补则曰：
"江离，说者不同，《说文》曰：江蓠，蘼芜。然司马相如赋云：被
以江离，糅以蘼芜。乃二物也。《本草》蘼芜一名江离。江离非蘼芜
也。犹杜若一名杜蘅，杜蘅非杜若也。蘼芜见《九歌》。郭璞云：江
离似水荠。张勃云：江离出海水中，正青，似乱发。郭恭义云：赤
叶。未知孰是。"③ 朱注："离，香草，生于江中故曰江离。《说文》

① （宋）洪兴祖：《楚辞补注》，白化文等点校，中华书局1983年版，第86页。
② （宋）朱熹：《楚辞集注》，黄灵庚点校，上海古籍出版社2015年版，第65页。
③ （宋）洪兴祖：《楚辞补注》，白化文等点校，中华书局1983年版，第4—5页。

曰：'蘪芜也。'郭璞曰：'似水荠。'"① 王逸注笼统地概括为"香草名"，没有征引其他典籍对"江离"具体所指及形状特征等进行考证。洪补则旁征博引了《说文》、司马相如赋、《本草》、郭璞、张勃、郭恭义等说法，以资参考，但因众说纷纭难以定论，抑或为严谨起见不轻下断言，洪兴祖最后云"未知孰是"。相对于王洪二人，朱熹的注释则非常简单，他采用王逸"离，香草"一说，又对洪补予以取舍，取《说文》与郭璞的观点，似确定蘪芜江离为一物，形"似水荠"。

《离骚》"名余曰正则兮，字余曰灵均"句，王逸注曰："《礼》曰：子生三月，父亲名之，既冠而字之。"洪补曰："《礼记》曰：三月之末，父执子之右手，咳而名之。又曰：既冠以字之，成人之道也。《士冠礼》云：宾字之曰：昭告尔字，爰字孔嘉。字虽朋友之职，亦父命也。"② 朱注："《礼》曰：'子生三月，父亲名之。二十，则使宾友冠而字之。'故字虽朋友之职，亦父命也。"③ 王逸注引《礼记》解释了"名"和"字"的基本信息点，即"三月""父名之"和"既冠而字"。洪兴祖补注中对王逸引文补充完善，更为全面，多了命名及"既冠而字"时的具体形式内容：父亲"执子之右手""咳而名之"，"宾"字冠者，并致辞曰："昭告尔字，爰字孔嘉。"还补充了冠字表示成人之说，并对所引资料的含义有所阐释，言"字虽朋友之职，亦父命也"。而朱熹之注保留了王逸"三月""父名之"和"既冠而字"的基本信息，又以"二十"这一具体数字代替"既冠"，再加洪氏明"宾字冠者"之说，又引用了洪兴祖"字虽朋友之职，亦父命也"的阐释。朱熹之注明显是整合二者有所简化由己取舍的结果。

且朱熹对古代神话传说持怀疑的态度，对神话传说的认识偏于理

---

① （宋）朱熹：《楚辞集注》，黄灵庚点校，上海古籍出版社 2015 年版，第 10—11 页。

② （宋）洪兴祖：《楚辞补注》，白化文等点校，中华书局 1983 年版，第 4 页。

③ （宋）朱熹：《楚辞集注》，黄灵庚点校，上海古籍出版社 2015 年版，第 10 页。

性，体现在注释方面就是对《天问》中相关神话传说记载和评说的质疑和否定。如：《天问》："帝降夷羿，革孽夏民。胡射夫河伯，而妻彼雒嫔？"王逸注云："传曰：河伯化为白龙，游于水旁，羿见射之，眇其左目。河伯上诉天帝，曰：为我杀羿。天帝曰：尔何故得见射？河伯曰：我时化为白龙出游。天帝曰：使汝深守神灵，羿何从得犯？汝今为虫兽，当为人所射，固其宜也。羿何罪欤？深，一作保。羿又梦与雒水神宓妃交接也。"① 朱熹注："《传》曰：'河伯化为白龙，游于水傍，羿见射之，眇其左目。羿又梦与雒水神宓妃交。'亦妄言也。"② 这里，朱熹同王逸一样引用"传曰"的内容，但较王逸所引，朱熹所引之"传"内容简化了，并在其后评论为"亦妄言也。"说明他并不相信"河伯化白龙，羿射之"及"羿梦与宓妃交"这样的神话传说。此外，在对《天问》的注释中，他将《列子》中所载的共工怒触不周山造成天地变化一事，斥之为"此亦无稽之言，不答可也。"③ 对《淮南》所载后羿射日之事，说"而弹日之说，尤怪妄不足辨"④。认为伊尹从木中出的传说，"谬妄甚明，不必辨也"⑤。对鲧与鸱龟之事，曰："然若此类无稽之谈，亦无足答矣"⑥。对"县圃、增城，高广之度"，云："诸怪妄说，不可信耳"⑦，对"日安不到，烛龙何照？羲和之未扬，若华何光？"言"此章所问，尤是儿戏之谈，不足答也。"⑧ 对大禹化石生启等事，认为"此皆怪妄不足论。"⑨ 对女娲人头蛇身，一日七十化，也言"怪甚，不足论矣"⑩。对旧注

① （宋）洪兴祖：《楚辞补注》，白化文等点校，中华书局1983年版，第99页。
② （宋）朱熹：《楚辞集注》，黄灵庚点校，上海古籍出版社2015年版，第77页。
③ 同上书，第72页。
④ 同上书，第75页。
⑤ 同上书，第83页。
⑥ 同上书，第70页。
⑦ 同上书，第73页。
⑧ 同上。
⑨ 同上书，第77页。
⑩ 同上书，第81页。

引《列仙传》所载王子侨化蜺化鸟之事，云："事极鄙妄，不复足论。"① 诸如此类的记载，在朱熹看来，都是谬妄之说，是无足答不必辩的。

因对神话传说所持的态度不同，朱熹在注释时所征引的文献也与王注洪补有所差异。如《天问》"夜光何德，死则又育"句，王逸注："言月何德于天，死而复生也。一云：言月何德，居于天地，死而复生"②。"厥利维何，而顾菟在腹"句，王逸注："言月中有菟，何所贪利，居月之腹，而顾望乎？"③ 王逸是对《楚辞》原文中的屈原所问进行了解释，洪兴祖则分别引《博雅》、皇甫谧、《书》及《灵宪》《苏鄂演义》《古今注》《博物志》《天对》等资料补充证明此说和王注。而朱熹注则言："故唯近世沈括之说，乃为得之。盖括之言曰：'月本无光，犹一银丸，日耀之乃光耳。光之初生，日在其傍，故光侧而所见才如钩。日渐远则斜照而光稍满，大抵如一弹丸，以粉涂其半，侧视之，则粉处如钩；对视之，则正圆也。'近岁王普又申其说：'月生明之夕，但见其一钩，至日月相望，而人处其中，方得见其全明。必有神人能凌到景，傍日月而往参其间，则虽弦晦之时，亦复见其全明，而与望夕无异耳。'④ 朱熹概括沈括之言，又引王普之说，以可鉴之事理科学的解说肯定月有盈亏，而非死而复生，认为月中微黑乃大地之影，而非桂树蛙兔之类。

朱熹侧重阐发大义，不像洪兴祖那般考索引证，并认为一些问题无须考辨而不答，重理及其简洁的注释特点，这使得他的文献征引并不很庞博，且呈现出子书比重增加的趋向。据初步统计，除去《集注》中"一作""或曰""或云"等例，此书征引的文献有 80 余种，子书数量几乎与经书持平，经书有 30 多种，子书近 30 种，史书有 10 多种，集部有 10 多种。其征引的文献数量约是王逸征引文献的三倍

① （宋）朱熹：《楚辞集注》，黄灵庚点校，上海古籍出版社 2015 年版，第 78 页。
② （宋）洪兴祖：《楚辞补注》，白化文等点校，中华书局 1983 年版，第 88 页。
③ 同上书，第 88—89 页。
④ （宋）朱熹：《楚辞集注》，黄灵庚点校，上海古籍出版社 2015 年版，第 68 页。

左右，约是洪兴祖征引文献的二分之一。在其征引的文献中，经书和子书所占的比率稍高，其中，《章句》或《补注》征引过的文献所占比例很大。若与张丽萍统计的未穷尽的王逸引书相比，王逸所征引的22种典籍，其中包括1种史书《山海经》，6种子书《孟子》《吕氏春秋》《司马法》《淮南子》《列仙传》《相玉书》，朱熹都引用过；15种经书中朱熹引用者有13种，分别是《易》《诗》《尚书》《周礼》《仪礼》《礼记》《春秋》《左传》《论语》《尔雅》《河图》《外传》《尚书传》。除去这20种，朱熹所引其他的文献60多种，有经部的：《说文》《方言》《方言注》《说文注》《小尔雅》《尔雅注》《尔雅疏》《博雅》《穀梁》《谷梁注》《左传注》《家语》《毛诗草木鸟兽虫鱼疏》《周礼注》《周礼疏》《礼记注》《国语》《毛诗大序》《大学》《帝系》《字苑》等；子部的：《素问》《本草》《本草拾遗》《神农本草集注》《庄子》《老子》《列子》《淮南子注》《梦溪笔谈》《六韬》《荀子》《风俗通》《千金方》《灵宪》、宋景文公等；史部的：《汉书》《史记》《汉书注》《后汉书注》《晋志》《战国策》《元和姓纂》《水经》《山海经注》等。集部的：《离骚赞》《离骚传》《楚辞释文》《鵩鸟赋》《上林赋》《文选注》《文苑》《乐府诗集》《天对》，还有王注、洪补等。其中多数都是洪兴祖《补注》征引过的。

刘勰在《文心雕龙·宗经》里说："经也者，恒久之至道，不刊之鸿教也。"① 又云"渊哉烁乎，群言之祖"②，经书的地位使古人大量引用经部文献是理所当然的事情。但古典文献经典的重心到宋代时已经出现偏移，就朱熹和洪兴祖所引的文献来看，子书的征引种类明显增多，而朱熹所引多为洪兴祖所引的取舍，其中朱熹引用而洪兴祖未征引的也就王普、周敦颐、邵雍、陈婴母、程泰之、释氏书等寥寥

---

① 黄叔琳注，李详补注，杨明照校注拾遗：《增订文心雕龙校注》（上），中华书局2000年版，第26页。
② 同上书，第27页。

几种，而这几种多属于子书的范畴，也可看出宋代子书地位的提升在
经典阐释征引文献上的体现。

三　洪氏征引四部，态度开明

洪兴祖《楚辞补注》由其产生的时间来看，介于王逸《楚辞章
句》与朱熹《楚辞集注》之间，从汉学宋学之分的角度来看，其归
属问题现在还不完全统一。这主要是因为对此书内容到底是趋汉还是
趋宋持有不同的看法。或许我们不能说此书中所表现出的汉学内容与
宋学特点两者不相上下，但这种分歧也能变相地体现出此书在一定程
度上是汉学与宋学兼备的。而此书征引文献上的旁征博引也体现出开
明的态度。

洪兴祖在援引诸家史料时，不仅形式灵活，他将书名与作者，或
言其之一，或两者并存，或皆隐去。只记作者，不记书名的，如皇甫
谧、张晏等；只列书名，不名作者的，如《淮南子》《山海经》等；
作者和书名同时出现的，如黄鲁直《兰说》，刘次庄《乐府集》，还
有不言明的暗引等。更为难得的是他征引文献的态度开明，不论经史
子集，不论所言正统还是怪奇，只要于阐释有用，都为其所用。

对洪兴祖《楚辞补注》的评价，很多学者皆谈到其训诂的翔实与
文献征引方面的旁征博引。如：朱熹《楚辞集注·序》中言："而独
东京王逸《章句》与近世洪兴祖《补注》，并行于世，其于训诂、名
物之间，则已详矣。"① 楼钥诗云："平时盛叹屈灵均，《离骚》三诵
涕欲零。向来传注赖王逸，尚以舛陋遭讥评。河东《天对》最杰作，
释问多本《山海经》。练塘后出号详备，晦翁《集注》尤精明。"② 蒋
之翘在《七十二家评楚辞》中自序云："奈之何世复乏佳刻，殊晦阙

① （宋）朱熹：《楚辞集注》，黄灵庚点校，上海古籍出版社 2015 年版，第 4—5 页。
② （宋）楼钥：《攻媿集》，台湾商务印书馆 1986 年影印文渊阁《四库全书》本，第
1152 册，第 343 页上栏。

意，王逸、洪兴祖二家训诂仅详，会意处不无遗讥。"① 张象津《离骚经章句义疏》言："览王氏洪氏之注，名物训诂极为详博。"② 《楚辞述注·凡例》中又提道："惟是叔师之《章句》、庆善之《补注》、元晦之《集注》鼎具，王宏深魁伟，洪援据精博，朱拟议正、义理明，笙簧迭奏，总裨钧天。"③ 汲古阁毛表重刊宋本《楚辞补注》毛表跋云："然庆善少时，即得诸家善本，参校异同，后乃补王叔师《章句》之未备者而成书。其援据该博，考证详审。名物训诂，条析无遗。虽紫阳病其未能尽善，而当时欧阳永叔、苏子瞻、孙莘老诸君子之是正，庆善师承其说，必无刺谬。……洪氏合新旧本为篇第，一无去取。学者得紫阳而究其意指，更得洪氏而溯其源流。其于是书，庶无遗憾云。"④ 毛表认为洪氏《补注》援据该博，考证详审，名物训诂，条析无遗，且"必无刺谬"，肯定其能"溯其源流"。闻一多《楚辞校补》载："在王《注》后，《补注》前，盖六朝、唐以来诸家旧校，而洪氏辑存之。"⑤ 这是诸家多言此书专注于名物训诂、援引宏博，训诂是其所长，但文旨方面的深入挖掘尚显不够。

对洪兴祖《楚辞补注》所引书证的具体情况，张丽萍《〈楚辞章句〉与〈楚辞补注〉训诂比较》中对王逸《章句》和洪兴祖《补注》所引书目做了统计，她按照经、史、子、集进行分类，通过表格的方式分析了《楚辞章句》与《楚辞补注》征引书证的不同，得出的结论是："第一，征引书证的范围不同，王逸只引了经史子三部的

① （明）蒋之翘：《七十二家评楚辞》，载吴平、回达强主编《楚辞文献集成》（二二），广陵书社 2008 年版，第 15897—15898 页。

② （清）张象津：《离骚经章句义疏》，载孙葆田等撰《山东通志》，华文书局股份有限公司 1969 年版，第 3956 页。

③ （明）林兆珂：《楚辞述注》，载吴平、回达强主编《楚辞文献集成》（六），广陵书社 2008 年版，第 3706—3707 页。

④ （清）毛表：《楚辞补注·跋》，载姜亮夫《楚辞书目五种》，中华书局 1961 年版，第 36 页。

⑤ 闻一多：《闻一多全集 楚辞编 乐府诗编 5》，湖北人民出版社 2004 年版，第 115 页。

书，而洪兴祖征引的范围扩大到了集部。第二，洪兴祖晚出，所见书较王逸多，因此，所引书目的数量以及征引的次数，也远远超过王逸。王逸共引书22种，引用186次。其中经部15种、166次，史部1种、3次，子部6种、17次。洪兴祖引书192种，引用2083次。其中经部62种、802次，史部49种、364次，子部54种、472次，集部27种、445次。"① （因五臣注是否为洪兴祖所引，当前学术界观点不统一，故未统计五臣注所引书目）② 而据李温良统计，"洪氏所征引者堪称繁富，经、史、子、集四部俱见，若除去'补曰'后所谓'一曰'、'或云'、'说者曰'、'先儒曰'等例，以及少数引'某人曰'而无法覆按者，则洪氏所明引者达一百七十三种之多（此处不计《考异》部分所引各本，又《楚辞释文》已知至少有一二二则，于此亦暂不列入）"③。其中，经部作品为42种，引用次数共为695次，史部作品为25部，引用次数为247次，子部作品为61种，引用次数为433次，集部作品为45种，引用次数为529次。经史子集总计被引用次数为1904次。④ 并言：洪兴祖所引典籍中，《文选》《说文》《淮南子》《尔雅》《汉书》《史记》《诗经》《左传》《山海经》《集韵》等征引最频繁，其用意在于借《文选》五臣注疏通文句，借《说文》《尔雅》《集韵》来训释音义，借《诗经》《左传》《史记》《汉书》来考据典实，借《淮南子》《山海经》来解说神话⑤。

朱佩弦对《补注》暗引的情况做了详细地分析，认为：洪兴祖共暗引经部著作27种137次，其中引用最多的是《集韵》和《说文》；共暗引史部著作11种117次，所引次数最多的依次是颜师古《汉书

---

① 张丽萍：《〈楚辞章句〉与〈楚辞补注〉训诂比较》，硕士学位论文，兰州大学，2007年，第73页。

② 同上。

③ 李温良：《洪兴祖〈楚辞补注〉研究》，硕士学位论文，台湾成功大学，1994年，第196页。

④ 同上书，第197—200页。

⑤ 同上。

注》、班固《汉书》、裴骃《史记集解》；共暗引子部著作 35 种 63 次，以许慎《淮南子注》、陶弘景《本草经集注》、李台《大象赋集解》所引次数为多；共暗引集部著作 44 种 86 次，以李善《文选注》《子虚赋》《上林赋》所引为多。① 并结合李温良所统计的明引数据，除去雷同书目，得出：洪兴祖引经部书籍 53 种、史部书籍 30 种、子部书籍 81 种、集部书籍 73 种，共 237 种 2307 次。并言："洪兴祖引经部书籍以字书、辞书为最多；引史部书籍以《汉书》、《史记》及两者的注为多；引子部书籍以《淮南子》、《山海经》、《庄子》、《本草》居多；引集部书籍则以《文选》李善注、五臣注以及汉赋居多"②。由此可见洪兴祖在援引原始资料时，子部集部文献的引用已非常多，占很大比例，体现出他不像王逸那样有"言必称经"的开明态度，他对经史子集全部征引，且每一种征引的数量和频次都不少，体现出唯用是引的"无拘无束"。

对其文献征引广博的特点，除前文所言，还有些典籍和一些研究者已有所言及。如：刘师培言："然毛刊洪氏《补注》本，出自宋椠，尤为近古。《补注》以前恒列异文，盖属宋人校记。于博考众本外，恒注《史记》、《文选》异文，亦间及《艺文类聚》。宋代之书，斯为昭实。"③ 刘师培言及洪兴祖注重版本校勘，且其所征引的典籍有《史记》《文选》等书，甚至有《艺文类聚》等宋代之书，彰明翔实。于省吾也言："宋洪兴祖《楚辞补注》，博综典籍，不愧为《楚辞》功臣。"④ 也言其博采群书，征引不受约束，有功于《楚辞》。

对其文献征引不受经书限制、态度开明这点，后人也多有论述。朱碧莲《楚辞论稿》言："王逸的章句过于简略，而且对于典故、神话传说等或者不引出处，或者局限于用经书记载来加以解释，而补注

① 朱佩弦：《洪兴祖〈楚辞补注〉研究》，博士学位论文，华中师范大学，2015 年，第 235—237 页。

② 同上书，第 237 页。

③ 刘师培：《刘师培全集》（第 2 册），中共中央党校出版社 1997 年版，第 506 页。

④ 于省吾：《泽螺居诗经新证 泽螺居楚辞新证》，中华书局 2009 年版，第 240 页。

则弥补王注之不足，对于典故、神话传说无不一一注明出处，旁征博引，不受经书的束缚，态度较为开明。如《离骚》一篇就引用了《论语》、《孟子》、《庄子》、《韩非》、《管子》，以及贾谊、班固、颜之推、曹植、苏轼等作家作品八九十种之多，为读者读通楚辞提供了丰富的资料。"① 董洪利《几种各具特色的〈楚辞〉古注》也说："王注多不出六经的范围，有一概以经书解之之嫌，……洪兴祖则于六经之外广征博引，诸如先秦诸子，《史记》、《汉书》、《山海经》、《淮南子》等等。……由于重点在于训诂考据，因而对作者意旨的阐发也稍嫌不足"②。这里，朱碧莲和董洪利都认为洪兴祖引书广博，且不受经书的束缚，超出了经书的范围。但对洪兴祖《楚辞》阐释时阐发屈骚精神方面未提及或不满意。

对王逸《楚辞章句》、洪兴祖《楚辞补注》、朱熹《楚辞集注》三书的注释特点，郭乔泰为林兆珂《楚辞述注》所写序中说："惟东京之王逸，为南译之灵光。兴祖综事于怪奇，元晦□理于忠孝。总之尸祝屈子，鼓吹《骚》坛者也。"③ 该书凡例中又提到："惟是叔师之《章句》、庆善之《补注》、元晦之《集注》鼎具，王宏深魁伟，洪援据精博，朱拟议正、义理明，笙簧迭奏，总裨钧天。"④ 这是归结出三家的特点，在对比之中，指出洪兴祖《补注》"援据精博""综事于怪奇"。指出他就《楚辞》中材料较少的怪奇稀闻上下了功夫，并且能做到援引详备，具有说服力。

洪兴祖《楚辞补注》中多引《山海经》《淮南子》《庄子》《列子》及《穆天子传》等书来帮助训释神话等内容，被称为"综事于怪奇"。且洪兴祖《楚辞补注》的文献征引相比于王逸《楚辞章句》

① 朱碧莲：《楚辞论稿》，上海三联书店 1993 年版，第 227 页。
② 董洪利、常振国：《几种各具特色的〈楚辞〉古注》，《文史知识》1983 年第 5 期。
③ （明）郭乔泰：《楚辞述注·序》，载崔富章编著《楚辞书目五种续编》，上海古籍出版社 1993 年版，第 84 页。
④ （明）林兆珂：《楚辞述注》，载吴平、回达强主编《楚辞文献集成》（六），广陵书社 2008 年版，第 3706—3707 页。

的引书，不仅引书数量和种类上大大增多，不再只以经书为本，而是超出经的范围，兼及子、史、集，引用次数也颇多，态度开明。而相比于朱熹的《楚辞集注》，洪兴祖的征引少了朱熹的以己取舍的主观断言，文本阐释时于训诂之上阐发屈赋意旨，也少了些朱熹理学思想影响下义理阐发的附会。所以，就洪兴祖《楚辞补注》在文本阐释所依托的理据上而言，相较王逸《楚辞章句》的"言必称经"、以经书为依托的汉学特点，相较朱熹《楚辞集注》的重理简洁、以经子为主的显宋学风气，洪兴祖的《楚辞补注》是介于两者之间的，体现了其突破经书限制又不以私意取舍的旁征博引和开明态度。

综上所述，洪兴祖《楚辞补注》是由汉至宋楚辞研究的总结性著作，无论是它对经典文本自身及阐释性文本的地位的认识，它的阐释方法、阐释尺度，还是它阐释时所凭依的材料理据，每个方面、每个角度，它都是介于王逸《楚辞章句》与朱熹《楚辞集注》之间的，它都是《楚辞》阐释从汉学到宋学的过渡之作。

第五章　屈洪同轨　视域有效融合

姚斯曾提出"境域之融合"的说法，① 认为阐释者与文本作者的时代因素等对于文本的阐释，会造成一些影响，由于时代境域的融合，文本与阐释者之间有重新创造意义的可能，并达到合理有效的"视界融合"。

就屈原与洪兴祖来说，楚国的屈原因为时代环境和个人际遇而遭受到带有强烈边缘意识的现实困境，并因此发愤而完成了其作品的创作。而宋代的洪兴祖因为与屈原有着类似的历史境遇，相同的人生轨迹，两人构成"境域之融合"，因此洪兴祖在阐释《楚辞》时，能使阐释者的视界与《楚辞》文本的视界达到合理有效的融合，体现了自己阐释《楚辞》的真知灼见。

第一节　"边缘情境"下的屈原解读

"边缘情境"这个概念是德国哲学家卡尔·雅斯贝尔斯提出来的，指的是当一个人面临绝境或严重变故时的一种存在状态——个体与他人、与社会的对话关系出现断裂，不得不重新认识自我、观照生活、

---

① ［德］姚斯（H. R. Jauss）：《文学史作为向文学理论的挑战》，载姚斯、霍拉勃《接受美学与接受理论》，周宁、金元浦译，辽宁人民出版社1987年版，第35—40页。

反思生存的意义①。屈原的生存境遇正是处于边缘情境的状态，在这种生存困境的危机形式下，屈原书写着生命，创作了屈赋，并选择了以生命的自沉来昭示生命的价值。

一 "边缘情境"与文学创作

"边缘情境"这个概念是德国哲学家卡尔·雅斯贝尔斯提出来的，指的是当一个人面临绝境或严重变故——例如面临生死关头，亲人死亡，家庭破裂，身罹绝症，精神分裂，犯罪或堕落等时的一种存在状态，此时，当事者与他人、与社会之间的对话关系出现了断裂，本赖以生存的世界趋向崩塌，个体不得不开始怀疑原来所谓的"正常生活"，不得不重新审视生存的意义，不得不再次认识这个原本熟识的世界。用雅斯贝尔斯的话说，人类由于"面临自身无法解答的问题，面临为实现意愿所做努力的全盘失败而认识自己"②，换句话说，人类由于进入"边缘情境"而真正认识自己，也因此才恍然大悟，如梦初醒。应该说，雅斯贝尔斯的论断很有道理，这已经获得了美学家们的普遍认同。而在具体的文学创作中，也确实能看到很多类似的例证。

文学创作作为生活在社会关系中的个体的一种精神活动，从创作动机来看，有社会因素也有个体因素。从某种意义上来说，文学创作经常是创作者对社会某种"召唤"的积极回应，是个体性精神需求的艺术传达。而具体的文学创作，如苏轼《南行前集序》中所言，常常是："凡耳目之所接者，杂然有触于中而发于咏叹。"③是社会因素与个体因素共同作用的产物，是作家所睹触动作家心灵而不得不发

---

① 梁旭东：《遭遇边缘情境：西方文学经典的另类阐释·导言：让我们睁开智慧的眼睛》，北京大学出版社2004年版，第1页。

② ［德］卡尔·雅斯贝尔斯：《悲剧的超越》，亦春译，光子校，中国工人出版社1988年版，第10页。

③ （宋）苏轼：《南行前集序》，载苏轼《苏东坡全集》，中国书店1986年版，第307页。

的结果，这常常和"边缘情境"有着密不可分的联系。

司马迁曾说："盖西伯拘而演《周易》；仲尼厄而作《春秋》；屈原放逐，乃赋《离骚》；左丘失明，厥有《国语》；孙子膑脚，《兵法》修列；不韦迁蜀，世传《吕览》；韩非囚秦，《说难》、《孤愤》。《诗》三百篇，大氐贤圣发愤之所为作也。"① 这些经典的问世，都是作者置身"边缘情境"的结果，它们更像是一种体验，一种精神，一种生命的感悟。

屈赋也一样，它是悲吟湖畔的屈原用生命的自沉谱写的亘古哀歌，是屈原苦难生命的艺术写照。东汉王逸就曾指出屈赋是当时时代背景下屈原现实困境的凝结。他说："其后周室衰微，战国并争，道德陵迟，谲诈萌生。于是杨、墨、邹、孟、孙、韩之徒，各以所知著造传记，或以述古，或以明世。而屈原履忠被谮，忧悲愁思，独依诗人之义而作《离骚》，上以讽谏，下以自慰。遭时阘乱，不见省纳，不胜愤懑，遂复作《九歌》以下凡二十五篇。"② 这段叙述说明了在争乱频仍、道德崩溃的战国时期，诸子著述应时而生，而屈赋的创作与其所处的时代、与其"履忠被谮""忧悲愁思"有着必然联系。屈原生活在战国时期的楚国，当时的时代环境、国家的命运以及其个人的际遇都遭受到了前所未有的苦难，面对现实境况，正是那种生不如死的精神苦难、那种陷入"边缘情境"的辗转反侧，成为他从事艺术创造的契机。

二　屈原困境与"边缘情境"

要想深入地解读屈原，就必须回到他的"环境"或"境遇"中，可以说，在一定程度上，是历史性的境遇造成了屈原的生存困境。

屈原生活在一个"礼崩乐坏"的时代，诸侯并起称雄，都不再维护周天子的权威，纷纷欲取而代之，号令天下。屈原所在的楚国，强

---

① （汉）班固：《汉书》（九），（唐）颜师古注，中华书局 1962 年版，第 2735 页。
② （宋）洪兴祖：《楚辞补注》，白化文等点校，中华书局 1983 年版，第 48 页。

秦压境，危机四伏，国家即将成为强敌口中美食。忧国忧民的屈原一直欲修明法度，举贤授能，富强楚国，连齐抗秦，统一中国。但楚怀王却昏聩不堪，执迷不悟，疏远忠臣，为奸佞群小所包围，以致两次大规模与秦交兵，都以惨败而告终。据《史记·屈原贾生列传》载：当时楚怀王听信了张仪的花言巧语，与齐断交，欲接受秦商于之地六百里，但当楚使到秦国时，"张仪诈之曰：'仪与王约六里，不闻六百里。'楚使怒去，归告怀王。怀王怒，大兴师伐秦。秦发兵击之，大破楚师于丹、浙，斩首八万，虏楚将屈匄，遂取楚之汉中地。……其后诸侯共击楚，大破之，杀其将唐眛"①。楚怀王最后落得了"兵挫地削，亡其六郡，身客死于秦，为天下笑"②的结果，而继立的楚顷襄王奢侈腐朽、卑弱无能，轻信谗言，流放屈原，更经不起秦的恫吓和引诱，接二连三割地于秦，楚国本土丧失殆尽，最后仍未逃脱亡国的命运。

在国削君辱的形势下，忠君爱国、才华横溢的屈原希望能导君至圣，能"乘骐骥以驰骋兮，来吾道夫先路！"③他为国尽心尽力，为民奔走呼号，却才高被嫉，忠直遭毁，信而见疑，忠而被谤，因楚国的佞臣权贵等妒贤嫉能屡进谗言，国君不知忠佞之分，屈原一而再再而三地遭受排挤、打击和流放。正如屈原所言，"世溷浊而嫉贤兮，好蔽美而称恶"④，朝中"矰弋机而在上兮，罻罗张而在下。设张辟以娱君兮，愿侧身而无所。"⑤佞臣"羌内恕己以量人兮，各兴心而嫉妒"⑥，"惟夫党人之偷乐兮，路幽昧以险隘"⑦。国君是"荃不察

---

① （汉）司马迁：《史记》（八），中华书局1982年版，第2483页。
② 同上书，第2485页。
③ （宋）洪兴祖：《楚辞补注》，白化文等点校，中华书局1983年版，第7页。
④ 同上书，第34页。
⑤ 同上书，第126页。
⑥ 同上书，第11页。
⑦ 同上书，第8页。

余之中情兮，反信谗而齌怒"①，"初既与余成言兮，后悔遁而有他。"② 以致"謇朝谇而夕替"。③ 自己历情以陈辞时，"荃详聋而不闻"④，"与美人抽怨兮，并日夜而无正。憍吾以其美好兮，敖朕辞而不听"⑤，屈原感慨"闺中既以邃远兮，哲王又不寤"⑥，又厉神占之，结果"曰君可思而不可恃"⑦。在这样的现实条件下，屈原的心却始终注目天下："忽反顾以遊目兮，将往观乎四荒。"⑧ 他又不能放弃自己的美政、美德，曰"皇天无私阿兮，览民德焉错辅"⑨，"夫孰非义而可用兮，孰非善而可服。"⑩ 这导致了他"进仕则现实不能容，退隐则心灵不能可"的两难境地；想求"去"，离开楚国，其内心更是挣扎、撕扯。灵氛劝走，说"恩九州岛之博大兮，岂唯是其有女"⑪ "何所独无芳草兮，尔何怀乎故宇"⑫，但屈原依然犹疑，他"欲从灵氛之吉占兮，心犹豫而狐疑"⑬，求巫咸降神后屈原终于意识到："时缤纷其变易兮，又何可以淹留"？⑭ "何离心之可同兮，吾将远逝以自疏"⑮。但他最后也没有选择这种救赎方式。可以说，由于社会历史和个人人格的因素，屈原处于"忳郁邑余侘傺兮，吾独穷困乎此时

---

① （宋）洪兴祖：《楚辞补注》，白化文等点校，中华书局 1983 年版，第 9 页。
② 同上书，第 10 页。
③ 同上书，第 14 页。
④ 同上书，第 138 页。
⑤ 同上书，第 139 页。
⑥ 同上书，第 34 页。
⑦ 同上书，第 124 页。
⑧ 同上书，第 18 页。
⑨ 同上书，第 23 页。
⑩ 同上书，第 24 页。
⑪ 同上书，第 35 页。
⑫ 同上。
⑬ 同上书，第 36 页。
⑭ 同上书，第 40 页。
⑮ 同上书，第 43 页。

也"① 这样孤绝的境遇。在最能代表《楚辞》成就的《离骚》中，"求女"的意义为后世各家所争议，历来众说纷纭，有人认为"女"喻指贤君、贤臣、贤士、贤后、通君侧之人、理想、知己等。不管具指为何，一次次求"女"不遂，应该都是屈原的现实遭遇、个人理想破灭在赋中的投影。屈原处在这种现实困境当中，怨楚王不明，忠君而见弃，恨群小妒贤，哀志向难酬，痛国家败亡，忧国而难助。陷入进退两不能、去留皆不可、情与理悖的精神生存困境，这种对国家命运的倾情关怀，对民生疾苦的悲悯意识，对志向难伸的生存焦虑，现实的苦难，心灵的绝望，精神诉求的破灭，种种情感交集，使屈原的生存状态烙上了强烈的边缘意识。

根据卡尔·雅斯贝尔斯的观点，边缘情境是一种"生存困境的危机形式。"此时个体与日常生活之间的对话关系出现断裂，个人置身于日常生活秩序之外。我们知道，个人世界的建立是基于个体与他人的对话关系之上的，个体通过繁复绵延的对话关系，把自己纳入社会，确立身份、地位、人格与自我。对话关系犹如精神庇护所，它赋予人的存在意义和价值。也就是说，人需要通过外部的对象、外部世界的观照，获取生命的意义和存在的价值。正如恩斯特·贝克尔所说的那样："我们的一切意义都是从外部、从他者的交往中筑入我们的内部的。"② 屈原得以确认自身意义的依据就是这些对话关系、就是外部的观照，然而既不受容于君又不受知于世的现实困境使屈原经历着边缘情境，这使他不得不重新审视自己当下的生存状态，一种全新的不同于以往的生存模式即将确立。

三 屈原之死与"边缘情境"

并不是所有处于边缘情境的人都会选择死亡，那屈原为什么选择

---

① （宋）洪兴祖：《楚辞补注》，白化文等点校，中华书局1983年版，第15页。

② ［美］恩斯特·贝克尔：《拒绝死亡》，林和生译，华夏出版社2000年版，第54页。

了自沉汨罗江呢？梁启超曾说："研究屈原，应当以他的自杀为出发点。"① 对屈原死因的探讨，自汉代以降，历代学者众说纷纭，有诸多异见，如尸谏说、殉国说、殉道说、殉楚文化说、政治悲剧说、国君赐死说、以自杀斗争说、返本寻根说和不肯同流合污说等。汤炳正《〈九章〉时地管见》中说："屈原当时，未死于郢都陷落之日，而死于黔中不守之时；未死于黔中随属的溆浦之地，而死于湘水流域的汨罗。从这个过程来看，很可能郢都虽陷，屈原犹有兴国之志；黔中虽失，屈原犹存收复之心。故直至到达湘水流域，接近祖国腹地，耳闻目见，感到一切无望，才自沉于汨罗。"② 刘小枫说："屈原是死于怀疑导致的绝望"③。认为屈原之死是由于屈原的灵魂遭受了信念的放逐，整个信仰的生命被抛入了虚无的深渊，世界之中的一切事物陡然丧失了价值。其实，如前文所述，回归屈原所在的时代环境与其个人的生存境遇，我们不难发现，人格特质中蕴含着悲剧性内核的屈原，由于社会的时遇和个人的境遇遭遇边缘情境，含有多重焦虑冲突的生存困境。现实层面上，屈原失去了朝廷上的政治地位，政治理想成了天方夜谭。观念层面上，其思想被主流意识形态所否定，精神上无可归依。当屈原悲凉的人生放逐与绝望的精神放逐无力解决，当持续的弥散的心理压力达到了临界点，进退维谷、始终失据的屈原失去了存在的根基，这就使他必然面临着价值虚无的人生悲剧，死亡成了他叩问生存价值的必然选择。

"举世皆醉我独醒，举世皆浊我独清"的屈原对自己未来该走的路，曾有过拷问。《惜诵》中载："欲儃佪以干傺兮，恐重患而离尤。

① 梁启超：《屈原研究》，载夏晓虹编《梁启超文选：下》，中国广播电视出版社1992年版，第165页。

② 汤炳正：《〈九章〉时地管见》，载汤炳正《屈赋新探》，齐鲁书社1984年版，第82页。

③ 刘小枫：《拯救与逍遥——中西方诗人对世界的不同态度》，上海人民出版社1988年版，第167页。

欲高飞而远集兮，君罔谓汝何之？欲横奔而失路兮，坚志而不忍。"①
这里他为自己指出了三条路：欲留待于君以期重用，又恐重得祸患；
欲去君不仕远至他国，又恐国君诬枉；欲变节易操横行失道，却心坚
如石不忍为此。每一条路他都走不了，欲待君则"吾使厉神占之兮，
曰有志极而无旁。终危独以离异兮，曰君可思而不可恃。"② 欲去国
则"陟陞皇之赫戏兮，忽临睨夫旧乡。仆夫悲余马怀兮，蜷局顾而不
行。"③ 欲变节则"悲余性之不可改兮，虽惩艾而不迻。"④ 屈原进退
不得，去留两难，那炼狱式的折磨使他最终发出了"宁逝死而流亡
兮，不忍为此之常愁"⑤ "宁溘死以流亡兮，余不忍为此态也"⑥ "宁
溘死而流亡兮，恐祸殃之有再"⑦ 的绝命之叹。

　　存在主义认为，"边缘情境"的一个鲜明特征就是死神闯入了人
的存在——目睹他人的死亡或预期自己的死亡。可以说，从踏入"边
缘情境"的那一刻起，人就不再回避死亡、拒绝死亡，而是直面死
亡，直面生存的真实状态，直面人之存在的悖论。用雅斯贝尔斯的话
说，当人进入"边缘情境"，面对死亡的时候，"我们成为了我们自
己。"他把这种状态称之为"哲学深层的本质！"⑧ 俄罗斯当代宗教哲
学家别尔嘉耶夫也说，只有死亡"才能深刻地提出生命的意义问
题"⑨。对屈原而言，当他与他人、与社会之间的对话出现全面的彻
底的断裂，这种"缺乏与他者的真正交流与沟通，就会使人的存在变

---

① （宋）洪兴祖：《楚辞补注》，白化文等点校，中华书局1983年版，第127页。
② 同上书，第124页。
③ 同上书，第47页。
④ 同上书，第309页。
⑤ 同上书，第158页。
⑥ 同上书，第15—16页。
⑦ 同上书，第153页。
⑧ ［德］威廉·魏施德：《后楼梯——大哲学家的生活与思考》，李贻琼译，华夏出版
社2000年版，第151页。
⑨ ［俄］别尔嘉耶夫：《论人的使命》，张百春译，上海学林出版社2000年版，第
331页。

得贫瘠而无意义"①。屈原遭遇"边缘情境",在重估现实的意义模式反思生命的价值时,面对了生存之最极端的可能性——死亡的悬临,人生与精神的放逐使他丧失了人之为人的根据和人之为人的最终归宿,也就意味着人生意义和价值的苍白和虚无,意味着真正的生命已然终结。

托尔斯泰在谈到死亡时曾说:"只有当人把自己肉体的、动物的生存法则视为自己的生活法则时,痛苦与死亡才会被看作不幸。"②"如果死是可怕的,那么原因不在于死而在于我们本身。"③ 遭遇"边缘情境"时,死亡不再是悲伤的事。屈原在那样一种生存状态、一种人生审视、一种价值质疑下,最终选择了沉江而死。如其所言:"知死不可让,愿勿爱兮。明告君子,吾将以为类兮。"④ 屈原的"自沉",是屈原遭遇"边缘情境"后的一种人生抉择。程国政评价屈原之死时说:"这位伟大的爱国者,因为自己的理想不能实现而悲愤赴死,他对死亡的选择,是对难以实现自己高远理想的丑恶现实的否定,是对理想人生的痴迷、憧憬和向往,是他个人道德、情操、高尚人格的最后完成。"⑤ 可以说,屈原走向自我毁灭,有一个痛苦的发展过程,是一种生命的自觉,是一种个人价值选择的结果,是一种毁灭价值的价值,这价值向世人昭示着:生命的存在并不是"估价一切的前提"⑥。

第二节　洪兴祖与屈原的境域融合

文本解释是一种具有个人性和主体性的创造性的解释活动。《楚

---

① 刘象愚:《康拉德作品中的存在主义试析》,《北京师范大学学报》1993 年第 5 期。

② [俄] 托尔斯泰:《生活之路》,王志耕译,中国人民大学出版社 2006 年版,第 446 页。

③ 同上书,第 448 页。

④ (宋) 洪兴祖:《楚辞补注》,白化文等点校,中华书局 1983 年版,第 146 页。

⑤ 周积明、张艳国主编:《影响中国文化的一百人》,武汉出版社 1992 年版,第 61 页。

⑥ 周殿富:《屈原之死和他的悲剧人格》,《社会科学战线》2002 年第 2 期。

辞》作为一部文学经典，它以屈原苦难生命的艺术写照——屈赋为代表，而自其成书以来，一直被不同时代的不同学者所关注着解释着，其文本意义也随着解释者的语境和视角的变换而有所不同。洪兴祖就是《楚辞》众多解释者中颇有成就的一位，他在文本品评中表现出独得的卓识，这主要在于他与屈原有着相似的历史境遇、相同的人生轨迹，两人境域融合。

一 屈洪同轨，境域相互融合

程世和说："与大一统君主政体两相依存而又两相冲突，在冲突中走向政治苦境、精神苦境，构成了中国士人典型的生存境遇，这一生存境遇，可以称之为'屈原困境'"①。这种"屈原困境"在洪兴祖身上有着极其明显的体现。

如前所言，屈原的困境，是和他所处的时代和他自身的固持紧密相关的。当时的战国七雄中，楚国是唯一能与秦国抗衡的大国。当时时任左徒的屈原，怀着强烈的政治抱负，极具战略眼光，"入则与王图议国事，以出号令；出则接遇宾客，应对诸侯"②，起初他由衷地想辅佐楚怀王成就霸业，他提出的废除世卿、选贤任能的改革措施和合纵联盟的外交政策，也得到了楚怀王的采纳。但不久后，由于这些改革触动了楚国贵族的利益，屈原遭到奸佞小人的嫉妒和谗毁，国君逐渐疏远了他，先是让他赋闲，后来流放在外，最终也未能实现其理想与抱负。眼看着楚国内忧外患危机四伏、政治抱负实现不了的屈原，忧国之心如火焚烧，所以他满怀悲愤之情，以独特的艺术手法和诗歌文体，创作了屈赋这千古绝唱，把自己忠君爱国之情和压抑愤懑之意表达得淋漓尽致，让后人为之吟咏，为之感叹。

而如第一章所言，洪兴祖与屈原两人，从历史境遇和个人遭际来

---

① 程世和：《"屈原困境"与中国士人的精神难题》，《中国文学研究》2005 年第 1 期。

② （汉）司马迁：《史记》（八），中华书局 1982 年版，第 2481 页。

看，都非常相似。此外，从个人人格来讲，屈原具有独立不迁的人格美，他一生的所作所为，正是其"独立不迁"人格的最好注解。他在政治斗争中坚持原则、决不随波逐流的严正态度，始终坚持自己理想、屡遭打击而毫不动摇的坚贞气节，正是"虽体解吾犹未变兮，岂余心之可惩。"① 而洪兴祖敢于悖逆秦桧等当权者，或直言或影射时事得失，敢于结交程瑀、葛胜仲等在朝中无诡随的刚正不阿的忠直之士，虽屡被排挤、被贬谪，仕途几番起伏，也不改其初衷，以致朱熹对他颇多嘉许，在其去世后发现实之感慨，感叹洪兴祖："论扬雄作《反离骚》，言'恐重华之不累与'而曰：'余恐重华与沉江而死，不与投阁而生也。'又释《怀沙》曰：'知死之不可让，则舍生而取义可也。所恶有甚于死者，岂复爱七尺之躯哉！'其言伟然，可立懦夫之气。此所以忤桧相而卒贬死也，可悲也哉！近岁以来，风俗颓坏，士大夫间遂不复闻有道此等语者，此又深可畏云"②。

而从政治理想来看，屈原的政治理想就是"乘骐骥以驰骋兮，来吾道夫先路"③ "昔三后之纯粹兮，固众芳之所在"④，他是要通过自己导君先路而最终使国君达到先代圣王的境界。而洪兴祖的"上疏乞收人心，纳谋策，安民情，壮国威。又论国家再造，一宜以艺祖为法"⑤，是提出了治国的具体措施，也是想给国君以指导性的建议。他们这种积极进取、治国安邦的精神是儒家"达则兼济天下"的入世精神的重要表现。

从爱国情感来看，屈赋中表现出了始终不渝的"忠君"思想，屈原"长太息以掩涕兮，哀民生之多艰"⑥，"亦余心之所善兮，虽九死

---

①　(宋) 洪兴祖：《楚辞补注》，白化文等点校，中华书局1983年版，第18页。

②　(宋) 朱熹：《楚辞集注》，黄灵庚点校，上海古籍出版社2015年版，第229页。

③　(宋) 洪兴祖：《楚辞补注》，白化文等点校，中华书局1983年版，第7页。

④　同上。

⑤　(元) 脱脱：《宋史》(三七)，中华书局1977年版，第12856页。

⑥　(宋) 洪兴祖：《楚辞补注》，白化文等点校，中华书局1983年版，第13—14页。

其犹未悔"①，从中可见，其爱国爱民之心掷地有声，而"虽体解吾犹未变兮，岂余心之可惩"② 则表现了他矢志报国的坚决态度。而洪兴祖以诚诚忧国忧民之心、拳拳爱君爱国之意，批评朝廷纪纲之失，为秦桧等权奸所恶，阐发圣人之言，言论"语涉怨望"，敢于指摘时弊，其直指现实的爱国思想毋庸置疑。

总体言之，在现实层面上与精神层面上，洪兴祖的生存境域与屈原非常的相似，国家的内忧外患、民生疾苦，国君的昏庸不明、近佞疏贤，权贵的得势专权、排除异己，己身的几番遭贬、壮志难酬，两人同是遭人排挤而几番被君王疏远，同是品行高洁而心系国家，洪兴祖的生存境域就是"屈原困境"，多少带有"边缘情境"的况味。

二　境域融合中的《楚辞》阐发

由于"境域之融合"可以使文本召唤阐释者并参与到阐释者主体性的建构当中去，洪兴祖与屈原境域的融合，使得《楚辞》文本深入洪兴祖内心，召唤他对其进行阐释。

洪兴祖作为《楚辞》的阐释者，与屈原有着类似的历史境遇，有着相似的个人遭际，可以说，正因有与屈原类似的境遇，洪兴祖与屈原达到了一种精神上的统一，屈原成了活生生的"在场"。他"因为宋王朝与屈原当时的楚国面对强秦、怀王被囚、日益削弱的历史局面有了惊人的相似之处，而面对民族危机、人生危机产生了与屈原相似的人生处境的共鸣与同。"③ "正因为屈原式的处境在历史时空中又复'重演'，向屈原敞开了理解的大门。"④ 正作为《楚辞》阐释者的洪兴祖与文本的主要作者屈原两人的生存境域极为相似，两个人的"境

---

① （宋）洪兴祖：《楚辞补注》，白化文等点校，中华书局1983年版，第14页。

② 同上书，第18页。

③ 熊良智：《屈原身世命运的关注与宋代士大夫的人生关怀》，《四川师范大学学报》2004年第5期。

④ 程世和：《"屈原困境"与中国士人的精神难题》，《中国文学研究》2005年第1期。

域融合"，才使得洪兴祖对《楚辞》倍加关注，浸沉《楚辞》数十年，最终完成了《楚辞补注》的撰作。

对《楚辞补注》的撰述过程，晁公武《郡斋读书志》、陈振孙《直斋书录解题》都有比较翔实的记录，从前文引述中可以看出，洪兴祖广为搜罗参校众本作了《楚辞补注》，在《楚辞补注》成书后，又以他本参校，做了《楚辞考异》，其后又得几种版本来校正《楚辞考异》，并于其书镂版之后尚听取他人意见以资完善。

《楚辞补注》的初稿成书大概在宣和五年（1123）前后。"案：庆历间建安书贾魏仲举将汲郡吕大防（微仲）、运谷程俱（致道）及兴祖等人所撰韩愈年谱合为《韩文类谱》，又曾刊《五百家注〈昌黎文集〉》四十卷，附评论诂训音释诸儒名氏，其中卷二十七《衢州徐偃王庙碑》下引洪（兴祖）曰：'徐偃王事，见《史记》、《后汉书》、《博物志》、《元和姓纂》，然《后汉书》云："楚文王灭之"，《楚辞》亦云："荆文寤而徐亡。"按：周穆王时无楚文王，春秋时无徐偃王，予尝辨于《楚辞补注》中'。此段对于《楚辞补注》成书年代的研究极具价值。该段文字与今行《楚辞补注》东方朔《七谏·初放》'偃王行其仁义兮，荆文寤而徐亡'之洪注基本吻合，洪氏补注所引除上述诸种文献以外，还用了《淮南子》。"① 而据宋孙傅（伯野）宣和乙巳年六月九日《韩子年谱·跋》云："右洪庆善所次昌黎年谱，宣和壬寅夏得于其叔成季。②" 再据洪兴祖《韩子年谱·序》和《韩子年谱·后记》，《韩子年谱》《韩文辨证》二书的成书、修定不晚于宣和七年，而《楚辞补注》成书又在二书之前。而洪兴祖《楚辞补注》十七卷的刊行是于洪兴祖知饶州期间，据《建炎以来系年要录》卷一百五十八、《京口耆旧传》卷四知洪兴祖于绍兴十八年知真州后曾知饶州，据《建炎以来系年要录》卷一百六十，载绍兴

---

①   昝亮：《洪兴祖生平著述编年钩沉》，《杭州大学学报》1997 年第 4 期。

②   （宋）孙伯野：《孙伯野跋洪庆善年谱》，载屈守元、常思春主编《韩愈全集校注》，四川大学出版社 1996 年版，第 3184 页。

十有九年九月，"壬寅，左朝散郎陈王寿知饶州代还"①，卷一百六十七绍兴二十四年秋七月下云："敷文阁待制、提举台州崇道观苏符知饶州②"，是知兴祖知饶州在绍兴十九年九月至绍兴二十四年七月，其当时已年过花甲。由上可知，洪兴祖对《楚辞》的浸沉，从其少时得苏轼手校本到《楚辞补注》刊行，长达数十年之久。

这数十年期间，包括其目睹北宋诸般乱象的少年时期，包括其自身壮志酬筹而仕途起伏不平的青壮年时期，也临近其含冤莫白郁郁而死的人生末年。这种与屈原境域相似的两人"境域之融合"使他对以屈赋为主的《楚辞》文本有了深刻认识的可能。可以说，屈原所面临的边缘情境——"生存困境的危机形式"，屈原对生存意义与生命价值的质疑或否定，屈原对其当下生活的重新观照与审视，洪兴祖的《楚辞》阐释对这些都有认识和评价。是两宋内部的严重危机、外部异族的巨大威胁，是其个人几番升降起伏、壮志难酬、含冤莫白的生存境域使洪兴祖在《楚辞》阐释中表现出自己的卓识，并以此来表达自己的抱负和情怀，借屈原之酒浇自己之愁，是"特定的时代为他理解屈原提供了最好的参照，个人的遭遇使他体味到屈原作品的真谛，相同的感受使他产生深刻的理解。"③ 如前文提到过的，洪兴祖首次明确提出的"屈原之忧，忧国也"的论断，"屈原于怀王，其犹《小弁》之怨乎？"④ 的评价；屈原"同姓事君""同姓无可去之义"的认识等。通过洪兴祖的阐释，可以看到洪兴祖在宋王朝经由长期边患，国事日非，以致国家破亡的历史剧变过程中的与屈原相似的人生价值的思考，可以看到洪兴祖与屈原相似的对历史传统的重新审视，可以看到洪兴祖与屈原相似的在忠与怨、生与死、去与留的选择中对君臣之义的政治道德关系的重新定位。

---

① （宋）李心传编撰：《建炎以来系年要录》（七），胡坤点校，中华书局2013年版，第3030页。

② 同上书，第3164页。

③ 马建智：《洪兴祖评价屈原思想的卓识》，《西南民族学院学报》1991年第6期。

④ （宋）洪兴祖：《楚辞补注》，白化文等点校，中华书局1983年版，第14页。

第三节　"境域之融合"与视域融合

洪兴祖与屈原两人的境域相融合，正是两人"境域之融合"才使《楚辞》文本的视域与洪兴祖这一阐释者的视域"视域融合"时，"视域融合度"更高，使洪兴祖对《楚辞》的阐释更为合理而有效。

一　境域融合与视域融合的问题

视域融合是伽达默尔哲学解释学的中心概念。在伽达默尔看来，"当我们试图理解某个文本的时候，我们并非把自身置入作者的灵魂状态中，假如真要说自身置入的话，那么我们是把自己置身于他的意见之中。……我们在一种有意义物领域中运动，这种有意义的东西本身就是可以理解的，并且作为这种可理解的东西，它本身不会促使人回到他人的主观性中去。"①依其所言，理解是阐释者与文本之间展开的对话过程，阐释是阐释者与文本之间的双向交流，在阐释过程中总是存在两种视域，作品文本的视域与阐释者的视域，被他称为"初始的视域"的文本视域反映了文本的文意和作者的意图，而一个力图去阐释前人文本的后来的阐释者，也有着其在自身历史情境中所形成的"现在的视域"。

"显然，蕴含在'文本'或典籍中的原作者的'初始的视域'与作为释义者的今人的'现在的视域'之间是存在很大的差异的。这种差异是由时间间距和历史情境的变化所引起的，是任何释义者都无法回避的。因此，伽达默尔主张，理解不应该像古典释义学要求的那样，完全抛弃自己'现在的视域'而置身于理解对象'初始的视域'，也不能把理解对象'初始的视域'简单地纳入自己'现在的视域'，而应该把这两种不同的视域融合起来，形成一个新的

---

①　[德]汉斯－格奥尔格·伽达默尔：《诠释学Ⅱ：真理与方法——补充和索引》，洪汉鼎译，商务印书馆2010年版，第71页。

视域。这个全新的视域把二者完全融为一体，不分彼此，超越了各自独立的状态和相互间的距离，从而形成新的意义。"① 所以，在伽达默尔看来，"理解其实总是这样一些被误认为是独立存在的视域的融合过程。"② 依伽达默尔的观点，在古籍的文本阐释中，存在作品文本的视域与阐释者的视域两个视域，而阐释者的阐释理解"既不是解释者完全抛弃自己的视界而进入作品的视界，也不是把作品的视界完全纳入并服从于解释者的视界，而是二者相互融合成一个新的视界。"③

可以说，理解就是个视域融合的过程，这样，视域融合不可避免地存有理解的历史性，而理解的历史性会导致理解的偏见及对文本的误读等，但伽达默尔认为这种偏见是"合法的"，在他看来，既然历史性无法消除，既然理解是读者对文本的一种历史性的"逗留"，既然纯客观的理解根本不可能，那么其存在就具合理性。

但正如刘思谦在《意义阐释的合理性与有效性问题》中所说："以阐释文本意义为目标的阐释学批评，遇到了一个理论的也是实践的难题，即如何抵达和如何判断意义阐释的合理性和有效性问题。借用美国文艺理论家赫希的比喻，也就是隐藏在文本深处的具有不透明性和不确定性的意义的'灰姑娘'，需要通过读者、批评者的意义阐释也就是需要穿上一双合适的和漂亮的'水晶鞋'把自己彰显出来"④。这就是说并非所有阐释都具有合理性和有效性，只有把握住"解释学冲突"中阐释的主观性与客观性之间、阐释的创造性与趋同性之间、意义的多元性与确定性之间的限度，不割裂阐释者与作者、阐释者与文本的内在联系，达到适度统一，才能达到较为理想的阐释

① 邓新华：《中国传统文论的现代观照》，巴蜀书社 2004 年版，第 322 页。

② ［德］汉斯－格奥尔格·伽达默尔：《诠释学Ⅰ：真理与方法——哲学诠释学的基本特征》，洪汉鼎译，商务印书馆 2010 年版，第 433 页。

③ 董洪利：《古籍的阐释》，辽宁教育出版社 1993 年版，第 80 页。

④ 刘思谦：《意义阐释的合理性与有效性问题》，《河南大学学报》（社会科学版）2001 年第 6 期。

效果，才不失为一种合理而有效的阐释。

"视域融合"也存在这个问题，其实，视域融合也是个视域碰撞的过程。视域融合时涉及一个"视域融合度"的问题，既然阐释者不能摒弃自己"现在的视域"，那么作为阐释者的今人的"现在的视域"与反映文本文意和作者意图的"初始的视域"两者差异越小，视域融合的过程中碰撞就越小，"视域融合度"也就越高，这样"视域融合"的达成就越发自然而然，水到渠成，"视域融合"的状态也越发合理而有效。

彭启福在《"视域融合度"：伽达默尔的"视域融合论"批判》中指出："'视域融合度'涉及两个方面：其一是文本契合度，即与文本之间在语义学上的契合度，以及与作者原初意图之间的契合度。要提高文本契合度，很大程度上要依赖于对文本语境的还原，包括文本学还原、历史学还原和心理学还原。其二是现实相关度，即读者对文本的理解和解释融入现实、影响现实的程度。能否在文本所代表的普遍性与读者现实处境的特殊性之间建立起一种批判性关联，成为制约文本现实相关度的关键。"① 正因如此，"境域之融合"更易形成高的"视域融合度"。

清章学诚《文史通义·知难》中说："人知《离骚》为词赋之祖矣，司马迁读之而悲其志，是贤人之知贤人也。夫不具司马迁之志而欲知屈原之志，不具夫子之忧而欲知文王之忧，则几乎罔矣"②。程世和曾以唐代诗人为例，认为："越是以纯粹文士著称的诗人，越是不能理解屈原；越是具有政治识见并曾位居朝臣的诗人，越是能够与屈原产生强烈的共鸣。个中的原因盖在于：后者进入朝廷高层之后，直接面对着君臣矛盾、忠奸对立这两大屈原母题，由此而获得了对君主政体的深切认识。韩愈《送孟东野序》曰：'大凡物不得其平而

---

① 彭启福：《"视域融合度"：伽达默尔的"视域融合论"批判》，《学术月刊》2007年第8期。

② （清）章学诚：《文史通义》，上海古籍出版社2015年版，第118页。

鸣。……楚大国也，其亡也，以屈原鸣。'韩愈学养深厚，又有敢于谏迎佛骨的勇气，自非唐代一般文士所能比；而其忽升忽贬的宦海波澜，又使他对君主政体的实质、对君臣之间爱恨难契的复杂关系都有着直接的体会，故而能在中国文学史上发出'不平而鸣'的文学宣言，并一语道破屈原作品为大国之亡而鸣的真实底蕴。作为韩愈的同道，柳宗元对屈原也有着深层的读解。在长期的贬谪生涯中，屈骚伴随着他度过了忧愤抑郁的余生。《新唐书·柳宗元传》之所谓'（柳）既窜斥，地又荒疠，因自放山泽间。其湮危感郁，一寓诸文，仿《离骚》数十篇，读者咸悲恻'，正道出了柳宗元与屈原同样的精神苦境。"① 由此可见，越是与屈原境域、心志相似的人越能更深切地理解和解读屈原及其作品。

这是因为"历史性"的存在。伽达默尔认为："历史性正是人类存在的基本事实，无论是理解者还是文本，本来就内在地嵌于历史性之中。真正的理解不是要克服理解者自身的历史性，而是要正确地去阐明和适应这一历史性。"② 伽达默尔所说的理解的历史性是指理解者及其理解活动所处的不同于理解对象的特定的历史环境、历史条件等，这必然要影响和制约理解者对"文本"的理解和解释。伽达默尔还说："研讨某个传承物的解释者就是试图把这种传承物应用于自身……但是为了理解这种东西，他一定不能无视他自己和他自己所处的具体的诠释学境况。如果他想根本理解的话，他必须把文本与这种境况联系起来"。③ 这就是说任何阐释者都有其自身的"历史性"。而为了理解被诠释的对象——文本，阐释者必须把文本与他自己以及他所处的历史的诠释学境遇联系起来。正因如此，如果阐释者及其阐释活动所处的历史情境与其阐释对象所处的历史情境相似，阐释者的文

---

① 程世和：《"屈原困境"与中国士人的精神难题》，《中国文学研究》2005 年第 1 期。

② 尹星凡等：《西方哲学经典命题》，江西人民出版社 2006 年版，第 356 页。

③ ［德］汉斯-格奥尔格·伽达默尔：《诠释学Ⅰ：真理与方法——哲学诠释学的基本特征》，洪汉鼎译，商务印书馆 2010 年版，第 459 页。

化背景与文本的文化背景之间的差异小，阐释者的心灵轨迹与创作者的心灵轨迹相近，阐释者在阐释时融入的现实关怀与作者的现实言说相关，这种阐释者在对文本思想和意义进行阐释时就能更接近作者的原意，文本契合度就越高。可以说，由于境域的融合，文本与阐释者之间不仅有重新创造意义的可能，而且这种"境域之融合"还可以使文本的召唤适当地参与到阐释者主体性的建构当中去，使阐释者更容易产生合理而有效的阐释，两种视域更容易达到合理而有效的"视域融合"。

　　就洪兴祖与其对《楚辞》的阐释来看，虽然《楚辞》中并不全是屈原的作品，还有宋玉、景差、东方朔等人的创作，司马迁在《史记·屈原列传》中就提道："屈原既死之后，楚有宋玉、唐勒、景差之徒者，皆好辞而以赋见称；然皆祖屈原之从容辞令，终莫敢直谏。"① 知道这些人的作品，都是模仿屈赋的，而从内容上看，《楚辞》中的非屈原作品，都是代屈原设言的。所以，不管是对屈原作品还是非屈原作品，"境域之融合"下的精神相通都能使洪兴祖在阐发屈原形象和阐释《楚辞》作品时使《楚辞》作品文本的视域与洪兴祖这个阐释者的视域在"成见"的平台上碰撞交流，发生合理而有效的"视域融合"。

二　洪氏阐释时视域的有效融合

　　伽达默尔的哲学阐释让很多人相信任何理解和阐释都属于"视域融合"。那么，是否借此就可以持这样的观点：认为每一个带有不同"历史性"的阐释者都可以对文本进行自己的解释，而且每一种解释都是合理的解释，根本就不存在理解的正确与否、有效与否呢？前文说过，任何一个阐释者都是带着前有、前见和前把握对文本进行解释的，这是理解的前提，且是不能规避的事实，但这不等于说阐释者可以无条件放纵无限性注入自己的前有、前见和前把握。而是应如伽达

---

① （汉）司马迁：《史记》（八），中华书局 1982 年版，第 2491 页。

默尔所言，要"正确地去阐明和适应这一历史性"①。正确对待这一历史性，就需要阐释者对自己"现在的视域"合理置入，这也就使得"现在的视域"与文本"初始的视域"的融合状态，应有一个是否与原有"视域"相契合、是否适度合理的问题。

因为文本"初始的视域"反映了文本的文意和作者的意图，所以两个视域的"视域融合"，不仅涉及阐释者的理解阐释与作者文本文意之间的融合，而且涉及与作者原初意图之间的融合问题。而就融合而言，有必要对融合时两个视域的契合度加以分析，两个视域契合度越高的，其融合状态当越具合理性有效性。因为这两个视域的"视域融合"是通过文本与阐释者双方的语言作为媒介来达成的，所以，通过分析洪兴祖的阐释语言可以看出他的视域与文本的文意及作者原意之间的融合状态，下面就从两个方面来谈谈洪兴祖在阐释《楚辞》时这两个视域的合理融合。

（一）与文本文意之间的有效融合

从阐释学的角度来看，视域融合是把语言看成我们遭际世界的基本方式的，语言和理解之间有着根本的内在关系。伽达默尔认为"一切理解都是解释（Auslegung），而一切解释都是通过语言的媒介而进行的，这种语言媒介既要把对象表达出来，同时又是解释者自己的语言。"② 也就是说，阐释者在阐释的过程中，面对的文本是由书写固定下来的言语作品，而阐释者阐释文本，就是要回到由书写固定下来的作者的生命表达式，并用自己的阐释语言把理解传达出来。在洪兴祖的阐释语言中，能看到他对文本文意的贴切理解。

如对《九歌》《九辩》之"九"的解释，洪兴祖曰："按：《九歌》十一首，《九章》九首。皆以九为名者，取箫韶九成、启《九辩》《九歌》之义。《骚》经曰：奏《九歌》而舞韶兮，聊假日以媮

---

① 尹星凡等：《西方哲学经典命题》，江西人民出版社 2006 年版，第 356 页。
② ［德］汉斯－格奥尔格·伽达默尔：《诠释学 I：真理与方法——哲学诠释学的基本特征》，洪汉鼎译，商务印书馆 2010 年版，第 547 页。

乐。即其义也。宋玉《九辩》以下皆出于此"①。洪兴祖认为《九歌》等中的"九"并非数字的确指,《九歌》并非九篇歌曲,而是一首乐章的专名词,之所以"以九为名者,取箫韶九成、启《九辩》《九歌》之义。"②洪兴祖未拘泥于"九"篇之数,是很正确的解释。

而《离骚》"余固知謇謇之为患兮,忍而不能舍也"中"余固知謇謇之为患兮"句,王逸注:"謇謇,忠贞貌也。《易》曰:王臣謇謇,匪躬之故。"洪补曰:"今《易》作蹇蹇,先儒引经多如此,盖古今本或不同耳。"③。在此洪兴祖列举了异同,但并未做详细的辨析。在《离骚》"謇吾法夫前修兮,非世俗之所服"句下,王逸注:"言我忠信謇謇者,乃上法前世远贤,固非今时俗人之所服行也。一云:謇,难也。言己服饰虽为难法,我仿前贤以自修洁,非本今世俗人之所服佩。"《考异》:"《文选》謇作蹇,世作时"。五臣云:"蹇,难也。前修,谓前代修习道德之人。服,用也。言我所以遭难者,吾法前修道德之人,故不为代俗所用"。洪补曰:"謇,又训难易之难,非蹇难之字也。世所传《楚词》,惟王逸本最古,凡诸本异同,皆当以此为正。又李善注本有以世为时为代,以民为人之类,皆避唐讳,当从旧本。"④这两处,王逸的观点当皆是训"謇"为"忠贞之貌",而洪兴祖在后一例中直接肯定了"謇"字为正,赞成王逸的说法,并进一步言明"謇"虽可"训难易之难",但此处"謇"并非"难"义,还否定了《文选》以謇为蹇的解释,指明在文字异同方面,古本旧本更为可据。对此,"洪氏是王逸而非《文选》,良是。"⑤考察屈原所言,第一处是说他自知自己"謇謇"之美德,会成祸患;第二处是说自己忠直不二地效法前贤,而与世俗不同。此"忠信謇謇"之"謇",以从言为正,不应是以跛为本义、表示"趋难"的"蹇",

① （宋）洪兴祖:《楚辞补注》,白化文等点校,中华书局1983年版,第55页。
② 同上。
③ 同上书,第9页。
④ 同上书,第13页。
⑤ 易重廉:《中国楚辞学史》,湖南出版社1991年版,第272页。

洪兴祖的解释和辨析比较恰当。

　　《天问》:"雄虺九首,儵忽焉在?"王逸注:"虺,蛇别名也。儵忽,电光也。言有雄虺,一身九头,速及电光,皆何所在乎?"考异:"一无'速'字。"洪补曰:"虺,许伟切。《国语》云:为虺弗摧,为蛇将若何? 虺,小蛇也,然《尔雅》云:蝮虺博三寸,首大如擘。则虺亦有大者,其类不一。《招魂》:南方曰,雄虺九首,往来儵忽。儵忽,疾急貌。《天对》曰:儵忽之居,帝南北海。注云:儵忽,在《庄子》甚明,王逸以为电,非也。按《庄子》云:南海之帝为儵,北海之帝为忽。乃寓言尔,不当引以为证。"① 在这里,洪兴祖对《天对》引《庄子》认为"儵忽"表示南北二帝及王逸解释"儵忽"为"电"的观点给予了驳斥,洪兴祖认为此处"儵忽"指疾急之貌。在《招魂》"雄虺九首,往来儵忽,吞人以益其心些"句下,王逸注:"儵忽,疾急貌也。言复有雄虺,一身九头,往来奄忽,常喜吞人魂魄,以益其心,贼害之甚也"②。根据两文文意,洪兴祖解"儵忽"为疾急之貌颇为恰当。在其他文献记载之中,表示动作情状的"儵忽"都是此义。如:《吕氏春秋·决胜》:"怯勇无常,儵忽往来,而莫知其方,惟圣人独见其所由然。"③ 晋郭璞《山海经图赞》下言:"怪兽五彩,尾参于身,矫足千里,倏忽若神。"④《南齐书·高帝本纪》:"机变儵忽,终古莫二,群后忧惶,元戎无主。"⑤ 姚鼐《祭林编修澍蕃文》:"遄不得徠归兮,倏忽以终生。"⑥ 都是用作此义的例子。

　　《天问》:"易之以百两,卒无禄",王逸注:"言秦伯不肯与弟针

---

①　(宋)洪兴祖:《楚辞补注》,白化文等点校,中华书局 1983 年版,第 94—95 页。

②　同上书,第 199 页。

③　(战国)吕不韦著,陈奇猷校注:《吕氏春秋新校释》(上),上海古籍出版社 2002年版,第 457 页。

④　周明初校注:《山海经》,浙江古籍出版社 2011 年版,第 232 页。

⑤　(梁)萧子显:《南齐书》(一),中华书局 1972 年版,第 16 页。

⑥　(清)姚鼐:《四库家藏 惜抱轩文集》,山东画报出版社 2004 年版,第 169 页。

犬，针以百两金易之，又不听，因逐针而夺其爵禄也。"洪补曰："《晋语》曰：秦后子来仕，其车千乘。后子，即针也。《天对》注云：百两，盖谓车也。逸以为百两金，误矣。两，音亮，车数也。"① 洪兴祖和王逸虽都认为此事说的是秦景公和他弟弟针之间的一段历史事件，但王逸认为"百两"为金，洪兴祖认为百两为车。刘梦鹏《屈子章句》也释为"百两，车数"②。游国恩《天问纂义》则言："易之以百两，卒无禄者，易盖锡或赐之讹，百两犹云千乘"③。这都是认同洪兴祖以"百两为车"的观点，也说明了洪兴祖训释的准确性。

《天问》"穆王巧梅，夫何为周流？环理天下，夫何索求？"中的"穆王巧梅"句，王逸注："梅，贪也。言穆王巧于辞令，贪好攻伐，远征犬戎，得四白狼、四白鹿。自是后夷狄不至，诸侯不朝。穆王乃更巧词周流，而往说之，欲以怀来也。"考异："一云：夫何周流。梅，一作痗。"洪补曰："《方言》云：梅，贪也，亡改切，其字从手。贾生云：品庶每生。是也。《集韵》云：梅，母罪切，惭也。挴，母亥切，贪也。诸本作梅。《释文》每磊切，其字从木，传写误耳。瑂，玉名，音媒，亦非也。《左传》云：穆王欲肆其心，周行天下，将必有车辙马迹焉。祭公谋父作祈招之诗，以止王心，王是以获没于祗宫。《史记》云：周穆王得骥、温骊、骅骝、騄耳之驷，西巡狩，乐而忘归。徐偃王作乱，造父为穆王御，长驱归周以救乱。巧梅，言巧于贪求也"。④ 在此，洪兴祖以颇为翔实的语言材料和史实材料有力地证明了"穆王巧梅"之"梅"当作"挴"，做"贪"讲。

（二）与作者原意之间的有效融合

中国古代的阐释学家，历来都重视探求和重建经典作者的创作本意，总是力图使自己的阐释基本符合或不断趋近作者的创作本意，这是一种带有追求本意的阐释目的的阐释取向，洪兴祖有这种取向，且

① （宋）洪兴祖：《楚辞补注》，白化文等点校，中华书局 1983 年版，第 117 页。
② 刘梦鹏：《屈子章句》，载游国恩《天问纂义》，中华书局 1982 年版，第 455 页。
③ 游国恩主编：《天问纂义》，中华书局 1982 年版，第 456 页。
④ （宋）洪兴祖：《楚辞补注》，白化文等点校，中华书局 1983 年版，第 110 页。

其与屈原的心灵相通、惺惺相惜使他在自己的《楚辞》阐释中常常能使自己的阐释与作者所要表达的原意之间达成契合。

如：洪兴祖"同姓事君之义"的阐释，他认为别人可以"谏不从则去"，可以明哲保身，可以全身远害，但屈原不能，因为他与君国之间"兼恩与义"，即兼有亲亲之恩与君臣之义双重关系，他是"楚同姓也"，所以屈原之死说明了他不可更改的文化根性。"从楚人传统观念和屈原的作品看，洪兴祖用'同姓'意识去解释屈原'沉江而死'的思想根源是合理的"①。朱熹曾指责洪兴祖异姓则可屈原不可的"同姓之说，上文初无来历，不知洪何所据而言。此亦求之太过也。"② 游国恩则批评朱熹说："洪氏以宗国言之，虽无据而实有据，朱熹吹毛之论，真求之太过也。"③

《离骚》"女嬃之婵媛兮，申申其詈予"句，王逸注："女嬃，屈原姊也。婵媛，犹牵引也"。"申申，重也。言女嬃见己施行不与众合，以见放流，故来牵引数怒，重詈我也。"洪补曰："观女嬃之意，盖欲原为宁武子之愚，不欲为史鱼之直耳，非责其不能为上官、椒兰也。而王逸谓女嬃骂原以不与众合，不承君意，误矣。"④ 对此，朱熹言："此说甚善"⑤。

洪兴祖言"司马相如作《大人赋》，宏放高妙，读者有凌云之意。然其语多出于此。至其妙处，相如莫能识也"⑥，这些认识比较正确，《大人赋》是司马相如模仿《远游》而作的，宋人陈郁就说："李白《大鹏赋》，本于司马相如《大人赋》；而相如《大人赋》，又

---

① 马建智：《洪兴祖评价屈原思想的卓识》，《西南民族学院学报》1991 年第 6 期。
② （宋）朱熹：《楚辞集注》，黄灵庚点校，上海古籍出版社 2015 年版，第 235 页。
③ 游国恩主编：《离骚纂义》，金开诚补辑，董洪利、高路明参校，中华书局 1980 年版，第 371—372 页。
④ （宋）洪兴祖：《楚辞补注》，白化文等点校，中华书局 1983 年版，第 18—19 页。
⑤ （宋）朱熹：《楚辞集注》，黄灵庚点校，上海古籍出版社 2015 年版，第 230 页。
⑥ （宋）洪兴祖：《楚辞补注》，白化文等点校，中华书局 1983 年版，第 50—51 页。

本于屈原之《远遊》。"① 但《大人赋》是以神仙求道和长生不老的思想为基础的，与《远游》的思想不尽相同，姜亮夫曾指出两者的差异，他说："我们从《远游》的思想看，同《大人赋》是完全两样的，《大人赋》完全是以求长生不老的思想为基础，是一种游乐，是一种夸张，毫无一点悲悯的情思。而《远游》虽然也有这种思想，前段找两个仙人求长生不老，但后来又否定掉了，尤其是思故乡一段，陡然回头忽而悲从中来否定了求仙，而悲切仆马，写得最酣畅。所以《远游》一点也不是求长生。它们思想最深的根源是两个。"② 可以说，古今见解相同，洪兴祖"至其妙处，相如莫能识也"的阐释起了承上启下的作用③，他的观点因为恰当而得到了后人的认同，

又《离骚》："闺中既以邃远兮，哲王又不寤"。在后句下，王逸注："哲，智也。寤，觉也。言君处宫殿之中，其闺深远，忠言难通，指语不达，自明智之王，尚不能觉悟善恶之情，高宗杀孝己是也。何况不智之君，而多闇蔽，固其宜也。"洪补曰："《说文》：寐觉而有信曰寤。闺中既以邃远者，言不通群下之情；哲王又不寤者，言不知忠臣之分。怀王不明而曰哲王者，以明望之也。太史公所谓冀幸君之一悟，俗之一改也。韩愈《琴操》云：臣罪当诛兮，天王圣明。亦此意。"④ 这里洪兴祖探求了屈原谓怀王为"哲王"的旨意，认为是"以明望之"，是屈原想以此令楚怀王觉悟过错改变行为，最终成为一个圣明的君主。从《楚辞》中弥漫着的屈原忠君爱国之意和披心沥肝的劝导来看，此解说可谓深得屈原之心。

而《九歌·湘夫人》："时不可兮骤得，聊逍遥兮容与。"在前句下，王逸注："骤，数。"在后句下，王逸注："言富贵有命，天时难值，不可数得，聊且游戏，以尽年寿也。"考异："与，一作冶。"洪

---

① （宋）陈郁：《藏一话腴》（外编卷上），台湾商务印书馆1986年影印文渊阁《四库全书》本，第865册，第563页上栏。

② 姜亮夫：《楚辞今绎讲录》，北京出版社1983年修订本，第73页。

③ 朴永焕：《宋代楚辞学研究》，博士学位论文，北京大学，1996年，第68页。

④ （宋）洪兴祖：《楚辞补注》，白化文等点校，中华书局1983年版，第34—35页。

补曰："不可再得则已矣。不可骤得，犹冀其一遇焉。"① 洪兴祖认为屈原此处不说"时不可兮再得"，而言"时不可兮骤得"，用词的语意有轻重之分，在对情感的表达上，"骤得"比"再得"语意更重，这里屈原言"骤得"而未言"再得"，的确是显现了屈原希望自己能被屡次任用的盼望之情。

聂石樵就对洪兴祖的很多阐发给予了认可。他说："《思美人》的内容，是叙述自己对怀王的极端忠贞，却不被怀王理解，然而也永不变节，《离骚》所谓'不吾知其亦已兮，苟余情其信芳。'终以仿效彭咸之死谏，而希望怀王的醒悟。这一题旨，洪兴祖《楚辞补注》中作了明确的阐发：'此章言己思念其君，不能自达，然反观初志，不可变易，益自伤伤，死而后已也。'"② 他还说："这篇作品（指《怀沙》）抒发了屈原将死时的愤激和悲哀，洪兴祖《楚辞补注》说：'此章言己虽放逐，不以穷困易其行。小人蔽贤，群起而攻之。举世之人，无知我者。思古人而不得见，仗节死义而已。'是对这篇作品主题的准确概括。"③ 朱熹还中肯地评论道："余观洪氏之论，其所以发屈原之心者至矣。"④ 可见，洪兴祖在阐释《楚辞》时，能在《楚辞》作品语言的启示和召唤下，使自己的阐释与作者文本的文意之间、与作者的原初意图之间达成契合，以致得到诸多认同。

由此可见，在《楚辞》的阐释过程中，洪兴祖既没完全抛弃自己的视域进入文本的视界，也没让文本的视域完全服从于他自己的视域，而是带着现实社会文化生活中的种种问题，怀着自己的阐释动因与从生活经验中生发的期待视界，以经世致用的态度，阐发经典文本的表层含义与深层意蕴，他对《楚辞》文本和屈骚精神的解读更接近真实。正如姜亮夫所说："（洪书）其补义以申王为主；或引书以证其事迹古义，或辨解以明其要。皆列王注于前，而以己之所补者随

---

① （宋）洪兴祖：《楚辞补注》，白化文等点校，中华书局1983年版，第68页。
② 聂石樵：《屈原论稿》，人民文学出版社1992年版，第173页。
③ 同上书，第179页。
④ （宋）朱熹：《楚辞集注》，黄灵庚点校，上海古籍出版社2015年版，第218页。

之。章明句显，既发王义之幽微，亦抒个人之见解，为后代研习者之所宗尚。"① 洪兴祖的主客观调和使得他所阐释出的训诂与义理，体现了经典阐释者"现在的视域"与创作者"初始的视域"之间的跨时空的合理的"视域融合"。

---

① 姜亮夫：《楚辞书目五种》，中华书局1961年版，第32页。

后　记

　　阐释学是一门对意义的理解和阐释的理论，其既是一种哲学，也是一种方法。鉴于"准确的经典注疏可以拿来当作解释的一种特殊的具体化"（海德格尔：《存在与时间》，陈嘉映、王庆节合译），对经典注疏纳入阐释学视角成为可能和必要。而从《楚辞》的文本阐释来看，洪兴祖的《楚辞补注》是具有代表性的《楚辞》阐释性文献，故此，《阐释学视野下的〈楚辞补注〉研究》诞生了。

　　从初选此题写博士论文，到今书稿付梓，浸沉其中时日已久，其间人生几番浮沉，颇叹命运多舛。屈原困境，虽并未一一遭遇，屈原之痛，虽亦难感同身受，但我悲天悯人之个性，处道德滑坡之时代，加之身心变故之疾痛，似更能体察屈原之心境，更能理解屈原之抉择，亦更加敬慕屈原之人格，更愿解读后人之阐释。

　　想来，人之生存，需要信念支撑着站立，需要稻草将生命维系，且人存于世，所贵当有胜于生者，至少，所贵应有胜于利者。于屈原，当最重要的人已然渐行渐远，当最重视的事已然无能为力，当同时之人无以为伍，当精神支柱受到冲击，现世的一切都变得缺少意义。或是遭遇边缘情境下的价值虚无，或是以身殉国、以身殉道、以身殉己，与其所认为的值得信守的一切相比，存身何益？

　　而洪兴祖阐释《楚辞》，循传统注疏之路径，开史无前例之体例，抱着对屈子的企慕，加之对现实的关怀，寄之以个人的悲愤，力补前贤之不足，因"补不足、发己意"的阐释目的，且以其屈洪同轨之境遇，于境域融合中，在达成视域融合时，洪兴祖相较于撰作《楚辞集注》的朱熹、撰作《楚辞章句》的王逸，他的解读更为适中，更为有效合理，其相关阐释对屈骚精神探寻大有裨益。

自楚辞问世以来，无数文人雅士、专家学者可谓屈原隔空之知己，而我，能研究洪氏此书，能走近屈原、为解读楚辞效一点点绵薄之力，实为我此生一大幸事。今天，书稿能顺利付梓，在此，我要对很多人表示我深深的谢意！

我要感谢恩师傅亚庶先生，其在我读书期间，诲人不倦；于我工作之中，给我鼓励；在我困难之时，给予关怀；于今书稿刊印之时，不吝赐序。

我要感谢吉林大学文学院的王树海教授、沈文凡教授，东北师范大学文学院的李德山教授、张恩普教授，陕西师范大学文学院的曹胜高教授，他们当初对我的论文提出的修改意见，让我终身受益。

我要感谢东北师范大学文学院古代汉语教研室的张世超教授、程鹏万老师，及其他同事，在我忙碌之际，他们为我分担教学任务，提供便利。

我要感谢我的朋友们，无须如胶似漆，无须太多言语，你们的牵念，是我人生的一道美丽风景。

我要感谢我的父母，在我生病卧榻时伴我左右，在我需要帮助时不离不弃。

我要感谢我的女儿，在我忙碌奔波时知我不易，在我意志消沉时给我动力。

我要感谢中国社会科学出版社的任明主任、宫京蕾、戴东明等编辑，给我机会，给我建议。

我要感谢东北师范大学社会科学处和文学院，给我资助，给我支持。

此书因我个人能力及存在的"历史性"，亦难免有疏漏欠缺之处，敬请学人给予指正！我将继续努力！

　　　　　　　　　　　　　　　　　　　　　　作者
　　　　　　　　　　　　　　　　丙申夏于东北师范大学文学院